Das dritte Schwert

Von den Meistern ihres Fachs: Nach »Die sieben Häupter« und »Der zwölfte Tag« (beide im Aufbau Taschenbuch) wieder ein farbenprächtiger und packender Gemeinschaftsroman von zwölf namhaften und erfolgreichen Autoren historischer Romane.

Der Anfang vom Niedergang des römischen Imperiums: Im Frühjahr 168 n. Chr. fallen germanische Stämme immer häufiger in die römischen Provinzen ein und fordern Land und Freiheit. Der römische Kaiser Marcus Aurelius will wieder für Frieden am Limes sorgen und bedarf dazu der Unterstützung des Waffenschmieds Manius Claudus, eines Meisters seiner Kunst. Doch der Plan wird verraten, und Manius und sein Bruder Decius – ein Medicus, der die Heilkunst aufgab, um Rache für den getöteten Vater zu nehmen – geraten zwischen die Fronten. Ihre Familie fällt einer Intrige zum Opfer und wird des Hochverrats angeklagt. Welche Rolle spielt dabei Decius' Geliebte, die Germanin Salgard? Als sich von Osten eine tödliche Seuche nähert, die das Leben Tausender bedroht, spitzt sich die Lage zu: Die Brüder müssen entscheiden, zu wem sie stehen und auf welcher Seite des Limes sie leben wollen – der Kampf Römer gegen Germane, Wolf gegen Bär, ist nicht länger aufzuhalten.

Die Presse über »Die sieben Häupter«:
»Ein gelungenes literarisches Experiment.« *Die Welt*

Das dritte Schwert

Historischer Roman

von

Jörg Kastner
Guido Dieckmann
Malachy Hyde
Walter Laufenberg
Sabine Wassermann
Micaela Jary
Eric Walz
Frank S. Becker
Kurt Uhlen
Petra Balzer
Günter Krieger
Tessa Korber

aufbau taschenbuch
AUFBAU VERLAGSGRUPPE

Herausgegeben von
Malachy Hyde und Kurt Uhlen

QuoVadis

ISBN 978-3-7466-2403-7

Aufbau Taschenbuch ist eine Marke der Aufbau Verlagsgruppe GmbH

1. Auflage 2008

Umschlaggestaltung Dagmar & Torsten Lemme, Berlin
unter Verwendung einer Collage von Torsten Lemme
Druck und Binden C.H. Beck, Nördlingen
Printed in Germany

www.aufbau-taschenbuch.de

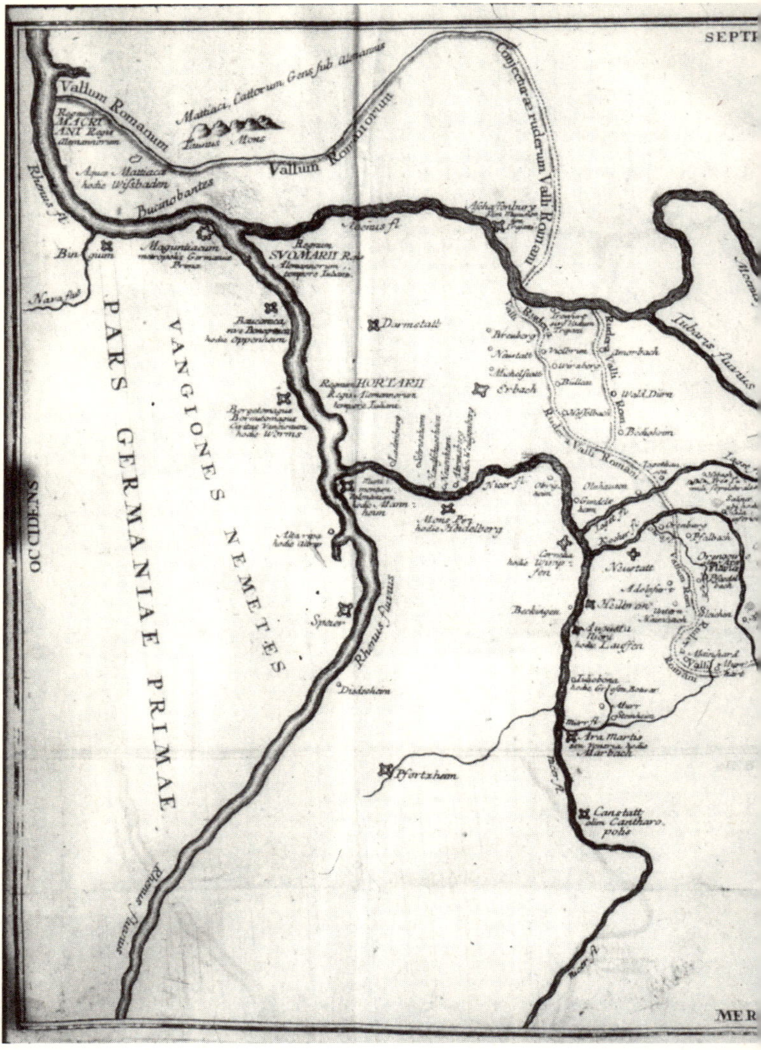

SEPTE
Vallum Romanum
Mattiaci, Cattorum Gens sub Alemannis
Taunus Mons
Vallum Romanorum
Conjecturae ruderum Valli Romani
Apua Mattiacae hodie Wisbaden
Bucinobantes
Rhenus fl.
Moenus fl.
Bingium
Maguntiacum
Nava fl.
Darmstatt
Erbach
Tubaris fluvius
PARS GERMANIAE PRIMAE
VANGIONES
NEMETES
OCCIDENS
Nicer fl.
Mons Pyr hodie Heidelberg
Spira
Rhenus fluvius
Pfortzheim
Canstatt olim Cantharopolis
Rhenus fluvius
MER

Diese Karte wurde freundlicherweise von der Deutschen Limes-kommission zur Verfügung gestellt.

Dramatis Personae

Decius Curmillus der Ältere	Vater von Decius und Manius, Ehemann von Julia
Decius Curmillus	älterer Sohn des Decius Curmillus
Manius Curmillus Claudus	jüngerer Sohn des Decius Curmillus, genannt Claudus, der Hinkende
Julia	Mutter von Decius und Manius, Witwe des Decius Curmillus
Salgard	Germanin von einem Stamm jenseits des Limes, lebt im Vicus bei Verwandten
Livia Partella	Tochter des Partellus
Partellus	verwitweter Baumeister im Vicus, Vater der Livia
Sigo	Stammesfürst der Naristen
Inga	Mädchen vom Stamme der Naristen
Gnaeus Valerius Aulus	Kommandant des Auxiliarkastells der Ala II Flavia pia fidelis
Publius Servatius Curio	Nachfolger von Aulus als Kommandant des Kastells

Flavius Tullius	Freund der Familie Curmillus, Händler in der Augusta Vindelicum
Priscilla	Ehefrau von Flavius Tullius
Victorinus	Tierfänger, bester Mann des Decius
Quintus Malisius	Schreiber des Aulus
Greda	Sklavin im Hause Curmillus
Brodinius	Sklave im Hause Curmillus
Felix	Sklave der Partelli
Silberling	germanischer Händler jenseits des Limes
Eysa	verbannte Germanin

Historische Persönlichkeiten

Marcus Aurelius	Römischer Kaiser (26. April 121 bis 17. März 180)
Annia Galeria Faustina	Römische Kaiserin, Gattin des Marcus Aurelius (ca. 125/130 bis 176)

Prolog

Curmillus hatte etwas erspäht. Sein Sohn Decius bemerkte es sofort, als der Vater stehenblieb und mit zu Schlitzen verengten Augen über die große Lichtung sah.

Decius stand noch im Schatten der wuchtigen Bäume, und die helle Nachmittagssonne, die auf die Lichtung schien, blendete ihn. Er schirmte mit der linken Hand seine Augen ab und versuchte zu erkennen, was die Aufmerksamkeit seines Vaters geweckt haben mochte. Irgendeines der zahlreichen Gewächse, die den freien Platz rings um eine umgestürzte und schon längst abgestorbene Eiche bevölkerten, so viel stand für ihn fest. Aber um welches Kraut, um welche Blume konnte es sich handeln?

Sooft er und sein jüngerer Bruder Manius mit dem Vater unterwegs waren, um Heilpflanzen zu suchen, versuchte er, sich ihr Aussehen, ihre Standorte und Wirkungsweisen möglichst genau einzuprägen. Sein Bruder indes bewies keinerlei Geschick darin, die Geheimnisse der Heilkunst zu erlernen. Manius fühlte sich immer dann wohl, wenn er mit seinen großen Händen, die schon fast die eines Mannes waren, arbeiten konnte.

Aber Curmillus wollte es nicht wahrhaben, dass sein jüngerer Sohn eher zum Handwerker geboren schien als zum Medicus. Auch Decius konnte sich nicht darüber freuen, denn wenn Manius einen anderen Beruf ergriff, lastete die Bürde, in die Fußstapfen des Vaters zu treten, ganz allein auf ihm.

Seufzend beobachtete er, wie ihr Vater sich in Bewegung

setzte und die Lichtung mit zielstrebigen Schritten durchmaß. Curmillus schien immer zu wissen, was zu tun war. Vielleicht war es das, was einen Erwachsenen von einem Jungen unterschied.

Eine Hand legte sich von hinten schwer auf Decius' Schulter, es war Manius, der ihn spöttisch ermahnte: »Träum nicht, Bruder, sonst entgeht dir ein wichtiges Heilkraut. Vielleicht eines, mit dem wir einen Liebestrank brauen können, der uns jedes hübsche Mädchen gefügig macht, sogar die römischen Patrizierinnen.« Er gluckste vor Freude über seinen Scherz. »Oder ein Kraut, mit dem wir das Reißen in unseren Gliedern heilen können, wenn wir dereinst alt und grau sind.«

Manius zählte vierzehn Jahre, war aber für sein Alter hochgewachsen. Er war fast so groß wie sein zwei Jahre älterer Bruder. Oft wurden sie für Zwillinge gehalten. Beide hatten das schmale, ausdrucksstarke Gesicht des Vaters geerbt ebenso wie sein dunkelblondes Haar, das die germanische Abstammung verriet.

Decius grinste schief. »Wenn ich weiter durch den Wald hier stapfe, habe ich schon heute Abend das Gliederreißen. Dann kann mich auch keine hübsche Patrizierstocher mehr entflammen.«

Manius kicherte. »Noch ein Grund, dass wir uns sputen. Sieh nur, sogar Crispus hat es eilig.«

Er zeigte auf ihren Hund, der dem Vater kläffend auf die Lichtung gefolgt war. Das Tier war ihnen vor ein paar Jahren zugelaufen, als es noch jung war. Sie hatten nie herausgefunden, woher es gekommen war. An einem kalten Winterabend hatte es an ihrer Tür gekratzt und ein mitleiderregendes Heulen ausgestoßen. Ganz abgemagert und verängstigt war der junge Hund gewesen, und wohl nur der nagende Hunger hatte ihn dazu gebracht, bei fremden Menschen Zuflucht zu suchen.

Decius hatte sich seiner angenommen und in vielen Stunden

sein Zutrauen gewonnen. Anfangs war der Hund scheu vor jedem Menschen zurückgewichen und hatte trotz seines Hungers das von Decius hingestellte Fressen erst angerührt, wenn ein gewisser Abstand zwischen ihm und dem Menschen herrschte. Decius' Mutter hatte die Vermutung geäußert, dass sein früherer Herr ihn schwer misshandelt haben musste.

Irgendwann zahlte Decius' Beharrlichkeit sich aus, und Crispus wurde allmählich zutraulich, zunächst nur bei ihm, dann auch gegenüber seinem Bruder und seinen Eltern. Aber zwischen Decius und Crispus hatte seitdem immer ein ganz besonderes Band bestanden. Ein Ruf von Decius genügte, und Crispus ließ das schmackhafteste Fressen stehen, um augenblicklich zu ihm zu laufen. Neben seinem Bruder Manius war Crispus, der seinen Namen nach dem krausen braunen Fell erhalten hatte, sein bester Gefährte.

Offenbar war Crispus nicht an Heilpflanzen interessiert. Der Hund hielt sich nicht lange auf der Lichtung auf, schnupperte nur kurz an der umgestürzten Eiche und verschwand dann, noch immer kläffend, auf der anderen Seite im Unterholz. Vielleicht hatte er etwas entdeckt, dem er nachjagte, einen Hasen oder einen Dachs, vielleicht auch nur einen Schatten, den er für ein Tier hielt.

Als die beiden Brüder durch das hohe Gras stapften, war Decius an diesem Tag einmal mehr froh darüber, dass sie bei ihren Ausflügen nicht ihre übliche römische Kleidung trugen, sondern die ihrer Vorfahren, die die Römer der Einfachheit halber Germanen nannten, obwohl sie sich doch in viele verschiedene Stämme teilten. Die Familie von Decius Curmillus hatte sich längst an die Gepflogenheiten der Römer, die schon seit Generationen in diesem Land herrschten, angepasst. Ihr Vater hatte sogar als römischer Militärarzt gearbeitet, und natürlich gingen er und seine Angehörigen normalerweise in der Tracht der Römer. Aber hier draußen, im dichten Wald, verfing eine

Tunika sich leicht im Gestrüpp, und Dornenranken hinterließen blutige Striemen auf nackten Beinen. Die langen Hosen ihrer germanischen Vorfahren waren da ebenso von Vorteil wie die weit über den Knöchel reichenden Lederschuhe, die sie anstatt der römischen Sandalen trugen.

Als die Jungen ihren Vater erreichten, kniete er hinter dem mächtigen Stamm der gestürzten Eiche und betrachtete andächtig ein paar Gewächse mit gelber Blüte, die kaum höher als das Gras waren. Curmillus hatte die Augen eines Raubvogels, sonst hätte er sie nicht vom Rand der Lichtung aus erblicken können.

»Ist das eine besondere Pflanze?«, fragte Manius unsicher, als sie sich neben den Vater knieten. Dem Zögern in seiner Stimme war anzumerken, dass er sich nicht daran erinnerte, ob ihr Vater ihnen das Gewächs schon einmal gezeigt hatte.

Auch Decius war sich diesmal nicht sicher und froh, dass sein Bruder das Wort ergriffen hatte.

Curmillus maß seine Söhne mit jenem bedeutungsvollen Blick, mit dem er sie stets ansah, wenn er sie in die Geheimnisse der Heilkunde einweihte. In diesem Blick vermischten sich der Stolz auf das eigene Wissen und auf das, was er im Leben erreicht hatte, mit der Hoffnung, dass seine Söhne einmal seine Nachfolge antreten mochten.

Decius fürchtete diesen Blick, weil er Angst hatte, den in ihn gesetzten Erwartungen nicht gerecht zu werden. Andererseits weckte der Blick seines Vaters in ihm ein wohliges Gefühl, wie er es früher empfunden hatte, wenn er sich beim Spielen weh getan und vom Vater oder von der Mutter Trost empfangen hatte. Decius wusste, dass sein Vater ihn und seinen Bruder liebte. Alles, was Curmillus von seinen Söhnen und für seine Söhne erhoffte, entsprang väterlicher Liebe und ebensolchem Stolz, und gerade darum liebte Decius ihn.

»Jede Pflanze ist etwas Besonderes, Manius«, sagte ihr

Vater. »Jedenfalls dann, wenn man um ihre spezielle Wirkung weiß.«

»Aha«, brummte Manius und legte seine Stirn in Falten, während er wohl darüber nachsann, ob er die Bemerkung als Rüge auffassen musste.

Decius sprang für den Bruder in die Bresche und fragte rasch: »Welche spezielle Wirkung hat diese Pflanze, Vater?«

»Das Gelbkraut, das man an den Rändern von Wäldern und Feldern oder auf Lichtungen findet, spendet ein heilendes Öl.« Curmillus pflückte eine Blüte und zerdrückte sie vorsichtig, fast andächtig, zwischen Daumen und Zeigefinger. Rote Flüssigkeit, die an Blut erinnerte, benetzte seine Finger. »Das Öl ist in seiner Wirkung recht stark und sollte nur vorsichtig verabreicht werden. Will man es weniger stark dosieren und gleichzeitig eine größere Menge herstellen, kann man das Gelbkraut auch in Olivenöl legen, damit sich beide Öle vermengen. Nach ungefähr zwölf Tagen muss man neues Gelbkraut nachlegen, so lange, bis das Olivenöl so rot ist wie der reine Saft der Pflanze.«

Manius, der seinen Patzer wettmachen wollte, fragte: »Und welche heilende Wirkung hat dieses Öl nun?«

Curmillus lächelte. »Das Besondere dieser Pflanze ist, dass man ihr Öl äußerlich wie auch innerlich anwenden kann. Äußerlich bei Wunden, die, bestreicht man sie mit dem Öl, schneller verheilen. Auch Prellungen und Zerrungen gehen bei äußerer Anwendung rascher zurück. Die innere Einnahme hilft bei Schwierigkeiten mit der Verdauung, bei übermäßiger Reizbarkeit und bei Angstzuständen. Auch Frauen können es trinken, wenn sie ihre besonderen Beschwerden haben. Das Öl beruhigt den Leib von innen und …«

Decius wollte seinem Vater ganz bestimmt zuhören, aber irgendetwas verwirrte ihn und lenkte ihn ab. Im ersten Augenblick wusste er nicht einmal, was es war.

Er verharrte still und lauschte, ganz so, als würde er den

Ausführungen seines Vaters aufmerksam folgen. Aber in Wahrheit horchte er in den Wald hinein, allerdings ohne dass er etwas hörte.

Da begriff er: Es war die unnatürliche Stille, die seine Aufmerksamkeit erregt hatte. Eben noch hatten Vögel gezwitschert, hatte irgendwo angestrengt ein Specht gehämmert. Jetzt waren all diese Laute verstummt. Wie auch das unablässige Kläffen von Crispus, der dort hinten im Wald herumtollen musste.

Wo war der Hund abgeblieben? Im Unterholz am anderen Ende der Lichtung hatte Decius seinen vierbeinigen Freund zuletzt gesehen.

Angst erfasste ihn, unerklärlich und doch stark. Er spürte, wie sein Herz schneller schlug und seine Nackenhaare sich aufstellten. Er musste einen Kloß in seiner Kehle hinunterschlucken, bevor er laut nach Crispus rufen konnte, einmal, zweimal, wieder und wieder, aber der Hund blieb so stumm wie die Tiere des Waldes.

Sein Vater und sein Bruder blickten Decius verwirrt an.

»Warum rufst du nach Crispus?«, fragte der Vater streng. »Hältst du den Hund für wichtiger als meine Erklärungen?«

»Nein, Vater, es ist nur … die Stille …«, stammelte Decius und erkannte im gleichen Augenblick in den Augen von Vater und Bruder, dass sie seine Worte nicht verstanden. »Alles ist auf einmal so ruhig, der ganze Wald. Auch Crispus ist nicht mehr zu hören. Sonst kommt er immer sofort, wenn ich nach ihm rufe.«

Die Verärgerung verschwand aus den Zügen des Vaters und machte etwas anderem Platz: Furcht. Decius sah seinem Vater an, dass er ähnlich empfand wie er selbst. Nur Manius schien die unbekannte, unsichtbare Gefahr nicht zu spüren. Verständnislos wechselte sein Blick zwischen Vater und Bruder.

Ohne dem Gelbkraut auch nur einen weiteren Blick zu gönnen, stand Curmillus auf und sagte mit leiser, aber umso eindringlicherer Stimme: »Wir verlassen die Lichtung auf dem Weg, auf dem wir gekommen sind – sofort! Und verhaltet euch still!«

»Aber warum?«, fragte Manius arglos.

»Fragt nicht!«, erwiderte der Vater, abermals mit gedämpfter Stimme. »Tut einfach, was ich euch sage!«

»Das geht nicht«, begehrte Decius auf. »Wir können doch nicht ohne Crispus gehen.«

Die Augen seines Vaters hefteten sich auf ihn, streng und besorgt zugleich. »Denk jetzt nicht an den Hund, Decius, denk nur an deinen Bruder und an dich!«

Aber das konnte, das wollte Decius nicht. So manches Abenteuer hatte er mit Crispus erlebt. Der Hund war für ihn wie ein Mitglied der Familie, und da sollte er ihn einfach so zurücklassen?

»Nein!«

Die Sorge um Crispus war stärker als die Angst um das eigene Leben. Decius rannte los, in Richtung der Stelle, wo der Hund im Unterholz verschwunden war. Hinter sich hörte er seinen Vater rufen, hörte er den scharfen Befehl stehenzubleiben. Doch Decius lief weiter, riss zum Schutz gegen tiefhängende Äste die Arme hoch und tauchte in das Halbdunkel des Waldes ein.

Er hielt erst an, als die Lichtung hinter ihm nicht mehr war als ein verschwommener, heller Fleck. Noch immer hörte er die Rufe seines Vaters, und er ignorierte sie weiterhin. Bemüht, seinen rasselnden Atem unter Kontrolle zu bringen, blickte er sich nach allen Seiten um. Wohin war Crispus gelaufen?

Als sein Blick auf den Boden fiel, bemerkte er die Abdrücke, die seine Füße in der weichen Schicht aus Erde und Laub hinterlassen hatten. Und als er genauer hinsah, erblickte er auch frische Pfotenabdrücke. Sie kamen von der Lichtung und führten tiefer in den Wald hinein, sie konnten nur von Crispus stammen. Mit klopfendem Herzen folgte er ihnen, während er laut nach Crispus rief.

Die Antwort, die er erhielt, fiel anders aus als erhofft. Ein tiefes Grollen, wie Crispus es niemals zustande gebracht hätte, drang an seine Ohren. Nicht nur Crispus, kein Hund auf dieser Welt könnte solch einen Laut von sich geben, da war Decius sich sicher. Das Geräusch ähnelte einem anschwellenden Donnergrollen und schien eher von einem Dämon zu stammen als von einem Tier. Unter anderen Umständen wäre dieser furchterregende Laut ihm eine Warnung gewesen, und er hätte augenblicklich kehrtgemacht. Aber die Sorge um Crispus trieb ihn weiter.

Decius drückte eine Ranke zu hastig beiseite, und ein paar Dornen bohrten sich schmerzhaft in seine rechte Hand. Er achtete nicht weiter darauf, denn hinter dem Dornbusch sah er seinen Hund – oder das, was von ihm übrig war.

Wenige Schritte vor ihm lag Crispus mit verrenkten Gliedern und zerfetztem Leib, und auf den ersten Blick war Decius klar, dass kein Leben mehr in ihm war. Nie wieder würde Crispus aufgeregt kläffen und ohne Rücksicht auf Verluste angefegt kommen, wenn Decius nach ihm rief.

Decius wollte den Blick abwenden, aber es gelang ihm nicht. Etwas ganz tief in seinen sich überschlagenden Gedanken hoffte auf das Unmögliche, wartete darauf, dass Crispus aufsprang und herumtollte wie eh und je.

Erst als das unheimliche Grollen erneut erscholl, diesmal ganz nah, und als kurz darauf etwas Großes, Schweres durch das Unterholz brach, erwachte er aus seiner Erstarrung. Ein Wesen in dunklem Pelz stand auf vier kräftigen Beinen vor ihm, keine zehn Schritte entfernt, und musterte ihn aus schwarzen Augen. Hätte es sich auf seine Hinterbeine aufgerichtet, wäre es größer gewesen als ein Mann. Decius hegte keinen Zweifel daran, dass er Crispus' Mörder gegenüberstand. Von einem Augenblick auf den nächsten verwandelte sich die Trauer um Crispus in nackte Angst – Angst um sein Leben.

Vor seinem inneren Auge sah er, was sich hier vor kurzem abgespielt hatte: Crispus, der bei seinem arglosen Herumtollen den riesigen Bären aufgestört hatte. Ein ungleicher Kampf zwischen den beiden. Ein wütender Bär, der den geschlagenen, wehrlosen Hund zerfetzte, wie es ein zorniges Kind mit seiner Puppe tat.

Und dasselbe, schoss es Decius durch den Kopf, würde gleich mit ihm geschehen. Der Bär würde ein kurzes, tödliches Spiel mit ihm spielen, und dann würde Decius mit Crispus vereint sein – im Tod.

Vielleicht hätte er sich umdrehen und weglaufen sollen, aber er konnte es nicht. Seine Füße schienen am Boden festgewachsen, seine Glieder so schwer, dass er nicht einmal einen Finger bewegen konnte. War dieser Bär in Wahrheit doch ein Dämon, der ihn mit einem lähmenden Bann belegt hatte?

»Keine plötzlichen Bewegungen!«, hörte er da die vertraute Stimme seines Vaters hinter sich. »Du darfst Grauohr nicht noch unruhiger machen, Junge. Auch wenn es schwerfällt, geh ganz langsam rückwärts, Schritt für Schritt! Hörst du?«

Sein Vater war da! Decius fühlte sich unendlich erleichtert. Väter wussten immer, was zu tun war. So würde es auch diesmal sein, ganz sicher!

»Hast du gehört, Decius?«, fragte sein Vater abermals.

Er nickte unmerklich, während ihm die Worte des Vaters durch den Kopf gingen.

Grauohr!

Erst jetzt bemerkte er, dass das linke Ohr des Bären eine seltsame graue Färbung aufwies. Dies war also der Bär, der seit Monaten die umliegenden Siedlungen und Höfe in Angst und Schrecken versetzte. Er zerbrach Zäune und Stallungen, tötete das Vieh und hatte einmal sogar einen Bauern angegriffen, der ihn von seinem Land verscheuchen wollte. Der Bauer hatte schlimme Wunden davongetragen, und Decius' Vater hatte ihn nur mit Mühe und Not wieder zusammenflicken können.

Decius konnte nicht anders, als den Bären anzusehen, aber die Augen des Untiers verrieten seine Absichten nicht. Plante das Tier bereits den Angriff auf Decius und seinen Vater? Oder hatte Grauohr fürs Erste genug Blut vergossen und war an den beiden Menschen gänzlich uninteressiert? Alles schien möglich.

»Geh jetzt rückwärts, Decius!« hörte er wieder das angespannte Flüstern seines Vaters. »Langsam, ohne Hast!«

»Ja«, antwortete Decius mit einem leisen Krächzen und setzte den rechten Fuß nach hinten, dann den linken, wieder den rechten.

»Gut so, mein Sohn, aber beweg dich nicht zu schnell! Sei ganz ruhig!«

Langsam entfernte Decius sich von dem Bären, der auf seinem Platz verharrte und den Kopf schief legte, als verfolge er neugierig, was die zweibeinigen Wesen vor ihm da aufführten.

Decius wollte schon erleichtert aufatmen, da verfing sein linker Fuß sich in einer großen Baumwurzel, die aus dem Erdreich ragte. Er verlor das Gleichgewicht und fand es auch nicht wieder, als er heftig mit den Armen zu rudern begann. Plump und mit einem krachenden Geräusch stürzte er zu Boden, sein Hinterkopf schlug gegen einen Baumstamm. Die Folge war ein stechender Schmerz, der seinen Kopf von hinten nach vorn durchzog wie ein durch seinen Schädel gestoßener Dolch.

Als Decius fiel, setzte der Bär sich in Bewegung – mit einer Schnelligkeit, die Decius ihm angesichts seiner gewaltigen Körpermasse nicht zugetraut hätte. Sein Vater sprang ihm in den Weg und stellte sich schützend vor seinen Sohn. Er hatte sein

Messer aus der Lederhalterung am Gürtel gezogen. Eine kümmerliche Waffe angesichts dieses mächtigen Feindes.

Grauohr prallte auf seinen Vater, und Decius schrie laut auf. Er wollte aufstehen, um dem Vater zu helfen, aber der Fuß, der sich im Wurzelwerk verfangen hatte, musste verstaucht sein. Sobald Decius ihn belastete, spürte er einen neuen Schmerz, nicht weniger stark als der eben in seinem Kopf, und er fiel erneut zu Boden.

Vielleicht rettete ihm dies das Leben. Der Bär, eben noch mit seinem Vater beschäftigt, hieb mit einer Tatze nach Decius und hätte ihn voll getroffen, hätte er aufrecht gestanden. So streifte der Hieb zwar nur seinen Kopf, doch die Wucht des Schlages reichte aus, um Decius in ein schwarzes Loch stürzen zu lassen. Das Letzte, was er wahrnahm, war eine schemenhafte Gestalt, die aus der Richtung kam, wo die Lichtung lag, und an ihm vorbeihuschte.

Als Decius aus der Ohnmacht erwachte und der Nebel vor seinen Augen sich lichtete, sah er sich panisch um. Der Bär war nirgends zu sehen, und seine Erregung legte sich etwas. Decius lag noch auf dem aufgewühlten Waldboden, neben ihm hockte sein Bruder, die Kleidung zerrissen, völlig verschmutzt und ein blutiges Messer in der Hand. Manius' Gesicht wirkte verzerrt, als unterdrücke er einen starken Schmerz.

»Wie fühlst du dich?«, fragte Manius.

»Gut«, antwortete Decius, aber seine zitternde Stimme wollte ihn Lügen strafen. »Immerhin lebe ich noch.«

»Was mehr ist, als man von Vater sagen kann.«

Decius hörte die leisen, bitteren Worte seines Bruders zwar, aber er begriff sie erst, als sein Blick auf den zerfetzten Leib fiel, der vor kurzem noch ihr Vater gewesen war.

Curmillus befand sich in einem ebenso erbärmlichen Zustand wie Crispus. Als hätte es dem Bären nicht gereicht, ihn nur zu töten – Grauohr schien erst zufrieden zu sein, wenn er seine Opfer vollkommen zerfleischt hatte.

Hinterher wusste Decius nicht zu sagen, wie lange er auf seinen toten Vater gestarrt hatte. Bilder aus der Vergangenheit tauchten vor ihm auf, aus der noch nicht lange zurückliegenden Zeit, als sein Vater quicklebendig gewesen war. Und er dachte an seine Mutter Julia, die auf die Heimkehr ihrer Lieben wartete und nicht wusste, dass sie gerade zur Witwe geworden war.

Irgendwann, als er wieder an etwas anderes denken konnte, fragte er nach dem Bären.

»Der hat fürs Erste genug«, sagte Manius grimmig und hob das blutige Messer hoch. »Leider konnte ich ihn nicht töten, aber ich habe ihm mit Vaters Messer das Auge unter seinem grauen Ohr ausgestochen. Da ist er zurück in den Wald gelaufen.«

Jetzt erst bemerkte Decius, dass sein Bruder nicht nur oberflächliche Wunden davongetragen hatte. Seine Hose war an der linken Seite zerrissen, und das Bein darunter sah nicht besser aus. Aufgerissenes, blutiges Fleisch, aus dem die bloßen Knochen ragten. Es wirkte, als würde Manius das Bein nie wieder benutzen können. Seine Schmerzen mussten kaum zu ertragen sein, und doch kam kein Laut der Klage über seine Lippen.

»Du hast Mut bewiesen, Manius.«

Manius bedachte ihn mit einem kalten Blick, wie er ihn noch nie bei seinem Bruder erlebt hatte. »Leider kann ich dasselbe nicht von dir behaupten, Decius.«

»Wie meinst du das?«

»Du hast versucht zu fliehen, hast Vater mit dem Bären alleingelassen!«

»Aber so war es nicht! Vater hat mir gesagt, ich solle mich vorsichtig zurückziehen, und dabei bin ich gestürzt.«

»Für mich sah das anders aus«, erwiderte Manius mit einer

Stimme, die so eisig war wie sein Blick. »Als ich hierherkam, kämpfte Vater allein gegen Grauohr. Du lagst hinter ihm am Boden. Mach mir nichts vor, Decius, du bist bei dem Versuch zu fliehen gestolpert und gestürzt! Du hast Vater im Stich gelassen und trägst die Schuld an seinem Tod!«

Zumindest die letzte Behauptung seines Bruders stimmte, musste Decius sich eingestehen. Wäre er nicht kopflos in den Wald gelaufen, um nach Crispus zu suchen, wäre sein Vater noch am Leben.

»Du hast recht, Manius«, sagte er mit kaum hörbarer Stimme, während Tränen über seine Wangen rannen. »Es ist alles meine Schuld!«

Kapitel 1

Augusta Vindelicum, Frühjahr 168 n. Chr.

Hab Dank, dass du mich in deinem Haus aufgenommen hast, mein guter alter Freund! Nirgendwo in der Stadt kann sich ein müder Reisender besser erholen als bei dir!«

Decius lehnte sich auf seinem Polster zurück und biss, obwohl er bereits satt war, voller Genuss in ein Stück Honigkuchen. Wie schön, dass sein Gastgeber, der wohlhabende Händler Flavius Tullius, ihm vor dem Schlafengehen noch ein wenig Gesellschaft leistete, denn nach dem langen Marsch, der ihn von seinem Heimatort bis weit über den Limes in das freie Germanien hinaus und schließlich wieder zurück auf die römische Seite des Limes geführt hatte, tat ein wenig Zerstreuung gut. Decius hatte seine Wagen und Käfige auf dem geräumigen Hof verstaut, sich gewaschen und hervorragend gespeist. Nun brach der Abend herein, und mit ihm sandte der Wind kühle Luft in das große, nach neuester römischer Mode eingerichtete Stadthaus. Über die steinernen Platten des Hofes klapperten derweil Sandalen; vermutlich eilten noch immer Sklaven mit Aufträgen des Hausherrn umher. Für Händler und ihre Gehilfen endete der Tag in der Provinz Raetia, so wie überall im römischen Imperium, oft erst in den späten Abendstunden. Aus dem nahe gelegenen Pferdestall drangen das Scharren von Hufen und das Quietschen einer Tür an Decius' Ohr. Wasser wurde in ein Fass geschüttet und klatschte lautstark auf dem Holz auf.

Alles um ihn herum kam dem jungen Mann größer, lauter und aufregender vor. Sogar der Ostwind schien hier stärker zu wehen als in dem verschlafenen Nest, in dem seine Familie lebte.

Flavius Tullius lächelte ihn an; gutmütig forderte er ihn auf, sich noch ein weiteres Stück Kuchen vom Teller zu nehmen. Im Schein der Öllampe, die vor ihm auf dem mit Speisen überhäuften Tischchen stand, wirkte sein Gesicht runzlig; die Falten, die sich durch seine Wangen zogen, sahen aus wie Sprünge in einem Tonkrug. Seit Decius' letztem Besuch war Flavius Tullius sichtlich gealtert. Vielleicht arbeitete er zu viel und gönnte sich zu wenige Stunden der Muße. Damals, als Decius gemeinsam mit seinem Vater und Manius regelmäßig im Haus des Händlers eingekehrt war, hatte sich die Tunika noch stramm um dessen mächtigen Bauch gespannt. Heute schlotterte sie ihm in tiefen Falten um den Körper.

Decius musste an seinen Bruder denken. Manius hatte sich immer über die Geschwindigkeit amüsiert, in der Flavius Tullius Berge von gebratenen Hühnchen, Weintrauben und in Schmalz gewendeten Teigtaschen verdrückt hatte. Dazu war der Wein in Strömen geflossen, denn der Alte handelte mit dem begehrten Rebensaft. Es gab kaum eine Taverne im Umkreis von fünfzig Meilen, die nicht von Flavius Tullius beliefert wurde. Seine Frau Priscilla war dem Appetit und der Trinkfestigkeit ihres Mannes stets mit einer Mischung aus vornehmer Nachsicht und Stolz begegnet.

Die Götter schienen es mit ihr und Flavius in den letzten Jahren gut gemeint zu haben. Sie hatten ihre Ehe zwar nicht mit Kindern und Enkelkindern, dafür aber mit bescheidenem Wohlstand und Freunden und Verwandten gesegnet, um die sich beide voller Hingabe kümmerten.

Decius erinnerte sich gern an die unbeschwerten Stunden, die er und seine Eltern im Haus der Kaufmannsfamilie verbracht hatten. Manchmal hatte Priscilla ihren Gästen bis spät in die Nacht hinein die Becher gefüllt, sie mit Liedern unterhalten und ihnen duftende Kräuter aus ihrer Heimat, einer entlegenen Provinz im Osten des Reiches, auf die Klinen streuen lassen.

Der herbe Duft dieser Kräuter hing auch heute wie eine Glocke über dem Speiseraum. Decius hatte ihn wahrgenommen, kaum dass er das Atrium betreten und sich die Sandalen von den schmerzenden Füßen gestreift hatte. Nach diesen Kräutern hatte seine Jugend gerochen. Eine glückliche Zeit, die in den Wäldern ein jähes Ende genommen hatte.

Mit einer fahrigen Geste wischte er sich die Krümel des klebrigen Kuchens vom Kinn, als könnte er damit auch die düsteren Gedanken vertreiben, die plötzlich in ihm aufkeimten. Vielleicht war es doch kein so guter Einfall gewesen, hier einzukehren.

Flavius Tullius war ein feinfühliger Mann. Er musste bemerkt haben, dass die gelöste Stimmung seines jungen Gastes in Schwermut umgeschlagen war. Denn noch bevor Decius sich erheben und zurückziehen konnte, winkte Tullius einen Sklaven herbei, der pflichtbewusst neben der Tür zum Atrium stand und wies ihn an, Decius' Becher zu füllen.

»Wie hätte ich dem Sohn meines alten Freundes die Tür weisen können«, sagte Flavius Tullius. »Wie lange ist es wohl her? Sieben Jahre oder acht? Es war uns stets eine große Ehre, einen so gelehrten Medicus mit seinen Söhnen unter unserem Dach zu beherbergen, und daran hat sich auch nach dem frühen Tod deines Vaters nichts geändert. Manius und du, ihr seid uns in Augusta Vindelicum immer willkommen.« Er stand auf und schlurfte mit müden Schritten zu dem Kohlenbecken hinüber, dem eine behagliche Wärme entstieg. Dort nahm er eine bronzene Gabel zur Hand, die Neptuns Dreizack nachgebildet war, und begann damit, die glühenden Kohlen umzuschichten, bis die Funken wie winzige Brandfackeln durch die Luft stoben.

»Ich hätte mich schon viel früher aufmachen sollen, um euch

zu besuchen«, murmelte Decius, während er ein Gähnen unterdrückte. Die Wärme machte ihn schläfrig, und der schwere Wein überzog seine Zunge mit einem pelzigen Gefühl, das angenehm, aber ungewohnt war. Dennoch entging ihm das leichte Beben nicht, das durch Flavius' Schultern fuhr.

»Aber meine Mutter … Sie hatte es nicht leicht nach Vaters Tod, auch wenn sie zu stolz ist, das zuzugeben. Und dass ich so oft auf Reisen bin, macht es nicht besser.«

Flavius drehte sich langsam zu ihm um. »Julia ist eine der stärksten Frauen, die ich kenne«, sagte er. »Als Mutter zweier Söhne weiß sie, dass aus Knaben schließlich Männer werden, die ihr eigenes Leben führen müssen. Die Götter haben das Recht, zu bestimmen, wann unsere Kinder flügge werden und das Nest verlassen. Es wäre ein unverzeihlicher Frevel, ihren Ratschluss in Frage zu stellen.« Unvermittelt lächelte er ihn an. »Abgesehen davon: In Rom wäre ein hübscher Bursche wie du schon längst verheiratet, mein junger Freund. Nur bei euch scheint die Zeit wie eine Schnecke dahinzukriechen.«

Plötzlich war Decius hellwach. Eine Welle der Verlegenheit färbte seine Wangen rot. »Nun, es gibt da tatsächlich ein Mädchen …«, begann er, hielt dann aber inne. Der Wein. Die Müdigkeit. Gewiss waren sie schuld, dass seine Zunge ihn auf einmal verriet. Für gewöhnlich lag es nicht in seiner Natur, mit anderen Menschen über persönliche Angelegenheiten zu sprechen. Schon gar nicht über Liebesdinge, die behielt er hübsch für sich. Weder Manius noch seine Mutter hatten eine Ahnung, welche Stürme seit einigen Wochen in seiner Brust tosten. Sein Bruder wusste es nicht, weil er niemals mehr als das Nötigste mit ihm sprach, und Julia …

Nun, Julia war seine Mutter. Sie war wirklich eine starke, intelligente Frau, die ihre Gefühle stets unter Kontrolle hatte, so, wie es von einer Römerin erwartet wurde. Als die Nachricht vom Tod ihres Mannes und von der Verletzung ihres Jüngsten sie erreicht hatte, war sie weder zusammengebrochen, noch hatte sie geweint. Ihre Augen waren erloschen wie die Flamme einer Kerze im Wind, aber ihr Rücken hatte sich nicht gebeugt. Niemals hatte sie ein Wort darüber verloren, was damals draußen in den Wäldern geschehen sein mochte. Einzelheiten hatte sie gar nicht erst wissen wollen, obgleich Manius einige Male versucht hatte, mit ihr darüber zu reden. Doch seine Bemühungen, sie mit seiner Sicht der Tragödie bekannt zu machen, waren auf Ablehnung gestoßen. Manius hatte seine Versuche, zu ihr durchzudringen, schließlich aufgegeben. Auch die Vorwürfe gegen ihn, Decius, hatte er nicht mehr wiederholt. Aber Decius wusste, dass das Schweigen des Jüngeren nicht bedeutete, dass sein Bruder ihm verziehen hatte.

»Dann wird es wohl bald eine Hochzeit in eurem Hause geben?«, holte ihn Flavius' Stimme aus seinen Erinnerungen. Der alte Mann klatschte begeistert in die Hände. »Bei Jupiter, endlich einmal eine gute Nachricht. Meine Priscilla wird sich freuen, das zu hören. Ich weiß nicht mehr, wie viele Ehen sie in den vergangenen Jahren gestiftet hat. Erst im Herbst richtete sie ein Fest für unsere Nichte aus. Sie heiratete einen Decurionen. Mit ihm hat das Mädchen es wirklich gut getroffen. Ihr Mann gehört dem Ritterstand an, hat gerade seinen Abschied genommen und das Heer verlassen. Der Bursche lebt jetzt mit ihr auf einem Gutshof. Aber bitte sprich später in Priscillas Gegenwart nicht darüber. Sie macht sich nämlich Sorgen, weil sich das Land, das unser neuer Verwandter vom Kaiser als Lohn für seine treuen Dienste erhalten hat, keine halbe Tagesreise weit von den Siedlungen unruhiger Naristen befindet. Ich werde in Kürze einmal dort unten nach dem Rechten sehen müssen.«

»Aufständische Germanen?« Überrascht hob Decius die Augenbrauen. Er konnte sich dunkel erinnern, dass Manius vor seiner Abreise davon gesprochen hatte, aber er war mit den Vorbereitungen für die Tierfängerei viel zu beschäftigt gewesen, um aufmerksam zuzuhören.

»Die Naristen haben einen neuen Stammesführer gewählt, einen gewissen Sigo. Man hört, er sei ein gefährlicher junger Hitzkopf, der es darauf anlege, Rom herauszufordern. Jupiter allein weiß, wie viel Ärger uns diese Aufrührer noch machen. Priscilla fürchtet sogar, Sigos Stämme könnten sich mit den Markomannen verbünden, um römische Siedlungen und Gehöfte zu überfallen. Ihr Ziel scheint es zu sein, den römischen Adler aus der ganzen Provinz Raetia zu verdrängen, wenngleich sie sagen, sie wollen nur Siedlungsland.«

»Wo steckt Priscilla überhaupt?«, wunderte sich Decius. »Ich habe sie noch gar nicht gesehen.«

»Der Sohn unseres Nachbarn, ein Schreiber, der auch für den Statthalter arbeitet, ist heute früh krank geworden. Priscilla hat ihm eine Brühe gekocht und ist nun schon seit Stunden drüben, um den Jungen zu pflegen. Gallus, so heißt sein Vater, weiß nicht, was in solchen Fällen zu tun ist. Und der Medicus, der beim Minerva-Tempel wohnt, hat auf das Klopfen des Sklaven nicht einmal geöffnet. Aber allmählich könnte Priscilla heimkehren, schließlich ist es unhöflich, einen lieben Hausgast so lange warten zu lassen.« Er seufzte. »Wahrscheinlich räumt sie gerade das Haus dieser schlampigen Sippschaft auf. Du machst dir kein Bild davon, wozu Frauen fähig sind.«

Decius war sich nicht sicher, ob er das überhaupt wollte, denn die Sorgen, die sich seine eigene Mutter um das Wohlergehen ihrer erwachsenen Söhne machte, genügten ihm vollkommen. Angesichts des liebevollen Tons, in dem Flavius von Priscilla sprach, nickte er jedoch verständnisvoll. Dann nahm er einen großen Schluck aus seinem Becher und sagte: »Wie dem auch sei, momentan darf ich noch nicht ans Heiraten denken. Wenigstens nicht, solange mich mein Handwerk noch tagelang, manchmal wochenlang in die finstersten Wälder nördlich des Limes treibt. Schließlich möchte ich meiner zukünftigen Frau nicht zumuten, ständig voller Angst auf meine Heimkehr warten zu müssen. Außerdem wäre Mutter mit meiner Wahl sowieso nicht einverstanden. An den wenigen Mädchen in unserer kleinen Siedlung, die mich interessierten, hatte sie bisher jedes Mal etwas auszusetzen. Vielleicht bleibe ich ungebunden, so kann ich mich besser auf die Jagd konzentrieren.«

»Ach was, Unsinn! Ich finde, du kommst genau nach deinem Vater, und der sah nicht nur schneidig aus, sondern besaß auch Geist, Witz und einen guten Geschmack.« Beschwichtigend klopfte Flavius seinem jungen Gast auf die Schenkel. »Wenn ich daran denke, wie Curmillus und ich als junge Burschen den Mädchen nachgestiegen sind, wird mir ganz warm ums Herz.« Er warf einen vorsichtigen Blick hinüber zur Tür, aber dort stand nur sein Sklave und döste mit geschlossenen Augen vor sich hin.

»Aber es tut niemandem gut, zu oft in der Vergangenheit zu schwelgen«, fügte er nach einer Weile hinzu. »Schließlich müssen wir uns unserer Verantwortung als römische Bürger bewusst sein und schätzen die Dinge, die wir Rom verdanken: Ordnung, Aufschwung und Sicherheit. Deine Mutter war doch immer sehr fortschrittlich eingestellt, nicht wahr? Sie wird sich über jedes Mädchen freuen, das du in ihr Haus bringst, sofern es einen tadellosen Ruf hat und Römerin ist. Wahrscheinlich wartet sie bereits sehnsüchtig darauf, dass du endlich diese törichte Bärenfängerei an den Nagel hängst und dich wieder mit der Heilkunde befasst, immerhin hast du nicht nur bei dem Lagerarzt Bononius Gordus, sondern auch bei deinem Vater gelernt, und dem lag die Kunst des Heilens sehr am Herzen. Es wäre jammerschade, wenn weder du noch Manius in seine Fußstapfen treten würden.«

Decius' Achtung vor der Ansicht seines Gastgebers zwang ihn, den Widerspruch zu schlucken, der ihm bereits auf der Zunge lag. Stattdessen rang er sich ein gequältes Lächeln ab. War es ein Zufall, dass Flavius' Meinung der seiner Mutter entsprach? Die beiden waren zwar weitläufig miteinander verwandt, doch viel zu sagen hatten sie einander nie gehabt. Sie waren stolz darauf, trotz ihrer germanischen Wurzeln als römische Bürger akzeptiert zu werden. Dass aber der Alte seine Berufung für die Jagd und den Handel mit wilden Tieren als törichte Zeitverschwendung abtat, kränkte ihn ein wenig. Immerhin hatte er dem Statthalter der Augusta Vindelicum erst vor wenigen Stunden eine beträchtliche Anzahl prächtiger wilder Eber geliefert, außerdem Luchse und andere begehrte Tiere. Er würde einen vollen Beutel mit Sesterzen nach Hause bringen. War es denn so viel gescheiter, sein Leben dem Sammeln und Erproben irgendwelcher Kräuter und Tinkturen zu verschreiben? Das Leben seines Vaters hatten solche Dinge nicht gerettet, ein scharfer Pfeil oder ein Stoß mit dem Schwert hingegen hätten dem Biest, das ihn angegriffen hatte, den Garaus machen können. Wieder drängten sich Bilder aus der Vergangenheit in Decius' Kopf. Er sah seinen Vater vor sich, wie er sich auf einer Wiese nach einer Pflanze bückte, an ihren Blüten roch und sie mit Begeisterung zwischen seinen Fingern zerrieb. Zäh und rot wie Blut benetzte das Öl seine Finger. Plötzlich warfen finstere Wolken einen Schatten auf das Gesicht seines Vaters. Decius hörte das aufgeregte Gebell eines Hundes. Seines Hundes?

Nein, es war Flavius' alter Hofhund, der anschlug, dann aber von einer tiefen, angenehmen Frauenstimme beruhigt wurde. Wenig später steckte Priscilla ihren Kopf in das Speisezimmer. Decius blickte sie neugierig an. Flavius' Frau hatte das Alter während der vergangenen Jahre ebenso wenig verschont wie ihn. Ihre Hüften waren fülliger, ihr dichtes Haar grauer geworden. Doch ihre grünen Augen erstrahlten noch immer in jenem warmherzigen Glanz, den Decius bereits als Knabe an ihr geliebt hatte. Flavius ging seiner Frau mit ausgebreiteten Armen entgegen. »Priscilla, meine Liebe, da bist du ja endlich«, rief er. »Hast du vergessen, welch seltener Gast heute unser Haus beehrt?« Decius bemerkte, wie Priscilla der Umarmung ihres Ehemannes geschickt auswich. Mit gespielter Empörung erklärte sie: »Dieser schreckliche Wind hat mir den Staub der halben Stadt ins Gesicht geblasen. Besser, du lässt mich zuerst ein Bad nehmen und frische Kleidung anlegen, bevor ich unseren jungen Bärenfänger begrüße!« Sie schenkte Decius, der sich von seiner Kline erhoben und die Tunika zurechtgezogen hatte, ein liebenswürdiges Lächeln, vermied es aber, ihm zu nahe zu kommen.

»Was ist los, meine Liebe?«, erkundigte sich Flavius. Seine Miene spiegelte Besorgnis wieder. »Fühlst du dich nicht wohl? Du hältst dich ja kaum noch auf den Beinen vor Erschöpfung. Warum musstest du auch den halben Tag bei Gallus' Sprössling verbringen? Der alte Geizhals hat genug Geld, um eine Sklavin aufs Forum zu schicken und Heilkräuter kaufen zu lassen.«

Priscilla seufzte leise. Sie kannte ihren Mann und die Fürsorge, die er ihr stets angedeihen ließ. Daher quittierte sie sein Schimpfen nicht mit einer Rüge, sondern lediglich mit einem nachsichtigen Kopfschütteln. Rasch erklärte sie, dass sie sich wohl fühle, dafür aber noch andere Menschen im Nachbarhaus erkrankt seien, um die sie sich ebenfalls gekümmert habe. Auch einige Legionäre klagten seit der Mittagsstunde über Kopf- und Gliederschmerzen.

»Bactus, steh nicht herum wie ein Meilenstein«, rief Flavius dem jungen Sklaven am Vorhang zu, der die Ankunft seiner Herrin teilnahmslos zur Kenntnis genommen hatte. »Geh und sag deiner Schwester, sie soll das Bad einheizen, damit deine Herrin sich reinigen kann!«

Der Sklave verneigte sich und eilte aus dem Raum. Priscilla warf Decius noch einen entschuldigenden Blick zu, dann folgte sie dem Knaben hinaus auf den Flur.

»Da stimmt doch was nicht«, murmelte Flavius. »Ich hoffe nur, dass sie sich nicht angesteckt hat. Findest du nicht, dass sie merkwürdig bleich aussah? Und das jetzt, wo ich im Begriff stehe, mit meinem Wein durch die Provinz zu reisen.«

Decius blickte ihn teilnahmsvoll an. Was die Hausherrin berichtet hatte, gefiel ihm nicht. Dennoch sagte er: »Deine Frau, verehrter Freund, wirft so rasch kein Windstoß um. Aber wenn es dich beruhigt, gehe ich gleich morgen früh einmal zu deinen Nachbarn und erkundige mich, was dem Knaben fehlt. Wahrscheinlich ist es nur eine Erkältung. Die Sonne brennt tagsüber immer stärker, aber während der Nächte kühlt es empfindlich ab. So manch einer fängt sich dann aus purem Leichtsinn einen hässlichen Schnupfen ein.«

»Ja, so wird es sein!« Flavius lächelte getröstet. »Lass uns zu Bett gehen, mein Junge, es ist spät geworden. Priscilla wird sich morgen zu uns gesellen!«

Mochte Decius nach dem üppigen Essen auch müde gewesen sein, so war nun, als er im Bett lag, an Schlaf nicht mehr zu denken. Unruhig wälzte er sich hin und her, zerknüllte seine Decke und lauschte auf die Geräusche der Nacht. Irgendwann gab er den Versuch einzuschlafen auf und begab sich in den kleinen Garten hinter dem Haus, der von Priscilla und ihren Dienerinnen in Form eines Hufeisens angelegt worden war und stets ordentlich gepflegt wurde.

Gedankenverloren spazierte er über den Kiesweg, vorbei an den sauber gestutzten Bäumen und Büschen, in denen Nachtvögel raschelten. Es war eine mondhelle Nacht. Vor einem steinernen Muschelbecken blieb er stehen und spritzte sich ein wenig Wasser ins Gesicht. Das Gespräch mit Flavius ging ihm nicht mehr aus dem Kopf. Vielleicht hatte der alte Freund ja recht. Vielleicht vergeudete er seine Jugend. Hätte sein Vater dies gewollt? Bis zu jenem verhängnisvollen Tag im Wald hatte ihn die Jagd nicht besonders interessiert. Nun aber war sie zu einem wesentlichen Bestandteil seines Lebens geworden. Nein, eher zu einem inneren Zwang, der ihn nicht ruhen ließ. Und er lebte nicht schlecht davon. Wilde Tiere aus den germanischen Wäldern waren nicht nur in Rom begehrt, sondern auch in den Provinzen. Je gefährlicher sie aussahen, desto teurer wurden sie gehandelt. Die edlen Herren, die in den Arenen Spiele und Schaukämpfe ausrichten ließen, um das Volk zu unterhalten, ließen sich seine Lieferungen etwas kosten. Und doch durfte er sich nicht selbst belügen. Er jagte nicht wegen des Geldes, das man ihm zahlte, er würde jagen, bis er Grauohr zur Strecke gebracht hatte.

Decius fuhr zusammen, als hinter seinem Rücken ein Räuspern erklang. »Du hättest die Stadt dieses Mal meiden sollen!«

Priscilla saß mit durchgedrücktem Rücken auf einer der marmornen Ruhebänke. Im Mondschein erkannte er, dass sie eine einfache Haustunika aus brauner Wolle und dazu einen Schleier trug, den sie unter dem Kinn mit beiden Händen zusammenzog. Wie lange sie ihn schweigend beobachtet hatte, vermochte Decius nicht zu sagen. Er ging auf sie zu, doch noch ehe er die Bank erreichte, sprang sie auf. Sie maß ihn mit einem durchdringenden Blick, der ihm gebot, Abstand zu halten.

Decius runzelte die Stirn.

»Priscilla, was ist hier los? Du kannst mir nicht weismachen, dass du der Umarmung deines Mannes ausgewichen bist, weil dein Kleid staubig war. Und nun schreckst du auch vor mir zurück. Was fehlt dem Sohn deines Nachbarn? Woran leiden die Legionäre der Garnison?«

Die Frau sog scharf die Luft ein, die Finger ihrer Rechten ließen den Schleier los und glitten über den spiegelglatten Marmor der Bank, die im Licht des Mondes fast weiß leuchtete.

»Man merkt gleich, dass du bei deinem Vater, dem besten Medicus südlich des Limes, gelernt hast, auch wenn du sein Handwerk momentan nicht ausübst«, sagte sie schließlich mit einem knappen Lächeln. »Ich habe Flavius überredet, morgen früh seine Nichte auf ihrem Gut zu besuchen. Es liegt weiter nördlich, und ich konnte ihm glaubhaft versichern, dass mich die Sorge um die Verwandten umtreibt. Immerhin hat uns seit ihrer Hochzeit kein einziger Brief von ihrer Hand mehr erreicht.«

»Ich weiß. Flavius hat mir von den Naristen und ihrem neuen Anführer erzählt. Aber du schickst deinen Mann doch nicht nur aus diesem Grund fort?«

Priscilla schüttelte den Kopf. »Er hat auch einige Geschäfte in der Gegend, um die er sich dringend kümmern muss. Eigentlich wollte er erst in drei Tagen reisen. Doch ich drängte ihn, den Aufbruch nicht länger hinauszuzögern, weil ich …« Sie sprach nicht weiter.

Decius blickte über ihren verhüllten Kopf hinweg, hinüber zu den roten Dächern des Hauses und seiner Nebengebäude. Angst begann ihm die Kehle zuzuschnüren. Angst um die Menschen, die er hier schätzte, aber auch um die, welche er im Vicus, in seiner kleinen Siedlung, zurückgelassen hatte. »Eine Seuche«, keuchte er entsetzt. »Keine harmlosen Erkältungen! Eine Seuche ist in der Stadt ausgebrochen!«

Priscilla streckte die Hand aus, um Decius' Arm zu ergreifen, doch dieses Mal war er es, der vor ihr zurückwich. Benommen stolperte er über das Gras.

»Gallus' Sohn ist heute Abend gestorben«, flüsterte sie. »Sein Fieber war zu stark, es verglühte ihn von innen.«

»Und Flavius ist völlig ahnungslos?«

»Natürlich nicht, aber er darf auch nicht erfahren, wie ernst die Lage ist. Noch nicht. Ich habe ihn gebeten, Bactus und Valeria, unsere jüngsten Sklaven, mit aufs Land zu nehmen, damit sie seiner Nichte ein wenig zur Hand gehen können. Ich glaube, er war ziemlich erstaunt über meinen Vorschlag, denn der kleine Bactus schläft doch schon im Stehen ein, und seine Schwester stolpert über ihre eigenen Füße, wohin sie auch tritt. Als ich ihm aber erklärte, ich bräuchte ein wenig Zeit für mich allein, um im Heiligtum der Göttin Isis zu meditieren, willigte er schließlich ein. Auf jeden Fall sollte er gehen, bevor hier eine Panik ausbricht. Und du solltest das ebenfalls tun!«

Decius zuckte mit den Schultern. Auch wenn ihm nicht wohl dabei war, in Priscillas Heimlichkeiten hineingezogen zu werden, war ihm doch klar, warum sie es nicht über sich brachte, ihrem Mann die Wahrheit zu sagen. Sie liebte ihn von Herzen und wollte ihn aus der Augusta Vindelicum locken, bevor er sich mit der Seuche anstecken konnte. Einen Atemzug lang kämpfte er mit sich, dann sagte er: «Priscilla, es ist doch gar nicht sicher, ob du dich selbst angesteckt hast. Erzähl mir rasch alles, was du von der Krankheit weißt. Ich glaube zwar nicht, dass ich viel ausrichten kann, aber ich will es gern versuchen!«

Sie kehrten in das Haus zurück und begaben sich in Flavius' Arbeitszimmer, einen schlauchartigen Raum, durch dessen Fenster das Licht des Mondes schien. Dort berichtete Priscilla Decius von ihren Beobachtungen. Ein Legionär, der in den Partherkriegen gekämpft hatte, so erzählte sie, habe ihr anvertraut, dass er Dutzende seiner Kameraden mit den gleichen Symptomen hatte zugrunde gehen sehen. »Die Partherseuche verläuft in mehreren Schüben und endet meistens mit dem Tod des Kranken. Sie beginnt mit einem Gefühl der Schwäche, das mit Kopfschmerzen, Schmerzen in den Gelenken und Benommenheit einhergeht. Dazu gesellt sich alsbald ein verzehrendes Fieber.«

»Ist dir an deinem Nachbarn irgendetwas besonders aufgefallen?«, wollte Decius wissen, denn er erinnerte sich an die Krankheit, die während der Partherfeldzüge im Osten zahllose

Legionäre dahingerafft hatte. Sein Vater, der zu der Zeit dort als Legionsarzt diente, hatte ihm davon erzählt.

Sie nickte. »Er hatte Pusteln am Hals, einen krampfartigen Husten und schwere Atemnot. Es war schrecklich, nicht einmal der Saft der Eibischpflanze schien ihm Linderung zu verschaffen!«

»Du musst die Kleider, die du heute anhattest, auf der Stelle verbrennen«, riet Decius. »Außerdem sollte Bactus alle Räume, in denen du gewesen bist, mit Wacholderruten ausräuchern.«

»Bevor ich nach Hause ging, war ich auch im Aesculapiusheiligtum, um dem Gott der Heilkunst ein Opfer darzubringen.«

Decius lobte diesen Einfall, auch wenn er persönlich eher daran glaubte, dass der Gott die Menschen inspirierte, sich selbst zu helfen.

Als der erste Hahnenschrei den neuen Tag verkündete, spannten die Sklaven den großen Reisewagen ihres Herrn an. Flavius überwachte sie dabei, gab die eine oder andere Anweisung und sorgte dafür, dass alles, was er für die Fahrt brauchte, aufgeladen wurde.

Decius gesellte sich zu ihm, bemüht, seine Müdigkeit und seine Sorge zu verbergen. Sein Haar war zerzaust, die Tunika zerknittert. Unter seinen Augen lagen tiefe Ränder. »Ich hörte schon von deiner kleinen Reise, guter Flavius«, sagte er, wobei er sich Mühe gab, heiter zu klingen. »Mögen die Götter deinen Weg beschirmen und dir eine sichere Ankunft auf dem Gut deiner Verwandten bescheren!«

Flavius Tullius bedankte sich für die Wünsche, doch in seiner Miene lag Argwohn. »Priscilla hat also mit dir gesprochen? Wann?«

Decius errötete. Hätte er den Überraschten spielen sollen? Gleichgültig, Flavius und die übrigen Hausbewohner mussten sofort verschwinden, denn lange konnte man die Nachricht vom Tod des Nachbarn nicht mehr vor ihm verheimlichen. Möglicherweise gab es in der Stadt schon weitere Opfer zu beklagen.

»Halte den Jungen nicht auf«, mahnte Priscilla, die gerade einen Korb mit Obst auf den Wagen hob. Sie trug wieder einen Schleier, ihre Hände und das Gesicht hatte sie mit einer streng riechenden Salbe eingerieben. »Diese verflixte Hautflechte«, erklärte sie ihrem Mann leise. »Aber es fängt schon an, besser zu werden. Die Salbe stammt noch von Decius' Vater.«

Decius begleitete den Wagen bis zur Einfahrt und sah zu, wie er auf eines der mächtigen Stadttore zuhielt. Erst als die Geräusche der Räder verklungen waren, wandte er sich um. Er hoffte von Herzen, dass Flavius Tullius und die beiden halbwüchsigen Sklaven den Keim der Seuche nicht bereits in sich trugen. Ansonsten würden sie die Krankheit womöglich in jede Taverne, auf jedes Gehöft, das ihren Weg kreuzte, tragen.

Das galt aber genauso für ihn. Noch in der Nacht hatte er seinen Körper vom Kopf bis zu den Zehen mit Wein und Essig abgewaschen und frische Kleider angelegt. Seine Schlafkammer hatte er nicht mehr betreten, sondern es vorgezogen, bei seinen leeren Tierkäfigen im Hof auf das Morgengrauen zu warten. Es schmerzte ihn, Priscilla allein zurückzulassen, aber sie hatte ihm das Versprechen abgerungen, sofort die Heimreise anzutreten. Wenn sich die Seuche weiter nach Norden ausbreitete, würde sie seinen Heimatort ebenso wenig aussparen wie das Kastell des flavischen Kavallerieregiments, an dem er lag. Was das aber für die Soldaten bedeutete, welche die Grenzen vor aufrührerischen Stämmen bewachen mussten, wollte er sich gar nicht ausmalen. Es galt, so rasch wie möglich den Befehlshaber zu benachrichtigen und Vorsichtsmaßnahmen zu ergreifen.

Und er sehnte sich danach, Salgard wiederzusehen.

Eilig lief Decius über den Hof, um nach seinem Wagen zu sehen. Seine Helfer standen unschlüssig herum, warteten auf seinen Befehl. Er ließ sie die leeren Tierkäfige aufladen, ebenso die Speere und die Fallstricke. Als er sich umdrehte, um sich von Priscilla zu verabschieden, sah er bestürzt, wie sie über die Schwelle des Hauses taumelte. Sie strauchelte. Ehe er sie erreichen konnte, sank sie ohnmächtig zu Boden.

Kapitel 2

Vicus des Reiterkastells am raetischen Limes

Julia fuhr mit einem keuchenden Laut aus dem Schlaf empor. Benommen griff sie sich an die Stirn. Sie hatte schlecht geträumt, und das, obwohl die Götter sie für gewöhnlich nicht mit bösen Träumen quälten. Zumindest konnte sie sich nach dem Erwachen nicht mehr an sie erinnern. Normalerweise war sie schon lange vor dem Morgengrauen auf den Beinen, doch als sie sich heute erhob, warf die Sonne bereits dichte Strahlen durch das Fenster. Julia streckte die Hand aus und bemerkte, dass ihr Laken feucht von ihrem Schweiß war.

Irritiert zog sie das Tuch vom Bett, knüllte es zusammen und warf es in einen Binsenkorb. Sie hatte von ihren Söhnen geträumt, die im Wald von einer Wölfin verfolgt, dann aber in ihrem Bau aufgenommen worden waren, wie die Zwillinge, die einst Rom gegründet hatten. Sie entsann sich, dass ihr Gemahl den Kindern die Geschichte immer wieder erzählt hatte, als sie noch klein gewesen waren. Aber warum hatte sie ausgerechnet heute davon geträumt? Sie war keine Wölfin, Decius und Manius waren keine Zwillinge. Auch sah es nicht so aus, als würde einer ihrer Söhne jemals eine einflussreiche Stellung in der römischen Verwaltung oder beim Militär bekleiden, selbst wenn Julia sich das von Herzen wünschte. Die beiden waren geschickt und erfolgreich in den Tätigkeiten, die sie ausübten, aber die Wünsche ihrer Mutter hatten sie bei der Wahl ihres Gewerbes nicht berücksichtigt. Das war eine Enttäuschung, die sie, so musste Julia zugeben, nie ganz verwunden hatte.

Sie beschloss, nicht mehr an den seltsamen Traum zu denken. Stattdessen ließ sie beim Ankleiden und Frisieren besondere Sorgfalt walten. Für heute hatte sie sich nämlich nicht nur die übliche Hausarbeit und einige Besorgungen vorgenommen, sondern auch einen Besuch bei der edlen Livia, auf den sie sich schon seit Tagen freute. Livia Secunda Partella war die Tochter eines wohlhabenden Baumeisters, der sich noch zu Lebzeiten des früheren Kaisers vor den Toren des Kastells niedergelassen und die meisten Steinhäuser südlich des raetischen Limes gebaut hatte. Livias Mutter war bei der Geburt ihres jüngsten Kindes gestorben, daher führte die Tochter ihrem Vater den Haushalt. Die junge Frau war nicht nur strebsam und von stolzem Charakter, sondern auch eine wahre Schönheit. Und sie hatte eine stattliche Mitgift zu erwarten. Schließlich wohnten die Partelli in einem der wenigen Steinhäuser des Vicus, das zudem das größte und prächtigste war. Wenn Julia sich in ihrem eigenen Heim umsah, so hielt es dem Vergleich nicht stand. Wie sollte es auch, seit Curmillus' Tod hatte sie nichts verändert. Seine Kräutersträuße hingen immer noch in der Küche unter der Decke, sein Stuhl stand in der Ecke mit seinem Lieblingskissen darauf. Die Wände, nicht nur der Küche, sondern auch in den Schlafräumen, hätten einen Anstrich vertragen können, doch keiner ihrer Söhne machte Anstalten dazu, und sie mochte sie nicht bitten. Nur das Wandbild, das Curmillus im Speisezimmer hatte anbringen lassen, strahlte noch so frisch, als sei es gestern erst fertig geworden. Es zeigte eine Gartenszene, die ihr einen Vorgeschmack auf das Haus geben sollte, das Curmillus zu erwerben gehofft hatte. Doch dann war er gestorben. Nun, jetzt bot sich mit Livia immerhin einem ihrer Söhne eine Chance zum Aufstieg. Bislang war ihrem Vater keiner der Jünglinge, die wie Fliegen um das schöne Mädchen herumschwirrten, recht gewesen. Bald aber würde sich Partellus entscheiden müssen. Schließlich wollte er nicht, dass seine Tochter sitzenblieb.

»Livia ist ein tugendhaftes Mädchen, das gelernt hat, mit Geld umzugehen«, meinte sie später, als sie mit ihrem jüngeren Sohn Manius beim Frühstück saß. Manius war gekommen, um vor Beginn seines Tagwerks nach seiner Mutter zu sehen. Dies tat er jeden Morgen, auch wenn es regnete oder ihn in seiner Schmiede Dutzende von Aufträgen erwarteten.

»Sie wäre die richtige Gemahlin für deinen Bruder, meinst du nicht auch? Decius braucht eine Frau, die ihn aus den Wäldern herausholt, in die er sich so gern verkriecht.«

Manius belegte sich ein Stück Fladenbrot mit einem Käse, der trotz seines krümeligen Aussehens ein verlockendes Aroma verbreitete, ließ es dann aber auf der Tischplatte liegen. Das Gespräch schien ihm den Appetit zu nehmen. »Warum fragst du ausgerechnet mich? Ich halte mich aus Decius' Angelegenheiten heraus und dulde auch nicht, dass er seine Nase in die meinen steckt.«

»Aber Manius …« Julia warf ihrem jüngeren Sohn einen tadelnden Blick zu, den dieser mit unverhohlenem Trotz erwiderte.

Was, bei allen Göttern, war nur in den Jungen gefahren, überlegte sie. Wenn er in der Siedlung auch als barsch und unnahbar galt, wenn auch die unbeschwerte Fröhlichkeit, die ihn vor dem Tod seines Vaters so liebenswert gemacht hatte, einer düsteren Verschlossenheit gewichen war, hatte er es doch bisher ihr, seiner Mutter, gegenüber an Höflichkeit niemals fehlen lassen. Julia seufzte bei dem Gedanken. Nicht dass sich seine Schwermut noch verstärkte … Vielleicht aber schlug nur das Wetter um, und die Schmerzen in seinem steifen Bein quälten ihn wieder. Oder ihm schadete das dauernde Alleinsein mehr, als er zugeben mochte. Julia suchte in dem Gesicht ihres Sohnes nach Hinweisen für einen stillen Kummer, der ihr vielleicht bisher entgangen war. Doch sie fand kein Anzeichen, welches darauf schließen ließ, dass es Manius nicht gut ging. Vielleicht hätte sie ihm nicht erlauben sollen, aus dem Haus, das sein Vater eigenhändig gebaut hatte, auszuziehen und sein Schlaflager in der Waffenschmiede am Dorfrand aufzuschlagen.

Er war einsam. Ja, so musste es sein. Wie hatte sie als Mutter das übersehen können? Und anstatt ihn aufzumuntern, redete sie mit ihm auch noch über die Zukunftspläne, die ihr für Decius vorschwebten. Sie bat ihn, nach Einbruch der Dunkelheit vor der Schmiede auf sie zu warten und sie anschließend nach Hause zu begleiten. Dann wandte sie sich weniger verfänglichen Gesprächsthemen zu, erzählte von den Klagen der Nachbarn, den gestiegenen Preisen für Korn und Öl und der Abteilung neuer Reiter, die jüngst in das Kastell verlegt worden war.

Manius hörte ihr schweigend zu, doch nach einer Weile erhob er sich, trat an das Fenster und sagte mürrisch: »Ob Vater damit einverstanden wäre? Ich meine, dass du dem alten Partellus wegen seiner Tochter das Haus einläufst? Es heißt, sein Vater sei ein Libertinus gewesen, ein Freigelassener, der noch jeden Morgen seinem ehemaligen Herrn die Aufwartung machen musste. Dann erbte er ein wenig Geld, und mit dem versucht er nun aufzutrumpfen. Er ist nicht besser als wir oder jeder freie Mann in der Provinz Raetia, dennoch versucht er, andere nach seiner Flöte springen zu lassen.«

Julia sprang auf. »Das ist nicht wahr! Und selbst wenn es wahr sein sollte, was kann Livia dazu? Sie spricht ein gepflegtes Latein, ist tüchtig und Rom und dem Kaiser treu ergeben. Nicht weniger als die anderen Mitglieder ihres Haushalts.« Sie hielt einen Moment inne, um Luft zu holen, dann fügte sie verächtlich hinzu: »Das kann man nicht von allen Frauen behaupten, die man seit neuestem hier im Vicus zu Gesicht bekommt.«

»Du redest doch nicht von der schönen Salgard, Mutter?«, fragte Manius mit einem spöttischen Unterton. »Decius scheint ein Auge auf sie geworfen zu haben. Jedenfalls sieht man die beiden neuerdings häufig zusammen. Er trifft sie. Sie gehen gemeinsam im Wald spazieren.« Er lachte. »Mein lieber Bruder glaubt, ich hätte das nicht bemerkt, aber wenn ich deine Reaktion richtig deute, so ist auch dir die Vertrautheit, die zwischen den beiden herrscht, nicht entgangen.«

Julia presste die Lippen aufeinander, um ihren Ärger zu unterdrücken. Manius hatte ihren wunden Punkt getroffen und stocherte darin so geschickt herum wie ein Bienenzüchter in einer Honigwabe.

Salgard. Schon der Klang dieses Namens verursachte ihr Unbehagen. Dabei hatte sie das Mädchen bislang weder getroffen geschweige denn mit ihm gesprochen. Salgard war eine Fremde, eine Germanin, die erst vor wenigen Wochen bei Nacht und Nebel aufgetaucht war, um Heilkräuter zu verkaufen. Sie war weder reich noch besonders gebildet, aber schon jetzt sprachen die Leute auf dem kleinen Marktplatz vor dem Tor des Kastells nur noch von ihr. Die Männer rühmten ihre Schönheit und die Anmut, mit der sie sich bewegte, ebenso wie ihre Geschäftstüchtigkeit. Dabei schien der jungen Frau an der römischen Lebensart überhaupt nichts zu liegen – sie schien die römischen Sitten geradezu zu verachten und pflegte dafür barbarische: So verschmähte sie angeblich die von Partellus errichteten Thermen an der Via Augusta, stattdessen nahm sie ihr Bad in einem Tümpel mitten im Wald. Genauso wenig kleidete sie sich nach römischer Mode, sie wählte grobe Röcke, die nach germanischem Brauch gewebt und zugeschnitten waren. Ihr Haar trug sie nicht in Locken gelegt oder hochgesteckt, sondern ließ es in gewagter Freizügigkeit über ihre Schultern fallen.

Kein Wunder also, dass sie die Blicke der Männer auf sich zog. Sogar die Reiter und Offiziere, die an manchen Abenden nach ihrem Dienst das Kastell verließen, um in der einzigen Taverne des Lagerdorfs einen Becher Wein zu trinken, reckten die Hälse nach der blonden Germanin und führten sich kindischer auf als Schulknaben, wenn sie hocherhobenen Hauptes an ihnen vorüberschritt.

Julia hatte gehört, dass Salgard bei Verwandten im Vicus untergekommen war, einer Familie einfacher Eierhändler, die auf einem heruntergekommenen Hof unweit der Porta Principalis hauste. Da Julia in ihrem ganzen Leben noch kein Wort mit diesen Leuten gewechselt hatte, konnte sie sich nicht vorstellen, was eine Frau wie die Fremde ausgerechnet hierher, in die öde Grenzgegend zog, in der es nichts weiter gab als ein römisches Kastell, das von ein paar Häusern, Hütten und Werkstätten umgeben war.

»Ich wünsche nicht, dass Decius diese Fremde in unser Haus bringt«, sagte Julia schließlich. »Irgendetwas Seltsames geht von dem Mädchen aus, das spüre ich in jedem meiner Knochen. Heilkräuter will sie verkaufen? Dass ich nicht lache. Vielleicht ist sie eine Diebin oder eine entlaufene Sklavin!«

Manius zuckte gereizt die Achseln. »Eine Sklavin wäre kaum von Verwandten aufgenommen worden.« Noch immer spähte er aus dem Fenster auf die Straße. Dabei ließ er die Abzweigung, die rechts zur Siedlung, links zum Kastell hinaufführte, nicht aus den Augen. Julia kam es so vor, als wartete er auf etwas oder jemanden. Nach seiner unwilligen Antwort hätte sie gewarnt sein müssen, denn ihre Söhne hatten ihr oft zu verstehen gegeben, dass sie es nicht schätzten, wenn sie sich in ihre Angelegenheiten mischte. Aber gerade nach der anstrengenden Nacht mit ihren verstörenden Traumgespinsten wollte sie sich nicht zurücknehmen. Immerhin hegte sie die Absicht, Livia zu ihrer Schwiegertochter zu machen – für eine dahergelaufene Salgard war da kein Platz.

Energisch stemmte sie die Hände in die Hüften und rief: »Sklavin oder nicht. Ich möchte nicht mehr über diese Frau reden. Schließlich lag mir als Mutter stets nur euer Wohlergehen am Herzen. Ist es da zu viel verlangt, ein einziges Mal meinen Wunsch zu respektieren? Nach dem Tod eures Vaters stand es mir frei, in die Augusta Vindelicum zurückzukehren. Meine Verwandten hätten mich gewiss aufgenommen, aber ich blieb hier, weil ich der Ansicht war, dass ein Medicus und ein Waffenschmied zu Füßen eines bedeutenden Kastells immer ihr Auskommen finden würden. Nur aus diesem Grund bin ich in diesem Haus geblieben, das nicht mehr als eine bessere Hütte mit Kräuterkammer und Hinterhof ist.«

»Vielleicht sollte Decius den edlen Befehlshaber Gnaeus Valerius Aulus darum bitten, noch ein Theater und ein paar Tempel errichten zu lassen«, spottete Manius ungerührt. »Die beiden sind doch angeblich eng miteinander befreundet. Aulus und seine römischen Nichtsnutze würden ihre Tage doch lieber mit Gladiatorenkämpfen und der Tierhatz vergeuden, anstatt ihre Pflicht zu erfüllen. Und mein lieber Bruder arbeitet ihnen in die Hände, indem er unsere germanischen Wälder durchstreift und ihnen Tier um Tier ausliefert.«

Julia war nicht gewillt, die Unterhaltung fortzusetzen. Sie schickte Manius an seine Arbeit und begab sich selbst an die ihre. Während sie in der Küche ihrer alten Sklavin Greda dabei half, auf einem Holzbrett Zwiebeln und Lauch zu zerkleinern, fragte sie sich, warum ihr jüngerer Sohn den römischen Soldaten seit einiger Zeit so skeptisch, ja beinahe feindselig gegenüberstand. Früher, zu Lebzeiten des Vaters, hatte er sich mit den jungen Reitern, die im Kastell ihren Dienst versahen, doch ausgezeichnet verstanden. Woher kam nun aber diese Wandlung? War ihm vielleicht die Freundschaft seines Bruders mit dem Befehlshaber Aulus, welche die beiden seit kurzem verband, ein Dorn im Auge?

Männer, dachte Julia grimmig, während sie kräftig weiterhackte. Sie warfen den Frauen vor, sich von ihren Gefühlen leiten zu lassen, dabei verhielten sie selbst sich manchmal unvernünftiger als ein Ziegenbock. Zunächst kläfften sie sich an wie wütende Straßenköter, dann sprachen sie Monate lang nicht mehr miteinander. Wagte es aber einer von beiden, sich einen neuen Vertrauten zuzulegen, reagierte der andere mit beißender Eifersucht. Wer sollte sich bei diesem Gerangel noch auskennen?

Am Nachmittag begab sich Julia zum Haus des Partellus, wo sie von dessen Tochter Livia respektvoll empfangen wurde. Julia genoss die Unterhaltung mit der jungen Frau so sehr, dass sie länger blieb, als es die Schicklichkeit eigentlich erlaubte. Erst als die Sklavinnen des Baumeisters im Wohnraum Öllichter entzündeten und mit Geschirr klapperten, machte sie sich auf den Heimweg. Der Türhüter verbeugte sich respektvoll, als sie und Livia an ihm vorüberschritten.

»Ich werde dir einen Sklaven mit einer Fackel zur Begleitung mitschicken«, sagte Livia liebenswürdig und klatschte in die Hände. »Die Straßen sind nach Einbruch der Dunkelheit nicht mehr sicher.«

Julia schenkte der Tochter des Baumeisters ein wohlwollendes Lächeln. Das Mädchen gefiel ihr. Livia war klein und zierlich, bewegte sich aber anmutig, wobei sie Julia selbstbewusst und bestimmt vorkam. Ihr schwarzes Haar glänzte im Schein der Lampen wie das Gefieder eines Raben, während ihr schmales, dezent geschminktes Gesicht so rein und weiß wie Milch schimmerte, wovon sich allein ihre dunklen Augen abhoben. Sie trug eine elegante Tunika aus dunkelroter Seide, welche die einzigen Schmuckstücke, die sie trug, zwei spiralförmige Ohrringe aus purem Gold, vorteilhaft zur Geltung brachte. Ihre Höflichkeit im Umgang mit Julia als einer älteren Nachbarin und ihr erlesener Geschmack legten nahe, dass sie eine hervorragende Erziehung genossen hatte. Das war beileibe keine Selbstverständlichkeit in den entlegenen Provinzen des

Imperiums. Daher ertappte sich Julia bei dem Gedanken, dass Livia ebenso wenig in diesen Vicus passte wie die Germanin Salgard, wenngleich aus anderen Gründen. Plötzlich vernahm sie Lärm von draußen und wandte den Kopf zur Straße, auf der einige Reiter mit wehenden rostbraunen Mänteln zu sehen waren. Offensichtlich waren sie auf dem Weg zum Kastell.

»Ich danke dir für dein Angebot, teure Livia«, sagte Julia, bevor die junge Frau nach einem Sklaven schicken konnte. »Aber ich werde mich von meinem Sohn nach Hause begleiten lassen. Manius ist bestimmt noch bei der Arbeit.«

Livia reckte den Hals und blickte suchend in die Dämmerung. »Bist du sicher? Für gewöhnlich sieht man den Rauch seiner Waffenschmiede über den Dächern der benachbarten Gehöfte aufsteigen. Heute aber konnte ich nicht das kleinste Wölkchen ausmachen.«

»Er wird schon da sein. Auf meine Söhne kann ich mich verlassen!«

»Na ja, ich habe vielleicht nicht darauf geachtet«, erklärte Livia mit einem kühlen Lächeln. »Um die Mittagsstunde sah ich Manius noch auf dem Markt. Er unterhielt sich mit der blonden Frau, die seit einigen Wochen im Vicus lebt. Du weißt schon, die Kräuterhändlerin.«

»Er sprach mit Salgard?«, fragte Julia bestürzt. »Was hatte er bloß mit ihr zu schaffen?«

Livia Partella hob gelangweilt die Schultern. »Er drückte ihr etwas in die Hand. Es sah aus wie ein hölzernes Schmuckkästchen. Allerdings glaube ich nicht, dass es Geschmeide enthielt. Davon versteht doch eine Barbarin nichts. Ich vermute eher, dass sie von ihm nur ein Küchengerät schleifen oder ein Messer schmieden ließ.«

»Ja, so wird es gewesen sein«, sagte Julia nervös. »Auch der fleißigste Handwerker kann sich in diesen Zeiten seine Kunden nicht aussuchen.« Sie verabschiedete sich, indem sie Livia das

Versprechen abnahm, ihr bald einen Gegenbesuch abzustatten. Spätestens, sobald Decius von seiner Reise zurückgekehrt war. Dann machte sich Julia auf den Weg.

Mit schnellen Schritten bewegte sie sich durch die kleine Ansiedlung, ohne einen weiteren Gedanken an die Germanin zu verschwenden. Zum ersten Mal seit Jahren betrachtete sie die ungepflasterten Seitenstraßen und die schäbigen, strohgedeckten Hütten ihrer Nachbarn aufmerksam. Jenseits des viereckigen Platzes, auf dem Händler und Bauern tagsüber ihre Waren feilboten, entdeckte sie ein hübsches Gartengrundstück mit einer Anzahl gut gewachsener Birnbäume. Einem begabten Baumeister wie Partellus sollte es möglich sein, auf einem Fleckchen Erde wie diesem ein geräumiges Haus aus Stein zu errichten, dachte sie bei sich. Vor ihrem geistigen Auge sah sie bereits die Mauern eines Hauses mit Vestibül und einem von Säulen getragenen Atrium vor sich, in dessen Mitte sich in einem Becken das Regenwasser sammelte. Den Fußboden würde man mit hellem Marmor oder Mosaiksteinchen belegen, die Wände mit farbenfrohen Fresken zieren. Ein solches Haus böte nicht nur Platz für eine Familie mit Kindern, sondern auch für den Behandlungsraum eines strebsamen Medicus'. Seiner Tochter und deren Ehemann würde Partellus gewiss so großzügig begegnen, dass Julias Vorstellungen kein Tagtraum bleiben mussten.

Sie schmunzelte versonnen. An Livias Seite hatte Decius Aussicht auf ein Leben voller Glück, das würde sie ihm schon noch klarmachen.

Als Julia schließlich vor Manius' Waffenschmiede ankam, zwang sie sich, ihre Träumereien auf einen späteren Zeitpunkt zu verschieben. Sie würde ihrem Jüngsten nicht erzählen, welch blendenden Eindruck Livia auf sie gemacht hatte.

»Manius?« Leise klopfte sie an die Tür der Schmiede. Keine Antwort. Alles blieb still. Julia stellte sich auf die Zehenspitzen. Im Fenster, rechts neben dem Eingang, sah sie die Tonlampe, die Manius für gewöhnlich brennen ließ, wenn er nach Einbruch der Dunkelheit in der Schmiede zu tun hatte. Doch heute erhellte kein Licht den Raum. Im Innern der Werkstatt war es so finster wie im Hades. Auch die Esse vor dem Haus war kalt.

Wo, bei Juno, steckte der Bursche schon wieder? Hatte er sein Versprechen, sie auf ihrem Heimweg zu begleiten, etwa vergessen? Julia öffnete die Tür einen Spaltbreit und warf einen Blick in den Vorbau, in dem ihr Sohn sein weniger wertvolles Handwerkszeug in Kisten aufbewahrte. Manius war nicht zu sehen. Ein mulmiges Gefühl regte sich in Julias Bauch. Als ihr Blick auf die Wandfächer fiel, in denen Manius zur Auslieferung an das Kastell vorgesehene Dolche und Schwerter aufbewahrte, stutzte sie. Alle Fächer waren sorgfältig ausgeräumt worden; nicht eine Waffe befand sich noch in der Schmiede. Das war ungewöhnlich. Hatte er sie bereits ausgeliefert? Julia betrat Manius' Schlafgemach. Auch dies war fast leer. Manius hatte Kleider mitgenommen. Auch die festen Stiefel und seine Wachstafeln fehlten.

War er verreist? Aber warum so plötzlich, ohne ihr eine Nachricht zukommen zu lassen? Er hatte doch gewusst, dass sie sich im Haus des Partellus aufhielt. Irgendetwas stimmte hier nicht. Julia fühlte, wie ihr die Angst den Atem abschnürte. Sie taumelte über die Schwelle und befahl sich, tief durchzuatmen. Sie konnte sich nicht erklären, warum sie so voller Angst war. Manius war doch kein Knabe mehr, der ihr über jeden seiner Schritte Rechenschaft ablegen musste. Er war ein erwachsener Mann, der wusste, was er tat. Während sie mit schleppenden Schritten auf den Weg zuhielt, der zu ihrem Haus führte, fiel ihr zu allem Überfluss der merkwürdige Alptraum ein, in dem sie ihre Söhne in Gesellschaft einer Wölfin gesehen hatte. Einer Wölfin, die sie ins Unterholz gelockt hatte.

Plötzlich blieb sie stehen. Einem spontanen Einfall folgend, machte sie kehrt und folgte der Via Principalis eine halbe Meile, bis sie die Mauern des Kastells vor sich aufragen sah.

Der Soldat, der mürrisch auf Julias forsches Klopfen am Nordtor reagierte, sich dann aber doch dazu herabließ, mit ihr zu reden, sprach mit einem starken gallischen Akzent. »Um diese Stunde darf ich den Kommandanten ohne Grund nicht mehr stören!«

Julia wurde wütend. Sie hatte einen triftigen Grund. Außerdem war Aulus kurz nach seiner Versetzung in die Provinz häufig Gast in ihrem Haus gewesen, da durfte sie doch erwarten, dass er die Sorgen einer Bewohnerin des Vicus nicht geringschätzig abtat. Sollte sie das aber dem Soldaten erzählen, der sie von seinem Turm aus anstarrte? Sie entschied sich dagegen.

»Ich bin auf der Suche nach meinem Sohn, Manius Curmillus«, rief sie mit fester Stimme.

»Du meinst den verkrüppelten Schmied, der an der Via Principalis wohnt?« Der Mann schien nachzudenken. »Ja, der war hier, um die bestellten Schwerter abzuliefern. Ich sah ihn mit dem Versorgungsoffizier reden. Danach verschwand er gleich wieder. Keine Ahnung, wo er jetzt steckt!«

Julia zog die Augenbrauen hoch. »Ah, dann hat er die Waffen hierhergebracht ...«

Der Soldat verzog gleichgültig die Mundwinkel und schwieg.

Seine Aussage beruhigte sie nur zum Teil. Manius hatte seinen Auftrag gewissenhaft erfüllt und sich nichts zuschulden kommen lassen. Dies war von großer Bedeutung, denn die Befehlshaber römischer Heerlager ließen nur Männer für sich arbeiten, denen sie vertrauen konnten. Aber wohin mochte er danach gegangen sein? Sie ließ ihre Blicke über die lange Straße wandern, die vom Lager hinüber zur Siedlung führte. In der Früh hatte Manius noch bei ihr im Zimmer gestanden, und nun erinnerte sie sich, wie er fortwährend auf die Straße hinausgestarrt hatte. Aber wo, bei allen Göttern, steckte er jetzt?

Zu Hause angekommen, fragte sie die alte Greda, die in der Küche saß und Schafwolle auf eine Webspindel wickelte, ob sie Manius gesehen hatte.

Aber die alte Frau zuckte nur die Achseln. »Nein, der junge Herr hat sich nicht blicken lassen, zumindest habe ich ihn weder auf dem Hof noch im Haus gesehen. Eine Nachricht ist auch nicht abgegeben worden.« Die Sklavin lächelte Julia verständnislos an, dann vertiefte sie sich wieder in ihre Arbeit. Offenbar begriff sie nicht, worüber sich ihre Herrin so erregte.

Julia zog sich in ihren Schlafraum zurück. Dort setzte sie sich müde auf ein gepolstertes Bänkchen, das unter dem Fenster stand, und grübelte. Sie hatte keine Ahnung, wo sie noch nach Manius suchen oder etwas über seine Pläne in Erfahrung bringen konnte. Wenn doch wenigstens Decius zurück wäre, dachte sie. Gedankenverloren ergriff sie einen Kamm und strich sich damit sachte durch das Haar.

Livias Bemerkung fiel ihr wieder ein. Die Tochter des Baumeisters hatte beobachtet, wie Manius sich auf dem Forum mit der Fremden unterhalten hatte. Ob Salgard etwas mit dem überstürzten Verschwinden ihres Sohnes zu tun hatte? Julia schlüpfte in ihre Sandalen und verließ das Haus. Sie würde die Barbarin noch in dieser Nacht zur Rede stellen und aus ihr herausholen, was Manius mit ihr besprochen hatte.

Julias Mut sank, als sie sich der Hütte der Eierhändler näherte. Dafür spürte sie, wie ihr Herz zu rasen begann. Nicht etwa, weil sie sich vor der Fremden fürchtete, redete sie sich ein, sondern weil sie zu schnell gelaufen war. Unter ihren Fußsohlen raschelte das Gras verräterisch.

Julia schlich sich an Schlehdornhecken und allerlei wildem Gestrüpp vorbei, welches das Grundstück in Ermangelung eines festen Holzzauns umgab. Eine Lücke in der wuchernden Hecke markierte einen Durchgang zum Haus, an das zu beiden Seiten Hühnerställe angebaut waren. Vor ihnen breiteten sich Wasserlachen aus, in denen sich der Mond spiegelte. Der Morast stank so sehr, dass Julia die Nase rümpfte.

Sie blieb stehen und lauschte. Sie konnte hören, dass im Innern der Hütte geredet wurde, auch wenn sie die Worte nicht verstand. Eine Laterne warf ihren Schein ins Freie. Also waren die Hausbewohner noch wach. Sollte sie an die Tür klopfen und nach Salgard fragen?

Plötzlich beschlich Julia das Gefühl, töricht zu handeln. Ihr unüberlegter Aufbruch ließ Klugheit und Würde vermissen. Nur eine Närrin oder eine eifersüchtige Furie schlich nachts heimlich durch das Lagerdorf, um ihre Nachbarn auszuspionieren. Womöglich hatte Manius' Verschwinden nicht das Geringste mit Salgard zu tun. Was also sollte die Fremde von ihr denken, wenn ausgerechnet sie, Decius' Mutter, um diese Stunde mit ihr reden wollte?

Sie schlang sich ihr langes blaues Wolltuch um den Kopf und zog sich auf Zehenspitzen von dem Heckenzaun zurück. Den Göttern war zu danken, dass im Haus noch niemand auf sie aufmerksam geworden war. Julia hatte indes keine zwanzig Schritte zurückgelegt, als das aufgeregte Gackern von Hühnern ihre Schritte verzögerte. Jemand war im Stall gewesen und trat nun hinaus auf den Hof. Julia wandte sich um; vor Aufregung biss sie sich auf die Lippe. Es gelang ihr gerade noch, sich hinter einem Baum zu verstecken. Von dort aus beobachtete sie, wie eine schmale, hochgewachsene Gestalt durch die Hecke schlüpfte.

Es war Salgard.

Die junge Germanin verharrte einen Augenblick lang reglos im Schatten der Hecke. Während sie mit den Fingern ihr dichtes Haar von kleinen Zweigen und Halmen befreite, suchte sie die Umgebung mit Blicken in alle Richtungen ab. Julia wagte kaum zu atmen und fürchtete, ihr hämmernder Herzschlag könnte den Lärm des Federviehs übertönen und sie verraten. Sie sah, dass Salgard etwas in der Hand hielt, einen Gegenstand, der im Licht des Mondes metallisch blitzte. Eine Waffe?

Die Fremde blickte sich noch einige Male um, dann schlug sie den Weg zur Porta Principalis ein.

Julia ließ einen Augenblick verstreichen, bevor sie ihr Versteck verließ und sich dem Mädchen an die Fersen heftete; sie durfte es nicht aus den Augen verlieren. Schnell erkannte sie, wohin Salgard ihre Schritte lenkte. Sie lief nicht durch das Lagerdorf, sondern ließ die Via Principalis mit ihren einfachen Häusern und der Taverne links liegen. Stattdessen steuerte sie auf ein helles Gebäude zu, das ein rotes Ziegeldach trug. Vor dem Eingang thronte auf einem Sockel ein Standbild des Kaisers in triumphierender Pose.

Irritiert runzelte Julia die Stirn, als sie den ihr vertrauten Schriftzug PRO.S an der Frontmauer aufleuchten sah. Pro Salute. Was, um alles in der Welt, hatte Salgard mitten in der Nacht bei Partellus' Thermen verloren?

Das Badehaus des Vicus' war nicht sehr groß, aber beliebt, bot es seinen Besuchern doch selbst in der Provinz sämtliche Annehmlichkeiten römischer Badekultur. Neben einer geräumigen Eingangshalle gab es hier ein längliches Heißwasserbecken, ein Warmbad mit einem weiteren Becken und zwei Kaltbäder, von denen das seichtere in eine halbrunde Apsis aus roten Ziegelsteinen mündete. Julia erinnerte sich, dass die kleinen Thermen über einen langen Brennkanal beheizt wurden, der sich an der Südostseite des Bades befand – in der Richtung, in die sich nun Salgard bewegte.

Vor einer Bank blieb sie unvermittelt stehen, beugte sich hinab und ließ den Gegenstand, den sie mit sich führte, langsam zur Erde gleiten, in eine Vertiefung, wie es aussah. Sie warf einen misstrauischen Blick hinüber zum Waldrand, dann machte sie auf dem Absatz kehrt. Ihr Umhang blähte sich beim

Laufen wie das Segel eines Bootes, als sie leichtfüßig den Weg hinuntersprang. Im Nu hatte die Dunkelheit sie verschluckt.

Julia trat aus dem Schatten des kaiserlichen Standbildes, hinter dem sie sich verborgen hatte. In ihrem Schädel brummte es. Benommen machte sie ein paar Schritte auf die Südostwand des Badehauses zu – und schrak zusammen. Waren dort, am Waldesrand, nicht soeben grelle Lichter aufgeblitzt?

Irgendjemand schwenkte doch eine Fackel oder eine Lampe auf und ab. Sie konnte es ganz deutlich sehen. Ein Zeichen? Eine Vergewisserung, ob die Luft rein war?

Nun zählte jeder Augenblick. Ohne zu zögern, stürzte Julia auf die Bank zu, ließ sich auf die Knie nieder, ertastete den Hohlraum und suchte so lange darin, bis ihre Finger auf eine spitze Kante stießen. Sie bekam einen Haltering zu fassen; hastig zog sie den Gegenstand, den Salgard zurückgelassen hatte, daran hervor. Dabei stellte sie erstaunt fest, dass es keine Waffe war, sondern ein Kästchen aus Holz. Es konnte sich nur um die Kassette handeln, die Manius der Fremden kurz vor seinem Verschwinden überreicht hatte.

»Also hat dieses Weibsbild doch etwas damit zu tun«, murmelte Julia bitter. »Und ich habe mich selbst eine Närrin gescholten.«

Sie wollte sich gerade aufrichten, um den Heimweg anzutreten, als aus der Dunkelheit eine Hand sie grob an der Schulter packte. Julia glaubte, ihr Herz müsse versagen.

»Eine Närrin? Ja, genau das bist du«, hörte sie eine tiefe Stimme raunen.

Kapitel 3

Augusta Vindelicum

Als Decius eintrat, ruhte Priscilla noch auf dem Bett. Er zog die Wolldecke glatt und strich noch einmal mit seiner Hand über ihre Stirn. Aesculapius sei Dank, sie fühlte sich kühl und trocken an.

»Es ist nichts«, sagte sie mit matter Stimme.

»Es ist wohl nicht die Seuche, Priscilla, aber dass es nichts ist, würde ich dennoch nicht sagen. Du bist vor meinen Augen zusammengebrochen – vor Erschöpfung, wie ich glaube. Tag und Nacht wachst du an den Betten deiner Nachbarn und fremder Legionäre, kümmerst dich um ihre Belange und vergisst dabei dein eigenes Wohl.«

Priscilla seufzte und griff nach Decius' Hand. »Du musst das doch verstehen, wer sonst, wenn nicht du. Ich kann nicht einfach zusehen, wie sie sterben. Es muss etwas geben, das ich, das wir tun können!«

Er konnte Priscillas eindringlichem Blick nicht standhalten und musste zu Boden sehen. Dann schüttelte er sorgenvoll den Kopf. »Wir können nichts tun«, sagte er gepresst. Bei allen Göttern, wie sehr wünschte er, ein Heilmittel gegen diese Seuche zu kennen, die mit großer Wahrscheinlichkeit schon bald ganze Landstriche entvölkern würde. So war es jedenfalls vor Jahren im Osten gewesen, wo sein Vater einige Jahre als Legionsarzt eingesetzt gewesen war. Nie, so hatte ihm Curmillus eines Abends anvertraut, hätte er seine Hilflosigkeit, seine Verzweiflung in jenen Tagen vergessen.

In Momenten wie diesen vermisste Decius seinen Vater noch

stärker als sonst. Er versuchte sich an alles zu erinnern, was er ihm über die Seuche und über seine Maßnahmen dagegen erzählt hatte. Denn auch wenn sie kein Heilmittel gegen die Krankheit kannten, konnte man durchaus etwas tun. Einer der ersten Leitsätze seines Vaters, den er ihm und seinem Bruder Manius beigebracht hatte, lautete: Gib niemals auf! Wenn du einen Menschen nicht heilen kannst, dann versuche so viel wie möglich über die Krankheit, ihr Auftreten, ihre Merkmale zu lernen. Vielleicht helfen dir die Beobachtungen, später einem anderen Menschen zu helfen.

Vater und seine Leitsätze, Decius musste lächeln. Curmillus hatte Hunderte gekannt, mit denen Manius und er täglich malträtiert wurden.

Und auf noch etwas hatte sein Vater viel Wert gelegt: Sauberkeit. Viele Krankheiten, so seine Überzeugung, waren das Resultat mangelnder Reinlichkeit.

Als Decius aufblickte, sah er ein leichtes Lächeln auf Priscillas Lippen. Es schien, als hätte sie seine Gedanken erraten.

»Wir können etwas tun, nicht wahr?« Die Hoffnung, die in ihrer Stimme lag, schmerzte ihn. Wieder schüttelte er den Kopf, er durfte nicht zu große Erwartungen wecken. »Nun, nicht viel, Priscilla, jedenfalls kenne ich kein Mittel, das einen Erkrankten heilen kann.«

»Aber?« Sie richtete sich auf. Ihre Hand drückte die seine mit erstaunlicher Kraft.

Er setzte sich auf den Rand ihrer Kline. »Wir können nur versuchen, dass sie so wenig Menschen wie möglich dahinrafft.«

Priscilla legte ihren Kopf schräg und schaute ihn an. »Ich verstehe nicht.«

»Die Leute müssen zu Hause bleiben, die Fenster verschließen, ihre Wohnungen und Häuser reinigen und ausräuchern. Am besten sie verbrennen ihre Kleidung. Alle Erkrankten müssen aus der Stadt gebracht werden.«

»Aber …«

Er hob die Hand. »Ich weiß, das klingt grausam, es ist grausam, doch mehr können wir nicht tun.«

Priscilla nickte. »Gut. Dann werden wir es so versuchen. Du musst sofort heimkehren, zu Julia und Manius, kümmere dich um sie. Ich werde mich hier …« Sie schlug die Decke zurück, wollte aufstehen.

»Du bleibst liegen und ruhst dich aus, werte Priscilla. Sonst bist du die nächste, die wir beweinen müssen. Und wer sollte Flavius dann die traurige Nachricht überbringen, ich etwa?« Decius drückte sie sanft, aber bestimmt, zurück auf das Lager.

Trotz der widrigen Umstände lockten seine Worte erneut ein Lächeln auf ihre Lippen. »Du hast vermutlich recht, Decius, allerdings …«

»Schluss, du wirst dich ausruhen, wenigstens bis morgen. Und ich werde sehen, was ich bis dahin tun kann. Als Erstes werde ich zum Statthalter gehen und ihm erklären, welche Maßnahmen er ergreifen muss. Wenn er zur Tat schreitet, kann ich ruhigen Gewissens heimreisen.«

»Warte!« Priscilla hielt ihn an seiner Tunika fest. »Ich weiß, du kennst ihn von deinen Geschäften, aber auch wir sind gut mit ihm befreundet. Ich werde dir ein paar Zeilen für ihn mitgeben, dann wird es leichter, ihn zu überzeugen.«

Erschöpft sank Decius auf sein Lager. Er hatte getan, was getan werden konnte, wie er es Priscilla versprochen hatte. Der Statthalter hatte genickt und nach der Lektüre von Priscillas Zeilen sogleich versichert, alles Nötige zu veranlassen und ausreichend Männer abzukommandieren, um die von Decius angeordneten Maßnahmen zu überwachen. Morgen sollte er so schnell wie möglich heimreisen, doch würde der Statthalter ihm eine Nachricht für Aulus, den Kommandanten des Kastells, mitgeben. Er solle gewarnt sein und sich vorbereiten.

Am liebsten wäre Decius sofort aufgebrochen, nach Hause, zu seiner Mutter, seinem Bruder, seinem Freund Aulus und – zu Salgard. Ob es ihr gutging? Bei dem Gedanken an sie glaubte er, wieder ihren Duft zu riechen, der seinen Puls schneller schlagen ließ, ihre Haut auf seiner Wange, ihre Lippen, als sie ihn zum Abschied küsste, zu spüren. Noch immer fragte er sich, wieso sie ihn zum Geliebten gewählt hatte. Natürlich war sie ihm sofort aufgefallen, als sie im Vicus aufgetaucht war. Jedem war sie aufgefallen. Schön wie Venus persönlich war sie ihm erschienen, und am Anfang hatte er sich wie ein Tor benommen, gestottert wie ein Schulanfänger hatte er, als er sie auf dem Markt beiläufig angesprochen hatte. Und sie? Sie hatte gelacht über ihn, und er hatte mitlachen müssen. Sie war unvergleichlich, denn sie war es gewesen, die ihn dann gefragt hatte, ob er sie einladen wolle, in die Taverne zum Goldenen Horn, dem einzig anständigen Haus im Vicus. Und seitdem fühlte er sich wie im Olymp vor Glück. Am ersten Abend hatte er es gewagt, einmal ihre Hand zu drücken, die erwartete Ohrfeige war ausgeblieben. Die ganze Nacht hatte er kein Auge zugetan, sich immer gefragt, wieso er, wo doch jeder ihr zu Füßen gelegen hätte. So hatten die Dinge ihren Lauf genommen, bis er sie endlich zu küssen wagte, oder war es auch hier sie gewesen? Ach, einerlei, schon bei dem Gedanken spürte er heiße Wogen durch seinen Körper fließen, ihre Lippen auf den seinen, ihre Hände in seinen …

Bevor er aufbrechen konnte, musste er auf des Statthalters Nachricht an Aulus warten. Nur gut, dass er seine Leute mit den Wagen schon vorausgeschickt hatte. Den einen Tag Rückstand würde er leicht aufholen, seinen Tross wahrscheinlich schon morgen im Laufe des Tages erreichen. Immerhin war die Straße bis zu den Bergen gepflastert, so dass sie einigermaßen schnell vorankommen würden. Und sein Gehilfe Victorinus war ein guter Mann, dem er völlig vertraute.

Wenn es nur noch nicht zu spät war und die Seuche schon in den nördlicheren Landstrichen Einzug gehalten hatte. Aber die Nachrichten, die in Augusta Vindelicum eintrafen, stimmten ihn zuversichtlich, wenigstens in dieser Hinsicht. Die Krankheit hatte sich aus dem Südosten genähert. Mit den Legionen und Veteranen aus dem Partherfeldzug war sie über die Provinz gekommen und rückte nur langsam gen Norden vor. Es bestand einige Hoffnung, dass er seine Familie bei guter Gesundheit antraf.

Wie erwartet hatte Decius seine Leute gestern noch vor der Abenddämmerung eingeholt. In der Nacht hatte es zu regnen begonnen und seither nicht einen Wimpernschlag lang aufgehört. Und heute kämpften sich die Wagen – schwer beladen mit Käfigen und Ausrüstung – durch Schlamm und Morast, seit sie von der Hauptstraße abgebogen waren. Mit dem ersten Tageslicht waren sie aufgebrochen und gegen Mittag erst wenige Meilen weit gekommen. Victorinus rief den Fuhrleuten gelegentlich ein Kommando zu. Davon abgesehen, schritt er schweigend vor Decius her, führte wie er sein Pferd am Zügel durch den Matsch des aufgeweichten Weges. Die Kapuze des Mantels hing Victorinus tief in das Gesicht. Er war wütend, das sah Decius an seinem Gang, an der Art, wie er mit den Füßen auftrat. Seit gestern Abend sprach er nur noch das Nötigste mit ihm. Am Feuer hatte Decius ihm von der nahenden Krankheit erzählt. Seither hielt Victorinus immer einige Klafter Abstand zwischen sich und ihm.

»Ich verstehe nicht, warum du nicht sofort das Weite gesucht hast, als du von der Gefahr erfahren hast, Decius!« Victorinus wandte sich um und schüttelte den Kopf. »Du bist doch ein Medicus, gerade du solltest es besser wissen. Unheil bringst du über uns, bei allen Göttern.«

»Du weißt gar nichts, Victorinus, gar nichts. Was hätte ich denn tun sollen?«

»Mit uns kommen und dir nicht den Tod auf den Buckel holen.« Er spuckte verächtlich auf den Boden.

Victorinus hatte gut reden. Als wäre er nicht am liebsten Hals über Kopf nach Hause geritten. Doch wäre er nicht geblieben, er hätte Priscilla nie wieder in die Augen sehen können. Wenn es denn überhaupt eine Gelegenheit dazu geben würde. Selbst mit seinem Eingreifen war es keineswegs sicher, ob sie, ja ob er selbst, seine Gefährten die Seuche lebend überstehen würden. Julia, Manius – Salgard. Ach, ginge es nur schneller voran. Doch auch bei trockenen Wegen schafften die Ochsen nur um die fünfzehn Meilen pro Tag. Decius schloss zu Victorinus auf, warf ihm seine Zügel zu, schritt an den Wagen entlang nach vorn, um nach dem Weg zu sehen. Dahinten die Biegung, die Baumgruppe, eine Rauchsäule kämpfte sich durch den Regen gen Himmel. Die Beneficarierstation. Es war tatsächlich nicht mehr weit bis zur befestigten Straße. Hinter der nächsten Kurve sah er an einer Kreuzung den Meilenstein stehen, das Pflaster der Straße glänzte vor Nässe. Der wachhabende Legionär kam ihnen entgegen.

»Salve, Decius!« Der Posten versank in seinem Wollmantel, der nass und dunkel an ihm herabhing.

»Salve, Servatius. Immer wenn ich vorbeikomme, hast du Dienst, Pech oder Schicksal, Freund?«

Der Soldat zuckte die Achseln und schob den Helm tiefer in die Stirn. »Scheiß Wetter. Du bist auf dem Heimweg?« Servatius musterte die leeren Wagen, die langsam an ihm vorbei auf die Hauptstraße rumpelten. Victorinus nickte zu ihnen herüber und schlug die Faust auf die Brust. Auch er war früher bei der Legion gewesen. Servatius grüßte zurück, dann wandte er sich wieder Decius zu. »Und? Diesmal eine erfolgreiche Jagd gehabt?«

»Wie man es nimmt. Sechs Eber immerhin, einige Luchse, Wisente aus dem Norden, kurz hinter dem Limes haben wir die meisten gefangen. Der Stadthalter in der Augusta war jedenfalls hochzufrieden.«

»Und?«

Es war Decius klar, worauf Servatius' Frage zielte: auf Grauohr. Servatius und er kannten sich schon lange, fast von Kindesbeinen an, er wusste Bescheid. »Nichts. Keine Spur von ihm. Ich hörte, er sei in der Nähe einer germanischen Siedlung im Osten gesehen worden. Aber als wir dort eintrafen, war er schon seit etlichen Tagen fort. Wir haben nach Spuren gesucht, doch nichts gefunden. Als hätte er sich in Luft aufgelöst.« Decius stieß seinen Atem wütend aus. »Es ist manchmal, als jagten wir einen Dämon. Sobald wir in seine Nähe kommen, verschwindet er.«

»Wer weiß, vielleicht ist es so.« Servatius blickte in die Ferne und nickte leicht.

Decius schüttelte den Gedanken an Grauohr ab und dachte an die andere Gefahr, die ihm vermutlich auf dem Fuße folgte. »Und hier, alles wohlauf?« In Erwartung der Antwort hielt Decius den Atem an. Ob die Krankheit schon so weit vorgedrungen war? Ob man schon von ihrem Nahen wusste? Doch Servatius nickte nur gleichmütig. »Sicher doch, warum nicht.«

Decius holte tief Luft. »Irgendwelche Meldungen über Probleme?«

Servatius sah ihn fragend an, zuckte die Achseln. »Komische Fragen stellst du heute. Was soll schon sein? Die Barbaren rumoren hinter dem Limes, nichts Neues also. Meinen wohl, es ist mal wieder Zeit für die Jagd auf den Adler.« Er lachte kurz auf. »Barbaren!« Die Verachtung sprühte ihm in Funken aus den Augen. »Sollen sie nur kommen. Die werden ihr Glück im Orcus finden.« Erneut spuckte er mit Nachdruck auf den Boden.

Decius schloss für einen Moment die Augen vor Erleichterung. Die Anspannung in seiner Brust lockerte sich, alles schien so weit in Ordnung.

Servatius blickte der Wagenkolonne hinterher. »Warst ja lange weg diesmal, oder?«

»Woher weißt du?«

»Habe einen Neuen aus dem Kastell herbekommen, der hat so was erwähnt. Liegt drinnen auf der faulen Haut, will sich nicht nassregnen lassen.«

Decius runzelte die Stirn. »Ich wusste nicht, dass meine Reisen bei euch für Gesprächsstoff sorgen.«

Servatius räusperte sich, trat einen Stein in das Gebüsch am Straßenrand. »Man kennt dich eben«, murmelte er.

»Hmm.« Und wenn schon, er hatte erfahren, was er wissen wollte, sie sollten sich beeilen. »Ist die Straße bis zum Kastell sicher?«

»Natürlich, sagte ich doch. Was soll schon sein.«

Decius nickte. Gut, dann konnte er ab hier vorausreiten, sein Trupp würde ihm langsam folgen.

Julia stand in der Tür, ihre Stola wegen des Regens über den Kopf gezogen, eine Lampe in der Hand. Sie wirkte schmal und zerbrechlich. Und die sonst so strahlenden dunklen Augen blickten stumpf, die Falten um den Mund schienen zahlreicher und tiefer. »Bei allen Göttern, Dank sei euch, dass ihr mir meinen Sohn gesund zurückgebracht habt«, sagte sie und umarmte Decius, fast kraftlos, so schien es ihm.

»Komm herein, mein Junge, in der Küche steht heißer Kräutersud auf dem Feuer, der wird dir guttun. Ach, es gibt viel zu erzählen.« Sie ging ihm voran ins Haus. »Als Erstes soll Greda dir trockene Sachen herauslegen, damit du dich umziehen kannst. Du holst dir ja sonst den Tod.«

Nur wenig später saß er in einer trockenen Tunika am Feuer und nippte an dem heißen Trunk.

Julia setzte sich auf die Bank, schickte Greda hinaus, nahm eine Schüssel auf den Schoß und begann darin zu rühren. »Wie war deine Reise? Ist alles wunschgemäß verlaufen?«

Decius bemerkte, dass sie nicht bei der Sache war, etwas anderes beschäftigte sie. Sie wirkte eigentümlich unnahbar auf ihn. Sie hatte ihn geküsst, wie immer, ihn umarmt, sich über seine Rückkehr gefreut, dennoch schien sie ihm fremd. So hatte er sie noch nie erlebt. »Ja, danke, es ist alles gutgegangen. Doch du sagtest, es gibt Wichtiges zu berichten?«

Julia schluckte, nickte. »Manius ist verschwunden.«

Decius stellte den Becher ab. »Was soll das heißen, verschwunden? Macht er eine Reise?«

»Nein, verschwunden, weg.«

»Seit wann?

»Seit zwei Wochen schon.«

Was hatte das zu bedeuten? »Na, er wird ein Mädchen kennengelernt haben …«

»Nein!«

Er hatte seine Mutter noch nie so aufgebracht gesehen. Doch als sie berichtete, wie sie die Werkstatt vorgefunden hatte, und von ihrem Besuch bei Livia und deren Beobachtung erzählte, schüttelte er den Kopf. Manius sollte Salgard ein Kästchen gegeben haben? »Und wenn schon. Falls es tatsächlich stimmt und Livia sich das nicht nur ausgedacht hat, was kann das schon gewesen sein, Mutter. Sicher eine Reparaturarbeit.«

»Wenn du meinst.«

Julia verschloss sich wie eine Auster. Er kannte sie gut genug, um zu wissen, dass sie es nicht guthieß, wenn er so von Livia sprach. »Gut, Mutter, was denkst du also?«

Julia zuckte die Achseln. »Ich weiß nur, dass diese Germanin in letzter Zeit oft bei Manius in der Schmiede war. Warum, frage ich dich?«

»Sie wollte meinen Bruder sicher nur kennenlernen. Genau

wie sie dich gern näher kennenlernen würde, wenn du es nur zuließest.«

Julia schnaubte. »Das kann ich mir denken.« Dann atmete sie tief ein und sah ihn an, ihre Stimme wurde sanft. »Decius, Junge, es ist nichts Gutes in dieser Frau, glaube mir. Lass von ihr ab, ich bitte dich. Du siehst doch, wohin es führt, wenn man sich mit ihr abgibt.«

Decius stellte den Becher auf den Tisch und stand auf. »Es ist schön, wieder zu Hause zu sein, Mutter. Und jetzt sage ich dir etwas, das dein Herz erfreuen wird, so hoffe ich. Manchmal sehne ich mich nach einem Heim, einer Frau, Kindern vielleicht. In solchen Momenten denke ich daran, die Tierfängerei aufzugeben und als Medicus zu arbeiten, wie Vater es sich gewünscht hätte und auch du es oft genug von mir verlangt hast. – Nein, warte«, er hob die Hand, Julia hatte zu einer freudigen Erwiderung angesetzt, ihre Augen strahlten. »Ich denke erst so, seit ich Salgard kenne, denn in ihr ist viel Gutes, Mutter.«

»Decius!« Julia starrte ihn entsetzt an.

»Was hast du nur gegen sie, du kennst sie nicht, ja du weigerst dich schlicht, sie kennenzulernen. Weil sie Germanin ist? Mutter, wir sind selbst germanischer Abstammung, und wenngleich ich die römische Kultur sehr schätze, das weißt du, so heißt das nicht, dass wir unsere Wurzeln verleugnen müssen. Ja, Mutter, ich bin Römer, ich fühle wie ein Römer, und doch liebe ich die germanischen Wälder ebenso wie Salgards ungezähmte Art. Manius dagegen hat schon immer ein Herz für die Germanen gehabt, für ihre Lebensweise, die er für frei hält. Aber vielleicht hat er wirklich ein Mädchen jenseits des Limes kennengelernt, war sich deiner Ablehnung gewiss und ging deshalb ohne ein Wort.«

»Manius? Ein germanisches Mädchen? Und auch du? O ihr Götter, was ist nur mit meinen Söhnen?« In Julias Augen schimmerten Tränen, etwas, das Decius nie zuvor gesehen hatte, das er nicht ertragen konnte. Er musste sie beruhigen. »Ich will mich nicht mit dir streiten, Mutter. Nicht heute. Ich nehme an, im Kastell weiß man über Manius' Verschwinden Bescheid?«

Julia nickte schweigend.

»Gibt es irgendwelche Vermutungen? Haben diese aufrührerischen Barbarenstämme etwas damit zu tun, von denen man hört?«

»Ich weiß es nicht.«

»Gut. Dann gehe ich gleich morgen früh zu Aulus und frage, was sie herausgefunden haben.«

»Nichts haben sie herausgefunden. Es gibt keine Spur von deinem Bruder. Glaubst du nicht, ich fragte jeden Tag im Lager nach? Und jeden Tag das Gleiche: nichts.«

Decius ließ sich wieder auf den Stuhl sinken. Ihn schwindelte, so viele Schwierigkeiten auf einmal. Sein Bruder verschwunden, eine Seuche im Anmarsch. Er musste einen kühlen Kopf behalten. Das Beste war, seiner Mutter gegenüber von der Seuche zu schweigen und zuerst mit Aulus zu sprechen. Der war ein erfahrener Mann, würde Maßnahmen gegen die Krankheit treffen und ihm Leute geben, seinen Bruder zu suchen. Schließlich war Manius wichtig für die Römer, sie brauchten ihn – kein anderer in der Region vermochte Schwerter zu schmieden wie er.

»Decius Curmillus, mein Freund! Du bist also wieder zurück, heil und gesund, welche Freude!« Kommandant Valerius Aulus kam ihm entgegen, federnd der Gang, der Körper muskulös vom Reiten, das Gesicht gebräunt von dem Aufenthalt an der frischen Luft. Seine ganze Erscheinung strahlte Zuverlässigkeit und Würde aus, Letzteres vermutlich auch die Wirkung der früh ergrauten Schläfen. Aulus hatte seinen Dienst hier in der Provinz erst vor gut einem Jahr angetreten. Schnell hatten Decius und er festgestellt, dass ihre Väter während der Partherfeldzüge beide im Osten gedient, möglicherweise sich sogar gekannt hatten, wer konnte es wissen. Trotz des Altersunterschiedes, Aulus mochte zwanzig Jahre mehr zählen als er, waren sie sich auf Anhieb sympathisch gewesen, und Decius hatte seine Gesellschaft immer genossen.

Es tat gut, den Freund zu sehen.

»Du bist gestern erst spät eingetroffen, und schon heute Morgen führen dich deine ersten Schritte in der Heimat in das Kastell, zu mir? Ich nehme nicht an, deine Füße lenkten dich aus purer Zuneigung in diese Richtung. Nun, werter Decius, ich kann mir denken, was das zu bedeuten hat. Du hast es natürlich schon gehört.«

Decius setzte sich in den Sessel, den Aulus ihm zuschob, nahm von dem angebotenen Wein und trank einen Schluck.

»Was ist geschehen? Wo ist Manius?«

»Wenn wir das wüssten, mein Lieber, ich gäbe viel darum.«

»Was weißt du?«

Aulus breitete die Arme aus. »Nur das, was deine Mutter mir berichtete.«

»Du hast also nicht mit Livia gesprochen?«

»Mit Livia? Aber warum sollte ich?«

»Es war nur so ein Gedanke, mir war, als hätte ich gehört, sie hätte Manius noch gesehen.«

Aulus hob die Brauen. »Wenn das so ist, so weiß ich davon nichts.«

Warum hatte seine Mutter dem Kommandanten nichts von Livia, Salgard und dem Kästchen erzählt? Wollte sie etwa vermeiden, dass Salgard einer Untat verdächtigt wurde? Nein, eher fürchtete sie wohl, dass auf Livia ein Schatten fiel.

»Und was hast du unternommen, um Manius zu finden?«

»Meine Leute haben das ganze Lager abgesucht, jeden im

Dorf befragt, jeden Brunnen ausgeleuchtet, jedes Blatt umgedreht, nichts. Er ist einfach spurlos verschwunden, unglaublich, aber es ist so.«

»Hat ihn denn keiner gesehen? Weißt du, wann er verschwand, wohin er ging, was er vorhatte an jenem Tag?«

»Der Bäcker habe ihn des Morgens vor dem Haus eurer Mutter bemerkt. Danach sah ein Händler, der sich zur Zeit im Dorf aufhält, die Tür der Schmiede offen stehen und hörte jemanden darin rumoren. Ob es dein Bruder war, wissen wir nicht. Gegen Mittag sei er auf dem Markt gewesen, hieß es. Als letzte will ihn die Alte, die weiter außerhalb neben der Köhlerhütte wohnt, am Nachmittag noch am Weiler im Wald gesehen haben, aber du kennst sie ja ...« Aulus machte mit dem Zeigefinger eine kreisende Bewegung neben seinem Kopf. »Wer weiß, was die gesehen hat.«

»Und jetzt?«

Aulus zuckte die Achseln. »Ehrlich gesagt, habe ich auf deine Rückkehr gehofft, auf die Nachricht, dass du wüsstest, wo Manius ist.«

»Stand nicht eine Lieferung an Schwertern an? Ich meine, ihr müsst doch sein Verschwinden sogleich bemerkt haben?«

»Die Waffen hat er zuvor, wie vereinbart, geliefert. Am Tag darauf erfuhr ich, dass deine Mutter Julia sich noch in der Nacht nach ihm erkundigt hatte. Am nächsten Morgen, als sein Verschwinden dann feststand, schickte ich sofort den Erkundungstrupp los. – Ohne Erfolg.«

Decius saß da wie betäubt, Aulus konnte es doch unmöglich damit bewenden lassen. »Dann werde ich ihn suchen. Kann ich auf deine Unterstützung hoffen? Du wirst mir doch ein paar erfahrene Männer zur Seite stellen?«

Aulus stand auf und trat ans Fenster. »Wäre das klug, Decius? Wer weiß, wo Manius hin ist. Und zwar freiwillig, denn wie es aussieht, hat er ein paar Sachen aus der Schmiede zusammengepackt und ist gegangen. Oder glaubst du, dass gleichzeitig auch noch Diebe seine Werkstatt ausgeraubt und sein Werkzeug zwar dagelassen, seine Kleidungsstücke hingegen mitgenommen haben? Seltsamer Zufall? Oder man hat ihn zusammen mit seinen Sachen entführt? Unsinn! Nein, nichts deutet darauf hin, dass ihm etwas zugestoßen ist, dass er gewaltsam fortgeschleppt wurde. Niemand hat etwas Ungewöhnliches bemerkt. Sicher hat alles eine ganz einfache Erklärung. Ich weiß, das wird weder deiner Mutter noch dir gefallen, aber ich rate euch, wartet erst einmal ab. Ein paar Tage, wenige Wochen, und Manius steht schuldbewusst vor eurer Tür. Du kennst ihn doch.«

Decius musste Aulus zum Teil recht geben. Manius neigte zu Gefühlsausbrüchen, zu unüberlegten Handlungen. Aber trotz dieser Schwächen besaß er doch eine große Stärke, und das war seine Zuverlässigkeit. Niemals würde er einfach verschwinden, ohne zumindest seiner Mutter eine Nachricht zu übermitteln. War dies nun die eine Ausnahme, die die Regel bestätigte? Vielleicht war doch etwas Wahres an Aulus' Worten.

Decius lehnte sich zurück und trank einen Schluck Wein. Dabei drückte ihn die Wachstafel des Statthalters in die Seite und rief sich in Erinnerung. »Da gibt es noch etwas, das du wissen musst.« Decius reichte dem Kommandanten die Botschaft.

Als er sie gelesen hatte, warf Aulus die Wachstafel auf den Tisch und sah Decius mit sorgenvoller Miene an. »Die schlechten Nachrichten reißen wahrlich nicht ab.«

Decius ahnte, worauf sein Freund anspielte. »Du meinst die Unruhen bei den Germanenstämmen jenseits der Grenze?«

Aulus lehnte sich an die Wand, die Arme vor der Brust verschränkt. »Ja, richtig. Es nimmt und nimmt kein Ende. An allen Enden des Reiches brennt es.«

»Das tut es doch seit Jahren.«

»Eben, aber noch nie so beängstigend wie derzeit. Du weißt,

die Markomannen, Quaden und Naristen bedrohen die nordöstlichen Reichsgrenzen.«

Decius nickte. »Seit Jahren wagen sie dort Einfälle, aber bislang konnten wir sie zurückschlagen.«

»Bislang. Doch geraten sie immer mehr unter Druck. Ihre Bevölkerung wächst beständig, und ihr Gebiet ist bedroht, denn von Norden werden sie von den Goten bedrängt, und im Süden verschließt Rom ihnen die Tore. Also verbünden sich Markomannen und Naristen, ziehen gegen Rom.« Aulus schüttelte den Kopf. »In Pannonien sind sie nur knapp zurückgeschlagen worden.«

»Ballomarius, der Führer der Markomannen, ist ein fähiger Kopf. Das hörte ich bereits. Und was ist mit den Stämmen hier?«

»Bei den Naristen hat es offenbar einen Umschwung gegeben, melden unsere Spitzel. Ein neuer Führer ist an der Macht. Wie es scheint, ist sein Stamm mit den Markomannen uneins. Solange dies noch der Fall ist, wäre es für uns ein guter Moment, zuzuschlagen. Aber wie könnten wir? Unser Heer ist ausgeblutet von den Kriegen und von dieser Krankheit, die im Osten tobt. Kein Wunder, wenn sich die Germanen das jetzt zunutze machen. – Decius, ich kann dir nicht sagen, wie müde ich bin. Erst die Parther, dann die Armenier, und jetzt kämpfen die Germanen um Siedlungsland, ohne jedoch ihre Unabhängigkeit aufgeben zu wollen. Ein Irrsinn! Marcus Aurelius wird diese Barbaren – und damit einen unkalkulierbaren Unruheherd – niemals ins Land lassen, das Risiko kann er nicht eingehen. Ach, Decius, ich bin es so leid. Was gäbe ich für ein paar Jahre Frieden, ein paar Jahre ohne Meldungen über feindliche Übergriffe an den Grenzen Roms, einige Jahre Ruhe. Wir sitzen hier auf einer gespannten Sehne, jederzeit müssen wir damit rechnen, in den nächsten Krieg geschickt zu werden. Und der Krieg hat seine eigenen Gesetze, du kannst es mir glauben. Es würde mich nicht wundern, wenn bald der Kaiser hier auftauchte.«

»Marcus Aurelius in unserer verschlafenen Gegend?«

»Aber ja.« Aulus ging zu seinem Sessel zurück und ließ sich nieder. »Ganz im Vertrauen, Decius: Der Kaiser ist bestrebt, Frieden zu schaffen. Er verhandelt mit den Germanen, bislang leider noch ohne Erfolg.«

Decius nippte an seinem Wein. Unter diesen Umständen konnte er sich vorstellen, dass Aulus dem Verschwinden von Manius kein großes Gewicht beimaß.

»Und nun haben die aus Parthien heimkehrenden Truppen diese Seuche bis zu uns gebracht, sagst du. Wie steht es in Augusta Vindelicum?«

Decius schilderte die Lage in der Provinzhauptstadt. »Als ich abreiste, hieß es, schon fünfundzwanzig Menschen seien gestorben, an die hundert lägen siech danieder, ohne Aussicht auf Rettung.«

Aulus presste die Lippen zusammen und starrte vor sich hin.

»Meldeten dir deine Kundschafter nichts?«

»Natürlich«, murmelte Aulus. »Doch man sagte, die Seuche zöge mit den Veteranen weiter gen Westen. Wir vermuteten, für Italia bestünde eine erheblich größere Gefahr als für uns hier im Norden. Aber nun, wenn sie schon in der Provinzhauptstadt wütet, dann wird sie in Kürze auch zu uns gelangen.« Aulus schwieg einen Augenblick. Dann sah er ihn an. »Du bist Arzt, Decius, was sollen wir tun?«

Decius schnaubte kurz und schob den Becher von sich. »Das bin ich schon lange nicht mehr. Das weißt du genau.«

Aulus nickte nachsichtig. »Natürlich. Also, was können wir tun, um zu verhindern, dass auch hier die Leute sterben wie die Fliegen? Mein Vater hat die Seuche mit Müh und Not überlebt, damals, im Osten. Was er erzählt hat, veranlasst mich nicht, diese Erfahrungen teilen zu wollen. Also?«

Decius faltete die Hände im Schoß und wiederholte Aulus die Maßnahmen, die er auch Priscilla genannt hatte.

Aulus schüttelte den Kopf. »Unmöglich. Das ist in unserem Lager unmöglich.« Er atmete tief durch, rang sich eine Entscheidung ab. »Gut. Solange hier noch niemand erkrankt ist, halte ich nichts davon, die Leute verrückt zu machen. Sobald wir aber Nachrichten erhalten, die das Nahen der Krankheit melden, werden wir versuchen, es so zu handhaben, wie du gesagt hast.«

Decius zuckte die Achseln. »Wenn du meinst. Aber sorge für Sauberkeit im Lager und besonders im Vicus. Jeglicher Unrat muss von den Straßen verschwinden, die Latrinen gespült, Kadaver von toten Tieren verbrannt werden. Damit können wir vielleicht schon das Schlimmste verhindern.«

Endlich stimmte Aulus zu und erhob sich, die Offiziere erwarteten ihn zur täglichen Besprechung, Decius müsse ihn entschuldigen.

Als Decius kurz darauf vor dem Lagertor stand und in die Sonne blinzelte, erfasste ihn ein heftiger Schmerz. Es quälte ihn mehr als gedacht, dass Manius verschwunden war, trotz des jahrelangen Streits, der Vorwürfe damals ... Aber nach dem Gespräch mit Aulus neigte auch Decius dazu, eine harmlose Erklärung für sein Verschwinden als wahrscheinlich anzusehen. Andererseits sträubte sich etwas in ihm, dies anzuerkennen. Doch Aulus hatte behauptet, alles getan zu haben, was getan werden konnte. Was blieb ihm also übrig? Einzig, ein Wort mit Livia zu wechseln, derjenigen, die Aulus nicht befragt hatte. Und mit Salgard ...

Livias Schönheit verursachte ihm immer eine Gänsehaut, es überlief ihn ein Frösteln bei ihrem Anblick, auch diesmal. Obwohl er sich nicht erklären konnte, warum. Sie war höflich, freundlich, lächelte, schenkte ihm einen Becher Wein ein, holte kandierte Früchte herbei. Dann setzte sie sich ihm gegenüber in sittsamem Abstand auf ihren Stuhl und sah ihn auffordernd an.

»Du hast Manius gesehen am Tag seines Verschwindens?«

Das war es nicht, was Livia sich von seinem Besuch erwartet hatte. »Und?«

»Erzähl mir mehr darüber, was genau hast du beobachtet.«

Livia wiederholte die Geschichte in fast den gleichen Worten, die auch seine Mutter gebraucht hatte.

»Du standest also am Fenster, schautest auf die Straße, und sahst ganz zufällig, wie Manius und Salgard sich dort begegneten und er ihr ein Kästchen in die Hand drückte.«

Livia reckte den Kopf. »Was meinst du, glaubst du mir nicht?«

»Doch, doch.« So einfach war die Sache also, fast hätte Decius vor Erleichterung laut aufgelacht: Manius und Salgard trafen sich auf dem Marktplatz. In aller Öffentlichkeit überreichte er ihr ein Kästchen, was jeder hätte sehen können. Da sich dort am Mittag unzählige Tagediebe herumtrieben und nach Gerüchten und Neuigkeiten Ausschau hielten, käme wahrlich niemand auf die Idee, ausgerechnet hier Heimlichkeiten zu treiben. Nur seine Mutter Julia vermutete eine Verschwörung. Lächerlich. Er würde Salgard einfach fragen, was es mit dem Kästchen auf sich hatte.

Decius lehnte sich beruhigt zurück und sah seine Gesprächspartnerin an.

Was fand seine Mutter nur an dieser Livia? Sie kam aus gutem Hause, das war aber schon alles. Ihre Haut war bleich wie Leinen, das zu oft der Sonne ausgesetzt gewesen war, ihr Haare so schwarz wie der Orcus. Bald darauf verabschiedete er sich, ungeachtet des Bedauerns, das sie darüber zeigte.

Ihre Gegenwart machte ihn beklommen, er wollte Sonne, Licht, Luft, er wollte zu Salgard. Doch ob sie um diese Zeit zu

Hause wäre? Er eilte die Straße hinunter, bog in den Pfad zu dem Eierhof ab. Sofort befiel ihn ein schlechtes Gewissen. Es wurde Zeit, dass er für sie eine andere Unterkunft fand. In diesem armseligen Gehöft, bei diesen Leuten durfte er sie nicht länger wohnen lassen. Diese Leute, Salgard hatte sie ihm nie vorgestellt. Er wusste nur, dass sie entfernte Verwandte von ihr waren. So barbarisch sich diese Germanen gaben, Gastfreundschaft war ihnen heilig. Salgard hatte ihm einmal erzählt, sie könne einige Zeit bei ihnen unterkommen, so sei die Sitte. Aber sie dürfe die Gastfreundschaft nicht überbeanspruchen, sondern müsse selbst sehen, dass sie eine eigene Bleibe fände.

Er klopfte an die Tür, die schräg in den Angeln hing. Eine Frau öffnete, auf dem Arm einen Säugling, der an dem Zipfel ihres Kopftuchs saugte. Ihr Gesicht war tiefbraun, Falten hatten sich um Mund und Augen eingegraben, so dass sie wie eine alte Frau wirkte, obwohl ihre Gestalt jugendliche Geschmeidigkeit ahnen ließ. Fragend sah sie ihn an.

»Ist Salgard hier?«

Die Frau schüttelte den Kopf und zog sich sofort wieder zurück. Die Tür fiel zu und klapperte noch einmal nach, der Riegel musste gebrochen sein.

Plötzlich wurde ihm kalt. War Salgard etwa auch verschwunden? Er drückte gegen die Tür und trat ein. Dämmerung umfing ihn. »Wo ist sie?«

Die Frau stieß einen leisen Schrei aus und bedeckte das Haupt des Kindes mit ihrer Hand. »Was willst du? Raus!«

Ah, sie sprach doch seine Sprache. Kurz hatte Decius gezweifelt, dass sie ihn verstand. »Ich muss Salgard sprechen, wo ist sie?«

»Woher soll ich das wissen. Sie meldet sich bei mir nicht ab. Im Wald wird sie sein.« Die Frau hielt einen Moment inne und musterte ihn unverhohlen. »Bist du ihr Liebhaber?«

»Sagt sie das?«

»Gesagt hat sie das nicht, aber man reimt sich über kurz oder lang schon einiges zusammen. Warst du neulich hier, um dich mit ihr zu treffen? Mir war so, als schliche jemand auf dem Hof herum.«

»Ich bin gerade erst zurückgekommen.«

»Ach ja.« Ihre Lippen verzogen sich zu einem spöttischen Lächeln. »Der berühmte Bärenjäger, ich weiß. Na, dann habe ich mich wohl geirrt.«

Im Wald war sie, natürlich, die Frau hätte es gar nicht zu sagen brauchen. Salgard hatte ihm einige Stellen gezeigt, an denen sie Heilkräuter fand. Oder am Tümpel vielleicht, in dem sie zu baden pflegte. Decius mochte gar nicht daran denken, dass Salgard sich so offenherzig zeigte und so gleichgültig gegenüber dem Gerede war.

Er eilte den Weg, der aus dem Vicus in Richtung Limes führte, entlang, verließ ihn eine Meile hinter dem Lager und bog in den Pfad ein, der zu dem Weiher führte. Dort war sie nicht, und so folgte er dem Weg, der einen Bogen beschrieb und in östlicher Richtung zum Vicus zurückführen musste. Alles hier erinnerte ihn an seine Jugend, an die Zeit, als sein Bruder und er mit ihrem Vater unterwegs gewesen waren … Nein, er mochte nicht daran denken. Decius stieg über eine Wurzel, die sich über den Weg wand. Nein, er wollte nicht an damals denken, nicht an die Schuld, die er auf sich geladen hatte.

Ein Rascheln und Knacken riss ihn aus den trüben Gedanken, eilige Schritte? Dann sah er sie am Rande einer Lichtung, einer großen Wiese eher, die sich vor ihm auftat. Salgard stand wie eine Nymphe mitten zwischen den wogenden Gräsern und blühenden Frühjahrsblumen. Mit gerunzelter Stirn sah sie in den Wald hinein. Decius folgte ihrem Blick. Bewegte sich dort nicht etwas? Decius' Kehle wurde trocken, er schluckte. Doch alles blieb ruhig.

Er beobachtete sie eine Weile, wie sie lauschte, dann den Blick senkte, eine Strähne ihres blonden Haares hinter das Ohr schob, sich bückte und ein paar Kräuter zupfte, die sie in ihren Korb legte. Erst jetzt bemerkte er ihn, der neben ihr am Boden stand und schon mit einigen Pflanzen gefüllt schien. Blühenden Löwenzahn erkannte Decius aus der Ferne. Wie unschuldig sie aussah. Decius schämte sich für seine Gedanken. Er musste sich geirrt haben. Was sollte da schon gewesen sein, ein Tier wahrscheinlich. Oder einer der Reiter aus dem Lager, ein Wanderer, es gab viele Erklärungen für ein Geräusch, eine Bewegung. »Salgard!«

Sie schreckte auf, sah sich suchend um, schließlich erkannte sie ihn, und ein Lächeln erhellte ihr Gesicht. »Decius! Du bist zurück!« Sorgsam legte sie das Kraut, das sie in der Hand hielt, zu den anderen im Korb und ging ihm entgegen.

Nur mühsam konnte er sich beherrschen, nicht auf sie zuzulaufen. Dann stand sie vor ihm, und er drückte sie an sich, spürte ihre Wärme unter seinen Händen, schmeckte die fruchtige Süße ihrer Lippen. Sie lachte. »Dort drüben wachsen wilde Erdbeeren, komm, es gibt noch mehr.« Sie zog ihn hinter sich her.

»Du bist allein?«, fragte Decius.

Sie sah ihn mit emporgehobenen Brauen an. »Aber ja, wer sollte hier sein?«

Nebeneinander lagen sie in der Sonne, die schon recht warm auf sie herniederschien, und Salgard fütterte ihn mit Erdbeeren. »Schön, dass du wieder da bist. Und? War deine Jagd erfolgreich?«

Er berichtete ihr, dann schwieg er kurz, bevor er auf die drohende Gefahr der Seuche zu sprechen kam.

»Ich habe davon gehört«, meinte Salgard leise. »Deswegen bin ich hier, meine Leute haben mich geschickt.«

Er hatte noch nie mit Salgard darüber gesprochen, von wo

und warum sie hergekommen war, es hatte ihn nicht interessiert. Doch in der jetzigen Situation könnte ihre Herkunft an Bedeutung gewinnen.

»Die Nachricht von der drohenden Gefahr durch die Seuche ist schon bis auf die andere Seite des Limes gedrungen. Und da ich eine der Heilkundigen unseres Stammes bin, hat man mich hergeschickt, um zu sehen, was ihr Römer gegen die Krankheit unternehmt.«

»Ach!« Decius drückte ihr einen Kuss auf die Stirn. »Deswegen hast du mich also auserwählt, um an die Geheimnisse römischer Heilkunst zu kommen?«

Salgard stupste ihren Zeigefinger auf seine Nase. »Du bist zu klug, um dich hinters Licht führen zu lassen, mein Decius! Ich hätte wissen müssen, dass mein Plan nicht lange geheim bleibt.«

Sie schürzte die Lippen, runzelte die Stirn und beugte sich über ihn. Tiefblaue Augen blickten in seine, und wohlige Wärme durchströmte Decius. Mit den Fingern strich er durch ihr Haar, faltete die Hände hinter ihrem Kopf und zog sie zu sich herunter.

»Und? Weihst du mich in deine Heilkunde ein?«, raunte sie mit heiserer Stimme in sein Ohr.

»In alles, was du willst, Salgard.« Er stützte sich auf seinen Ellenbogen und sah sie an. Seine Hand ruhte auf ihrem Bauch, der sich unter dem leichten Stoff der Tunika sacht hob und senkte. Ihre Augen waren geschlossen. »Ich muss wieder los, bald schon.«

Fragend öffnete sie die Augen und wandte sich ihm zu.

»Du hast sicher gehört, dass Manius verschwunden ist.«

Salgard nickte leicht. »Du willst ihn suchen?«

»Aulus riet dazu, abzuwarten. Allerdings werde ich natürlich Erkundigungen einziehen, wenn ich zum Tierfang über den Limes gehe.«

»Bist du dir überhaupt sicher, dass er gen Norden gegangen ist?«

»Wohin sonst?«

Salgard zuckte die Achseln. »Vielleicht war er dieses Dorf leid und wollte etwas von der Welt sehen? Vielleicht ist er in der Augusta Vindelicum. – Ach, dahin würde ich auch gern einmal ...«

»Sag so etwas nicht. Du wirst nicht gehen – nicht ohne mich. Im Übrigen, wenn er in der Augusta wäre, hätte Aulus dies gewusst oder es erfahren«, setzte er hinzu.

»Du sorgst dich um deinen Bruder.«

»Natürlich sorge ich mich. Salgard, du kommst von jenseits des Limes, deine Leute sind Nachbarn der Naristen, hast du mir erzählt. Du und deine Verwandten, ihr bekommt doch Besuch von den Euren, empfangt Nachrichten. Vielleicht hat jemand etwas von Manius gehört? Kannst du sie nach ihm fragen?«

»Es kommt in diesen Tagen nur selten jemand von unserem Stamm hierher.« Sie zögerte einen Moment, ihr Blick flackerte. »Die Zeiten sind unruhig, das weißt du sicherlich. Und ehrlich gesagt, bin ich auch ein wenig in Sorge, was jenseits des Limes vorgeht. Mein Volk lebt in unmittelbarer Nachbarschaft der Naristen, und es ist kein Geheimnis, dass es da rumort. Wir müssen vorsichtig sein. Ich weiß nicht, ob ich dir helfen kann. Aber wenn es in meinen Möglichkeiten steht, so will ich das gern tun.«

Decius schwieg einen Moment, wiegte sich in der zweifelhaften Hoffnung, die ihre Worte ihm schenkten. Aber noch etwas lag ihm auf dem Herzen. »Sag, Salgard, ich hörte da so eine Geschichte. Es war da von einem Kästchen die Rede, das du von Manius erhalten haben sollst.«

Wieder schnellten ihre Brauen in die Höhe, ihre Stirn legte sich in Falten. Als sie ihn anschaute, wirkten ihre Augen dunkel und verschlossen. »Ach ja?«

»Was hat es damit auf sich?«

»Wenn ich wüsste, wovon du sprichst, würde ich es dir sagen. Was soll das für ein Kästchen sein? Und Manius soll es mir gegeben haben?«

Decius erzählte Salgard, was er von seiner Mutter gehört hatte.

Salgard schüttelte den Kopf. »Nein, ich habe von Manius kein Kästchen bekommen, ich habe auch nichts bei ihm bestellt, was er in einem Kästchen hätte liefern können. Du kannst ja Frija fragen, meine Verwandte, wenn du mir nicht glaubst.« Finster sah sie ihn an, rückte ein wenig von ihm ab.

Gute Götter, er hatte sie verletzt. »Ich konnte es mir auch nicht vorstellen, habe es ohnehin nicht geglaubt.« Er drückte ihr einen Kuss auf den Mund. »Lach wieder, meine Salgard, dieser finstere Blick schmückt dich nicht!«

Sie ließ es sich gefallen, schlang dann die Arme um ihn – o Venus, welch eine Wonne – und erwiderte seinen Kuss. Doch plötzlich sprang sie auf. »Ich muss zurück, komm, begleite mich.« Sie nahm ihren Korb, streckte ihm ihre Hand hin und half ihm auf. Wie schade! Immerhin gönnte sie ihm noch einen Kuss auf die Wange, ein Lächeln, dann verschränkte sie ihre Finger mit seinen. So gingen sie nebeneinander den schmalen Pfad entlang.

Wie er kaum zu hoffen gewagt hatte, verabschiedete Salgard ihn nicht sogleich, als sie an der Hütte angekommen waren.

Sie zog die Tür auf und spähte in das Dämmerlicht. »Es ist keiner da. Du kannst hereinkommen, ich habe noch etwas für dich.« Sie zog ihn in den Raum und schloss die Tür. »Frija ist auf dem Markt, nehme ich an.« Sie bedeutete ihm, sich auf einem Schemel in einer Ecke niederzulassen. Was mochte sie für ihn haben? Das, was er sich wünschte, wäre es sicher nicht. Ein wenig enttäuscht sah Decius sich um. Vorhin hatte er nicht viel vom Inneren des Hauses erkennen können, allerdings gab es auch nicht viel zu sehen. Das Haus war entschieden ärmlicher als ihres, stellte Decius fest. Es war nicht viel mehr als eine Hütte, es bestand nur aus einem Raum. Um die Feuerstelle in der Mitte standen einige Hocker. Im hinteren Teil konnte er eine Strohschütte mit einigen Fellen und Decken ausmachen, von draußen drang das Quieken eines Schweins herein. Die Wiege in der Ecke schien eines der wenigen Luxusobjekte zu sein.

Salgard drückte ihm einen Becher in die Hand; es war einfache Keramik, mit Rillen verziert, keine römische Ware. »Probier das!«

Decius nahm einen Schluck, der Trank schmeckte süß und herb. Ein wenig kratzte er im Hals. »Ist das Met?«

Salgard wiegte den Kopf. »Etwas Ähnliches. Ein Trank aus Honig – er stammt aus meiner Heimat – gemischt mit Kräutern. Ich bin zuversichtlich, dass er gegen die Seuche hilft.« Sie bückte sich in eine Ecke, holte zwei kleine Amphoren hervor und reichte sie ihm. »Hier, für dich und deine Familie.«

Die Tür klapperte, und die Frau mit dem Säugling trat herein. »Ah, der Tierfänger ist wieder da.« Salgard und sie tauschten einen Blick, und Frija legte ihr Kind in die Wiege.

»Decius wollte sich gerade verabschieden.«

Decius fühlte sich sanft, aber bestimmt zur Tür geschoben. »Ja, tatsächlich, ich muss los. Euch beiden dann noch einen schönen Tag.«

Und schon befand er sich draußen und hatte nicht einmal mehr fragen können, wann sie sich wiederträfen. Als er auf sein Haus zuschritt, bemerkte er zum ersten Mal, dass der von Holzbalken gerahmte Putz einen neuen Anstrich vertragen könnte. Warum hatte sich Manius nicht darum gekümmert, schließlich war er die ganze Zeit hier? Am Geld konnte es nicht liegen, Manius verdiente mit seinen Waffen viel mehr, als er zum Leben brauchte, und Decius selbst trug das Seine zum

Haushalt bei. Außerdem wusste seine Mutter, dass er für solche Fälle etwas auf einer Bank in der Augusta Vindelicum zurückgelegt hatte. Sie könnten sich durchaus einen Anstreicher leisten. Aber nun war Manius verschwunden, hatte offenbar seine Sachen gepackt und war einfach fort.

Er öffnete die Pforte und sah Julia im Hof, die nach dem Regen des gestrigen Tages die Sonne nutzte, um die Wolldecken zu lüften.

»Aulus weiß nichts und will auch nichts wissen, habe ich recht?«

Ohne ihn anzusehen, fragte sie das, ihre ganze Aufmerksamkeit beanspruchte offenbar die Decke, die immer wieder von der Leine abzugleiten und in den Schmutz zu fallen drohte.

Decius nickte. »Ja, stimmt«, sagte er, lehnte die Amphoren an die Hauswand und half seiner Mutter, den schweren Stoff über die Leine zu heben.

»Aber du wirst doch etwas unternehmen, schließlich ist er dein Bruder – du schuldest ihm etwas.« Julias Augen blitzten.

Decius war, als hätte sie ihm in den Magen geschlagen. Noch nie hatte seine Mutter den Vorfall erwähnt, den er seit acht Jahren wie ein Feuermal auf seiner Seele herumtrug. Als wüsste er nicht selbst, was er seinem Bruder schuldig war. Sie jedoch hatte nicht das Recht dazu, ihn daran zu erinnern. Sie war nicht dabei gewesen, hatte nie wissen wollen, was damals im Wald geschehen war. »Sag, Mutter, warum hast du Aulus nichts von Livias Beobachtungen erzählt, von diesem Kästchen, das Manius Salgard gegeben habe. Er hätte doch schon längst in Erfahrung bringen können, was es damit auf sich hat. Warum schwiegst du, liebe Mutter?«

Er hasste sich, wenn er so mit ihr sprach. Er wollte es nicht, doch es brach aus ihm heraus, er konnte es nicht verhindern.

»Weil es nichts zur Sache tat, Decius. Was hätte es schon gebracht? Salgard hätte sich herausgewunden, alles abgestritten und die Existenz dieses Kästchens geleugnet. Denn außer Livia, und Manius natürlich, hat es ja offenbar niemand gesehen.«

»Ja, seltsam, nicht wahr? Und dies, wo es doch heller Mittag war, mitten auf dem Marktplatz, als Manius ihr dieses geheimnisvolle Kästchen überreichte. Kommt dir das nicht selbst merkwürdig vor, Mutter?«

Julia wandte sich ab, griff den leeren Korb und trug ihn schweigend hinein.

Was war nur los mit seiner Mutter? Diese Frau, die sonst den Kopf so hoch trug, die so tapfer ihr Schicksal gemeistert und wieder zuversichtlich in die Zukunft geblickt hatte, schien um Jahre gealtert. War nur das Verschwinden ihres jüngeren Sohnes daran schuld? War es verletzte Eitelkeit, deretwegen sie nicht wahrhaben wollte, dass ihr Liebling sie verlassen hatte, ohne sie um Erlaubnis zu fragen, ja sogar ohne ihr überhaupt etwas von seinen Plänen zu verraten?

Nein, irgendetwas stimmte nicht. Und je mehr er darüber nachdachte, desto überzeugter war er, dass Manius nicht freiwillig gegangen war und – dass seine Mutter mehr darüber wusste, als sie verlauten ließ.

Kapitel 4

Vicus des Reiterkastells der Ala II Flavia am raetischen Limes

Seine Hand legte sich auf ihre Schulter, dann, als sie einen unterdrückten Schrei ausstieß, verschloss sie von hinten ihren Mund. Er griff nach der Kassette, entwand sie ihren Händen, boshaftes Lachen drang an ihr Ohr. »Närrin.« Dunkel, kehlig drang seine Stimme an ihr Ohr. »Aber eine hübsche. Du gehörst sicher zu dem Haus am Lagertor, dort, wo die Legionäre trinken und sich vergnügen.« Abgehacktes, schlechtes Latein, übelriechender Atem, all dies nahm sie wahr, obwohl ihr Herz schlug, als wollte es zerspringen, obwohl sie noch nie in ihrem Leben solche Angst gehabt hatte.

Der Mann drehte sich leicht, jetzt konnte Julia ihn im Mondlicht sehen. Er hatte helles Haar, kleine, bösartig blickende Augen. Grob wand er ihr die Kassette aus den Händen, um sie gleich darauf zu Boden zu stoßen. Ihr Herz schien einen Schlag auszusetzen, sie hielt den Atem an. In der Ferne heulten Wölfe.

Julia fuhr auf, blinzelte in das Licht der kleinen Öllampe. Den Göttern sei Dank, sie war zu Hause, in ihrem Schlafgemach, doch die Stimme klang noch in ihren Ohren, der Geruch des üblen Atems hing in ihrer Nase. Sie atmete tief durch, Curmillus hatte es ihr beigebracht, es beruhigte das Herz, und tatsächlich schlug es allmählich langsamer.

Schweiß stand ihr auf der Stirn. Oft hatte dieser Traum sie nun heimgesucht seit jenem Ereignis, und jeden Abend, wenn sie sich niederlegte, fürchtete sie seine Wiederkehr. Sie, die nie von solcherlei Gespinsten geplagt worden war, bis zu jenem Traum an jenem Abend, ihre Söhne und die Wölfin …

Sie hatte sich angewöhnt, die Lampe brennen zu lassen, reine Verschwendung guten Öles hätte sie früher gesagt, doch nun spendete das Licht Trost, wenn sie aufschreckte.

Ihre Kehle war trocken, sie griff nach dem Wasser, das auf dem Tisch neben der Kline stand. In einem Zug trank sie den Becher leer, füllte nach und leerte ihn wieder. Sie lauschte. Im Haus war es still, sie hatte also nicht geschrien, sonst wäre Decius schon hier, der nur wenige Räume von ihr entfernt schlief. Und die alte Greda war ohnehin schwerhörig, genau wie ihr Mann Brodinius.

Warum hatte sie Decius nichts von dem Überfall an den Thermen erzählt, von ihren Beobachtungen dessen, was Salgard getan hatte, von dem Germanen, der ihr das Kästchen aus der Hand genommen hatte? Warum niemandem? Sie vermochte es nicht zu sagen.

Julia erhob sich, zog ihre schweißnasse Tunika aus, warf sich eine neue über. Nein, zunächst musste sie sich beruhigen, darüber nachdenken, was sie tun konnte, irgendetwas musste sie tun, so konnte es nicht weitergehen. Sie nahm die Öllampe, öffnete leise die Tür, lauschte in den Gang, schlich dann hinunter in das Erdgeschoss, zum Schrein der Laren. Hier glühten noch die Kohlen im Becken auf dem Dreifuß, den Manius angefertigt hatte, eine wunderschöne Arbeit, die er ihr zum letzten Geburtstag geschenkt hatte. Ach Manius, wo nur war er, was war ihm passiert? Sie setzte sich in einen Korbsessel vor den Schrein, schenkte sich einen Becher Wein ein, der dort bereitstand, goss etwas davon als Opfer in eine Schale und schloss die Augen. Helft mir, ihr Götter, flehte sie in Gedanken und sehnte sich nach Decius Curmillus, ihrem Gatten, wie sehr bräuchte sie ihn jetzt an ihrer Seite. Eine Träne rann über ihre Wange, nie hatte sie Curmillus so vermisst wie jetzt. Nach seinem Tod hatte sie sich um die Söhne kümmern müssen, der eine verletzt, unter Schock alle beide. Manius wäre fast an seinen Wunden gestorben, sie hatte ihn gepflegt, Decius ihn behandelt. Das Leben war nicht leicht gewesen. Decius hatte, wie mit Curmillus verabredet, seine Lehre bei dem Lagermedicus angetreten. Doch obwohl er sich zu einem herausragenden Arzt entwickelt hatte, wollte er im Anschluss an die Ausbildung nichts mehr von der Heilkunst wissen. »Vor vollendete Tatsachen hast du mich gestellt«, murmelte Julia vor sich hin, den Blick auf die lodernden Flammen im Kohlenbecken gerichtet. »Den Beruf des Medicus, der dir so viel Freude bereitete, hast du dir von dieser Bestie vergällen lassen und bist Tierfänger geworden.« Julia schüttelte den Kopf, als sie daran dachte.

Manius hatte damals beim alten Schmied Bursus eine Anstellung gefunden. Sie hatten von der Hand in den Mund gelebt, so dass sich Julia keine Zeit der Trauer hatte gönnen können – sie hätte ihre Aufgaben nicht bewältigt. Doch nun waren ihre Söhne erwachsen, gingen ihrer Wege. Und sie? Sie saß in diesem Dorf, abhängig von den Einkünften ihrer Söhne, von denen der eine ständig unterwegs war, um Tiere zu fangen, der andere jetzt verschwunden. Wer wusste, ob Manius je wiederkehrte? Vielleicht sollte sie diesen Vicus verlassen, in die Augusta Vindelicum ziehen, der Einsamkeit hier den Rücken kehren und – der Erinnerung an jenen Abend. Sie könnte wieder heiraten, sie war noch nicht zu alt, und ihre Söhne brauchten sie nicht mehr. Wirklich? War nicht Decius im Begriff, einen schweren Fehler zu begehen, indem er dieser Germanin nachstellte? Musste sie nicht verhindern, dass ihr Sohn in sein Unglück lief? Und Manius? Natürlich würde er wiederkehren, er musste zurückkommen, er war nicht tot, nein, sie als seine Mutter würde das spüren. Sie horchte in sich hinein. Da war nichts, kein Gefühl, das ihr sagte, ob Manius in Gefahr war oder glücklich, gar nichts, nur Leere und – Angst.

Sie schrak zusammen, als eine Tür klappte. Schritte kamen die Treppe herunter, dann stand Decius in der Tür, in der Hand eine brennende Lampe. »Mutter, was tust du hier um diese Zeit?«

Julia fuhr sich über das Gesicht, wischte die Tränenspur hinweg, tat, als reibe sie sich müde die Augen. »Oh, Decius, du hast mich erschreckt.«

Er kam herbei, leuchtete in ihr Gesicht. »Fühlst du dich wohl, Mutter? Du bist blass und siehst abgekämpft aus.« Er legte seine Hand an ihre Wange, auf ihre Stirn. »Nun, Fieber hast du keines.«

Nein, Fieber hatte sie nicht, ihr nächtlicher Schweiß war kalt. »Es ist nichts, mein Junge, nur die Sorge, die mich nicht schlafen lässt.«

»Ja, ich kann es mir vorstellen.« Decius stellte die Lampe ab, schenkte sich einen Becher Wein ein und ließ sich ihr gegenüber nieder. Er schien erleichtert. »Auch mich lässt die Sorge um Manius nicht ruhen. Was mag nur passiert sein?« Er legte seine Füße auf einen Schemel, nippte an dem Wein.

Bei Jupiter, Decius wurde seinem Vater immer ähnlicher. Die vollen dunkelblonden Haare, die jetzt nach der Zeit in den Wäldern ein wenig zu lang gewachsen waren, die buschigen Brauen über den grauen Augen, das kantige Kinn, die feingliedrigen Hände, die so gar nicht zu dem muskulösen, breitschultrigen Körper passten und mit denen er jetzt Tieren den Tod brachte anstatt Menschen das Leben. Hände, so ganz anders als die seines Bruders, der insgesamt eher kräftig, vierschrötig war – und hinkte.

»Aber«, fuhr Decius fort und blickte sie erneut prüfend an, »du musst auf dich achtgeben. Du bist dünner geworden, Mutter, seit ich aufgebrochen bin. Und auch etwas anderes ist mir aufgefallen: Greda hält das Haus nicht mehr sauber genug, sie wird alt. In der Küche liegen die Abfälle auf dem Boden, dass die Mäuse ein Festmahl haben, und auf dem Hof tummeln sich Ratten, denn das Wenige, das sie doch aufsammelt, wirft sie kurzerhand vor die Tür. Weißt du noch, dass Vater sagte, man müsse als Schutz vor Krankheiten Sauberkeit halten? Ich werde dir zwei, drei neue Sklaven in der Augusta kaufen.« Er trank einen Schluck Wein, blickte versonnen auf den Larenschrein.

»Ja, mein Sohn, dein Vater war ein kluger Mann, und ein paar neue Sklaven werden nicht schaden. Ich danke dir.« Julia versuchte ein Lächeln. »Du hast nichts von dem vergessen, was er dich lehrte, nicht wahr? Und weißt du noch, Crispus, dein Hund? Wie sehr du ihn liebtest?« Sie sah, wie Decius' Gesichtszüge sich verhärteten, wie er die Zähne aufeinanderbiss. »Du liebtest alle Tiere damals, auch das brachte dir dein Vater bei, und du verabscheutest wie er die Tierhatzen. Du bist nicht zum Tierfänger geboren, lass es sein. Und vergiss diesen Bären, Decius. Er hat mir meinen Mann genommen und dir den Vater, hat deinen Bruder zum Krüppel gemacht. Ich möchte nicht auch noch dich an ihn verlieren.«

»Woher weißt du …?« Decius nahm die Füße vom Schemel und beugte sich vor.

»Jeder weiß es, dass du nur den Bären suchst, selbst wenn du es mir gegenüber nie zugegeben hast. Du fragst nach ihm, du ziehst dorthin, wo er gesehen worden ist – Decius, bitte, mir zuliebe, gib es auf! Ich mache dir keine Vorwürfe wegen deines Verhaltens damals, du warst noch ein halbes Kind, und auch Manius hat dir längst verziehen.«

Er wollte protestieren, doch sie hob die Hand, sie könnte eine Diskussion darüber, was damals geschehen war, nicht ertragen, nicht jetzt, nicht heute. »Bitte.«

Decius lehnte sich wieder zurück, seine Züge verschlossen sich, er trank seinen Becher leer, füllte nach. »Nein, Mutter, ich werde diesen Bären stellen. Erst danach kann ich darüber nachdenken, wie ich meine Zukunft gestalte. Vielleicht werde ich als

Arzt arbeiten, vielleicht heiraten.« Für einen Moment entspannten sich seine Züge. »Doch du hast recht, Mutter, ich habe nicht vergessen, was Vater mir beibrachte, und ich lerne noch immer dazu. Zum Beispiel, dass germanischer Honigwein – wird er auf die richtige Art zubereitet – noch wirkungsvoller gegen Krankheiten ist als purer Honig. Die Germanin Salgard besitzt welchen, und gestern gab sie mir zwei Amphoren davon. Er ist köstlich, Mutter, und ich möchte, dass du des Abends vor dem Schlafengehen einen Becher davon trinkst. Er ist auch als Schlafmittel geeignet.«

Julia sprang auf. »Salgard! Dieses barbarische Luder! Nichts werde ich von ihr anrühren, wer weiß, welches Gift sie hineingemischt hat. Du warst bei ihr? Sagte sie, wo Manius ist und was in diesem vermaledeiten Kästchen war?«

Auch Decius erhob sich, langsam. »Salgard ist Germanin, Mutter, das stimmt, aber auch deine Familie, unsere Familie stammt aus den Wäldern des Nordens. Vergiss das nicht. Und Salgard ist ein ehrbares Mädchen. Manius gab ihr kein Kästchen, und sie weiß nicht, wo er sein könnte. Sie macht sich ebenso Sorgen wie wir.«

»Decius! Diese Frau lügt, ich habe doch selbst gesehen, wie ... Zudem geht sie im Kastell ein und aus, du weißt, was man über solche Mädchen sagt! So eine ist dich nicht wert! «

»Ich will nichts mehr davon hören, Mutter, du bist voreingenommen und krank vor Sorge. Das vernebelt deine Sinne. Und nun begib dich wieder zur Ruhe, so wie ich es tun werde.« Er drehte sich um und ging.

Julia legte die Spindel beiseite. Ihre Hände zitterten, der Faden wurde unregelmäßig, es hatte keinen Sinn. Nein, sie musste sich ein Herz fassen und Salgard zur Rede stellen, sonst fände sie des Nachts nie wieder Ruhe, verlöre vielleicht gar ihren Sohn an diese Frau, die schon an Manius' Verschwinden die

Schuld trug, dessen war sich Julia sicher. Und die Gelegenheit war günstig, Decius hatte am frühen Morgen den Vicus verlassen, wie Greda ihr berichtet hatte. Er wolle bei den Straßen- und Grenzposten, bei den Kastellen am Limes nachfragen, ob jemand Manius gesehen hätte. Und sicher nicht nur das, Julia wusste es, er würde auch nach dem Bären forschen. Der Bruder und der Bär, sie hingen unauflöslich zusammen.

Also Salgard. Aber zu dem heruntergekommenen Hof der Eierhändler, zu diesen dubiosen Leuten, wollte Julia nicht, nicht noch einmal nach jener Nacht. Und überhaupt, dieser Gestank, der dort herrschte, die Menschen rochen sicherlich ebenso streng nach Hühnerkot wie der ganze Hof. Nein, wenn sie Salgard sprechen wollte, dann musste sie es anders anstellen. Doch wie? Sie hierher einzuladen kam nicht in Frage. Vielleicht konnte sie sie abfangen, wenn sie des Abends aus dem Walde kam, vom Kräutersammeln – Kräutersammeln, ha! Wer wusste, was sie dort tat, und welche Art von Kräutern sie den Reitern im Lager verkaufte. Wahrscheinlich machte sie die armen Jungen langsam kampfunfähig, und sicher auch die Pferde, damit ihre germanischen Genossen den Limes überrennen konnten. Julia musste lächeln, jetzt ging sie zu weit, doch es tat gut, sie spürte, wie sie sich ein wenig entspannte. Nun, vielleicht half es, zunächst noch einmal mit Livia zu sprechen.

Julia warf sich ihren Mantel über, legte das Tuch über den Kopf, wies Greda an, Küche und Hof zu reinigen, wie Decius es gewünscht hatte, und trat auf die Straße. Das Wetter war herrlich, die Luft frisch und lind, Vögel sangen. Frühling in Germanien, im römischen Germanien, schön war er, wenn man in einem Haus wohnen konnte, das eine Latrine besaß, und man Kohlenbecken zum Heizen hatte, denn die Nächte waren noch kalt – von den Wintern ganz zu schweigen. Einige Menschen verfügten gar über eine Fußbodenheizung, wie Partellus zum Beispiel, zu dessen Haus sie sich auf den Weg machte. Auch sie hätte jetzt sicher ein Hypocaustum, wenn Curmillus nicht …

Doch genug davon. Sie wollte sich nicht wieder von trüben Gedanken beherrschen lassen, jetzt, am hellichten Tage, sah alles anders aus als noch letzte Nacht. Und sie hatte ein Ziel, eine Aufgabe, die sie lösen würde. Sie war stark, ja, alle sagten das, Julia, die starke Frau, die ihre beiden Söhne großgezogen und dem Schicksal getrotzt hatte. Sie würde auch jetzt nicht aufgeben, sie würde ihren Sohn vor dieser Germanin schützen, koste es, was es wolle.

Julia schritt auf die Porta Principalis des Lagers zu, grüßte den Tuchhändler, der seine Waren vor dem Laden präsentierte, die Weinhändlersfrau, die eine Tafel mit ihren Angeboten beschriftete und dabei mit zwei Tribunen aus dem Kastell turtelte. Schmucke Kerle in ihren Brustpanzern, mit den roten Helmbüschen, Militärmäntel um die Schultern. Der Seiler winkte ihr zu, auch der Gerber auf seinem Wagen, der eine Ladung Ledergeschirre in das Lager brachte, hob seine Peitsche, bevor er beinahe liebevoll sein gutgenährtes Muli damit antrieb. Ja, sie alle hier lebten nicht schlecht von dem Auxiliarkastell, seinen tausend Reitern, den zahllosen Bediensteten. Wohlstand und Friede herrschte. Bei dem stattlichen Gebäude vor der Mauer des Kastells angekommen, straffte Julia ihre Schultern und klopfte an Partellus' Tür.

Der Janitor öffnete. »Julia, sei gegrüßt«, sagte er und verneigte sich, »du möchtest zu Livia Secunda Partella? Sie ist leider nicht zugegen, darf ich etwas ausrichten?«

Vollendete Manieren hatte er, dieser Sklave. »Das ist schade, Francus, doch ich komme lieber später noch einmal zurück.«

»Nein, nein, Julia, warte!«, tönte es aus dem Inneren des Hauses. Partellus in seiner ganzen Fülle erschien an der Tür, reichte Julia die weiche Hand und führte sie in den Empfangsraum. »Nimm Platz, Werteste, und du, Francus, nimm ihr den Mantel ab und sage Amelica, sie soll Wein bringen, Wasser und Saft und Gebäck. Das ist doch in deinem Sinne, nicht wahr, edle Julia?«

»O ja, danke.« Julia reichte dem Sklaven ihren Umhang und ließ sich in einem Korbsessel nieder. Partellus hatte etwas im Sinn. Natürlich kannte sie ihn schon seit langem, man traf sich hier und da, auch zu Feierlichkeiten, doch wenn sie sein Haus, seine Tochter besucht hatte, war er stets abwesend gewesen – so wenigstens hatte sie geglaubt. Ein solcher Empfang war neu.

Partellus streckte seinen fülligen Körper auf der Kline ihr gegenüber aus, fuhr sich durch das lockige, schon etwas angegraute Haar, dann über seinen Vollbart, den er wie Marcus Aurelius, der Kaiser, frisieren ließ. »Julia, gut, dass du gekommen bist, ich wollte ohnehin mit dir sprechen.«

»Wegen Livia?« Sie bezweifelte, dass dies der Hauptgrund war, sein sonst fröhliches, rundes Gesicht wirkte heute sorgenvoll.

»Ja und nein. Natürlich ist mir nicht entgangen, dass du meine Tochter schätzt, und ich vermute, du ziehst sie als Gattin für Decius in Betracht. Nun, ich kann nur sagen, wenn, hm, gewisse Bedingungen erfüllt sind, habe ich nichts dagegen. Ich frage mich sogar manchmal, ob wir unsere Familien nicht noch enger miteinander verbinden sollten.« Er zwinkerte ihr zu, auf seine galante Art, bevor er wieder ernst wurde.

Auch Julia lächelte, sie mochte ihn, den dicken Partellus, wenn sie auch nicht ernsthaft in Erwägung zog, ihn zu ehelichen. Es war ein Spiel zwischen ihnen, doch die Götter wussten, ob nicht eines Tages … »Ja, ich schätze Livia sehr und denke, sie würde gut zu Decius passen. Doch Bedingungen, Partellus?«

»Ja, Julia. Meine Konditionen sind, dass Decius hierbleibt und als Arzt arbeitet, ab sofort. Dann kann er Livia zur Frau haben.«

»Nichts anderes?«

Partellus schüttelte den Kopf. »Nichts anderes.«

»Das wird schwierig genug, du weißt, er liebt seine Jagdausflüge sehr.«

»Liebt? Ha, du weißt so gut wie ich, was davon zu halten ist. Er jagt Grauohr hinterher, seinem Erzfeind. Julia, dieser Bär ist nicht weit von hier gesehen worden, er tötete zwei Rinder auf der Weide und trabte durch ein Dorf. Vielleicht hat diese Jagd wirklich bald ein Ende, vielleicht stellt er – oder jemand anderes – ihn endlich, und Decius findet seine Ruhe.«

Julia fühlte, wie sie erbleichte, ihre Hände sich mit kaltem Schweiß bedeckten. »Der Bär ist gefährlich …«

»Ja, aber dein Mann Curmillus war ein Arzt. Er sammelte Kräuter und war nicht auf den Kampf mit einem Bären eingestellt. Decius ist Tierfänger, Jäger, er weiß, wie er vorzugehen hat, und wenn er ihn in seine Falle lockt, sei es die Grube, sei es der Käfig, ist der Bär geliefert. Decius wird nichts passieren.«

»Du magst sogar recht haben, Partellus, und es tröstet mich, diese Worte aus deinem Munde zu hören. Doch ist es nicht allein unsere Entscheidung. Du weißt, Decius ist das Familienoberhaupt, seit sein Vater tot ist. Ich kann ihm nichts befehlen, weder, hierzubleiben, noch, Livia zu heiraten. Oh«, sie hob die Hand, um seinen Protest abzuwehren, »nicht, dass er sie nicht schätzt, aber im Moment ist er von dieser blonden Germanin, Salgard, betört.«

»Ach, Salgard. Das ist eine vorübergehende Schwärmerei, Julia, du weißt doch, wie junge Männer sind. Soll er sich mit ihr vergnügen, er wird ihrer bald überdrüssig werden und sich seinesgleichen zuwenden. Nein, ich denke, da brauchst du dir keine Gedanken zu machen. Ich kann den Jungen sogar verstehen«, er grinste, »sie ist ein wunderschönes Weib, auch ich würde nicht nein sagen. Lass Decius sich austoben, aber überzeuge ihn, hierzubleiben.«

Julia biss die Zähne aufeinander. Hatte diese Germanin denn alle geblendet? »Was meinst du, Partellus, was ich versuche? Jedes Mal, wenn ich ihn sehe, bitte ich ihn, die Tierfängerei aufzugeben, gerade gestern ...«

»Die Situation hat sich geändert, leider, Julia, und darauf wollte ich ursprünglich hinaus«, sagte Partellus langsam. »Ich erfuhr heute von einem der Reitertribune aus dem Kastell, dass sich eine Seuche ausbreitet, sie hat schon die Augusta erreicht. Es wird nicht mehr lange dauern, und auch wir werden die ersten Toten zu beklagen haben. Julia, dein Sohn ist der einzige Arzt weit und breit, der mehr kann als die Kerle im Kastell, die nur Fleisch zusammennähen und Salben für entzündete Augen mischen. Wenn Decius nur ein wenig von deinem Mann gelernt hat, so ist er tausendmal besser. Er muss hierbleiben, er muss sich um die Leute kümmern, er muss sich um meine Livia kümmern.«

Julia erstarrte. Eine Seuche, sie wusste, was das bedeutete, jeder wusste es. Darum also gestern Decius' Andeutungen mit der Sauberkeit, das Empfehlen des Mets der Germanin.

Partellus sah, wie sehr sie die Ankündigung erschrak, stand von seiner Kline auf und eilte zu ihr. »Fasse dich, Julia. Noch ist die Seuche nicht hier, vielleicht zieht sie ja auch an uns vorüber. Bei Hercules, ich wollte dich nicht erschrecken. Hier, nimm einen Schluck Wein.«

Dankbar nahm sie das Glas, trank einen Schluck und spürte, wie das Blut langsam in ihre Wangen zurückströmte.

»Ich werde dich nach Hause geleiten lassen, oder möchtest du den Wagen nehmen? – Wären wir in Rom, würde ich meine Sänfte ordern«, versuchte er zu scherzen.

Sie atmete tief durch. »Nein, danke, es geht schon. Die Bewegung an der Luft wird mir guttun – oh, da ist ja Livia. Guten Tag, mein Kind.«

»Das passt gut.« Partellus legte seiner Tochter den Arm um

die Schulter. »Livia, du wirst mit Julia gehen, Paetus und Felix werden euch begleiten. Und du, Julia, wirst in meinem Sinne mit deinem Sohn sprechen, nicht wahr?«

Er geleitete sie zur Tür, legte ihr den Mantel um: »Wir werden uns bald wiedersehen, salve, Julia.«

»Salve, Partellus.« Sie musste sich fangen, wie sonst konnte sie mit Livia reden? Sie schien ungewöhnlich schweigsam heute, auch ein wenig blass um die Nase, das schöne Kind. Sie war doch nicht etwa …? Ach was, schalt sich Julia, wo sollte Livia sich angesteckt haben? Die Seuche war noch nicht hier, und das Mädchen war jung und stark, zudem befiel die Krankheit zuerst Alte und Schwache, Kinder, aber nicht kräftige Menschen wie Livia, wie Decius und Manius. »Geht es dir gut?«, fragte sie dennoch.

»Aber ja, edle Julia, es ist nur …« Livia schlug die Augen zu Boden. Als sie wieder aufsah, waren ihre Wangen gerötet. »Hast du mit Vater über mich gesprochen?«

»Ja, auch. – Komm, lass uns ein wenig spazieren gehen, dann können wir uns ungestört unterhalten.« Julia musste lächeln, die selbstbewusste junge Frau, als die sich Livia sonst gab und die sie wohl auch war, hatte sich in ein unsicheres junges Mädchen verwandelt. Ein Mädchen, wie sie selbst es einmal gewesen war.

»Hat … hat Vater etwas über Decius und mich gesagt?«

»Ja, er befürwortet eine Verbindung, wenn Decius aufhört, herumzuziehen. Was ist mit dir, Livia, würdest du Decius als Gatten in Betracht ziehen? Hegst du vielleicht gar innige Gefühle für ihn?«

»Nun«, Livia verstummte, schaute über die Felder, an denen sie entlangschritten, hinüber zum Wald. Julia fühlte eine Welle der Angst in sich aufsteigen. Was, wenn dort Germanen lauerten? Doch nein, das Reiterkastell war nicht fern, und hinter ihnen gingen, in gebührendem Abstand, die beiden Sklaven.

Selbst wenn sich hier Barbaren versteckt halten sollten, am Tage würden sie nicht wagen, zwei römischen Frauen etwas anzutun. Julia zwang ihre Gedanken zurück zu Livia. »Nun?«

»Ich glaube, Decius mag mich nicht.« Leise kamen die Worte. »Ich glaube, Decius will diese Germanin, nicht mich. Sie hat ihm und auch Manius den Kopf verdreht. Ich dagegen«, sie blickte auf den Weg, zupfte an ihrem Umhang, der an einem Busch hängengeblieben war, »ich ... mag ihn sehr.«

Julia legte ihr die Hand auf den Arm. »Dann hoffe ich, mein Kind, dass du bald zu unserer Familie gehörst. Sieh es Decius nach, du weißt doch, wie Männer sind. Sie entflammen schnell, aber das Feuer erlischt ebenso schnell wieder. Ich bin mir sicher, dass er dich sehr schätzt, und er wird dich lieben lernen, gib ihm ein wenig Zeit. Was die Germanin betrifft, Salgard, so hoffe ich wie du, dass sie bald verschwindet, allerdings erst, wenn ich weiß, was mit Manius geschehen ist.« Sie sah Livia in die Augen. »Du erinnerst dich an den Tag, an dem du sahst, wie Manius Salgard ein Kästchen gab? Kannst du es beschreiben?«

»Beschreiben?« Überrascht hob Livia den Blick. »Es war eine Kassette aus Holz, glaube ich.«

»Wie groß war sie? Hatte sie Metallbeschläge?«

»Ach, ob sie Beschläge hatte, weiß ich nicht. Und sie war, nun, vielleicht einen guten Fuß lang, würde ich sagen, Manius überreichte sie ihr mit beiden Händen. Mehr konnte ich nicht sehen, zudem verdeckte Salgard das Kästchen dann mit ihrem Körper. Hast du sie schon ...?«

»Schsch!« Julia hielt inne. Wenig entfernt lag ein Weiher in sumpfigem Gelände, umwachsen von Schilf und Gestrüpp, und von dort meinte Julia ein Geräusch vernommen zu haben, wie das Brechen eines Astes. Tatsächlich flog nun schimpfend ein Schwarm Enten auf. Irgendetwas, irgendjemand war dort, abseits des Weges, ein Tier – vielleicht Grauohr, der Bär? Oder Menschen, Germanen?

»Paetus, Felix, seht nach, was dort am Teich ist!« Julia hoffte, dass die Sklaven das Zittern in ihrer Stimme nicht hörten.

»Was schon«, brummte Paetus, ein grobschlächtiger, kräftiger Kerl, »ein Tier wahrscheinlich.«

Livia trat an Julias Seite, griff ihren Arm. »Geht schon. Habt ihr Messer dabei?«

Die Sklaven nickten, zogen ihre Dolche und gingen widerwillig los. Sie beeilten sich nicht, bemühten sich auch nicht um Lautlosigkeit. Was immer dort war, es würde hoffentlich die Flucht ergreifen. Julia sah, wie sie sich durch die Büsche schlugen, dann waren sie ihren Blicken entzogen.

Nach kurzer Zeit kehrten die Sklaven zurück. »Es ist nur die blonde Germanin, Salgard. Sie sucht Kräuter, wie es scheint.«

»Oh«, rief Livia, »das ist gut. Wir können sie gleich nach dem Kästchen fragen, und nach Manius.«

»Kommt nicht in Frage, Kind, ich werde allein mit ihr reden. Du gehst mit Paetus und Felix nach Hause.« Julia senkte die Stimme. »Ich werde ihr sagen, dass sie Decius in Ruhe lassen soll.«

Livia nickte. »Nun gut, viel Glück. Ich hoffe, du findest heraus, wo Manius ist.« Sie winkte den Sklaven. »Kommt.«

Die zögerten. »Können wir dich hier allein zurücklassen, werte Julia?«, fragte Felix.

»Natürlich, was soll passieren? Wir sind nicht weit entfernt vom Vicus, auch nicht vom Lager. Doch, wenn es dich beruhigt, gib mir deinen Dolch, Felix, und dann geht.« Es beruhigte eher sie selbst, als sie das Messer unter den Falten ihres Gewandes versteckte, doch sie durfte den dreien ihre Angst, ihre Unruhe nicht zeigen. Dies war eine Gelegenheit, allein und unbelauscht mit Salgard zu sprechen, die sie nicht verstreichen lassen durfte. Einen Moment blickte sie dem Mädchen und den beiden Männern nach, dann tat sie einen tiefen Atemzug, raffte ihr Kleid und stakste über den sumpfigen Boden hin zu dem Gebüsch, hinter dem der Weiher lag. Eine Amsel flog schimpfend auf. Julia blickte durch die Zweige, tatsächlich hockte Salgard am Ufer und pflückte Pflanzen. Nun hob sie den Kopf und sah ihr entgegen. Wahrscheinlich würde sie sich hier auch noch waschen, gute Götter, warum ging sie nicht wie jeder anständige Mensch in die Thermen? »Salgard«, rief Julia und bahnte sich einen Weg durch die Büsche, »ich bin Julia, die Mutter von Decius und Manius, und will mit dir sprechen!«

»Salve, Julia.« Salgard erhob sich. »Worüber möchtest du mit mir reden, hier, an diesem Ort, ohne deine Begleiter?«

Gut gebaut war sie, das musste man ihr lassen, lange Beine, runde Hüften, schlank, aber nicht dürr, das konnte Julia trotz des langen Gewandes erkennen, und tatsächlich trug sie ihre blonden Haare offen. Wie ordinär.

»Ich freue mich, dich endlich kennenzulernen, Julia. Begleitest du mich zurück?« Ihre Stimme hatte einen tiefen Klang, das normalerweise so wohlklingende Latein indes, das sie durchaus gut beherrschte, bekam durch ihren Akzent einen herben Unterton.

»Lieber nicht, ich werde allein zu meinem Haus zurückkehren. Ich möchte zuvor nur von dir wissen: Wo ist mein Sohn Manius? Was war in dem Kästchen, das er dir gab? Warum verstecktest du es bei der Bank? Wer war …?« Sie brach ab, sie hatte es falsch angefangen, sich hinreißen lassen, bei Jupiter. Und doch, war da nicht ein Flackern in den Augen gewesen?

»Julia, ich weiß nicht, wovon du sprichst. Ich mache mir Sorgen um Manius, genau wie du, doch warum sollte ich seinen Aufenthaltsort kennen? Und nach diesem ominösen Kästchen fragte schon Decius, woher habt ihr solchen Unsinn? Ich bekam kein Kästchen von Manius, und so konnte ich auch keines verstecken.«

»Du Lügnerin! Ich sah dich doch an jenem Abend aus dem Hause dieser Hühnerhüter kommen, mit dem Kasten unter dem Arm.«

Salgard schüttelte den Kopf. »Ich ging nirgendwo hin an jenem Abend, ich gehe nie aus, wenn es dunkel ist, es ist zu gefährlich. Und wenn du jemanden gesehen hast, als du – rein zufällig natürlich – an unserem Hause vorbeikamst, nicht wahr, so wird das wohl der Besuch meiner Tante gewesen sein. Julia«, Salgard machte einige Schritte auf sie zu, streckte ihr die Hand entgegen, »du sorgst dich um deinen Sohn. Wenn ich helfen könnte, würde ich helfen, allein, ich weiß nichts. Doch Decius wird ihn finden, da bin ich mir sicher.«

Julia stieß sie zurück. »Lass Decius aus dem Spiel, lass deine Finger von ihm und auch von Manius. – Du behauptest, dass Manius dir nichts gegeben hat? Man hat euch gesehen!«

»Das habe ich nicht gesagt.« Salgard bückte sich und griff in ihren Korb, unter die Kräuter. »Er schenkte mir etwas, doch schon vorher und in keinem Kästchen, nämlich dies hier.« Sie hielt einen Dolch in der Hand, und für einen Moment dachte Julia, die Germanin würde zustechen, doch sie reichte ihn ihr, den Bronzegriff nach vorne. Julia nahm ihn. Es war ein Dolch, wie nur Manius ihn herstellen konnte, die Klinge aus schimmerndem Stahl, Stahl aus Noricum, dem besten, härtesten. Es war eine jener Arbeiten, deretwegen Manius für die Legion so wertvoll war. Seine Schwerter, Messer und Speerspitzen waren härter als alle im römischen Reich bekannten, und nur wenige Menschen beherrschten die Kunst, den Stahl so zu bearbeiten. »Du lügst, Salgard.«

»Nein, er schenkte ihn mir, Julia, weil ich ihm zuhörte, als er mir seine Geschichte erzählte. Nie zuvor hatte er mit jemanden darüber sprechen können, ist das nicht traurig? Doch uns verbindet nichts als Freundschaft, sei beruhigt. Decius hingegen, der mir ebenfalls erzählte, was damals geschah, und nie

Verständnis bei seiner Familie fand, Decius werde ich nicht abweisen, wenn er mich fragt.«

»Er wird dich aber nicht fragen!«

»Nun, ich denke schon«, entgegnete Salgard kühl.

»Decius ist mein Sohn, Salgard!«

»Und deswegen hat er diejenige zu lieben, die seine Mutter erwählt? Wohl kaum.«

»Du wagst es?«

»Wenn du mit sehenden Augen durch die Welt gingest, bliebe dir nicht verborgen, dass sich deine Söhne von dir abwenden werden. Ich rate dir, komm zur Besinnung, sonst werden sie womöglich für immer verloren sein.«

»Du schamloses, intrigantes Weibstück! Wenn meine Söhne sich von mir abwenden, dann ist das dein Werk! Du zerstörst unsere Familie. Was wirst du noch alles unternehmen, um an dein Ziel zu gelangen? Willst du deinen Barbarenbrüdern Bescheid geben, damit sie meine Söhne morden, wie sie schon so viele Römer mordeten, wie der Kerl neulich, der mir das Kästchen entwand und seine Hand gegen mich erhob?«

Salgard hob eine Augenbraue. »Julia, du redest wirr. Ich denke, Decius kennt eine Kräutermischung gegen Wahnsinn, sonst kann ich ihm eine empfehlen.« Sie wandte sich um, bückte sich nach ihrem Korb.

»Bei allen Göttern, wie kannst du es wagen …?« Julia hob den Arm, Manius' Messer blitzte in der Sonne.

Kapitel 5

Kastell der Ala II Flavia

»Du bist immer willkommen, lieber Freund Decius, weil ich das Gespräch mit einem klugen Mann zu schätzen weiß. Doch sehe ich deinem Gesicht an, dass dich ein Kummer drückt. Also, sag mir gleich und ohne Verlegenheit, was ich tun kann, um deine Sorgen zu vertreiben.«

Diese Worte und der kräftige Händedruck – die Hand des einen am Unterarm des anderen – ließen Decius' Augen aufblitzen.

»Schon dein freundschaftliches Angebot, lieber Freund Aulus«, antwortete Decius, »hellt mir den Tag auf. Doch du weißt bereits, was mich bedrückt, es ist mein verschwundener Bruder Manius. Was würde ich alles darum geben, wenn ich wüsste, wo er ist und wie es ihm geht. Meine Nachforschungen bei den Grenzposten sind ergebnislos geblieben. Hast du inzwischen etwas gehört?«

Der Kommandant Gnaeus Valerius Aulus lachte: »Ach, Decius, wir sprachen doch schon darüber, was soll die Sorge. Immerhin ist Manius doch kein Jüngling mehr, sondern ein Mann, und was für einer. Ein erfahrener Schmied.«

»Recht hast du, Aulus, und dennoch. Seit unser Vater tot ist, fühle ich mich immer ein wenig in die Rolle des Vaters gedrängt, der meinem Bruder jetzt fehlt.«

»Wenn dem nicht ganz was anderes fehlt, nämlich ein hübsches Mädchen. Vielleicht ist er deshalb verschwunden, ist hinter einer Schönen her, mit der er uns demnächst überraschen wird.«

»Das ging mir auch schon durch den Kopf, aber ich glaube es nicht. Schon eher könnte ich mir vorstellen, dass er wegen der Partherseuche das Land verlassen hat. Vielleicht erfuhr er früher davon als wir. Aber dann so ohne ein Wort unserer Mutter gegenüber einfach zu gehen ...«

»Ach, was, Partherseuche«, winkte Aulus ab. »Du übertreibst, mein Bester. Ich denke, sie wird an uns vorüberziehen, sonst hätten wir längst die ersten Kranken.«

Das gerade erst ein wenig aufgehellte Gesicht des Decius verfinsterte sich erneut, und er warf ein: «Ich hoffe, du hast recht, aber ich befürchte ...«

»Nein, nein, nein, lieber Freund, schau doch nur einmal hinaus!« Der Kommandant versuchte mit einem Hinweis auf das herrliche Frühlingswetter abzulenken. Offensichtlich wollte er sich nicht die gute Laune verderben lassen, die ihm dieser heitere Frühlingstag beschert hatte. Deshalb nahm Decius Zuflucht zu seinem Vater, der bei allen Bewohnern des Kastells und des benachbarten Dorfs hoch angesehen gewesen war: »Wenn ich bedenke, was mein Vater zu der Gefahr sagen würde, die uns naht, dann höre ich ihn wieder mit seiner tiefen Stimme und mit erhobenem Zeigefinger mahnen: Achtet auf Sauberkeit, vor allem auf das!«

»Bei aller Hochachtung für deinen verstorbenen Vater, lieber Freund, das kann ich nicht akzeptieren«, entgegnete Aulus. »Als ob wir mit einem nassen Schwamm eine schwere Krankheit wegwischen könnten, die einem nach dem Leben trachtet. Ich habe lange über deine Worte nachgedacht, mein Freund, doch wäre es so einfach, dann gäbe es solche Seuchen gar nicht mehr.«

»Nun, vielleicht kann man sie tatsächlich nicht wegwischen, dafür aber ihr den Weg unpassierbar machen, so dass sie gar nicht zu uns kommen kann«, überlegte Decius laut.

»Nimm es mir nicht übel, mein Freund Decius, aber das ist

eine zu naive Vorstellung, als dass ich sie mir zu eigen machen könnte. Was hat Dreck mit der Seuche zu tun? Das eine ist einfach unvermeidlich, wo viele Menschen zusammen leben. Dazu noch die vielen Pferde. Das andere ist eine Krankheit, die aus fernen Ländern herübergebracht wurde, die also hier nicht hingehört, uns fremd ist und uns überfällt wie ein Feind, der uns mit Waffen bekämpft, die wir nicht kennen. Bei so einem Feind wissen wir die Angriffe nicht zu kontern, deshalb fallen wir ihm zum Opfer. Da hilft uns auch kein Putzen.«

Er denkt wie ein Krieger, überlegte Decius. Da ist keinerlei Einsicht zu erwarten. Wer nur Kohorten zählt und auf die geschlossene Phalanx achtet, allenfalls noch Anweisung gibt, wie man einen Angriff parieren soll, und befiehlt, sich einzuigeln oder die Schildkröte zu machen, der kann mit Vaters Ermahnungen nichts anfangen.

Decius wandte sich zum Gehen. »Wenn du etwas von Manius hörst, lieber Aulus, dann gib doch bitte unserer Mutter Julia sofort Bescheid. Sie macht sich Sorgen.«

»Darauf kannst du dich verlassen, Decius. Und grüble nicht zu viel deswegen, vertraue mir und meiner Erfahrung, Manius ist sicher wohlauf.«

Was sollte dieses vielsagende Lächeln? Diese gespielte Sicherheit? Wie konnte Aulus nur so dreist diese Zuversicht an den Tag legen? Decius zog sich der Magen zusammen vor Enttäuschung.

Aulus fuhr fort: »Aber, warum soll ich nur deiner Mutter einen Boten schicken und dir nicht?«

»Weil ich wieder im Barbarenland sein werde. Der Kaiser braucht mehr Bestien. Morgen breche ich mit meinen Leuten und den Käfigen auf. Diesmal wollen wir nach Nordosten in die Wildnis vorstoßen, weil dort Germanen wohnen, die uns freundlich gesinnt sind – oder zumindest in uns nicht ihre Feinde sehen.«

»Viel Erfolg wünsche ich dir. Und wenn du zurück bist, will ich der Erste sein, der deine Beute betrachten darf.«

»Abgemacht. Salve, Aulus.«

»Ja, salve, Decius! Und Glück auf deinem Weg!«

Der Abschiedsgruß des Kommandanten kam so laut und fröhlich, dass Decius auf dem Heimweg den Verdacht nicht loswurde, sein Freund Aulus wüsste mehr über das Verschwinden seines Bruders, als er zugab. Wie hatte er doch damals gemeint, als sie den schweren Wein seiner toskanischen Heimat genossen: Auch das Verschweigen kann ein Freundschaftsdienst sein. Konnte es denn schlecht oder gefährlich für ihn, seinen Freund Decius, sein, zu wissen, was er verschwieg? Sein völlig übertriebenes Lachen sollte etwas Wichtiges überspielen, dessen war er sich sicher. Nur was?

Julia schrie auf. Ein harter Schlag hatte ihren Oberarm getroffen, und das Messer flog in hohem Bogen in ein Brombeergestrüpp. Bei allen Göttern, was hatte sie tun wollen? Nein, nie hätte sie zugestochen, hinterlistig von hinten in Salgards Rücken, nur ein wenig Angst hatte sie ihr einjagen wollen. Julia drehte sich um und sah Livias Sklaven Felix so erschrocken an, wie die Germanin, die vom Boden aufgesprungen war, die beiden anstarrte.

»Was ist passiert, Julia?«, rief Salgard. »Bist du verletzt?«

»Nein.«

»Der Sklave hat dich geschlagen?«

»Nein … Ja … – ich weiß nicht.«

Auf einmal standen die beiden Frauen, eben noch Feindinnen, gemeinsam dem Sklaven gegenüber. Julia ergriff zur Vorsicht den Dolch, den Felix ihr mitgegeben hatte. Zwar war ihre Hand völlig kraftlos, weil der Arm weh tat von dem harten Schlag, den der Sklave ihr versetzt hatte, doch gab ihr das Eisen in der Faust etwas mehr an Sicherheit und Selbstvertrauen.

Felix stand da und stammelte: »Livia hörte euch streiten und schickte mich zurück. Ich ...« Der große, kräftig gebaute Mann ließ den Kopf hängen. Gewohnt, Befehle entgegenzunehmen, wartete er stumm ab. Plötzlich war ein sich schnell näherndes Krachen von Geäst zu hören. Die beiden Frauen warfen erschrocken die Köpfe herum, um zu sehen, was da auf sie zu kam. Den Moment der Unaufmerksamkeit nutzte Felix dazu, Julia mit schnellem Griff den Dolch zu entreißen, um gleich darauf beruhigend die Hand zu heben. Doch dann stand plötzlich Decius vor ihm; wie von der Erde ausgespuckt, hatte sich der Tierfänger schützend vor den beiden Frauen aufgebaut. Mit einem einzigen Faustschlag streckte er den Sklaven zu Boden.

»Wage es nur nicht, aufzustehen!«, schrie er Felix an, als der sich sofort wieder aufrappeln wollte. »Die Hand erhoben gegen meine Mutter – ja, ich habe es wohl gesehen, und nun gegen mich, mit einem Dolch bewaffnet! Und das alles natürlich im Auftrag dieser Livia, deiner Herrin. Das wirst du mit dem Leben bezahlen, du Hund!«

Dann wandte er sich voller Fürsorglichkeit an Julia und Salgard: »Seid ihr verletzt? Könnt ihr gehen? Kommt mit, ich bringe euch nach Hause.«

Und Julia, vor Schreck verstummt und nur mit dem Entwirren des Gedankenknäuels beschäftigt, wie sie diese Situation erklären sollte, könnte oder müsste, hängte sich rechts an den starken Arm ihres Sohnes, sah noch, dass Salgard Gleiches von links tat, und trottete mit ihm zuerst zu der Hütte der Eierhändler, wo sich Salgard sehr schnell verabschiedete, und dann zu ihrem Haus.

»Etwas sonderbar finde ich es doch, dass sich Salgard nicht einmal bei mir bedankt hat«, sagte Decius, als die Mutter ihm einen Becher Wein reichte und übereifrig daran ging, Kräuter unter das Essen zu rühren.

»Ach, das hat sie wohl vor lauter Schreck vergessen«, tat Julia die Überlegung leichthin ab. Und Decius war gern bereit, ihr zu glauben. Salgard war wohl genauso gehemmt gewesen wie er selbst, überlegte er. Vor seiner Mutter, die ihr nicht gerade wohlgesinnt war, hatte sie nicht gewagt, vertraulich mit ihm zu sprechen.

»Überhaupt, ich finde, wir sollten den ganzen Vorfall vergessen«, meinte Julia. »Wahrhaftig, das wäre mir am liebsten. Ich will keinen Streit mit Livia. Ich bin sicher, dass Livia ihrem Sklaven den Angriff nicht befohlen hat. Er hat sich einfach nur hinreißen lassen. Man sollte Sklaven nicht erlauben, Dolche mit sich zu führen. Und im Übrigen, es ist ja nichts passiert. Also vergessen wir es.«

Decius hatte den Becher Wein viel zu gierig hinuntergestürzt, was ihm nun die Zunge löste.

»Nein, nein, Mutter«, sprudelte er los, mit heftigem Kopfschütteln, »so einfach kann man das nicht abtun. Auch wenn die Tat nicht zur Ausführung kam, muss der Täter doch bestraft werden, nämlich für seine böse Absicht. So weit kenne ich mich aus mit unserem Recht. Der Dolus directus, der Vorsatz zur Tat, genügt. Der Sklave hat sein Leben verwirkt, auch wenn kein Blut geflossen ist.«

»Aber bei allen Göttern, sei doch nicht so hart, Decius.«

»Was regt dich das auf, Mutter? Der Sklave hat dich geschlagen, bedroht, hätte dich vielleicht gar getötet.«

»Ja, schon, aber ein Sklave ist so eine teure Anschaffung.«

»Das wird dieser Livia nicht weh tun. Sie hat Geld genug. Denn ihr Vater verdient als Baumeister viel mehr, als er eigentlich verdient hätte.«

»Aber mir geht es doch gar nicht um das Geld. Es ist nur, wegen der Gerechtigkeit. Ich glaube nicht, dass Felix mir wirklich Böses wollte.«

»Das kann man so oder so sehen. Vermutlich wird Livias

Sklave ja nicht gleich getötet. Er wird höchstwahrscheinlich in die Augusta Vindelicum oder sogar nach Rom gebracht. Da kann er sich im Colosseum beim Kampf gegen die wilden Tiere bewähren. Dann muss er sich mit nichts als der Kraft seiner Hände gegen Löwen, Bären oder Tiger behaupten. Möglich sogar, dass er gegen die hungrigen Bestien antreten wird, die ich aus den heimischen Wäldern nach Rom geschafft habe. Und wenn es auch hart klingt, so hat er es doch verdient, ein Angriff auf eine freie Dame kann nicht toleriert werden.«

Immer lauter klapperte Julia mit den Tiegeln und Schüsseln und Pfannen, als wollte sie nicht mehr hören, wie ihr Sohn das schreckliche Geschick des Sklaven Felix ausmalte.

»Du wolltest etwas sagen?«, fragte Decius, denn Julia hatte den Mund aufgemacht und tief Luft geholt wie für eine wichtige Erklärung, dann jedoch kein Wort über die Lippen gebracht.

»Ach, ja, nein. Ist ja nicht meine Sache. Oder doch? Nein, nein. Ich weiß nicht, ob ich vielleicht etwas tun müsste, um das Leben dieses Sklaven zu retten.«

»Ach, Mutter, er hat das Messer gegen dich erhoben. Was ist los mit dir?« Decius beschloss, seine Mutter und sich selbst nicht weiter zu quälen. Weil sie das Erlebnis mit dem Sklaven offenbar sehr mitgenommen hatte, aß er wortlos, was sie ihm vorgesetzt hatte, trank seinen Wein aus und verabschiedete sich dann bald.

Seit einer Ewigkeit dauerte seine Pein nun schon an, seit Tagen schleppten sie ihn herum, diese barbarischen Wilden. Mit zusammengebundenen Füßen zu reiten, das kannte er nicht, und mit seinem steifen Bein war es ihm schnell zur Tortur geworden. Sein Hinterteil war eine einzige schmerzende Wunde, konnte er doch seinen Sitz nicht verändern und dem Gang des Maultieres anpassen. Manius schaukelte im Sattel wie ein Kahn bei starkem Seegang auf den Wellen. Kreuz und quer ritten sie durch die germanischen Wälder, schlugen große Bogen um die Siedlungen, die sie passierten, so dass Manius ihre Route nur erahnen konnte.

Wenige Tage zuvor hätte er sich dergleichen nicht einmal ausmalen können. Da war er, der Schmied Manius Curmillus, der von allen Claudus, der Hinkende, genannt wurde, so freundlich von dem Kommandanten Aulus empfangen worden, als wäre ihm dieser so herzlich zugetan wie seinem Bruder. Und während er auf dem Rücken des Maultieres hin und her schwankte, in einem Dämmerzustand gefangen, der seine Schmerzen kaum zu dämpfen vermochte, stand ihm der Beginn dieser Odyssee, dieser Quälerei, wieder vor Augen:

»Du weißt, Manius, Decius ist mein Freund. Deshalb habe ich dich zu mir gebeten, weil ich dachte: Auch sein Bruder wird mir wohlgesinnt sein. Und in diesen Zeiten brauche ich Freunde um mich herum, möglichst viele. Denn die Germanen, unsere Nachbarn, zeigen sich nun schon seit längerem von ihrer gefährlichen Seite. Die Bedrohung von jenseits des Limes wird stärker.«

»Deine Worte ehren mich, Kommandant. Du kannst auf mich zählen«, antwortete der Schmied. Er war kein Mann, der große Reden schwang. Umso gewichtiger war jeder kurze Satz, den er sagte. Das wusste auch der Kommandant.

»Es geht um eine Angelegenheit, Manius, die schon bald für unser aller Wohl von Bedeutung sein wird«, begann Aulus seine Erklärung, nachdem er ihm geboten hatte, an einem großen Tisch Platz zu nehmen, um den sich zwei Dutzend Soldaten scharen konnten. Jetzt saßen nur zwei ernst dreinblickende Männer sich gegenüber, geduldig schweigend und abwartend, bis der Sklave den Wein eingeschenkt hatte und hinausgegangen war. Es war erst Nachmittag, aber Wolken waren aufgezogen, verdunkelten den Himmel, so dass es bereits dämmerte.

Im Licht der zwei unruhig blakenden Öllämpchen, die den großen Raum der Kommandantur nur notdürftig erhellten, wirkte Aulus' Gesicht wie von wildem Wetterleuchten durchzuckt. Was nur zu gut zu dem passte, was er zu sagen hatte.

»Ich vertraue dir jetzt einen geheimen Plan an, Manius, zu dem ich deine Hilfe in Anspruch nehmen möchte. Noch kannst du sagen: Damit will ich nichts zu tun haben. Und kannst gehen, ohne dass es dir irgendjemand übelnimmt. Wenn du aber jetzt hier sitzen bleibst und mir Gehör schenkst, bist du Teil des Plans und stehst fortan unter meinem Befehl. Entscheide dich!«

»Ich habe gesagt und stehe zu meinem Wort: Du kannst auf mich zählen, Kommandant«, antwortete Manius.

»In diesen schwierigen Zeiten, in denen die Lage am Limes immer wichtiger für die Zukunft des Imperiums wird, Manius, schaut Rom auf uns. Wir gelten als das stärkste Reiterkastell des Römischen Reiches nördlich der Alpen. Meine tausend Reiter sind ein bedeutender Schutzschild Roms. Aber der Kaiser will unsere militärische Stärke trotz der jetzigen Bedrohung nicht einsetzen, er fordert uns auf, mit Bedacht vorzugehen.«

Manius nickte.

«Vor zwei Tagen ist ein persönlicher Bote des Kaisers bei mir gewesen«, fuhr Aulus fort, »heimlich und unerkannt, aber mit kaiserlichem Siegel. Der Kaiser ließ mir die Nachricht überbringen, ich solle mich an das bewährte Prinzip römischer Heerführer halten: Nutze die Zwietracht der Stämme untereinander für unsere Zwecke. Dies scheine gerade bei diesem Gegner die einzig richtige Überlebensstrategie. Diese Barbaren, die wir Germanen nennen und die nun kurz davor stehen, sich gegen uns zu erheben, sind kein geeintes Volk, wie es die Römer sind – es sind viele verschiedene Völker. Sie sind uneins, und diese Tatsache lädt geradezu ein, sie gegeneinander auszuspielen.«

»Werden sie sich denn entzweien lassen?«

»Das hoffe ich, Manius. Denn einem gemeinsamen Angriff aller Stämme werden wir auf die Dauer nur schwer standhalten können. Die beiden Stämme, mit denen wir es hier zu tun haben, sind die Markomannen und die Naristen, wobei Letztere im Moment die gefährlicheren Unruhestifter sind. Es ist der neue Anführer, den sie auf den Schild gehoben haben, dieser Sigo – er plant einen Überfall auf unsere Grenzposten, wie meine Kundschafter herausgefunden haben. Doch die benachbarten Markomannen hat der Aufrührer bisher nicht auf seine Seite ziehen können. Noch wagen sie nicht, den Limes zu überqueren, und wollen sich neutral verhalten. Und dann ist da ein Teil der Markomannen, der seit jeher Distanz zu den anderen hält. Dazu muss man wissen: Diese Germanen sind anders als die Stämme, die sich um Sigo scharen, sie leben nicht nur von Ackerbau und Viehzucht, sondern hauptsächlich vom Handel mit uns, bis hinunter zur Augusta Vindelicum, weshalb wir sie die Merkantilen nennen. Wir wissen, dass ihre Lebensart der unseren trotz ihrer germanischen Herkunft nahe ist, wissen, wo ihre Dörfer liegen und kennen ihre Anführer, mit denen wir ein freundschaftliches Verhältnis pflegen. Ja, sie sind schon fast so etwas wie unsere Verbündeten. Vor allem fällt ihnen die wichtige Aufgabe zu, als Vermittler zwischen Rom und den feindlich gesinnten Stämmen zu fungieren. Diese Möglichkeit gilt es nun zu nutzen. Das ist die Aufgabe, die der Kaiser uns übertragen hat.«

»Und was hat das alles mit mir zu tun?« Der Schmied wurde nun allmählich ungeduldig.

»Dich, Manius, habe ich ausersehen, uns dabei zu helfen, und zwar dadurch, dass du die Merkantilen aufsuchst, mit ihrer Hilfe und Vermittlung zu jenen reist, die auf die Seite der Feinde überzuwechseln drohen, und sie von Roms Güte überzeugst, indem du ihnen zwei deiner besonders gehärteten Schwerter aus norischem Stahl übergibst.«

»Aber schneiden wir uns nicht ins eigene Fleisch, wenn wir den Germanen Waffen liefern, die sie eines Tages gegen uns erheben können?«, gab Manius zu bedenken.

»Keine Sorge. Mit zwei guten Schwertern allein können die Germanen dem römischen Weltreich nicht gefährlich werden. Doch du hast den Hintersinn dieser Taktik noch nicht durchschaut, Manius. Der Kaiser hat mir ausdrücklich die Erlaubnis gegeben, mit wertvollen Geschenken an einzelne führende Germanen die Überlegenheit des Römischen Reiches zu demonstrieren. Die kostbaren Schwerter aus norischem Stahl sollen ihnen die Macht, Stärke und technischen Möglichkeiten Roms eindringlich vor Augen führen. Es soll ihnen klarwerden, dass es besser ist, auf unserer Seite zu stehen, statt die Legionen Roms mit Tausenden von Schwertern aus norischem Stahl gegen sich marschieren zu sehen. Und wer wäre besser geeignet, diese Geschenke zu überbringen als du, der Schmied, der unter seinen Händen Schwerter entstehen lässt, die weit und breit gerühmt werden. Und wenn die beiden Anführer der mit uns verbündeten Merkantilen in das Lied der Überlegenheit Roms einstimmen, gewinnen wir bald auch die übrigen Markomannen als Freunde. Weil sie sehen werden, dass die römische Kultur ihnen viel zu bieten hat. Sie werden bemerken, dass die Merkantilen Wein trinken statt Bier, dass wir ihnen helfen, statt ihrer schmutzigen Hütten, in welchen sie mit ihren Tieren in Schlamm und Matsch hausen, den Unbilden des Wetters ausgesetzt, saubere Steinhäuser zu bauen, Ställe für das Vieh, dass Weizen und Gerste ertragreicher sind als Dinkel. Schmuck für ihre Frauen, gebracht von römischen Händlern, wird diese dazu bringen, ihre Männer noch romtreuer zu machen, und das mit dem Verkauf von Fellen verdiente Geld wird sie nach weiteren Luxusgütern streben lassen. Der Kaiser ist klug, schon in anderen Provinzen ging diese Strategie auf. So werden wir hier keine Angriffe auf unsere Grenze mehr befürchten müssen.« Aulus drehte an dem Silberring, der seinen Zeigefinger schmückte.

»Du wirst wissen, was du tust, Kommandant«, sagte Manius.

»Ich tue es im ausdrücklichen Auftrag des Kaisers.«

»Wie ich schon sagte: Du kannst auf mich zählen.«

»Dann werde ich dir morgen noch vor Sonnenaufgang zwei meiner Männer schicken, die dich mit den zwei Schwertern zu einer Stelle an der Grenze begleiten, wo du ungesehen über die Palisaden klettern kannst. Auf der anderen Seite wird ein Maultier für dich bereitstehen. Auf dieser Karte des Barbarenlandes siehst du, wie du den Weg zu den Merkantilen findest. Auf halber Strecke wirst du zu einem Händler kommen, der uns wohlgesonnen ist, wir nennen ihn Silberling. Ich habe ihm dein Kommen schon angekündigt, er wird dir die Richtung weisen. Merk dir den Weg zu diesem Händler gut, denn die Karte kann ich dir nicht mitgeben. Sie könnte alles verraten.«

»Nur eines noch ...«

»Ja, was?«

»Warum soll ich heimlich über die Grenze gehen? Ich kann doch jederzeit unbehelligt das Tor passieren. Schließlich habe ich das römische Bürgerrecht.«

»Ich weiß das sehr wohl, Manius. Dennoch musst du über die Palisaden klettern. Es soll niemand wissen, dass du zu den Germanen reist. Dieser Plan, der einen Teil der Germanen auf unsere Seite ziehen soll, wird nur aufgehen, wenn wir strikte Geheimhaltung wahren. Das habe ich dem Kaiser garantieren müssen.«

»Verstanden. Ich stehe mit zwei meiner besten Schwerter vor Sonnenuntergang bereit«, sagte Manius, indem er seinen Stuhl zurückschob, sich erhob und zum Ausgang wandte.

»Ich hatte keine andere Antwort von dir erwartet, Manius.«

»Ich weiß, hättest du mich sonst schon bei diesem Silberling angemeldet, Kommandant?«

Allein und ungesehen lief Manius zu seiner Werkstatt zurück. Schon jetzt trug er schwer an seiner Bürde des Geheimnisses, denn er würde für viele Tage, wenn nicht gar für Wochen fort sein. Aber so schwer es ihm fiel, seine Mutter und seinen Bruder, die gewiss nach ihm suchen würden, ohne jede Nachricht zurückzulassen, es musste sein, sagte er sich. Er ging im Auftrag des Kaisers.

Die Soldaten hatten einen jungen Baum geschlagen und seine Äste so weit gekappt, dass er als provisorische Leiter dienen konnte. Das half Manius, auf die Palisade zu steigen, langsam und wegen seines steifen Beines ungelenk.

Dabei konnten seine beiden Begleiter sich das Lachen nicht verkneifen. »Ist doch gerade nur etwas mehr als mannshoch«, spottete der eine.

»Ja, aber etwas höher als ein germanischer Mann«, gab Manius zurück, »wie einer von diesen Riesen, nicht wie ihr römischen Zwerge.« Und verbiss es sich, noch mehr zu sagen, weil ihm im selben Moment bewusst wurde: Er war doch selbst einer der Römer, fühlte sich aber fast zu seinen germanischen Vorfahren gehörend, kaum dass er über die Grenze kletterte. Und seine spitze Bemerkung passte schon deswegen nicht, weil er alles andere als ein Riese, sondern eher von römisch-untersetzter Statur war.

Mit Hilfe eines Seils, das mit einer Schlaufe einem der Pfähle um die Spitze gelegt und ihm mit dem anderen Ende um den Leib geschlungen war, konnte er sich langsam an der Pfahlwand herunterrutschen lassen.

»Bist du unten angekommen? Hauptsache, du machst dich noch vor Sonnenaufgang auf den Weg«, rief einer seiner Begleiter ihm über den Zaun zu. Und der andere ergänzte: »Sonst kommst du nie ans Ziel. Wirst ja wohl eins haben, oder?«

Manius sparte sich eine Erwiderung auf das törichte Geschwätz der Legionäre, denn noch herrschte Nacht. Durch den dichten Wald – Tannen und Fichten mit vereinzelten Erlen dazwischen – schien der volle Mond spärlich, nur wenige silberne Lichtstrahlen durchdrangen das Unterholz. Manius blickte entlang der Schneise, die seit langer Zeit die Grenze zwischen den Provinzen Germania Superior und Raetia auf der römischen Seite und dem Barbarenland auf der anderen Seite markierte. Wie eine endlose stachelige Schlange zog sich der palisadengekrönte Wall durch die Wälder. In kurzen Abständen, die es möglich machten, sich mit Feuerzeichen zu verständigen, hatten die römischen Soldaten direkt hinter die Palisade hölzerne Wachttürme gebaut, zwei Stockwerke hoch und mit jeweils fünf Wächtern besetzt. Alles nicht als Befestigungsanlage gedacht, wusste Manius, mehr als unübersehbare Markierung: Hier beginnt das Weltreich Roms. Eine Grenze, um den Handel mit den Barbaren in geordnete Bahnen zu lenken, und das hieß: zu den Tag und Nacht bewachten Grenztoren hin. Denn Ordnung, das sollte jedem klargemacht werden, war das Grundprinzip Roms.

Seine beiden Helfer hatten ihm das schwere Bündel an dem Seil heruntergelassen. Anschließend zerstückelten sie die provisorische Leiter.

Manius hörte, wie der eine Soldat den anderen, der das Bündel getragen hatte, anraunzte.

»Los, beeilen wir uns, dass wir ins Kastell kommen.«

Wie von Aulus angekündigt, erwartete ihn im dichten Tannenbestand ein anderer Legionär mit zwei Maultieren. Er half dem Schmied auf das eine, reichte ihm das schwere Bündel hinauf, das Manius notdürftig hinter sich befestigte. Das andere Maultier bestieg der Römer selbst, um darauf zum nächsten Tor und zum Kastell zurückzureiten.

Manius' Weg führte ein kurzes Stück an der Palisade entlang in östlicher Richtung. Was einst eine einfache Schneise gewesen war, schien längst zum Trampelpfad für allerlei Getier geworden zu sein, Wild, das sich mit dieser Trennwand in der Wildnis nicht abfinden wollte und einen Durchschlupf suchte. Manius erkannte die Spuren von Wildschweinen, Rehen und Hirschen. Kaninchen schienen ihren Protest gegen die hohe Barrikade auszudrücken, indem sie ganze Felder ihres Kots davor abgelegt hatten. Am Wegesrand hatten sich zwischen Krüppelkiefern und jungen Birken Brennesseln und Farne breitgemacht. Er zwang das Maultier zu einer etwas schnelleren Gangart, um an die Abzweigung zu kommen, an der ein Pfad in nordöstlicher Richtung tiefer ins Barbarenland hineinführen sollte, wie er Aulus' Karte in Erinnerung hatte.

Sein Bruder Decius hätte ihm vermutlich viel genauere Hinweise geben können als das ungenaue Schriftstück, überlegte Manius. War er doch immer wieder in diesen Wäldern unterwegs. Eigentlich, um Tiere für den Bedarf des Kaisers zu fangen, in Wahrheit jedoch, um den Bären Grauohr zu stellen und an ihm seine Rachegelüste zu stillen, wie Manius wusste. Möglich, dass er in den nächsten Tagen irgendwo hier in der Wildnis unterwegs war. »Grauohr sollte mir jetzt lieber nicht über den Weg laufen«, murmelte Manius. »Täte mir leid, wenn ich die Bestie abstechen müsste, wo sich Decius doch so darauf freut, an ihr Rache zu nehmen.« Dabei prüfte er mit einem Griff an die Seite, ob der lange Dolch noch in seinem Futteral steckte.

Die Abzweigung kam, und Manius war froh, sich von der Palisade entfernen zu können. Hatte er doch bei jeder Annäherung an einen Wachtturm einen lästigen Umweg machen müssen. Immer wieder hatte er sich mit dem störrisch widerstrebenden Maultier abseits des Pfades durch unwegsames Gelände und ihn verdeckendes Dickicht quälen müssen, um nicht gesehen zu werden. Schließlich musste er davon ausgehen, den meisten Soldaten bekannt zu sein – als der Mann mit dem Hinkebein und den unglaublich geschickten Händen, dem sie ihre besten und tödlichsten Waffen verdankten. Einer würde es dem anderen sagen: »Ich habe den Schmied Manius Claudus gesehen, drüben, im Barbarengebiet. Er war schwer bepackt. Was der nur da zu suchen hat?« Doch seltsam, je weiter er den Limes hinter sich ließ, die lästernden Mäuler der Männer im Vicus, die sich über ihn lustig machten, aber seine Waffen verlangten, desto beschwingter und freier fühlte er sich. Fühlte Decius auch so? Nun, der war gesund, konnte laufen, kämpfen. Decius, immer von den Göttern bevorzugt …

Jetzt führte ihn der offenbar viel benutzte Weg durch einen Teil des Waldes mit weniger dichtem Unterholz und immer höheren Bäumen. Gigantische Buchen und Eichen, alle noch winterkahl, sahen auf ihn hinab. Hin und wieder machte er einen Bogen um einen umgestürzten Baumriesen oder um einen Tümpel. Ein Eichelhäher flog vor Manius her und wurde nicht müde, seinen Warnruf auszustoßen. Und die Vögel stoben in heller Aufregung vor ihm davon. Wenn sie wüssten, wie wenig sie sich vor mir fürchten müssen, lächelte er vor sich hin. Nicht einmal den Bogen und den Köcher mit den Pfeilen hatte er mitgenommen, um nicht noch mehr schleppen zu müssen. »Ohnehin nicht nötig«, hatte der Kommandant gesagt, »weil Silberling dich auf dem längsten Stück Weg begleiten wird.« Und hatte nicht auch Decius oft beteuert: »Man kann sich auf die Gastfreundschaft der Germanen verlassen. Sie lassen einen Gast nicht verhungern, weil sie wissen, dass nicht jeder Fremde so geschickt darin ist, Wild zu erlegen wie sie selbst.«

Der Weg schien ins Unendliche zu führen. An seinen Hunger mochte Manius nicht mehr denken. Sein Magen rumorte, als wollte er mit dem unwilligen Knurren Bären, Wölfe und Luchse verjagen. Doch die Sonne ging jetzt auf, und ihm war fast so, als trügen ihn ihre Strahlen schneller voran.

Dann sah er sie endlich vor sich, die Hütte von Silberling, die der Kommandant ihm beschrieben hatte. »An ihn kannst du dich halten«, hatte er gesagt. »Der Mann ist zuverlässig. Schließlich lebt er vom Handel mit uns, und das nicht schlecht.«

Manius wusste, warum man den Händler Silberling nannte. Weil er für Silbermünzen alles möglich machte. Was auch immer jemand brauchte, Silberling beschaffte es, natürlich nur gegen Bares. Und bei diesem Transfer blieben von den gezahlten Münzen stets viel mehr bei ihm hängen als seine primitive Behausung ahnen ließ, die nicht mehr als eine langgestreckte niedrige Hütte aus ungeschälten Stämmen war. Das Dach war mit Grassoden bedeckt, vor dem niedrigen Eingang hing ein Kuhfell. Angesichts der tristen Unterkunft fragte sich Manius, wozu der Mann so viel Geld brauchte. Aulus hatte gesagt, man könne dem Händler seine Raffgier nicht verübeln, brauche man ihn doch, und das auf beiden Seiten. Silberling hole Wein und Olivenöl über die Grenze, auch Glaswaren, Terracotta- und Bronzegefäße, Silberbecher und Schmuck neben wohlriechenden Essenzen – einfach alles, was seine anspruchsvolleren germanischen Auftraggeber verlangten. Und er beliefere im Gegenzug seine römischen Kunden nicht nur mit Fellen und Trinkhörnern, sondern auch mit Met, mit dem Bernstein, der an der Küste im hohen Norden gefunden wurde, und mit hellblondem Frauenhaar, wie es die Römerinnen für ihre modischen Perücken benötigten.

Er war doch durch den Kommandanten angemeldet, überlegte Manius, als er die Hütte betrat und von Silberling unerwartet abweisend begrüßt wurde: »Ach, jetzt kommst du.«

Die mürrischen Worte überraschten Manius, misstrauisch musterte er Silberling, der den Blick erwiderte. Manius konnte aus den Gesichtszügen des Händlers keine Gefühlsregung herauslesen. Die spitze Nase und die kleinen dunklen Äuglein, der schmallippige Mund, alles blieb völlig ausdruckslos. Im Übrigen war das Gesicht hinter einem dichten rötlichen Bart und entsprechender, zotteliger Haartracht versteckt. Ein Germane, schätzte Manius den Mann blitzschnell ab, der auf beiden Seiten der Grenze zu Hause ist, deshalb dieses undurchdringliche Gesicht.

»Der Kommandant Gnaeus Valerius Aulus hat dir mitteilen lassen«, sagte Manius, »dass ich komme und deine Begleitung in Anspruch nehmen muss, um zu den Markomannen zu gelangen. Für sie habe ich eine besondere Gabe mitgebracht …«

»Pst«, machte Silberling, um ihn zum Schweigen zu bringen. Doch im selben Augenblick traten aus dem abgetrennten hinteren Bereich der Behausung vier riesige Germanen mit den typischen langen blonden Haaren und den so irritierend leuchtendblauen Augen in den Raum, stießen Silberling grob zur Seite, bauten sich mit wenig freundlichen Mienen vor Manius auf und bedeuteten ihm, mit nach draußen zu kommen. Was blieb ihm anderes übrig, als ihrem Wunsch Folge zu leisten. Vor der Hütte hoben sie ihn auf sein Maultier, bevor er verstand, was mit ihm geschah. Dann banden sie mit wenigen schnellen Handgriffen seine Füße unter dem Bauch des Tieres zusammen. Die Männer rissen ihm den langen Dolch vom Gürtel, nicht ohne anerkennende Blicke auf die Waffe zu werfen, nahmen ihm zuletzt das schwere Bündel mit den Schwertern weg, sprangen auf ihre Pferde, drängten das Maultier mit dem Schmied in ihre Mitte, brüllten einen Befehl, den der Schmied nicht verstand, und ritten mit ihm los.

»He, he, was soll das«, protestierte Manius. »Ich bin als euer Freund gekommen, mit einem wertvollen Geschenk für euch. Und ihr bindet mich?«

»Nur, damit du nicht runterfallen kannst«, lachten die Männer.

»Und wohin bringt ihr mich?«

»Das wirst du noch früh genug sehen.«

Kapitel 6

Im Barbarenland nördlich der Provinz Raetia

Es war ein Wald, wie Decius ihn schätzte. Der weiche Boden voller Laub und Nadeln und unter jedem Tritt knackendes Bruchholz. Ein mühsamer Weg, für den Kräuterkundigen jedoch voll überraschender Entdeckungen. Immer wieder sah er jenes grüne Kraut, für das sein Vater sich so begeistert hatte, weil es heilsam war. Keine Zeit dafür jetzt, sagte Decius sich. Der Bär Grauohr war in der Nähe gesehen worden, und er war wichtiger als Hagebutten oder Spitzwegerich.

Wo kaum ein Sonnenstrahl mühsam tastend seinen Weg bis auf die Erde fand, war überhaupt kein Durchkommen mehr vor lauter Farnen, Brennesseln und Brombeergebüsch. Man musste diesen Widersachern nachgeben und einen Haken schlagen wie ein Hase. Dabei immer mal wieder einen Blick zum Himmel hinauf werfen in die mächtig ausladenden Kronen der einzelnen Eichen, die über die Wildnis herrschten, wie Feldherren Truppenschau hielten. Sehen, wie dort oben Falken und Habichte oder Bussarde ihre Runden zogen – was er als Zeichen für Gefahr zu deuten wusste – oder überstürzt aufflogen und verschwanden, weil sich ein Adler näherte. In solchen Momenten, fiel ihm ein, pflegten sie eilig den Käfig mit dem Köder aufzustellen und ihn mit grünen Ästen zu umkleiden. Wenn sie nicht schon eine Fallgrube ausgehoben hatten, die nur noch sorgsam mit dünnem Reisig und Laub abgedeckt werden musste. Decius und seine Gehilfen warteten dann geduldig, bis die Treiber das Wild zu ihnen scheuchten. Ein Wolf oder ein Bär, manchmal auch ein vereinzelter Eber.

Doch jetzt war Decius allein unterwegs, wie er es immer hielt, wenn er seinen Feind in der Nähe vermutete. Seine Gefährten waren ohne ihn gen Norden aufgebrochen, um Tiere für den Kaiser zu fangen. Der treue Victorinus würde auch diesmal alles in seinem Sinne durchführen, dessen war er sich sicher. Ein guter Mann, auch wenn er ein wenig eigenbrötlerisch war. Nun, zum Orcus, war er selbst das nicht ebenso? Wer würde schon allein durch die Wälder des freien Germanien streifen? Nur ein Verrückter wie er. Was sollte es, sollten sie denken, was sie wollten, bei der Jagd auf Grauohr war er lieber allein, um auf keinen anderen Menschen aufpassen zu müssen als auf sich selbst. Schon der Gedanke an Verantwortung für andere gab ihm einen Stich ins Herz. Ja, er musste es seinem toten Vater gegenüber zugeben, er hatte versagt. Er hätte die Bestie ablenken müssen, dann lebte der Vater jetzt noch. Und auch gegenüber Manius hatte er versagt. Es war seine Schuld, dass sein Bruder jetzt hinkte. Aber er würde Rache nehmen. Der Bär hatte keinen schlimmeren Feind als ihn. Und ihm schien, sein Widersacher wusste das und ging ihm aus dem Weg. Doch wenn sich Grauohr noch so gut im unwegsamen Dickicht versteckte, eines Tages würde er ihn aufspüren und stellen. Und er gäbe ihm, was er verdient hatte – den Todesstoß. Dabei tastete seine Hand nach dem Schwert, das sein Bruder für ihn geschmiedet hatte.

Decius war gekleidet wie ein Germane, um sich freier bewegen zu können, als es die römische Toga oder auch die Tunika erlaubte. Er trug eine graue Hose mit einem grünen Kittel aus gewebtem Wollstoff darüber, feste hohe Schuhe an den Füßen und die Hose unten umwickelt, damit er nicht in jedem Gesträuch hängenblieb. Dazu eine Filzmütze auf dem Kopf. Doch hatte er sich einen breiten Gürtel umgeschnallt und daran das Schwert befestigt sowie den Köcher mit gefiederten Pfeilen, die besonders gehärtete Eisenspitzen hatten.

Für den großen Jagdbogen, den er sich über die Schulter gehängt hatte.

So viele Pflanzen erinnerten ihn an seinen Vater. »Denn gegen jede Krankheit ist ein Kraut gewachsen«, hatte er immer gesagt. »Wir müssen es nur kennen und suchen.«

»Ach, Vater«, seufzte er, »dass der Wald dir den Tod bringen würde, wer konnte das ahnen. Was die Götter sich nur dabei gedacht haben, wo du ihn doch so geliebt hast. Wo bleibt da die Gerechtigkeit?« Er dachte wieder daran, wie er als kleiner Junge an der Hand des Vaters in den Wald gehen musste, hinein in dieses unheimlich Düstere, völlig Ungeordnete, Unwegsame. Damals hatte er Angst gehabt und sich fester an den Vater geklammert, der ihm daraufhin stets erklärte, die Natur sei ihm wohlgesinnt: »Wir sind zwar Römer, aber wir stammen von Germanen ab, und für Germanen ist der Wald der große Freund, mit den zu unserem Schutz weit ausgebreiteten Armen und mit den immer vollen Händen, die uns beschenken. Die Römer dagegen hassen den Wald – für sie ist er nur etwas Störendes, das man beseitigen muss. Mit der Axt und mit Feuer gehen sie gegen ihn vor und nennen es Kultivierung des Landes. Weil sie damit Platz schaffen für Äcker und Wege und Siedlungen.«

Der Waldboden duftete. Das hatte Decius schon als Kind gefallen. An diese Gerüche konnte er sich noch gut erinnern. Er atmete tief durch. Dieser frische und ungewöhnlich intensive Duft war wunderbar. Hier musste erst vor kurzem ein Regenschauer heruntergekommen sein. Die so sauber glänzenden Blätter in den Büschen bestätigten seine Vermutung. Erste Insekten umschwirrten ihn, als ihn ein Sonnenstrahl traf. »Die warme Frühlingssonne verführt euch schon zu Balztänzen«, sprach er sie an. In das Glücksgefühl mischte sich ein Hauch von Wehmut, dass er so viel wußte und doch kaum jemand sein Wissen würdigen konnte, da er meist unterwegs war. Aber die

Vögel zeigten sich so munter und unbekümmert, als wüssten sie, dass er ihr Freund war. Ohne jede Scheu zwitscherten sie ihm etwas vor, dass er sich wie ein freudig begrüßter Ehrengast vorkam. »Willkommen im Wald, sagen sie«, murmelte er vor sich hin. »Ja, ja, habt Dank für euren freundlichen Willkommensgruß.«

Mit diesen Gedanken trat er auf eine Lichtung hinaus, und dann, ebenso unvermittelt wie damals, sah er ihn plötzlich vor sich – seinen Feind, den er so lange verfolgt hatte: Grauohr. Vielleicht zwanzig Armlängen von ihm entfernt. Der Bär stellte sich auf die Hinterbeine und starrte ihn an, mit etwas schief gehaltenem Kopf. Mann und Bestie standen einander gegenüber und fixierten sich, beide regungslos. Doch dann ließ Decius sehr langsam den Bogen von seiner Schulter rutschen, fingerte einen Pfeil aus dem Köcher und legte ihn auf die Sehne. Dabei musste er eine leichte Drehung nach rechts machen, um den mit dem ausgestreckten linken Arm gehaltenen Bogen zu spannen und den Bär anzuvisieren. Das Tier machte ihm die leichte Drehung nach. Weiter, noch weiter spannte Decius den Bogen, so weit, wie die Pfeillänge es überhaupt nur zuließ. Decius zielte auf den Kopf, wusste er doch: Er würde nur einen einzigen Schuss abgeben können. Und der musste tödlich sein, andernfalls war er erledigt, schutzlos, wie er vor dem Bär stand. Die Bestie wäre über ihm, noch ehe er den Bogen weggeworfen und das Schwert aus der Scheide gezogen hätte.

Genauestes Anvisieren, dann endlich der Moment, da er den beiden Klammerfingern seiner rechten Hand, zwischen denen das befiederte Pfeilende lag, den Befehl geben konnte: Loslassen! Doch genau in diesem Moment ließ der Bär sich vornüber auf seine Tatzen fallen, offenbar der Habachtstellung müde. Der Pfeil sirrte dicht über ihn hinweg und verschwand raschelnd in dem Gesträuch am gegenüberliegenden Rand der Lichtung. Der Bär fuhr herum und sprang dem Geräusch hinterher. Er verfolgte den Pfeil. Er richtete sich nach dem, was er hörte, nicht nach dem, was er mit seinem einen Auge sah. Decius war auf einmal zum Lachen zumute. Aber er konzentrierte sich darauf, schnell einen weiteren Pfeil auf die Sehne zu legen und den Bogen wieder mit aller Kraft aufzuziehen. Als er seinen Gegner jedoch erneut anvisieren wollte, war er verschwunden.

Wie leicht hätte der Bär seinen Verfolger töten können, schauderte es Decius. Aber stattdessen war er davongelaufen. Als verachtete er ihn. Oder hatte er ihn vielleicht gar nicht als lebendiges Wesen erkannt? Unsinn. Er hatte die Entfernung zwischen ihnen nicht richtig abschätzen können. Ja, möglich, aber war er ihm nun zu weit weg gewesen oder zu nahe gekommen? Na schön, bei der nächsten Begegnung würde er ihn fragen, Decius wurde schon wieder übermütig. Aber jetzt nichts wie hinterher! In dem noch feuchten Waldboden konnte er seine Spur verfolgen. »Grauohr, du entkommst mir nicht!«

Da war nichts mehr mit Freude am Wald und am Gesang der Vögel. Die Rachlust trieb ihn fort. Mit dem Bogen in der Hand, einen Pfeil locker aufgelegt, hechelte Decius hinter seinem Feind her. Wie ein Hund magisch angezogen von der frischen Fährte.

Mittlerweile konnte Manius kaum noch sagen, wie lange sein Aufbruch, seine Verschleppung zurücklagen, es schien ihm eine Ewigkeit – und er wusste noch immer nicht, wohin dieser Weg ihn führen würde. Der Gang seines Maultieres ließ ihn weiter hin und her schaukeln, und sein Bein schmerzte. Manius' immer neue Bemühungen, sich mit den Männern, die ihn entführt hatten, zu verständigen, blieben erfolglos, obwohl er ihre Sprache leidlich beherrschte. Er konnte sagen, was er wollte, die Germanen lachten oder schüttelten den Kopf über ihn. Auch sein Angebot, ihnen das Bündel samt dem wertvollen

Inhalt zu schenken, wenn sie ihn dafür losbinden und heimkehren ließen, amüsierte sie nur. Von dem, was sie untereinander in undeutlichen, abgehackten Sätzen sprachen, konnte er nicht viel verstehen. Nur den Namen Sigo hörte er heraus. Da wusste er, dass er nicht auf dem Weg zu den römerfreundlichen Merkantilen war, sondern als Gefangener zu den feindlich gesinnten Naristen gebracht wurde. Nun verstand er, warum sie immer wieder einen Umweg um einzelne Gehöfte machten. Diese wurden wohl von Markomannen bewohnt, die aber unsichtbar blieben.

Nach den endlos scheinenden Stunden auf dem Rücken des Maultieres schienen ihm jetzt die ersten Anzeichen einer Siedlung ein freudiges Ereignis, obwohl er sich rasch klarmachte, dass er dort wohl nicht als Gast empfangen würde. Er sah größere Flecken im Wald, die gerodet waren, bemerkte auch, dass man den Boden mit dem Hakenpflug bearbeitet hatte. Er könnte ihnen Eisenpflüge schmieden, mit denen sie ganz andere Ernten einfahren würden, sagte er sich. Schließlich ritten sie in ein Dorf ein, das von hohen Ligusterhecken umgeben war. Ihm fiel ein, wie sein Vater ihn immer wieder vor den schwarzen Beeren des Ligusters gewarnt hatte: »Lass die Finger davon, Junge, die sind giftig.«

Gut, er würde Menschen, die sich mit solchen Hecken voll giftiger Früchte umgaben, nicht trauen. Auf dem Dorfplatz standen ein paar Männer, deren Bekleidung sie als Vornehme auswies. Hinter ihnen eine Menge Bewaffneter mit langen Lanzen und kleinen runden Holzschilden. Sie alle beäugten den Schmied, dem man jetzt von seinem Maultier half, mit unverhohlener Neugier, wenn nicht gar Bewunderung. Und das wohl nicht nur, weil er beinahe wie ein Germane gekleidet war. Dabei trug er Hose und Hemd, die er auch bei der Arbeit in seiner Schmiede anzulegen pflegte, nur statt seiner gewöhnlich vorgebundenen großen Lederschürze hatte er sich einen weiten Mantel umgeworfen. Manius fühlte sofort, dass man ihn hier kannte, ihn, den für seine Kunstfertigkeit geschätzten Schmied Manius Claudus. Selbstsicher, obwohl seine Glieder steif waren, das Bein unsäglich schmerzte nach dem langen Ritt, trat er vor die vornehm gekleideten Männer, wohl die Dorfältesten, und sagte: »Ich verlange eine Erklärung für das unfreundliche Verhalten dieser vier Männer, die mich entführt haben.«

Doch erhielt er darauf keinerlei Antwort. Stattdessen gab der älteste der Männer mit einem Wink zu verstehen, man solle Manius ins Haupthaus des Dorfes führen. Was unverzüglich geschah, allerdings nicht mit Gewalt, sondern mit einer beinahe schon freundlichen Geste. Manius folgte der Aufforderung, hielt sich an das, was er von seinem Vater gelernt hatte, nämlich in allen überraschenden Lebenslagen immer zunächst etwas Gutes zu sehen, ehe man protestierte oder losschlug. Das Gute war: Er war am Leben, und man schien das nicht ändern zu wollen.

Das Haus, das er nun betrat, überraschte ihn. Eine Feuerstelle füllte den großen offenen Raum mit beißendem Rauch, aber auch mit dem Geruch von gebratenem Fleisch. An den mit Lehm beworfenen Wänden hingen Beile, Köcher und Speere, Ochsenhörner und allerlei Jagdtrophäen. Was Manius an seinen Bruder Decius denken ließ, der jetzt wohl irgendwo hinter dem Bären Grauohr her war, anstatt ihn hier herauszuhauen. Aber das sollte er auch besser bleibenlassen, es wäre ohnehin ein aussichtsloser Versuch. Ein Glück, dass er ihnen nicht begegnet war. Allein gegen vier Männer hätte er wohl keine Chance gehabt.

In dem verqualmten Raum waren die Männer des Dorfes versammelt. Eng gedrängt saßen sie auf Schemeln, Holzklötzen und Fellen, alle ohne Waffen außer dem Messer im Gürtel, das sie für das Zerteilen des Fleisches brauchen würden. Manius wurde bedeutet, zwischen zwei der Dorfältesten Platz zu nehmen, den mit Bier gefüllten Becher zu ergreifen und mit seinen Nachbarn zu trinken und zu essen, was blondbezopfte Mägde an dampfendem Biberfleisch und Wildschweinbraten heranschleppten. Dazu gab es Brei mit Nüssen und Brot mit Dickmilch. Wer konnte es ihm verdenken, dass er es sich nach dem langen und so beschwerlichen wie entbehrungsreichen Ritt gut munden ließ. Das reiche Mahl wurde abgerundet mit Met, dem süßen, schweren Honigwein, den die Mägde in kleinen bunten Tongefäßen herbeitrugen. Er solle nur immer zugreifen, forderten die Männer um ihn herum ihn auf. Doch Manius ahnte die Absicht, die hinter dieser Großzügigkeit stand, und hielt sich vorsichtig zurück. Er trank gerade nur so viel, dass es nicht unfreundlich wirkte, setzte das Gefäß immer schnell wieder ab.

Wie vermutet, erwartete ihn die eigentliche Herausforderung erst nach dem Essen: Plötzlich trat ein noch junger Mann ein, dem achtungsvoll Platz gemacht wurde. Wie die meisten Germanen trug er sein hellblondes Haar nicht offen, sondern hatte es zu einem Zopf geflochten und seitlich am Kopf zu einem Knoten geschlungen. Wie eine Schlange, zum Vorschnellen bereit, dachte der Schmied. Das war ihm eine Warnung. Der Mann setzte sich Manius direkt gegenüber, sah ihn forschend an und bemerkte: »Ich kenne dich. Ich habe so viel von dir gehört, Schmied, dass ich nicht darauf verzichten konnte, dich hierher einzuladen.«

Manius war klar, dass er es bei diesem Mann, der nur wenige Jahre älter als er selbst schien, mit dem Oberhaupt des Stammes zu tun hatte. Aber er beschloss, sich nicht beeindruckt zu zeigen. »Einladen, so nennst du das«, antwortete er, »wenn deine Männer mich mit Gewalt entführen? Bisher habe ich nur deinen Namen gehört, Sigo. Jetzt aber habe ich mit dir und deiner Gastfreundschaft Bekanntschaft gemacht. Und ich muss sagen: Darauf hätte ich gut verzichten können.«

»Wenn meine Männer zu grob zu dir waren, so werde ich sie dafür bestrafen lassen. Doch dich, Manius, bitte ich, es zu vergessen. Denn du sollst mich und mein Volk von unserer besten Seite kennenlernen. Wir Naristen sind großzügig und gastfreundlich. Ich hoffe, es hat dir geschmeckt.«

»Das hat es, ja. Ich danke dir, und ich werde daheim von der großzügigen Bewirtung berichten. Aber jetzt möchte ich, dass du mir mein Bündel und mein Maultier zurückgibst und mich zu meiner Schmiede zurückreiten lässt.«

»Dafür ist es jetzt zu spät«, antwortete Sigo bestimmt. »Es wird bereits Nacht. Und ich will nicht schuld sein, wenn du dich im Wald verirrst und den wilden Tieren zum Opfer fällst oder in einem Sumpf verendest. Morgen ist auch noch ein Tag. Du bist mein Gast und wirst eine gute Schlafstelle bekommen. Und wenn du deine Werkstatt vermissen solltest, wir haben eine gute Schmiede hier im Dorf, die ich dir zur Verfügung stelle.«

»Ich brauche deine Schmiede nicht, Sigo«, versuchte Manius, ihn kurz abzutun. »Ich brauche überhaupt nichts von dir, auch nicht deine falsche Freundlichkeit.«

Doch ließ der neue Anführer der Naristen nicht locker. Mit einer Munterkeit und Wortgewandtheit, die Manius ihm nicht zugetraut hätte, sagte er: »Nur keine voreiligen Entschlüsse, Schmied. Denn nicht nur die Schmiede ist für dich bereit, auch bestes Eisen und ein guter Ofen erwarten dich. Du brauchst nur in die dir gereichte Hand einzuschlagen, und du bist unser Mann, Manius, hochgeehrt, gut bezahlt und bestens versorgt. Und dein Name wird von einem unserer Stämme zum nächsten gerühmt werden. Und das über die Zeiten hinweg bei deinen Kindern und Kindeskindern. Denn eine schöne Tochter unseres Stammes wird sich auch finden lassen, die du zum Eheweib nehmen kannst. – Das ist mein Angebot.«

Dabei reichte er ihm seine Rechte, darauf wartend, dass sein

Gegenüber einschlug. Aber so sehr es Manius reizte, diesem widerlich großsprecherischen Mann die Finger zu zerquetschen, um ihm zu zeigen, was ein Schmied mit der Kraft seiner Hände vermochte, verzichtete er vorsichtigerweise doch darauf. Denn er wusste, dass der Handschlag für die Germanen eine für alle Zeiten gültige Bindung bedeutete. Stattdessen erhob er sich bedächtig und sagte dem Stammesführer lächelnd ins Gesicht, selbstbewusst und laut: »Ich will nicht dein Mann werden, Sigo. Da kannst du mir bieten, was du willst, ich lasse mich nicht kaufen.«

»Vorsicht, Schmied, wenn du nicht mein Mann werden willst, dann wirst du mein Gefangener. Überleg, was dir lieber ist. Es gibt starke Männer in hellen Scharen, die wissen: Es ist besser, ein Freund Sigos zu sein als sein Feind. Und bedenke, eure Grenzbefestigungen, die ihr Limes nennt, sind für meine Krieger nur eine Lächerlichkeit, wie ihr sehr bald erfahren könntet. Darüber solltest du nachdenken. Morgen sprechen wir uns wieder.«

Damit stand Sigo auf, wandte dem Schmied den Rücken zu und verließ das Haus mit der Anweisung an die Männer neben ihm: »Bringt ihn gut unter, aber achtet darauf, dass ich ihn morgen wiederfinde, weil unsere Unterhaltung noch nicht zu Ende ist.«

Manius blieb noch recht lange sitzen, obwohl er gut gesättigt war und von dem ihm immer wieder angebotenen Bier nur kleinste Schlückchen nahm. Er wollte den Männern um ihn herum, die offensichtlich so wenig wie er selbst wussten, ob sie eher seine Gastgeber oder seine Wächter waren, die Gelegenheit lassen, sich richtig volllaufen zu lassen. Es war jetzt immer dieselbe Magd in einem ärmellosen grauen Kleid, die ihm neu gefüllte Becher brachte, fiel ihm auf. Ein frisches, rundes Gesicht mit hellblauen Augen, die ihn ohne Scheu anstrahlten, dazu ein lächelnder Mund mit vollen Lippen und schönen Zähnen. Das Mädchen gefiel ihm, er musste immer wieder zu ihm hinüberschauen.

Das nächste Bier, das die Magd brachte, schmeckte zu seiner Verwunderung nach Wasser. Er sah sie erstaunt an. Doch als müsse sie sich etwas von den Lippen wischen, legte sie kurz einen Finger auf ihren Mund, und er verstand und nickte ihr lächelnd zu. Nun konnte er sich so richtig als guter Kumpan mit den Männern um ihn herum aufs Trinken verlegen, in langen, kräftigen Zügen einen Becher nach dem anderen leeren, konnte mit den Männern dummes Zeug reden und lachen. Fast hätte man sagen können: Was als Mahl begonnen hatte, wurde ein fröhliches Fest.

Und zuletzt schaffte Manius es auch noch, genauso unsicher wie seine Begleiter zu der Behausung am Rand des Dorfes zu torkeln, in der man ihm eine Schlafstatt bereitet hatte. Das Mondlicht würde genügen, den Weg in Richtung der Grenze zu finden, trotz der vielen Umwege, die die Naristen mit ihm gemacht hatten, stellte er mit einem schnellen Blick zum Himmel fest. Er bräuchte nur gen Westen zu gehen.

Die Hütte, zu der man ihn brachte, war in der üblichen Art als lehmgefülltes Fachwerk erbaut, jedoch offensichtlich kein Wohnhaus, sondern ein leeres Vorratsgebäude, denn sie stand etwas erhöht auf Pfosten. Die übliche Vorsichtsmaßnahme, umso besser, dachte er, so konnten ihn wenigstens keine Ratten und Mäuse belästigen.

Man schob ihn hinein und verriegelte die Tür hinter ihm. Seine Unterkunft lag gleich an der hohen Ligusterhecke, wie Manius feststellte, als er durch den Spalt zwischen den beiden Flügeln der Tür hinausspähte. Zwei seiner Saufkumpane sah er als Wächter auf der kurzen hölzernen Treppe sitzen, die zu der Tür heraufführte. Die würden nicht mehr lange die Augen offenhalten, sagte er sich und streckte sich auf das Schaffell, das man auf das Strohlager gelegt hatte. Dabei sah er, dass das Dach nicht mehr dicht war. Durch große Löcher in der Strohdeckung schien der Mond zu ihm herein. Seltsam, dass sie das Dach nicht längst repariert hatten.

Erst einmal wollte er in Ruhe überlegen, was zu tun wäre. Er musste hier raus, das war klar. Denn er würde auf gar keinen Fall für die Naristen arbeiten. Und rauszukommen wäre keine Schwierigkeit, sobald die beiden Aufpasser eingeschlafen waren. Mit bloßen Händen würde er die Türflügel ausheben. Die mitgebrachten Schwerter wären dann zwar verloren, auch sein guter langer Dolch, aber dafür würde er das beste ihrer Pferde nehmen. Hoffentlich hatten die Wächter am Ausgang des Dorfes genauso viel getrunken wie die vor seiner Tür.

Seine Überlegungen wurden von einem Rascheln gleich hinter ihm unterbrochen. Und als Manius aufsprang, um nachzusehen, was für ein Tier sich eingeschlichen hatte, ging eine Bodenklappe hoch und die Magd, die ihm die wassergefüllten Becher gebracht hatte, stieg zu ihm herauf. Wieder bedeutete sie ihm mit einer Geste, sich still zu verhalten. Und wieder bedachte sie ihn mit diesen freundlichen Blicken. Sie schloss die Klappe und schob Manius wortlos zu seiner Bettstatt hin. Dann öffnete sie ihren breiten Gürtel mit dem runden Schmuckverschluss, ließ ihr dunkles Wollkleid von den Schultern gleiten und stand, völlig entblößt, einen köstlichen Augenblick lang vor ihm, bis sie sich rücklings auf sein Schaffell gleiten ließ und dabei nach ihm griff.

»Ja … nein …, ich muss hier raus«, flüsterte Manius, sich noch gegen ihre Umarmung wehrend.

»Später«, hauchte das Mädchen, wobei er zu hören glaubte, dass sie ein wenig lispelte. Bei ihrem Anblick erlahmte sein Widerstand, und er ließ sich von ihr hinunterziehen.

Erst hinterher, als sie beide erschöpft Seite an Seite auf dem Fell lagen, fand er Zeit, seine Bettgenossin nach ihrem Namen zu fragen.

»Man nennt mich Inga.«

»Warum, Inga? Warum kommst du zu mir?«

»Weil wir Naristen die Freundschaft der Römer brauchen. Eure Freundschaft. Und eure Hilfe. Wir brauchen mehr Ackerland. Und wir brauchen besseren Samen für unsere Äcker und besseres Arbeitsgerät – mehr Handel mit euch. Du hast gut gegessen, heute. Ja, Manius, das war ein Festessen. Aber dafür werden wir in der nächsten Zeit sehr wenig zu essen haben. Unsere Vorratshäuser sind fast alle so leer wie das hier.«

»Ach! Und wieso glaubt ihr, dass ich euch helfen kann?«

»Wir glauben das nicht nur. Wir wissen es. Wir wissen ganz genau, was ihr habt und was ihr könnt und was mit deiner Hilfe zu erreichen ist.«

Kapitel 7

Im Barbarenland

Ein Mensch schrie. Es war ein Laut höchsten Entsetzens. Manius? Decius durchfuhr es heiß, alte Erinnerungen wurden wach. Sollte er ihn gefunden haben? Auch wenn er sich hier im Wald auf Grauohrs Spur begeben hatte, so hoffte er doch, eine Spur, einen Hinweis auf den Verbleib seines Bruders zu finden. Doch bislang hatte niemand ihn gesehen, niemand etwas gehört. Jetzt dieser Schrei. Decius blieb stehen, geduckt und außer Atem. Den Bogen hielt er noch immer in den Händen. Zweimal hatte er geschossen, aber mehr blindlings und aus Ärger, da es ihm nicht gelang, Grauohr dicht genug auf den Fersen zu bleiben. Die Spur, die der Bär durch den Wald schlug, war gut sichtbar. Und Decius hörte ihn, hörte das Krachen des Unterholzes, das erschreckte Aufschreien der Vögel. Nur erreichen konnte er ihn nicht. Das Biest schien immer knapp außer Sichtweite zu sein, als wolle es seinen Verfolger zum Narren halten. Als würde er ihn kennen und sich erinnern, dachte Decius. Grauohr war nicht dumm, aber war das einem Bären zuzutrauen? Wer mochte das so genau wissen? Nur die Götter, die an der seit acht Jahren währenden Jagd gewiss ihren Spaß hatten.

Erst jetzt, da er stand, wurde Decius bewusst, wie erschöpft er war, doch gleichzeitig erregt, vielleicht endlich am Ziel zu sein, Grauohr zu erlegen – und Manius zu finden. Seine Hände zitterten, so wühlte ihn der Gedanke auf. Er versuchte möglichst schnell zu Atem zu kommen, damit das Schnaufen verebbte, das ihm die Ohren verstopfte. Hatte da wirklich jemand geschrien? Und das Krachen des Bären, war es aus derselben Richtung gekommen? Decius richtete sich auf und wischte mit dem Unterarm die schweißnassen Haare aus der Stirn. Längst hing seine Filzmütze irgendwo an einem Geäst. Wie lange hetzte er nun schon hinter Grauohr her? Stunden, vermeinte er, aber genau wusste er es nicht.

Da, wieder gellte eine Stimme, um gleich darauf schlagartig zu verstummen. Decius drehte sich auf den Fersen nach rechts, wohin der Bär von seinem Pfad abgewichen war. Dort hatte er den Schrei gehört, aber hier im Wald, zwischen all den riesenhaften Eichen und Buchen, konnte man sich seiner Eindrücke nicht sicher sein. Erneut spannte er den Bogen, auch wenn seine Finger mittlerweile schmerzten. Den Pfeilschaft dicht vor Augen, ließ er den Blick schweifen. Schweiß rann ihm in die Augen. Er musste blinzeln. Jederzeit konnte Grauohr hinter den mächtigen Stämmen hervorstürzen. Langsam, bedächtig einen Fuß vor den anderen setzend, schlich Decius vorwärts, tauchte ein in die Schatten der Bäume. Wenigstens waren sie noch weitgehend kahl; ein, zwei Monate später, und er hätte zwischen all dem Grün kaum etwas sehen können. Das aufgewirbelte Herbstlaub zu seinen Füßen offenbarte Grauohrs Weg. Weiter voraus war eine Lichtung. Dort stand der verfluchte Bär auf seinen Hinterbeinen und wandte ihm den Rücken zu. Falls er sich seines Verfolgers bewusst gewesen war, so schien er ihn vergessen zu haben, denn etwas – oder jemand – beanspruchte seine Aufmerksamkeit.

Decius ließ den Bogen ein wenig sinken und näherte sich möglichst lautlos. Ob der Wind für ihn günstig oder ungünstig stand, daran verschwendete er jetzt keinen Gedanken, denn er erkannte, dass der Bär auf einen Menschen gestoßen war und ihn überrannt hatte, niedergehauen, was auch immer. Ein Fuß war zu sehen, ein Arm, der sich hob, als wolle er die Bestie abwehren; mehr konnte Decius nicht erkennen. Wirklich Manius? Decius versuchte, das Zittern seiner Hände zu unterdrücken. Er wusste, es war keine Zeit zu verlieren, aber überhastet durfte er jetzt nicht handeln. Als er am Rand der Lichtung stand, hob Grauohr den Kopf und brüllte seinen Triumph in den Himmel.

Jetzt!, dachte Decius, zog die Sehne bis hinters Ohr und ließ den Pfeil davonschnellen. Dicht an Grauohrs Kopf flog das Geschoss vorbei, streifte ihn noch und riss ein Fellbüschel mit sich. Grauohr schüttelte den Schädel, brüllte erneut, machte einen Satz auf den gegenüberliegenden Rand der Lichtung zu und verschwand im Wald.

Wie gut war der Schuss gewesen? Decius glaubte, spritzende Blutstropfen gesehen zu haben. In jedem Falle war es ihm gelungen, eine Wunde zu schlagen, auch wenn sie alles andere als tödlich war. Seine Müdigkeit war verflogen.

Einen Fluch ausstoßend, ließ er den Bogen fallen, riss sich den Köcher von der Schulter und stürzte zu dem Verletzten. Dank allen Göttern, es war nicht Manius, sondern ein Germane mit einem zerzausten, rot schimmernden Bart. Schmerzverzerrt waren seine Züge und daher kaum zu erkennen, doch Decius zweifelte nicht daran, Silberling vor sich zu haben, den einsamen Händler all jener Dinge, die Römer und Germanen begehrten. Auf seinen Streifzügen war er ihm schon einige Male begegnet, hatte gar vor Jahren jene Hütte dort am Rand der Lichtung betreten, um irgendetwas zu kaufen, an das er sich jetzt nicht erinnerte. Eine einfache, nur mannshohe Palisade umgab sie, dazu gedacht, Tiere abzuwehren, keine Menschen. Silberling besaß, soweit er wusste, keine Feinde. Nun hatte der Händler in Grauohr einen gefunden. Einen tödlichen.

»Decius Curmillus?«, krächzte Silberling. Es sah so aus, als versuche er, ihn anzulächeln. Er hob eine Hand, wie um ihn zu begrüßen. »Wie … schlimm … hat's mich erwischt?«

Sein Hals war aufgerissen, deutlich waren die Krallenspuren

zu erkennen, trotz des Blutes, das unaufhörlich aus der Wunde floss. Decius wickelte die Stoffstreifen von seinen Unterschenkeln, zupfte Tannennadeln und Ästchen heraus, die sich darin verfangen hatten, und verband ihn notdürftig, damit er ihm auf dem Weg in die Hütte nicht unter den Händen wegstarb.

»Kann ich noch nicht sagen, Silberling«, erwiderte er, um einen gelassenen Tonfall bemüht. Er hob den Kopf, lauschte nach einem Lebenszeichen von Grauohr, aber nichts war zu hören, nur die üblichen Geräusche des Waldes, so vertraut und doch so unwirklich. Dann stellte er sich hinter den Kopf des Händlers, schob die Füße unter seine Schultern und bückte sich, um ihn über die Lichtung in die Hütte zu ziehen. Silberling brüllte kaum leiser als der Bär, half aber nach, indem er die Fersen in den Boden stemmte. Mit dem Hintern stieß Decius das Palisadentürchen auf, dann die Eingangstür der Hütte. Hier drinnen war es dunkel, denn Fenster gab es nicht, nur einen kleinen Rauchabzug im Schilfdach. Ein weiterer Durchgang führte in die hintere Hälfte der Hütte, wo sich eine Pritsche befand. Decius legte den Oberkörper des Verletzten darauf ab und schob seine Beine hinterher.

»Danke«, murmelte Silberling. »Hab mir immer gewünscht, im eigenen Bett zu sterben.«

»Ich dachte, germanische Götter sehen ihre Leute lieber auf dem Schlachtfeld fallen. Oder ist das bloß dummes Zeug?«

Darauf erwiderte Silberling etwas kaum Verständliches, das in einem Husten unterging. Decius wickelte die blutgetränkten Binden ab und warf sie auf den Boden. Trotz des Zwielichtes war gut zu erkennen, wie die Wunde beschaffen war. Hier half kein Gelbkraut, das sein Vater stets zur Wundbehandlung angepriesen hatte. Sehr genau erinnerte sich Decius daran, wie sie damals Gelbkraut gepflückt hatten. Jedes Mal, wenn er seitdem welches sammelte und die Blüten zwischen den Fingern zerrieb, so dass sie ihre heilbringende rote Flüssigkeit hergaben, dachte er an jenen verhängnisvollen Tag.

Jetzt hatte sich Grauohr wieder einen Menschen geholt, dachte er erschüttert. Aber er riss sich zusammen und rief sich einen der vielen Leitsätze seines Vaters ins Gedächtnis: Tu, was notwendig ist, und zwar eines nach dem anderen.

Was hier zu tun war, stand ihm klar vor Augen. Die Wunde musste schnellstmöglich genäht werden, nichts anderes konnte die Blutung aufhalten. Aber alles, was dafür nötig war, befand sich bei seinen Gefährten im Lager. Weit konnten sie nicht sein; seine Hatz auf Grauohr hatte ihn zwar kreuz und quer durch den Wald geführt, aber nicht noch tiefer ins Barbarenland.

»Das … das war er?«, fragte der Händler. Seine Augen waren schon halb geschlossen.

»Ja. Grauohr.«

»Grauohr – Einauge. Ich … hätte für sein Fell … 'ne Menge von dir gekriegt, was?«

Das Blut rann in einem steten Strom auf seine Brust und die Pritschendecke unter ihm. Er wollte an seinen Hals fassen, doch Decius hielt seine Hand fest.

»Hab was für dich«, murmelte Silberling. »Sieh nach unter der Eiche … an der heiligen Quelle.« Er räusperte sich. »Hab Durst. Da hinten an der Wand …«

Decius entdeckte ein Wandbord, auf dem mehrere Amphoren lagen. Die erstbeste nahm er herunter. Die Zeit, das Wachs vom Verschluss zu kratzen, nahm er sich nicht, also schlug er ihren Hals an der Wand auf. Dann füllte er einen hölzernen Becher und brachte ihn Silberling, der gierig danach griff. Decius hob seinen Kopf an und half ihm, den Durst zu stillen. Eine honiggelbe Flüssigkeit, deren Duft vom Blutgeruch überlagert wurde, rann aus seinen Mundwinkeln. Vorsichtig ließ Decius Silberlings Kopf sinken. Er schenkte sich selbst ein, trank und schüttelte sich.

»Du kannst … nichts tun, oder?«, flüsterte der Händler. Sein Atem kam stoßweise. Plötzlich packte er Decius' Hand und drückte sie mit erstaunlicher Kraft. »Ich gehe zu Wodan«, stieß er klar und deutlich hervor. »Muss dir noch etwas sagen.«

»Ich höre dir zu.«

»Dein Bruder war hier.«

»Was sagst du da?« Decius schleuderte den Becher von sich und beugte sich über ihn. »Wann? Warum?«

»Er wollte zu …«

Die Antwort erstarb. Die Augen des Händlers waren nun gänzlich geschlossen. Seine Brust hob und senkte sich in wilden Stößen und stand still. Ein letzter rasselnder Atemzug entwich. Decius hatte die Hand gehoben, um ihn an der unverletzten Schulter zu rütteln, aber das hätte wohl keinen Zweck gehabt. Jetzt war ohnehin alles zu spät.

»Allmächtige Götter«, flüsterte er. Wann hatte er je dem Sterben so hilflos gegenübergestanden? Wer hatte gesagt, er sei besser als alle Garnisonsärzte, die nur Wunden zu flicken verstanden und sonst nichts? Es war eine Lüge, da er Silberling einfach hatte verbluten lassen müssen. Hätte er Grauohr heute nicht gejagt, wäre dies alles vielleicht nicht geschehen.

Decius schüttelte den Kopf, entschlossen, die neuerlichen Selbstvorwürfe im Keim zu ersticken. Die verfluchte Bestie hatte den Händler auf dem Gewissen, sie allein! Der Hass auf das mörderische Wesen drohte ihn zu überwältigen, schüttelte seinen Oberkörper und ließ seine Zähne aufeinanderschlagen. Es war kalt in der Hütte, und nun, da der Tod Einzug gehalten hatte, geradezu eisig. Da fiel sein Blick auf etwas wie rötliche Pusteln an Silberlings Hals, am Rand der Wunde. Ihm war, als wiche ihm in diesem Moment sämtliches Blut aus den Adern.

Nein, dachte er, das konnte nicht sein. Oder doch? Handelte es sich um die Folge eines Prankenhiebs? In diesem Wust von Rissen und gerinnendem Blut war nichts Genaues zu erkennen. Aber Silberling hatte gehustet. Hatte nur mit Mühe atmen können. Die roten Haarsträhnen klebten in seinem schweißnassen, bleichen Gesicht. So fing es an, wenn einen die Partherseuche packte.

So war es aber auch, wenn man eine solche Verletzung erlitt, rief sich Decius zur Vernunft. Es konnte nicht die Seuche sein.

Wirklich nicht?

Er rannte aus der Hütte, stützte sich auf die Knie und fühlte sich wieder so erschöpft wie vorhin. Ihm war bewusst, dass er in einem weniger aufgewühlten Zustand all das hätte richtig deuten können. In diesem Moment war es ihm jedoch unmöglich. Er dachte daran, dass er Silberling angefasst und an seinem Lager gekniet hatte. Aus demselben Becher getrunken. Er hob die Hände. Blut klebte in den Rillen und unter den Nägeln seiner Finger. Hatte sich in die von der Bogensehne aufgescheuerte Haut gegraben.

Ungeduldig zerrte er an seinem Schwertgürtel, ließ ihn fallen und riss sich die Tunika vom Leib. Er stieg aus der Hose und schleuderte sie von sich. Nur noch mit den Schuhen an den Füßen ging er in die Hütte, holte zwei Amphoren, schlug ihre Hälse auf und schüttete sich Bier über die Hände. Welch eine Verschwendung, Wasser täte es auch, dachte er. Aber die Zeit, nach Wasservorräten zu suchen, wollte er sich nicht nehmen. Und wer mochte wissen, ob Silberling nicht schon mit dem ganzen Kopf in seinem Wasserfass gesteckt hatte. Hinter der Umzäunung fand Decius einen Spaten und kehrte auf den Platz vor der Hütte zurück. Hier stieß er das Eisenblatt mit dem Fuß in die Erde.

Kadaver vergrub man, dachte er grimmig. Wie er es Aulus gesagt hatte.

Er arbeitete übereilt und ohne Pause, denn Grauohr mochte sich noch in der Nähe herumtreiben. Nur ab und zu streckte er den Rücken und wischte sich den Schweiß aus dem Gesicht.

Seine Armmuskeln schmerzten, aber darauf nahm er keine Rücksicht. Ihm war, als wollte er die Arbeit nutzen, um nicht weiter nachdenken zu müssen.

Natürlich dachte er nach. Konnte die Seuche, die aus Südosten kam, tatsächlich schon zu Silberling gelangt sein? Vorbei am Kastell? Ständig kamen Leute zu Silberlings kleinem Handelsposten, warum also nicht? War es richtig, auf den Verdacht hin den Leichnam einfach zu verscharren? Zumindest auf diese Frage fand er eine einfache Antwort. Er wusste um die Bestattungsriten der Germanen, aber da Silberling ein Leben in Einsamkeit gewählt hatte, war ihm wohl bewusst gewesen, ohne diese Riten unter die Erde zu kommen. Was, bei Jupiter, hatte der Kauz eigentlich zuletzt noch gesagt? Sieh unter der Eiche nach, an der heiligen Quelle. Wo das sein mochte? Nun, es wäre nicht überraschend, sollte Decius dort auf eine vergrabene Kassette mit Münzen stoßen. Die Menschen waren irr, dachte er. Sie liefen sinnlosen Träumen hinterher, während die Götter ihnen eine tödliche Seuche schickten, die selbst die klugen zunichte machte.

Grauohr zu stellen war ein ebenso nutzloser Traum, der ihn eines Tages selbst in ein lieblos ausgeschachtetes Grab bringen konnte. Er nahm sich vor, sich für die weitere Suche besser auszurüsten. Nicht nur mit Waffen, auch mit Verbandsmaterial. Daran hätte er längst denken sollen, aber er war eben nicht der Arzt, als den seine Mutter oder Partellus ihn so gern sahen. Wie kam es nur, dass ausgerechnet er das nötige Talent dazu besaß? Die Götter verschenkten ihre Gaben nicht gerecht. So wenig wie ihre Flüche.

Als das Grab hüfthoch war, warf er die Schaufel beiseite und stemmte sich hinaus. Am Rand blieb er sitzen und rang nach Atem; nur kurz, dann kam er auf die Füße und kehrte zu Silberling zurück.

Er wickelte den Händler in seine Decke und zerrte ihn hinaus ins Grab, ohne ihn noch einmal anzufassen. Seine eigene Kleidung warf er hinterher. »Tut mir leid, Freund«, sagte er und nahm die Schaufel zur Hand. »Du hättest sicher Besseres verdient. Jeder hätte das. Mögen deine Götter über deiner Seele wachen.«

Die Erde fiel auf Silberlings Leichnam. Decius sah nicht mehr hin, während er das Grab zuschaufelte. Mittlerweile spürte er die Arbeit mitsamt dem Tagesmarsch in jedem Knochen, so dass er an nichts mehr denken konnte, nur noch an die nächsten Handgriffe. Die Arbeit zwang den Schweiß aus allen Poren und machte den Schaufelgriff rutschig. Irgendwann spürte er seine Hände nicht mehr, und als er fertig war und seine Waffen aufsammeln wollte, musste er mehrmals zupacken, bis er es geschafft hatte, sich Bogen und Schwert unter den Arm zu klemmen. Den Köcher warf er sich über die Schulter, dann machte er sich auf den Weg zu seinen Kameraden. Den letzten Blick auf die Lichtung und das frisch aufgeschüttete Grab verkniff er sich. Flüchtig dachte er wieder an Grauohr, dem er jetzt ein hilfloser Gegner wäre. Er stapfte durch den Wald, das Geäst und die Wurzeln missachtend, die seine Beine aufkratzten. Nach einer elend langen Zeit hörte er das Fauchen und Knurren gefangener Tiere und dazu Victorinus' brummige Stimme. Mit einem Mal stand er im Freien, am Rande jener Wegschneise, wo seine Männer ihr Lager aufgeschlagen hatten. Victorinus starrte ihn an und pfiff durch die Zähne.

»Bist du ausgeraubt worden? Wusste gar nicht, dass deine Kleider wertvoller sind als deine Waffen.«

Decius ließ die Waffen fallen. »Halt's Maul, Victorinus. Halt einfach dein Maul.«

Er war eindeutig mehr Römer als Germane. Das kam ihm in den Sinn, als er erwachte und die sich im Wind wiegenden

Baumwipfel sah, zwischen denen sich ein breiter Streifen dunkelgrauen Himmels zeigte. Es war eine Gewissheit, die er immer wieder gespürt, aber von seinem Rachedurst gegen den Bären hatte verdrängen lassen. Offenbar befand er sich auf der Straße in Richtung des Vicus, und das war ihm sehr recht. Der Wald hatte sich in den letzten Stunden durchaus nicht als sein Freund erwiesen. Nicht mehr den Duft frischer Kräuter und alten Laubes, den er so mochte, hatte er in der Nase, sondern den von Blut und Schweiß. Und den Gestank gefangener Tiere. Dicht hinter ihm fauchte etwas, das sich wie ein Luchs anhörte.

Er lag auf einem seiner mit Käfigen und Fallen beladenen Karren. Das sonst so vertraute Knurren und Brüllen der gefangenen Tiere, das Hufgeklapper der Pferde und Ochsen bereitete ihm heute Kopfschmerzen, so dass er die Hände an die Ohren legte.

»Ah, du bist wach.«

Victorinus lenkte sein Pferd an die Seite des Wagens und warf ihm einen grauen Wollmantel zu. Der ehemalige Legionär spuckte auf die gepflasterte Straße, rieb sich mit dem Saum seines Kapuzenmantels über den Mund und zog die Stirn kraus, während er hinaufblickte. Erste Regentropfen platschten auf Decius' Gesicht. Sie wegzuwischen war nach dem, was er hinter sich hatte, eine geradezu unzumutbare Anstrengung.

»Jetzt sag nicht, ich bin in Ohnmacht gefallen«, murmelte er.

»Nein, so dramatisch hast du es dann doch nicht gemacht. Hast dich in aller Ruhe ins Gras gelegt und bist eingeschlafen. Sämtliche Weckversuche waren nicht von Erfolg beschieden, also haben wir dir eine Tunika übergezogen und dich auf den Wagen gelegt. Wir sind fast schon daheim.«

Decius hob sich auf die Ellbogen; eine Bewegung, die ihm Übelkeit brachte. Aufstöhnend legte er den Kopf in den Nacken.

»Es wäre nett von dir, wenn du erklärst, warum du nackt

warst«, sagte Victorinus, der sich an Decius' bedauernswertem Zustand nicht zu stören schien. »Ich meine, man kriegt in dieser Wildnis ja einiges zu sehen, aber das ist doch eher ungewöhnlich.«

»Ich bin ihm begegnet, Victorinus. Grauohr.«

»Begegnet?« Wieder spuckte Victorinus aus. »Man könnte glauben, du redest von einem Menschen. Jetzt sag aber nicht, er hätte dir die Kleider vom Leib gerissen. Du bist unverletzt, wenn man von den paar Kratzern an deinen Unterschenkeln absieht, die dir wohl eher der Wald verpasst hat.«

Die Regentropfen wurden dicker. Mühsam setzte sich Decius auf. Das Gefährt ruckelte unangenehm, aber das war ihm jetzt lieber als ein schaukelnder Pferderücken, also blieb er sitzen und ließ die Beine über die Kante baumeln. Der Wagenaufbau bestand nur aus einer Plattform, auf dieser waren Käfige, Fallen und Gerätschaften ordentlich gestapelt, festgezurrt und mit Ölplanen abgedeckt. Decius hatte längst bemerkt, dass die meisten Käfige leer waren. In zweien kauerten Luchse, die sich nicht entscheiden konnten, ob sie ihn oder sich gegenseitig angiften sollten. Auf den anderen Wagen sah es noch schlechter aus, dort entdeckte er nur ein kleines Wildschwein, das an den Stäben nagte. Die Jäger ritten mit gesenkten Köpfen auf ihren Pferden, und die Fuhrmänner, welche die Ochsengespanne lenkten, starrten missmutig auf die Straße. Sie nickten ihm zu, als er sich umblickte.

»Ist das etwa alles?« Mit dem Kopf wies Decius zu den gefangenen Luchsen.

»Wenn der Anführer dieser Unternehmung dem Tode nah aus dem Wald stolpert, dann muss das fürs Erste alles sein, ja«, erwiderte Victorinus. »Außerdem wird es wahrscheinlich gleich regnen wie noch nie. Wir sollten morgen noch einmal losziehen. Besser übermorgen. Der Kaiser wird es verschmerzen, seine Schoßtiere mit ein paar Tagen Verspätung zu erhalten.«

»Dem Tode nah.« Decius legte sich den Mantel um die Schultern und zog sich die Kapuze in die Stirn. Mittlerweile neigte er dazu, seine Vermutung, Silberling könne sich angesteckt haben, als übertrieben abzutun. Dennoch wäre es unklug, Victorinus davon zu berichten. Ausgerechnet Victorinus, der ihm vorgehalten hatte, den Besuch bei Priscilla in Augusta Vindelicum nicht augenblicklich abgebrochen zu haben, als der Verdacht aufgekommen war, sie könne die Seuche in sich getragen haben. Decius war ja schon froh, dass sich sein Gehilfe dazu entschlossen hatte, den Sicherheitsabstand zu ihm aufzugeben. Wenn er von Silberling anfing, würde Victorinus aus Furcht vor einer Ansteckung sein Pferd augenblicklich ans Ende des Zuges setzen.

»Reicht dir der Mantel? Nicht dass du krank wirst«, unterbrach Victorinus seine Gedanken. »Aber es kann nicht mehr weit sein bis zum Grenzposten.«

Sie bogen in eine befestigte Straße ein, auf der Karren, Fußgänger und Wagen unterwegs waren. Einige Händler waren ihnen vertraut; Victorinus hob von Zeit zu Zeit grüßend die Hand, und auch Decius rang sich ein Nicken ab. Leicht hieb Victorinus die Fersen in die Seiten des Pferdes und trabte davon. Kurz darauf machte Decius das Tor aus, durch das die Straße Wall und Palisaden des Limes kreuzte. Die Posten ließen sich Passierscheine und Berechtigungsausweise zeigen, winkten einen germanischen Bauern hindurch, der einen mit Kohl und Rüben beladenen Handkarren vor sich herschob, wohl für den Markt im Vicus. Lebhaftes Hin und Her herrschte; eine berittene Truppe durchquerte das Tor, und eilig sprangen alle beiseite, um die Soldaten vorbeizulassen. Decius sah Victorinus mit dem Wachposten plaudern, der nach Begegnungen mit Germanen fragte, wie Decius aus den herüberwehenden Wortfetzen schloss. Victorinus winkte ab, schüttelte den Kopf, und der Wachposten bedeutete ihnen, mit ihrer Kolonne zu passieren. Kurz darauf brachte Victorinus das Pferd wieder an Decius' Seite. »So, ich hoffe, ich habe den Posten nicht unwissentlich belogen.« Auffordernd sah er ihn an. »Erzählst du nun endlich, was geschehen ist?«

»Ich war bei Silberling.«

»Aha.«

»Manius auch.«

Victorinus ruckte an den Zügeln, so dass sein Pferd kurz stehenblieb. Dann ließ er es einen Satz nach vorne machen und starrte Decius unter zusammengekniffenen Brauen an. »Was, bei den Göttern … Was hat er gesagt? Wo hat er sich herumgetrieben?«

»Nein, nein«, rasch winkte Decius ab. »Ich habe ihn nicht gesehen, er muss irgendwann in den letzten zwei Wochen dort gewesen sein. Der Händler erwähnte ihn nur.«

»Erwähnte? Weiter nichts?«

»Wir kamen nicht dazu, uns weiter darüber zu unterhalten, denn Grauohr tauchte auf.«

»Aha«, meinte Victorinus wiederum, und Decius hob die Schultern. Es war die Wahrheit, wenn auch nicht unbedingt in der richtigen Reihenfolge. Weshalb er sich seiner Kleidung entledigt hatte, erklärte das zwar immer noch nicht, aber die Götter hatten ein Einsehen. Mit urplötzlicher Gewalt kamen Wassermassen vom Himmel und machten ein weiteres Gespräch unmöglich. Decius schob sich dichter an einen der Käfige heran und zog einen Zipfel der Plane über seinen Kopf. Hätten seine Leute nicht ein wenig früher aufbrechen können? Dann säße er jetzt vielleicht in den Thermen, um sich aufzuwärmen und den Schmutz von der Reise abzuwaschen. Dort fiele es ihm auch leichter, darüber nachzusinnen, was sein Bruder bei dem germanischen Händler wohl gewollt hatte. Etwas kaufen sicherlich, was sollte man sonst von Silberling wollen? Viel wichtiger war die Frage, wann das gewesen war. Vielleicht gestern erst, was bedeutete, dass Manius am Leben und in der Nähe war. Vielleicht aber schon vor zwei Wochen, und das hieß gar nichts. Decius konnte es drehen und wenden, wie er wollte, Silberlings Hinweis brachte ihn kein Stück näher an seinen Bruder heran.

Die Beneficarierstation kam in Sichtweite. Er streckte die Hände aus, damit der Regen die Reste des klebrigen Mets wegwusch, schlang den Mantel fest um sich und wagte einen Blick in den Himmel, was er schnell wieder bleiben ließ. Seine Knie waren durchnässt, da die Plane gerade so eben seinen Kopf bedeckte. Wahrscheinlich schaute er so missmutig drein wie Victorinus, der sich schüttelte und dann den Rücken streckte. Roch es da nicht nach Rauch?

»Keiner da?«, rief Victorinus. »He! Da liegt einer!«

Aus dem Gebäude der Station erklang ein Schrei.

Nicht schon wieder, dachte Decius. Was war heute nur los?

Victorinus hob eine Hand. Während die Fuhrleute ihre Gespanne zum Stehen brachten, ritt er auf die Station zu. Doch auf halbem Weg wendete er sein Pferd, denn ein Schwarm Männer rannte heraus.

Naristen! Es waren vielleicht zwanzig, alle mit Speeren bewaffnet. Sie stürzten auf die Wagenkolonne zu und stießen dabei markerschütternde Schreie aus. Fahrig sah sich Decius auf der Wagenplattform um. Die Müdigkeit war wie ausgelöscht, als sei sie nie vorhanden gewesen. Wo, bei den Göttern, hatte Victorinus seine Waffen verstaut?

Victorinus kehrte zurück, das Schwert in der erhobenen Hand. »Sieht aus, als hätten sie Feuer gelegt!«, rief er. »Sind die Kerle verrückt, uns so dicht beim Kastell anzugreifen? Männer, rottet euch zusammen und greift an!«

Uns – er meinte Rom, dachte Decius, konnte den Überfall jedoch ebenso wenig nachvollziehen. Noch hatte er kein Warnsignal gehört, offenbar hatten sich die Naristen angeschlichen, den Wachtposten außer Gefecht gesetzt und das Gebäude gestürmt. Nun stürzten sie sich den Tierfängern entgegen, während sie von drei Beneficariern verfolgt wurden. Decius zuckte zusammen, als sich der Lenker des vorderen Fuhrwerks ruckartig aufbäumte und zu Boden stürzte, den Schaft eines Speeres in der Brust. Einer der Tierfänger wurde von zwei Germanen vom Pferd gezerrt. Was sie mit ihm taten, entzog sich Decius' Blicken. Aus dem Augenwinkel sah er, wie Victorinus das Schwert herabsausen ließ. Ein schmerzerfülltes Brüllen verriet, dass sein Hieb hart und erfolgreich gewesen war.

Endlich fand Decius seine Waffen, säuberlich in ein Öltuch gewickelt. Er wollte den Bogen spannen, entschied sich aber dagegen, denn das kostete zu viel Zeit und lohnte wegen zweier verbliebener Pfeile kaum. Also riss er das Schwert aus der Scheide – gerade rechtzeitig, denn ein Nariste ritt auf einem gestohlenen Hengst heran, ebenfalls ein Schwert schwingend. Sein Ziel schien das Ende des Zuges zu sein, wo sich nur einer der Fuhrmänner befand, da die vier Tierfänger, die noch auf ihren Pferden saßen, allesamt nach vorne preschten. Decius duckte sich, ließ den Angreifer, der ihn nicht bemerkte, vorbeireiten und schwang sich mit einem Satz hinter ihn auf den Pferderücken. Der Nariste brüllte, wohl mehr aus Wut über seine Unachtsamkeit, doch im nächsten Augenblick erstarb sein Geschrei. An seinem Haarknoten packte Decius ihn, zog die Klinge durch die Kehle und stieß ihn hinunter.

Er nahm die Zügel auf und wendete den Hengst auf der Hinterhand. Es sah so aus, als gelte das Interesse der Naristen den Pferden der unvermutet aufgetauchten Kolonne. Einer der Tierfänger hatte einen Speer im Schenkel, den er mit einem Aufschrei herausriss. Ein anderer wurde von zwei Naristen bedrängt, doch die zu Hilfe geeilten Beneficarier machten sie rücklings nieder.

Decius lenkte das Pferd auf die seitliche Grasnarbe, wo es

besseren Halt fand, hieb die Fersen in die Seiten und hob sein Schwert. Ein Nariste wandte sich ihm zu, riss den Mund auf und bleckte seine grauen Zähne. Er schien ihn hämisch auszulachen. Der Regen perlte aus seinen wirren blonden Haarsträhnen, die er herausfordernd hin und her schüttelte. Decius ließ das Pferd leicht nach links drehen, um Platz für sein Schwert zu haben, da sprang der Germane auf ihn zu und warf sich mitsamt seinem Schild gegen den Hals des Pferdes, so dass es taumelte. Blindlings musste Decius zuschlagen, erwischte aber nur den Rand des Schildes. Jetzt lachte der Feind tatsächlich. Das war sein Fehler. Decius verzichtete darauf, das Pferd wieder unter Kontrolle zu bringen, sondern warf sich wutentbrannt auf ihn; beide stürzten zu Boden, doch bevor der Nariste irgendetwas tun konnte, hatte ihm Decius das Schwert in die Achsel gestoßen.

Das fremde Haar im Gesicht, schnappte er nach Luft. Der Nariste starrte ihn an, immer noch hohnlachend, aber in seinen Augen stand bereits der Tod. Decius schob ihn von sich. Auf dem Rücken liegend, tat der Mann seinen letzten Atemzug. Der Regen schwemmte sein Blut in roten Strömen auf die Erde.

Es war ruhig geworden. Das Prasseln des Regens klang plötzlich unnatürlich laut. Die Angreifer waren fort, bis auf vier oder fünf, die das unsinnige Unternehmen nicht überlebt hatten. Käfige lagen auf der Straße, zersplittert und aufgesprungen. Die Luchse hatten das Weite gesucht. Decius sprang auf. Über den verletzten Tierfänger hatte sich Victorinus gebeugt und hantierte mit einem Gürtel, um das Bein abzubinden. Ein anderer hockte auf dem Boden an einen Wagen gelehnt, doch Decius erkannte sofort, dass er tot war.

Victorinus, an dessen Tunika Blut klebte, das zweifellos nicht sein eigenes war, wandte sich zu ihm um, als er sich näherte.

»Ich glaube, das war's«, sagte er. »Wir waren ihnen nur im Weg.«

»Es scheint so.«

»Fragt sich nur, was sie bei den Beneficariern wollten. Was ist denn schon in der Station, das sich zu rauben lohnt?«

»Waffen?«, meinte Decius, aber das war keine ausreichende Erklärung. So kopflos waren nicht einmal die aufrührerischen Naristen, dass sie wegen ein paar Schwertern ihre Krieger opferten. Aber das war ihm gleichgültig. Er beugte sich über den Verletzten. Der Blutverlust hatte den Mann sichtlich geschwächt; er war blass und atmete schwer.

»Er muss schnellstens ins Kastell«, sagte Decius. »Kümmere dich darum. Ich sehe in der Station nach, was ich tun kann.«

Er rannte, das Schwert noch in der Hand, auf das kleine Fachwerkhaus zu, von dessen Satteldach der Regen floss. Doch aus dem hinteren Bereich quoll der Rauch – der Regen würde das Gebäude nicht retten. Vor der Tür musste er über einen toten Beneficarier steigen. »Servatius!«, rief er. Bei seinem heutigen Glück würde es sicherlich auch seinen alten Freund erwischt haben. Doch Servatius tappte wie einige andere durch die Station, in der ein heilloses Durcheinander von umgestürzten Möbeln und aus Truhen gerissenen Ausrüstungsgegenständen herrschte. Nur mit seiner rostroten Legionärstunika bekleidet, die an der Seite aufgerissen war, raffte er, was sich greifen ließ, und warf es aus den Fenstern.

»Decius!« Kurz hielt er in seinem Tun inne. »Kein guter Moment für deine Heimkehr!«

»Habt ihr Verletzte?«

»Nein.« Seine Stimme war kalt vor Wut. »Ich hatte es geahnt, habe ich es dir nicht gesagt? Diese verfluchten Barbaren, mögen sie in der Unterwelt verdorren!«

»Bis auf den dort draußen sonst keine Verluste?« Der Rauch begann schon in Decius' Kehle zu kratzen. Zwei der Beneficarier beschlossen, den Rest des Inventars aufzugeben, und liefen hinaus. Auch die anderen waren zu sehr damit beschäftigt, gegen den Hustenreiz anzukämpfen, und irrten planlos durch den Rauch.

»Doch«, schnaufte Servatius. »Du erinnerst dich an den regenscheuen Faulpelz, den ich neulich erwähnte? Da liegt er.«

Er deutete neben die Eingangstür, wo der Soldat in seinem Blut lag. Ein Schwert steckte in seiner Brust. Rasselnd holte Decius Luft, hustete und bedeutete Servatius, endlich das Gebäude zu verlassen. Dann wankte er zurück zur Tür, packte die Leiche an der Tunika und zerrte sie mit sich hinaus. Er wollte sich abwenden, um zu seinen Männern zurückzukehren. Da fiel sein Blick auf das Schwert.

Auch der Nariste, dem er die Kehle durchgeschnitten hatte, war mit einem Schwert bewaffnet gewesen. Er hatte nicht weiter darauf geachtet und natürlich gedacht, der Mann habe es hier in der Station geraubt. Doch der Anblick dieses Schwertes ließ ihn erschaudern. Er zog es heraus und hielt es in den Regen, um das Blut abzuwaschen. Das war kein gewöhnliches Legionsschwert – es war eines aus bestem Noricum-Stahl, wie es in dieser Gegend nur ein Mann herzustellen verstand.

Kapitel 8

Vicus des Reiterkastells der Ala II Flavia am Limes

Julia erhob sich von ihrem Bänkchen am Fenster des Schlafraums, wo sie an der Spindel gearbeitet hatte, und ließ sich von der alten Greda eine Stola bringen. Den wärmenden Wollstoff warf sie sich über den Kopf, legte ihn um die Schultern und ordnete die Falten. Es gab keinen Grund, überhastet aufzubrechen. Decius war wohlauf, das hatte ihr der Soldat versichert, der eigens abkommandiert worden war, ihr von dem Überfall zu berichten. Der Mann sollte sie in das Haus des Kommandanten Gnaeus Valerius Aulus bringen, falls dies ihr Wunsch war, denn dort hielte ihr Sohn sich auf.

Es war ihr Wunsch. Der grässliche Regen hatte endlich aufgehört; es nieselte nur noch ein wenig, als sie dem Soldaten die Via Principalis hinauf zum Nordtor des Kastells folgte. Nur flüchtig drehte sie den Kopf, als sie an der verlassenen Schmiede ihres Sohnes vorüberkam. Von weitem konnte sie den Rauch der brennenden Beneficarierstation sehen. Ein Schauer lief ihr über den Rücken, während sie daran dachte, noch vor kurzem dicht am Waldrand und fast ungeschützt Spaziergänge gemacht zu haben. Damit war es nun fürs Erste vorbei. Aber angesichts der Bedrohungen durch aufrührerische Germanen, der nahenden Seuche und ihrer eigenen Probleme war das denkbar unwichtig. Sie verbot sich, ihre Erschütterung zu zeigen. Erst als sie vor der Principia ankam, dem hoch aufragenden Stabsgebäude, gestattete sie sich einen Laut des Ärgers. Vor der Eingangshalle stand niemand anderes als die germanische Schönheit, wie immer mit aufreizend offenen Haaren und allzu selbstbewusstem Blick.

Was mochte sie hier wollen? Natürlich, sie wartete auf Decius. Wollte sich ihm an den Hals werfen, um sein Unglück zu beklagen, während sie in Gedanken die nächsten Schandtaten ausheckte. Falsches Weibsstück!

Julia hielt den Atem an, weil sie befürchtete, neben Salgard stehend, warten zu müssen, doch der Soldat führte sie in einen der hinteren Räume, wo er die Faust an die Brust schlug und dem Kommandanten ihre Ankunft verkündete. Aulus erhob sich von seinem Schreibtisch.

»Salve, Julia«, sagte er höflich. Sie nickte ihm nur kurz zu, denn ihr Blick fiel auf ihren Sohn, der neben dem Tisch auf einem Stuhl saß und jetzt ebenfalls aufstand.

»Salve, Mutter.« Decius ging auf sie zu und reichte ihr die Hände. Müde sah er aus. Sie strich über seine rauen Handflächen.

»Geht es dir gut, Decius?«

»Den Umständen entsprechend. Ich bin unverletzt. Es hätte alles viel schlimmer kommen können.«

Es war auch so schlimm genug gewesen, das war offensichtlich. Sie betrachtete ihn, während sie sich auf dem Sessel niederließ, den ein Sklave aus einer Zimmerecke herantrug. Den Wein, den Aulus ihr einschenkte, nahm sie, fast ohne es wahrzunehmen. Decius war blass. Überaus scharf zeichneten sich seine Züge in dem jungen Gesicht ab. Mehr sah sie nicht, denn er war in einen feuchten Kapuzenmantel gehüllt. War er wirklich unverletzt? Oder warum herrschte hier eine so angespannte Stimmung? Da fiel ihr Blick auf den Tisch, auf dem ein Schwert lag. Die Klinge war gesäubert, doch nicht sorgfältig genug. Blutspuren erzählten von dem, was dort draußen geschehen war. Julia erstarrte. Dann ließ sie langsam den Weinbecher sinken und schob ihn zurück auf den Tisch.

»Das ist von Manius«, sagte sie. »Die Arbeit meines Sohnes

würde ich auf den ersten Blick erkennen. Was hat es damit auf sich?«

Decius warf einen Blick zu Aulus, atmete schwer und rutschte unbehaglich auf seinem Stuhl herum. »Ich dachte im ersten Moment, dass dieses Schwert aus der Beneficarierstation stammt. Nur gab es dort weder eines dieser Art, noch vermisst man ein solches.« Er stockte, schwieg, schien nach Worten zu suchen.

»Ja?«, forderte sie ihn zum Weitersprechen auf. Aufstöhnend rieb er sich die Wangen. Er sah wirklich furchtbar aus.

»Die Naristen hatten es. Verstehst du? Die Naristen!«

Julia verstand. Augenblicklich erinnerte sie sich daran, dass Manius in letzter Zeit immer öfter die Stimme gegen Rom erhoben hatte. Dass ihm die Tierfängerei für den Kaiser missfiel, die seinen Bruder in die germanischen Wälder führte. In unsere germanischen Wälder, das waren seine Worte gewesen. Immer mehr hatte er sich an seine barbarischen Vorfahren erinnert. Nun war er fort, und an seiner Statt war dieses Schwert hier.

»Nein«, sagte sie entschieden und lauter als beabsichtigt. »Mein Sohn ist kein Verräter! Er ist ein Römer!«

»Beruhige dich, Mutter.« Beschwichtigend hob Decius eine Hand. »Ich glaube das ja gar nicht.«

Sie wandte sich Aulus zu, der mit verkniffenem Gesicht auf das Schwert starrte. Und den Kopf schüttelte.

»Ich auch nicht.«

Julia atmete auf. Doch ein Grund, sich erleichtert zu fühlen, war das noch nicht. »Woher haben sie die Waffe? Plünderten sie seine Schmiede, und niemand bemerkte es? Oder haben die Scheusale ihn entführt und zwingen ihn, für sie zu arbeiten?«

»Ich wünschte, wir wüssten die Antwort«, erwiderte Decius.

»Gibt es sonst keine Spur von ihm?«

»Es gibt eine, doch ich weiß noch nicht, wohin sie führt. Er war zuletzt bei diesem germanischen Händler, der im Wald haust. Der Bär …«

»Woher weißt du das?«, unterbrach Aulus ihn scharf.

»Das wollte ich gerade erklären. Ich jagte den Bär, der traf leider auf Silberling und tötete ihn. Ich konnte nichts mehr tun, nur noch hören, dass er Manius erwähnte. Er war bei Silberling gewesen, und es scheint so, als sei das die letzte Spur, die er hinterlassen hat.«

»Was hat der Händler dir gesagt?«

»So gut wie nichts, denn zu mehr kam er nicht. Nur, dass Manius irgendwohin wollte.«

»Wo sollte er hinwollen?«, warf Julia dazwischen. »Warum? Aulus, was wirst du tun?«

Der Kommandant, der immer noch hinter seinem Tisch stand, verschränkte die Arme. Sein Gesicht war kaum weniger angespannt als das ihres Sohnes.

»Schick deine Leute in den Wald«, drängte sie. »Du hast tausend Reiter hier! Kannst du etwa keinen von ihnen entbehren?«

Noch immer schwieg Aulus. Sie konnte es kaum glauben. Ärgerlich ballte sie eine Faust, so dass sich schmerzhaft ihre Fingernägel in die Handfläche gruben. Warum dieses Zögern?

»Ehrenwerte Julia«, brachte er endlich heraus. »Ich halte es für keine gute Idee, den Überfall mit der Entsendung bewaffneter Auxiliare in die Gebiete jenseits des Limes zu beantworten.«

Sie glaubte sich verhört zu haben. Die Barbaren hatten die Beneficarierstation nahe dem Kastell angegriffen, und da fürchtete er, ihren Zorn heraufzubeschwören, indem er es wagte, Soldaten in ihr verfluchtes Land zu schicken? War das eine Antwort, die eines Römers würdig war? Entrüstet schnappte sie nach Luft. Ihr fehlten die Worte. Hilfesuchend sah sie zu Decius, der auch nur mit den Schultern zuckte.

»Dann werde ich wieder losziehen«, sagte er. »Ich bin ja nur der Bärenjäger, der es sich in den verschrobenen Kopf gesetzt hat, einem Dämon hinterherzuhecheln. Mich kennen sie, meine Anwesenheit stört sie nicht. Na gut, auf die Naristen mag das nun nicht mehr zutreffen, aber denen weiß ich schon aus dem Weg zu gehen.«

»Du meinst, du machst dich wieder auf Bärenjagd, nur dass du diesmal in Wahrheit Manius suchst?«, fragte Aulus, der jetzt müde klang.

»Ja. Sollte mir Grauohr über den Weg laufen und mit mir tanzen wollen, werde ich ihn gewiss nicht abweisen. Aber du solltest mir wirklich ein paar Soldaten mitgeben. Unauffällig natürlich, ohne Rüstungen. Sie sollten sich beim Jagen und Fallenstellen nicht ungeschickt anstellen.«

»Ich verstehe, was du vorhast.« Der Kommandant kratzte sich die ergrauten Schläfen. »Trotzdem, die Sache ist mir zu ungewiss. Der Kaiser ist auf dem Weg hierher. Ich werde seine Ankunft abwarten und ihn eine Entscheidung fällenlassen. Es kann sich nur noch um ein paar Tage handeln, bis er eintrifft. Die wirst du noch abwarten müssen.«

Decius runzelte die Stirn. Seine Nasenflügel blähten sich. Julia wusste das zu deuten; er empörte sich über Aulus' zögerliches Verhalten. »Du willst es Marcus Aurelius vortragen? Findest du das angemessen?«

»Ja. Es geht hier schließlich nicht nur um einen verlorenen Bruder und einen Tierfänger, der ihn wieder seiner verängstigten Mutter zurückbringen will.«

Julia presste die Lippen aufeinander. Abrupt stand sie auf, warf Aulus einen kalten Blick zu und wandte sich zur Tür. Sie wollte sich einen Gruß abringen, aber selbst das war zu viel. Eigenhändig öffnete sie die Tür und verließ den Raum. Das Angebot eines herbeieilenden Schreibers, sie zum Ausgang zu geleiten, wies sie ab. Hocherhobenen Hauptes schritt sie durch das Stabsgebäude, und erst, als sie wieder im Freien stand und von den Geräuschen des Lagerlebens umhüllt wurde, das sich durch den Überfall kaum verändert zu haben schien, erinnerte sie sich wieder an Salgard. Die Germanin wartete noch immer am Eingang. Ein zweites Mal konnte Julia sie nicht missachten.

»Es ist spät, geh nach Hause«, sagte sie halbwegs beherrscht. »Das ist kein Ort für ein Mädchen, müßig herumzustehen.«

Salgard sah sie aus großen Augen an. »Verzeihung, werte Julia, das ist meine Sache. Außerdem bat Decius mich, auf ihn zu warten.«

Julia war danach, sie für diese patzige Antwort anzufahren. Aber es hatte keinen Sinn, sich das Luder endgültig zur Feindin zu machen. Dazu war ein andermal genügend Zeit. Später, wenn sich all diese Rätsel geklärt haben würden. »Er sieht sehr erschöpft aus«, gab sie sich friedlich. »Weißt du überhaupt, was passiert ist?«

»Ja, er hat es erzählt. Wir trafen uns hier, nur zufällig. Was geschehen ist, tut mir sehr leid, das musst du mir glauben. Ich weiß auch nicht, was in die Naristen gefahren ist.«

»Natürlich weißt du das nicht.« Julia wollte weitergehen, doch Salgard streckte die Hand nach ihr aus, um sie zurückzuhalten.

»Er hat mir auch das mit dem Schwert erzählt«, sagte sie leise.

Dieser Dummkopf, dachte Julia. Was erzählte er Salgard denn noch alles? Sie war eine Germanin, eine Feindin. Er durfte in seiner Verliebtheit nicht vergessen, dass er mehr Römer als Germane war. Ein verliebter Tor schickte sich an, Germanien auf der Suche nach dem Bruder zu durchstreifen. Sollte sie nicht nur ihren Mann und jüngeren Sohn, sondern auch den älteren an den alles verschlingenden Wald verlieren? Sie fasste sich an die erhitzte Stirn und schob die Hände unter die Stola. All diese Sorgen und Ängste drohten sie zu überwältigen. Ihres

Mannes Rat, stets tief durchzuatmen und so zur Ruhe zu kommen, rief sie sich in Erinnerung, doch es wollte nicht recht gelingen.

»Du bist blass, Julia. Soll ich dich nach Hause begleiten?«

»Ich … nein. Das ist nicht nötig.«

»Du solltest von dem Honigwein trinken, den ich Decius für dich gab.«

Julia hätte Salgard gerne vor die Füße gespuckt, dass sie ihren Wein ganz sicher nicht anzurühren gedachte, aber dazu war sie zu erschöpft. Sie nickte nur.

»Wie hat der Befehlshaber auf den Fund des Schwertes reagiert?«, fragte Salgard. Der um Beiläufigkeit bemühte Tonfall ließ Julia aufmerken.

»Warum willst du das wissen?«

»Ich mache mir Sorgen um Manius. Er ist mir ein guter Freund. Ich fände es schrecklich, wenn ein solcher Verdacht auf ihm lasten würde. Das musst du doch verstehen.«

»Aulus verdächtigt ihn nicht.«

»Nicht?« Salgard wandte sich ab. Ihre hübsche Miene wirkte mit einem Mal verschlossen. Längst hatte Julia weitergehen wollen, doch nun war sie es, die das Mädchen am Arm fasste und es zwang, sie anzusehen.

»Wenn du nicht soeben versichert hättest, dich um Manius zu sorgen, würde ich sagen, die Nachricht, dass er nicht als Verräter gilt, enttäuscht dich.«

»Ihr Götter«, stieß Salgard sichtlich erschrocken hervor. »Natürlich nicht! Ich bin froh darüber, es ist nur … Nun ja, er ist immer noch weg. Daran hat sich nichts geändert.«

Julias Augen wurden schmal. Es hatte keinen Sinn, sich mit dieser Frau länger zu unterhalten. Von ihr kamen immer nur Lügen oder Worte, die Verwirrung stifteten und Unheil brachten. Grußlos wandte sie sich ab und schlug den Weg zum Nordtor ein. Wenn Decius doch nur begreifen würde, was für eine falsche Person das war, dachte sie verbittert. Irgendwann musste er es begreifen. Aber dann war es für ihn vielleicht zu spät.

»War das nötig, Aulus?«, fuhr Decius seinen Freund an, der mit hängenden Schultern dastand. »Meine Mutter vor den Kopf stoßen, das kannst du noch! Und sonst? Auf den Kaiser willst du warten. Wegen ein paar Soldaten! Was, glaubst du, könnte ich mit ihnen in den Wäldern tun? Einen Krieg entfesseln?«

Aulus setzte sich und legte die Arme auf die Tischplatte. Es sah aus, als wolle er den Kopf niedersinken lassen, doch er blieb steif sitzen. »Nur, weil dir meine Vorgehensweise nicht passt, ist das kein Grund, ausfallend zu werden.«

»Welche Vorgehensweise?«, schnaubte Decius. »Du tust ja gar nichts. Meine Ratschläge, das Lager sauber zu halten, befolgst du genauso halbherzig. Bis du reagierst, könnte mein Bruder tot sein. Und die Hälfte der Bewohner des Vicus an der Seuche verreckt.«

»Deine Ängste in allen Ehren, aber siehst du das nicht zu schwarz?«

Decius sprang auf und beugte sich über ihn. Er konnte sich gerade noch beherrschen, ihn nicht am Ausschnitt seiner Tunika zu packen. »Verdammt!«, schrie er ihn an. »Wie kann man das abtun, als wenn es nichts wäre?«

»Mein Freund Decius Curmillus, du vergisst dich«, sagte Aulus ruhig. »Schlägt jetzt das Erbe deiner barbarischen Vorfahren durch?«

»Verzeih.« Decius ließ sich zurück auf den Stuhl fallen. »Ich habe den zweitschlimmsten Tag meines Lebens hinter mir. Und das Gefühl, dass ihm bald noch schlimmere folgen werden.«

»Du solltest den Abend in den Thermen verbringen. Dann vergeht das Gefühl schon.«

Darüber konnte Decius nur noch mit dem Kopf schütteln. Woher nahm Aulus seine Gleichgültigkeit? War er noch sein

Freund? Er stand auf. »Dann sind wir ja wohl fertig hier. Ich verstehe dich nicht mehr, Aulus. Früher hätte ich geglaubt, dass du mir die Hälfte deiner Männer zur Verfügung stellst , um Manius zu finden, und dabei keinen Gedanken an den Kaiser verschwendest.«

»Das ist Unsinn, und das weißt du.«

Decius ging nicht darauf ein. »Anscheinend habe ich unsere Freundschaft falsch eingeschätzt.«

»Decius …«

Er ging zur Tür, wo er sich noch einmal umwandte. Das schlechte Gewissen stand in Aulus' Gesicht, aber das änderte nichts mehr. Kopfschüttelnd zog Decius die Tür hinter sich zu, eine Spur zu laut, und machte sich auf den Weg hinaus. Warum hatte sich Aulus nach der Erwähnung des Händlers so verschlossen? Nein, wenn Decius es recht bedachte, hatte sein Freund schon auf das Schwert zurückhaltend reagiert. Die Erwähnung Silberlings schien ihn vollends verwirrt zu haben, so dass er sich in Handlungsunfähigkeit flüchtete. In Gedanken winkte Decius ab, denn was sollte das schon bedeuten? Vielleicht war Aulus einfach nur alt geworden. Außerdem stand dort Salgard, von deren Anblick er sich liebend gern ablenken ließ.

Jetzt, in den letzten Abendstunden, war die Sonne hervorgebrochen und ließ Salgards Haar aufleuchten. Sie stand mit dem Rücken zum Stabsgebäude, als blicke sie jemandem nach. Aulus' Schreiber Quintus Malisius bog dort um die Ecke, entschwand seinem Blick. Wahrscheinlich aber galt ihre Aufmerksamkeit seiner Mutter Julia, die sie soeben getroffen haben musste. Ob die beiden miteinander gesprochen hatten? Oder hatte sich Julia wie eh und je unnahbar gegeben? Er berührte Salgards Schulter; sie wirbelte zu ihm herum und schenkte ihm ein Lächeln, das ihn den schlimmen Tag für einen Moment vergessen ließ.

»Ach, Decius«, sagte sie mit ihrer dunklen, rauen Stimme,

die ihn so entzückte, und streckte die Hand nach ihm aus. Dann schien sie sich darauf zu besinnen, wo sie sich befanden. »Lass uns ein Stück von hier weggehen. Oder hast du jetzt anderes vor? Du bist sicher sehr erschöpft und willst nach Hause.«

Dorthin sollte er gehen, um sich als verantwortungsbewusster Sohn zu erweisen und seine Mutter zu beruhigen. Danach in die Thermen, um sich den Schmutz herunterzuwaschen. Irgendwo einkehren und das Elend wegtrinken. »Nein, nur ein wenig müde, aber du wirst mich wach halten.« Er nahm den Mantel ab und warf ihn sich über die Schulter. »Wo immer du hin willst, ich bin bei dir.«

Sie führte ihn an den Weiher. Mittlerweile war die Sonne untergegangen, das Wasser glänzte silbrig. In der Nähe schwimmende Stockenten flüchteten sich in die Luft, als das Schilf unter seinen und Salgards Schritten knackte. Am gegenüberliegenden Ufer sah Decius einen Trupp Auxiliare vorbeireiten, alle bis an die Zähne bewaffnet. Er glaubte nicht, dass es so bald einen zweiten Überfall geben würde, erst recht nicht heute noch. Trotzdem beruhigte es ihn um Salgards Willen, dass sie die Gegend im Auge behielten.

Salgard lenkte ihre Schritte zu jener Stelle, an der Livias Sklave sie und seine Mutter bedroht hatte. Verdrossen runzelte Decius die Stirn. Er bemühte sich redlich, den Dämon Livia aus seinen Gedanken zu verbannen, da wollte er mit seinem Mädchen ganz gewiss nicht ausgerechnet hier beisammen sein. Was aus dem Sklaven inzwischen geworden war, wusste er nicht. Er zog Salgard ein Stück weiter das Ufer entlang. Sie sträubte sich, aber als er sie losließ und seinen Mantel auf einer Stelle ausbreitete, wo die Erde etwas trockener war und sich das Schilf ein wenig lichtete, sah sie ihm interessiert zu.

»Komm her«, er fasste sie an der Hand, setzte sich und zog

sie zu sich herab. Salgard schmiegte sich an seine Seite und legte den Kopf auf seine Schulter. Darauf hatte er gehofft; zufrieden legte er den Arm um ihre Mitte und erfühlte unter dem Stoff ihres Rockes eine weiche, geschmeidige Hüfte.

»Wirst du Manius suchen?«, fragte sie.

Er zuckte die Schultern. »Zwangsweise hat mir Aulus ein paar Tage abgerungen, die ich abwarten muss. Er will erst den Kaiser sprechen.«

»Tatsächlich?« Sie hob den Kopf und sah ihn an.

»Ja. Ich sollte eigentlich die Zeit nutzen, um Flavius Tullius und seiner Frau einen Besuch abzustatten. Wir haben schon viel zu lange nichts mehr von ihnen gehört.«

»Ach, Decius. So viele Sorgen.«

»Ich weiß«, seufzte er.

»Wo wirst du mit deiner Suche anfangen?«

»Da, wo ich aufgehört habe: bei Silberling. Irgendwo dort treibt sich auch der Bär herum.« Er brach ein Schilfrohr ab und zeichnete mit sanftem Druck eine Linie in den Mantelstoff, dann zwei Punkte. »Der Limes. Das Kastell. Silberling, der nun tot ist. Kanntest du ihn?«

»Ich weiß nicht«, erwiderte sie zögerlich, den Blick fest auf das geheftet, was er tat. »Es kann sein, dass ich ihn schon einmal sah. Seine Hütte habe ich jedenfalls nie aufgesucht. Wohin willst du von dort aus gehen?«

Er spielte mit dem Schilfrohr in der Luft, während er darüber nachsann. Viele Möglichkeiten gab es nicht. Manius konnte nur in den Gegenden nördlich des Limes zu finden sein. Er drückte das Ende des Rohrs in den Stoff. »Vielleicht in diese Richtung. Oder lieber dorthin?« Es belustigte ihn, dass sie so aufmerksam zusah, beinahe wie ein Tribun, der den Ausführungen seines Kommandanten vor einer Schlacht lauschte. Er tupfte ihr mit dem Schilfrohr auf die Nasenspitze. Salgard zuckte zurück, rieb sich die Nase und lächelte.

»Jetzt aber genug davon«, sagte er. »Ich bin nicht hier, um dich mit meinen Problemen zu bedrücken. Viel lieber würde ich an das denken, was ist, wenn sie alle gelöst sind. Salgard, du weißt, dass ich nicht ewig hinter Grauohr herlaufen werde. Bald habe ich ihn erledigt, und danach wird es ernst für mich. Ich meine, richtig ernst. Danach will ich eine Frau. Und zwar nur eine Einzige – dich, du kleine Venus.«

Salgard nickte nur, spielte mit seinen viel zu langen Haaren und schien dabei nach Worten zu suchen. Er fühlte sich unbehaglich. Eine Zurückweisung hatte er nie in Erwägung gezogen.

»Es wäre mir lieber, wenn du nicht gehst«, sagte sie, die Stimme plötzlich ganz warm. Ihr Kinn drückte sich in seine Schulter. Unter ihren runden Brauen sah sie ihn an, das Gesicht eine einzige Bitte.

Er umfasste ihren Nacken, zog sie an sich und küsste sie. Erst machte sie sich steif, aber er ließ nicht locker, umspielte mit der Zunge ihre Zähne, bis sie sich öffneten und Salgard in seiner Umarmung weich wurde. Ihr Götter, was für ein Gefühl, dachte er benommen, und ehe er es sich versah, hatte er sie rücklings auf den Mantel gedrückt.

Ihre Augen weiteten sich, doch sie tat nichts, ihn zurückzustoßen. Decius tauchte die Nase in ihre Haut, roch Honig und einen feinen Schweißgeruch, der ihn kein bisschen störte. Mit der Zungenspitze tastete er sich über ihr Gesicht, erspürte die feinen Härchen auf den Wangen, die Wimpern, das Erbeben ihrer geschlossenen Lider. Es freute ihn, dass sie es genoss. Ihre Finger gruben sich in seine Haare, zogen ihn noch dichter heran, lenkten ihn zu ihrem Mund. Küsse hatten sie früher schon getauscht, aber jetzt schien sie zu mehr bereit zu sein. Und war der Zeitpunkt dafür nicht längst überfällig, da er wieder fortgehen musste? Mit dem nächsten, fordernden Kuss machte er ihr klar, was er wollte.

»Nein, warte.«

Sie rang nach Luft. Enttäuscht richtete er sich ein wenig auf. »Was ist?«, fragte er und ließ sich von ihr wegdrücken. »Worauf soll ich warten?«

»Auf deine Rückkehr. Ich kann das nicht genießen, solange ich weiß, dass du dich wieder in Gefahr begibst.«

»Ach, Salgard, ich möchte doch nur ...« Er stockte, als sie aufstand und zu der Stelle stapfte, von der er sie fortgeführt hatte. Was, bei allen Göttern, war dort interessanter als er? Sie ging in die Hocke und verschwand hinter dem Schilf aus seinem Blickfeld. Wollte sie sich nur erleichtern? Nein, es knackte im Unterholz, als krieche sie darin herum, und mit einem Mal hörte er einen Schmerzenslaut.

»Salgard! Was tust du da? Komm zurück!«

Er wartete, lauschte und überlegte, aufzustehen und sie zurückzuholen, notfalls mit sanfter Gewalt. Da stand sie wieder vor ihm, die Haare zerzaust, einen Finger im Mund, als sei sie damit in den Brombeeren hängengeblieben. Sie setzte sich an seine Seite und strich sich in einer verlegenen Geste den Rock glatt.

»Ich habe etwas gesucht.«

»Das musste ausgerechnet jetzt sein?«, stöhnte er. »In dem Brombeergestrüpp?«

»Ja.« Sie legte eine Waffe in ihren Schoß. Es war ein kurzer Dolch, trotz des schwindenden Lichtes unverkennbar eine Arbeit von Manius.

»Woher ...«, fing er verblüfft an und nahm die Waffe in die Hand.

»Er hatte ihn mir während deiner letzten längeren Abwesenheit geschenkt. Und ich verlor ihn, als ich hier mit deiner Mutter am Weiher war. Du erinnerst dich – als du Livias Sklaven niedergeschlagen hast.«

»Hm. Daran will ich mich lieber nicht erinnern. Jedenfalls ist das ein wahrhaft bemerkenswertes Geschenk. So etwas gibt Manius doch nicht einfach weg?«

»Vielleicht fühlte er sich verpflichtet? Ich bewunderte den Dolch einmal, darüber freute er sich und schenkte ihn mir. Er kann sehr liebenswürdig sein, weißt du?«

Nein, das wusste er nicht. Ihre Mutter behauptete zwar, dass Manius ein liebenswertes Kind gewesen war, doch er selbst hatte davon lange nichts bemerkt. »Deshalb also wolltest du hierher. Ich dachte, es sei meinetwegen.«

»Ach, Decius, sei nicht gekränkt«, schalt sie ihn. »Natürlich deinetwegen! Hätte ich deshalb den Dolch liegenlassen sollen? Manius gab ihn mir in Freundschaft, mehr nicht. Aber du glaubst mir nicht, ach … was soll es, das mit uns beiden, das kann ohnehin nichts werden.«

»Warum nicht?« Er ließ sich seinen Schreck nicht anmerken und legte den Dolch zurück in ihren Schoß. »Hat es damit zu tun? Mit meinem Bruder?« Sag, dass es nicht so ist, flehte er sie in Gedanken an. Sag nicht, er bedeutet dir etwas, das über Freundschaft hinausgeht.

»Mit Manius?« Verständnislos betrachtete sie seine Finger, die noch auf dem Dolch lagen. Hell auflachend warf sie die Haare zurück. »Das ist nicht dein Ernst, oder? Hast du mich nicht vorhin Venus genannt? Warum sollte Venus hinter Vulcanus her sein?«

»Vulcanus?«

»Stell dich nicht dumm, Decius. Du hast doch gerade von deinem Bruder geredet.«

»Ach so. Der hinkende Schmied.« Verlegen riss er die Hand zurück und kratzte sich im Nacken. Seine Erleichterung wollte er nicht allzu deutlich zeigen. »Was ist dann der Grund? Etwa meine Mutter?«

Salgard zögerte. »Ja, genau. Es ist wegen deiner Mutter.«

Nun war er es, der auflachte. »Sosehr ich Julia achte, ich fälle meine Entscheidungen immer noch allein. Sie wird das begreifen, du wirst schon sehen. Nein, ihretwegen solltest du dir keine Sorgen machen. Im Gegenteil, es wäre mir sehr recht, wenn du dich ein bisschen um sie kümmerst, während ich weg bin.«

Ihre Miene verdüsterte sich. Sie schob die Unterlippe vor.

»Jetzt bist du es, die gekränkt ist«, brummte er grinsend und strich mit dem Daumen über ihren Mund. »Findest du nicht auch, dass es besser wäre, wenn du ihr Vertrauen gewinnst?«

»Aber das habe ich doch schon versucht. Ich bin immer freundlich zu ihr.«

»Du musst es eben noch einmal versuchen. Bitte, Salgard, es wäre wichtig. Für uns beide. Das musst du einsehen.«

»Ja …«, sagte sie gedehnt und stand auf. »Ich werde mir Mühe geben, versprochen. Und du denk nicht mehr, es sei etwas zwischen Manius und mir. Der Dolch sollte dich nicht eifersüchtig machen. Ich hab ihn nicht deswegen aus dem Gebüsch geholt. Sieh her.« Sie schlüpfte aus ihren Schuhen, raffte den Rock bis hinauf zu den Knien und watete ein Stück ins Wasser. Der Anblick ihrer wohlgeformten Waden ließ ihn kaum darüber nachdenken, warum sie das tat. Erst als sie über die Schulter zu ihm zurückblickte und den Dolch in die Luft reckte, sprang er auf und folgte ihr.

»Ich bitte Donar, dass er über dich und Manius wacht«, erklärte sie feierlich. »Und damit er mich erhört, opfere ich ihm etwas Wertvolles. Etwas, dessen Verlust mir weh tut.« Mit diesen Worten schleuderte sie den Dolch in den Teich. Ein Graureiher flog auf, wie um zu zeigen, dass der Gott sie erhört hatte. Vielleicht war auch das Gegenteil der Fall, wer mochte das wissen? Sie blickte dem Vogel nach, dann drehte sie sich zu Decius um. »Dein Verlust wäre um vieles schmerzhafter für mich. Ich wünschte, du würdest nicht gehen. Und ich hoffe, dass du mit jeder Meile, die du weiter in den Wald vorstößt, an mich denkst. An mich und daran, dass ich Angst um dich habe. Geh nicht weiter als nötig, bitte. Bitte!«

Es wird aber nötig sein, wollte er sagen, doch da sprang sie mit einem Aufschluchzen an ihm vorbei, raffte ihre Schuhe auf und rannte das Ufer entlang.

»Salgard!«, schrie er. Wollte sie ihn allen Ernstes so zurücklassen? Ihn mit einem solchen Abschied in den Wald entlassen? Das würde seine Aufgabe doppelt schwer machen. »Salgard! Lauf nicht weg!«

Er folgte ihr, sah sie aber nur noch mit fliegendem Rock, von der aufkeimenden Nacht fast verschluckt, in Richtung des Vicus rennen. Er kehrte an die Stelle zurück, wo er jenen Kuss, der ihm wahrscheinlich für den Rest seines Lebens in Erinnerung bliebe, bekommen hatte und hob den Mantel auf. Sein letzter Blick galt dem Weiher, auf dessen Grund nun einer von Manius' Dolchen lag, als Opfergabe für einen barbarischen Gott. Sein Bruder wäre über diese Geste sicherlich erfreut gewesen.

Kapitel 9

Vicus des Reiterkastells der Ala II Flavia am Limes

Die Fanfarenklänge ließen die Mauern erzittern, und bei jedem Ton zuckte Decius ein wenig mehr zusammen. Die Hymnen, von den Bläsern des Kastells zu Ehren der Ankunft des Kaisers mit Inbrunst geschmettert, übertönten das Getrappel der Pferde und Lasttiere, das Klirren von Rüstungen und Waffen, sogar die Hochrufe des Volkes. Decius wäre diesem Lärm nur zu gern entkommen, doch wollte er als einer der Ersten um eine Audienz bei Marcus Aurelius ersuchen.

Er war übermüdet, denn er hatte in der vergangenen Nacht nicht geschlafen, obwohl er vollkommen erschöpft gewesen war. Der plötzliche Aufbruch von Salgard hatte ihn ebenso aufgewühlt wie zuvor die leidenschaftliche Sehnsucht, die ihr Kuss ausgelöst hatte. Doch das war es nicht allein, was ihn um den Schlaf gebracht hatte. Das Geheimnis um den verschwundenen Manius und das gefundene Schwert beschäftigten ihn. Außerdem schlug ihm die Unterredung mit Aulus auf das Gemüt. Die zunehmend wankelmütige Haltung des Freundes und dessen Benehmen gegenüber seiner Mutter erschütterten ihn. Als er nach Hause gekommen war, hatte Julia sich geweigert, auch nur ein Wort über Manius und die Schwerter zu verlieren. Selbst als er ihr heute morgen gesagt hatte, dass er mit dem Kaiser über eine Suchaktion sprechen wolle, hatte sie nur mürrisch genickt. Dann hatte ihn Fußgetrappel von draußen abgelenkt. Als er nachschaute, warum seine Nachbarn so aufgeregt umherliefen, hatte er erfahren, dass Kuriere gesichtet worden waren, die die unmittelbar bevorstehende Ankunft des Kaisers verkündeten. Daraufhin hatte er sich den Menschen angeschlossen, die zum Kastell strebten. Offensichtlich traf Marcus Aurelius früher als erwartet ein, denn Decius erinnerte sich noch an Aulus' Worte, dass der Imperator erst in den nächsten Tagen erwartet würde.

Decius hatte das Ende der Via Principalis noch nicht erreicht, als im Süden Soldaten auftauchten und die Straße entlanggaloppierten. Angesichts dieser Vorhut des Kaisers begannen die Fanfaren erneut zu schmettern, und die Leute blieben stehen, um die Ankunft des Herrschers zu bejubeln. Auch Decius blieb nichts anderes übrig, als zu warten und zu schauen. Marcus Aurelius und sein Gefolge tauchten bald hinter den Reitern auf. Der Herrscher saß kerzengerade zu Pferde und hob die Hand, um das Volk zu grüßen. Man sagte, er halte es nicht so mit dem Prunk wie sein Mitregent Lucius Verus, was angesichts des kleinen Trosses und der wenig pompösen Aufmachung glaubhaft schien. Doch Decius hätte den begeisterten Bürgern seines Heimatortes – und vielleicht auch sich selbst – ein wenig mehr Pracht fürs Auge gegönnt. Dann aber wurde alle Bescheidenheit von einer Person überstrahlt, die in einem Reisewagen direkt hinter dem Imperator fuhr: Faustina, die Gemahlin von Marcus Aurelius. Ihre Ankunft hatte niemand erwartet.

»Decius Curmillus!« Die sanfte Stimme von Livia Partella riss ihn aus seinen Beobachtungen. Wie von Geisterhand gelenkt, stand die Tochter des Baumeisters plötzlich neben ihm, begleitet von einer jungen Sklavin mit olivfarbener Haut, die ihre zierliche Gestalt überragte. Livia drängte sich dicht an Decius: »Was tust du hier? Willst du dich in die Reihen derer begeben, die Bittgesuche an den Imperator richten?«

Er lächelte sie freudlos an. »Und wenn dem so wäre?«, gab er zurück. »Was spricht dagegen?«

Sie zuckte mit den Schultern. »Nichts ... natürlich. Ich dachte nur ... Einerlei ... Hast du die Gemahlin des Kaisers gesehen? Ist sie nicht wunderschön?«

»Wahrscheinlich.« Kaiserinnen galten immer als wunderschön. »Und du? Wartest du auch auf eine Audienz? Oder bist du nur gekommen, um dir den Imperator aus der Nähe anzusehen?«

»Der Anblick des Kaisers allein sollte einem einfachen Mädchen wie mir genügen, aber ja, du hast recht, ich möchte um Gnade für meinen Sklaven Felix bitten. Ich bin sicher, Felix wollte deiner Mutter kein Leid zufügen. Es war ein Unfall ...«, sie zögerte, holte dann tief Luft und setzte trotzig hinzu: »Oder die Provokation einer dritten Person, aber es war ganz sicher nicht die Schuld meines Felix.«

Salgard, dachte Decius, sie macht Salgard für die Sache mit ihrem Sklaven verantwortlich.

Er spürte, wie Ärger in ihm aufwallte, den er kaum zu unterdrücken wusste. Spann Livia hier eine Intrige, um Salgard aus dem Weg zu räumen? Glaubte sie wirklich, auf diese Weise freie Bahn zu seinem Herzen zu haben? Er konnte sich die schöne Livia nicht unbedingt als Spinne vorstellen, die in einem Netz saß und darauf wartete, andere zu zerstören. Mit ihrem schwarzem Haar und den geschmeidigen Bewegungen ähnelte sie eher einem Panther, der seiner Beute auflauerte, sie verfolgte und ansprang, bevor er sie schließlich verschlang. Salgard hingegen besaß die blonde Mähne und den Mut einer Löwin. Bei diesem Vergleich musste Decius unwillkürlich schmunzeln, der Zorn auf Livia verrauchte für einen Moment. Schwarze Panther und Löwen wurden häufig bei den Spielen aufeinander gehetzt – und, soweit er wusste, gingen die Löwen meist siegreich aus diesem Kampf hervor. Im nächsten Augenblick wurde ihm der gefährliche Irrsinn dieses Vergleichs bewusst, und seine flüchtige Hochstimmung verflog wieder.

»Du solltest vorsichtig mit Schuldzuweisungen sein«, sagte er steif. »Ich rate dir, auf das gerechte Urteil des Imperators zu vertrauen und dieses nicht durch Vermutungen beeinflussen zu wollen. Marcus Aurelius ist klug, Livia, er trägt den Mantel des Philosophen, und er wird deshalb jeden von uns, die wir seine Bildung, seine Erfahrung und seine Erziehung nicht teilen, zweifellos durchschauen. Dafür benötigt er nicht einmal die Hilfe der Götter.«

»Ach, Decius, auch du bist so klug«, erwiderte sie, und Bewunderung schwang in ihrer Stimme. Ihre Augen wanderten über die Menschengruppen, die dem Portal der Garnison zustrebten. Dann hakte sie sich bei ihm unter. »Wir sollten nicht herumtrödeln. Wenn wir weiter hier stehen und plaudern, läuft uns die Zeit davon, und der Kaiser empfängt alle anderen Bürger, bevor wir auch nur einen Fuß in das Kastell gesetzt haben. Komm, stellen wir uns für die Audienz an.«

Ihr Wunsch war nicht abwegig, doch ein unbestimmtes Gefühl ließ Decius innehalten. Er wollte nicht derart öffentlich an der Seite von Livia Partella auftreten. Nicht nur die Klatschbasen des kleinen Ortes würden Schlüsse daraus ziehen, die ihm alles andere als lieb waren und ganz gewiss nicht den Tatsachen entsprachen. Wie aber sollte er Livia abwimmeln, ohne unhöflich oder gar grob zu sein?

Seufzend blickte er über die Menge – und erstarrte. Ein paar Schritte vor ihm und Livia leuchtete ein blondes Haupt unter den dunklen Köpfen. Er sah sie nur von hinten, und ihr Körper wurde von anderen verdeckt, aber er war sich ganz sicher, dass Salgard dort drüben stand. Unwillkürlich begann sein Herz schneller zu klopfen. Er wollte die Stimme erheben, ihr zurufen, doch dann wurde er sich bewusst, welchen Eindruck sie haben mochte, wenn sie ihn mit Livia erblickte, die sich an ihn klammerte wie ein dressiertes Äffchen. Dabei wollte er nichts mehr, als Salgards Wärme zu spüren, ihre Hand auf seinem Arm zu fühlen, den Duft ihrer milchweißen Haut in sich einzusaugen und ihren Busen …

»Decius! Was ist mit dir? Warum bleibst du wie angewurzelt stehen?«

Sein Blick ging zu Livia. Die hatte er für einen Augenblick völlig vergessen. Seine Sehnsucht nach Salgard hatte ihn übermannt. Plötzlich wurde ihm klar, dass er zuerst zum Haus des Eierhändlers hätte gehen sollen, anstatt hierherzukommen. Nicht, dass er Manius und den Suchtrupp hintanstellen wollte, aber für seinen Seelenfrieden wäre es wahrscheinlich besser gewesen, Salgard wiederzusehen, bevor er sich mit den anderen wichtigen Dingen in seinem Leben befasste und den Kaiser aufsuchte. Er musste noch einmal mit ihr sprechen, bevor er wieder fortzog – wenn es sein musste, dann eben jetzt gleich.

»Tut mir leid«, sagte er zu Livia und schob sie sachte von sich. Dann reckte er sich, um nach dem blonden Haupt Ausschau zu halten. Doch dieses war verschwunden. Salgard war von der Menge verschluckt worden.

»Ach, Decius, was hast du plötzlich?«, beharrte Livia.

Ein Traumbild, dachte er. Vielleicht war er einer Sinnestäuschung zum Opfer gefallen. Sein unerfülltes Begehren war groß, und er wünschte sich Salgard verzweifelt herbei, deshalb hatte er wohl nur geglaubt, sie zu sehen, aber sie war gar nicht hier gewesen. Decius schüttelte den Kopf, als könnte er damit seine verstörenden Gedanken verscheuchen. Salgard, Livia – bei allen Göttern, was kümmerten ihn die Frauen, ihre Eifersucht und ihre Intrigen? Er allein wusste, welche er aus ganzem Herzen wollte. Es gab Wichtigeres, andere Pläne, die vorrangig waren. Manius. Der Bruder schwebte womöglich in tödlicher Gefahr, und er stand hier herum, ließ sich von Livia einwickeln, träumte von Salgard und verpasste die Gelegenheit, Marcus Aurelius zu sprechen, um diesen um einen Suchtrupp zu bitten.

»Es ist besser, ich gehe meines Weges«, erwiderte er ruhig und bemühte sich, Livia ein aufmunterndes Lächeln zu schenken, das jedoch nicht allzu freundlich sein durfte, um ihr keine falschen Hoffnungen zu machen. Als er die Enttäuschung in ihren Augen bemerkte, fügte er hinzu: »Ein Mann muss tun, was er für richtig hält, auch wenn er damit aneckt. Ich möchte dich nicht beleidigen, aber glaube mir, es ist sinnvoller, wenn jeder für sich um eine Audienz bittet.«

Ohne ihre Antwort abzuwarten, wandte er sich ab und drängte sich durch die Menge. Er spürte ihre Blicke in seinem Rücken und hätte schwören können, dass sie so scharf waren wie die Krallen des Bären. Aber wahrscheinlich war das auch wieder nur eine Einbildung.

Eine Wache erkannte Decius als Freund des Kommandanten Gnaeus Valerius Aulus, brachte ihn in die Principia und meldete ihn an. Obwohl sich Decius zwang, nicht an sie zu denken, suchten seine Augen unter den Wartenden unaufhaltsam nach Salgard, er konnte sie aber nirgends entdecken. Es bestätigte seine Annahme, sein Blick sei getrübt gewesen, als er sie unter den vielen Menschen ausgemacht zu haben glaubte. Andererseits konnte sie hier gewesen und inzwischen irgendwo im Kastell verschwunden sein. Es gab viele Wege und Gebäude, Winkel und Ecken, die einen Menschen verbergen konnten, und auch mehrere Tore.

Die Strapazen der weiten Reise schienen Marcus Aurelius nichts anzuhaben. Er hatte sofort nach der Ankunft, praktisch unmittelbar nach dem Absitzen von seinem Pferd, die Amtsgeschäfte aufgenommen. Beeindruckt von der Tatkraft des Herrschers, erfuhr Decius, dass der Kaiser bereits die ersten Abgesandten empfing und er sich gedulden müsse. Zeit war nichts, mit der er im Moment etwas anzufangen wusste, denn sie veranlasste ihn zum Nachdenken und dazu, den erbitterten

Kampf in seinem Innersten zwischen seinen Pflichten und seiner Verantwortung als Familienoberhaupt einerseits und dem vernunftlosen Sehnen nach der schönen Germanin andererseits weiterzuführen. Decius zählte die Schritte nicht, die er nervös auf und ab lief, aber es waren viele, bevor er endlich vorgelassen wurde.

Der Raum, in dem Decius gestern noch mit Aulus und Julia gesprochen hatte, war nun voller Menschen: Offenbar handelte es sich um Berater und Diener des Kaisers. Doch Decius beachtete keinen von ihnen, seine Augen hefteten sich voller Bewunderung auf Marcus Aurelius. Dieser war ein stattlicher Mann mit vollem Haar und vollem Bart, er besaß ein schönes Gesicht, das von einem freundlichen, klugen Ausdruck bestimmt wurde. Er trug eine einfache Toga und schlichte Sandalen; weder der Stoff noch das Leder waren von besonderer Qualität und eigentlich nicht die übliche Garderobe eines reichen Mannes, geschweige denn eines Herrschers, doch Marcus Aurelius trug seine schlichte Kleidung mit atemberaubender Würde. Trotz des mangelnden Putzes war seine Ausstrahlung überwältigend; Decius fühlte, dass er einer großen Persönlichkeit gegenüberstand, und es war nicht nur die anerzogene Haltung eines freien Bürgers gegenüber seinem Herrscher, der ihn so empfinden ließ – seine Ehrbezeugung kam aus ganzem Herzen: Er streckte den Arm aus, neigte ein wenig den Kopf und grüßte: »Ave, mein Kaiser.«

Der Herrscher, der neben Aulus in der Mitte des Zimmers gestanden hatte, lächelte Decius aufmunternd zu. »Sei gegrüßt«, erwiderte Marcus Aurelius schlicht.

»Das ist Decius Curmillus«, stellte der Kommandant seinen Freund vor und fügte hinzu: »Er hat sich als Tierfänger verdient gemacht und kennt die Wälder diesseits und jenseits des Limes besser als manch anderer.«

Decius wunderte sich über diese Ausführung, konnte aber

natürlich nicht nachfragen. Stattdessen wartete er, dass Marcus Aurelius ihn direkt ansprach.

»Was führt dich zu mir, Decius Curmillus?«, fragte der Kaiser. »Du bist sicher nicht nur hier, um mich willkommen zu heißen. Also?«

Decius' Blicke wanderten rasch zu Aulus, doch der hatte seinen Kopf gesenkt. Also erklärte der Bärenfänger unumwunden: »Nein, Imperator, nicht nur, obwohl ich wünschte, dass es so wäre. Es geht um meinen Bruder, den Waffenschmied Manius Curmillus. Er ist verschwunden. Ich vermute, dass er von feindlich gesonnenen Germanen, den Naristen, befürchte ich, entführt worden ist.«

Im Hintergrund raschelte Seide. Eine Figur löste sich aus einer kleinen Gruppe, die am Fenster gestanden und leise debattiert hatte. Decius war von dem Anblick des Kaisers so eingenommen gewesen, dass er auf die anderen Personen im Raum nicht geachtet hatte.

»Ein Tierfänger und ein Schmied, das klingt interessant, du musst aus einer Familie mit starken Männern stammen«, stellte eine weibliche Stimme fest.

Für Decius war Salgard zweifellos die Frau, die er auf Erden am meisten begehrte, aber er musste im Stillen zugeben, dass es keine Lüge gewesen war, als er Livia Partellas Meinung über das Aussehen der Kaiserin leichthin bestätigt hatte. Annia Galeria Faustina besaß ein ebenmäßiges Gesicht mit wundervoll strahlenden Augen, dessen zarte Schönheit durch den in weiche Wellen um ihre Stirn gelegten Haarkranz betont wurde. Die vergnügte Lebhaftigkeit ihres Blicks stand in krassem Gegensatz zu ihrer würdevollen Haltung. Ein Legionär, der vor einiger Zeit aus Rom hierhergekommen war, hatte bei einem Saufgelage seine Zunge nicht hüten können und behauptet, die Kaiserin habe großes und keineswegs keusches Interesse an Gladiatorenkämpfen, aber derartiger Klatsch war nichts für

Decius' Ohren gewesen. Es war ihm sogar peinlich, dass er sich jetzt daran erinnerte; seine Wangen färbten sich rot. Er streckte den Arm zum förmlichen Gruß aus, doch die Worte blieben ihm in seiner vor Aufregung ausgedörrten Kehle stecken.

»Starke und kluge Männer«, antwortete Aulus, da Decius nichts sagte. »Der Vater von Decius und Manius Curmillus war einst ein bedeutender Medicus und Naturwissenschaftler. Er hatte sich den Lehren des Hippokrates von Kos verschrieben. Decius hier sollte in seine Fußstapfen treten, zog aber ein anderes Leben vor«, diese Bemerkung wurde von einem leicht vorwurfsvollen Ton begleitet.

»An solchen Männern besteht Bedarf«, behauptete Marcus Aurelius. »Ein Tierfänger ist ebenso wichtig wie ein Medicus, obwohl ich annehme, dass wir der Letzteren in naher Zukunft mehr bedürfen. Erst kürzlich habe ich den Arzt Galenos in meinem Hauptquartier in Aquileia empfangen. Es schien notwendig, die Truppen dort zu untersuchen. Das Ergebnis machte keine Freude ...« Er unterbrach sich für eine kurze Gedankenpause und fügte anschließend hinzu: »Nun, Decius Curmillus, es kommt nicht darauf an, über die notwendigen Eigenschaften eines guten Mannes zu sprechen – vielmehr ein solcher zu sein ... Du sorgst dich also um deinen Bruder?«

Decius hatte Mühe, seine Augen von Faustina abzuwenden und wieder einigermaßen klar zu denken. »Ich ersuche dich, Imperator, mir eine Handvoll Soldaten zur Seite zu stellen, damit ich jenseits der Grenze nach meinem Bruder Manius suchen kann.«

»Das ist unmöglich!«

Im Raum wurde es plötzlich so still, dass man die Tropfen einer Wasseruhr hörte, wie sie in das zweite Gefäß perlten.

Die sanft geschwungenen und sauber gezupften Augenbrauen der Kaiserin hoben sich erstaunt, aber sie verlor kein Wort über die ungewöhnliche Reaktion ihres Gemahls. Decius starrte seinen Herrscher fassungslos an und blickte dann hilfesuchend zu Aulus, dessen Lider jedoch gesenkt waren. Er bemühte sich, zu verbergen, welchen Kampf er mit sich ausfocht, schob den Unterkiefer vor und versetzte: »Imperator, mit Verlaub – ich verstehe nicht …«

»Die Seuche breitet sich, vom Osten kommend, aus wie ein Mantel, der über ein Kaninchen geworfen wird, um es zu ersticken«, erklärte Marcus Aurelius mit philosophischer Geduld. »Ich kann dir verraten, Decius Curmillus, dass wir auch auf Anraten des Arztes Galenos diese Reise nach Norden unternommen haben. Es war der Wille der Götter, dass die politischen Ereignisse mich zudem zwangen, auf meinem Weg von Aquileia nach Pannonien mein bedeutendstes Auxiliarkastell nördlich der Alpen aufzusuchen. Wir müssen uns dem Schicksal fügen und versuchen, das Bestmögliche aus einer jeden Situation zu machen. Das betrifft auch dich. Sofern deine Kenntnisse als Medicus so weit reichen, wie ich gehört habe, wirst du hier mehr gebraucht als in den Wäldern. Die Seuche verfolgt uns, Decius Curmillus, und deshalb ist es notwendig, so viele Heilkundige wie irgend möglich in den Kastellen zu wissen.«

»Aber ich habe der Medizin abgeschworen …«, protestierte Decius, um dann in hilfloses Schweigen zu verfallen.

»Die Menschen sind füreinander da, also belehre sie, doch dafür ist es wichtig, sich seiner Fähigkeiten bewusst zu werden. Du kannst nicht im Schreiben und Lesen unterrichten, wenn du es selbst nicht beherrscht.«

»Mein Kaiser«, beharrte Decius. »Verzeiht meine Impertinenz, aber wenn die Menschen füreinander da sein sollen, so muss ich auch für meinen Bruder da sein dürfen. Ich bin für ihn verantwortlich. Deshalb bitte ich dich, mir einen Geleitschutz zu gewähren und mich in die Wälder jenseits der Grenze ziehen zu lassen, um nach Manius zu suchen.«

Marcus Aurelius seufzte. Es fiel ihm offensichtlich nicht

leicht, Decius diese Bitte abzuschlagen, dennoch blieb er hart: »Manchmal ist es schwierig, die richtige Entscheidung zu treffen. Niemand weiß das besser als ich selbst, denn auch Scharfsinn führt nicht immer zu weisen Urteilen. Doch mein Handeln ist für das Gemeinwesen bestimmt. Deshalb kann ich auf den Einzelnen oft keine Rücksicht nehmen. Es tut mir leid, ich werde dir keine Waffenträger an die Seite stellen, und ich werde dich auch nicht allein gehen lassen.«

»Dann ist Manius womöglich des Todes ...«, hob Decius an, wurde jedoch von einem unverständlichen Grummeln des Aulus unterbrochen, dessen unfreundlicher Klang eine klare Mahnung zur Mäßigung bedeutete. Betreten senkte Decius den Kopf. Er hätte aufschreien mögen vor Verzweiflung, aber darüber hinaus fiel ihm nichts ein, um seine Forderung durchzusetzen. Marcus Aurelius hatte seine Bitte ausgeschlagen, er war der Kaiser und oberste Richter des Reiches, er bestimmte über das Schicksal seiner Bürger. Dem gab es nichts hinzuzufügen. Das Problem war nur: Warum brach der als gerecht und weise geltende Imperator, der sich stets besonders für die Schwachen und Benachteiligten, sogar für Sklaven, einsetzte, warum also brach dieser Kaiser ausgerechnet seinen Stab über Manius Curmillus. Niedergeschlagen versuchte Decius ein letztes Mal, an die Mildtätigkeit des Herrschers zu appellieren: »Unserer Mutter würde es das Herz brechen, wenn Manius etwas zustieße.«

»Ist deine Mutter ebenso mutig wie du, Decius Curmillus?«, wollte Faustina wissen.

Überrascht blickte er die Kaiserin an. »Ja ... nein ... offen gestanden, Augusta, ich weiß es nicht. Ein Sohn kann dergleichen selten beurteilen, nicht wahr?«

»Julia ist eine wunderbare Frau«, mischte sich Aulus mit unerwarteter Lebhaftigkeit ein. »Sie ist mit Intelligenz, Weisheit und Güte gesegnet. Ja, sie ist mutig, auch wenn sie sich manchmal ein wenig hitzig zeigen mag.«

Decius biss sich auf die Unterlippe, um die Zurechtweisung für sich zu behalten, die er Aulus gern entgegengeschrien hätte. Es war unverschämt, seine Mutter vor der Kaiserin bloßzustellen. Doch überraschenderweise schien Faustina zu gefallen, was sie hörte: »Das klingt nach einer Person ganz nach meinem Geschmack. Ich wünsche, deine Mutter kennenzulernen, Decius Curmillus. Richtet ihr aus, sie möge mich bei Sonnenuntergang in die Thermen begleiten.«

»Es wird ihr eine Ehre sein, Augusta …«, auch wenn sie zu Tode betrübt sein wird, dass ich nicht nach Manius suchen darf, fügte Decius in Gedanken hinzu.

»Du kannst gehen, Decius Curmillus«, beendete Marcus Aurelius die Audienz, »aber halte dich zur Verfügung. Ich werde nach dir schicken lassen, wenn ich dich brauche.«

Obwohl die letzten Worte des Kaisers freundlich waren, spürte Decius einen schalen Nachgeschmack. Er verabschiedete sich formvollendet, aber seine Höflichkeitsbezeugungen waren nun nichts anderes als auswendig gelernte Floskeln. Als er das Kastell verließ und sich auf den Heimweg machte, hatte er sogar Salgard für den Moment vergessen. Und Livia, die irgendwo bei den noch immer auf eine Audienz wartenden Menschen gestanden hatte und auf ihn zustürzte, schob er unbeabsichtigt grob zur Seite und ging seines Weges.

Von dem Moment an, als Decius ihr die Einladung der Kaiserin überbracht hatte, hatte sich Julia gefragt, warum Faustina ausgerechnet sie zur Gefährtin für ein Bad ausgewählt hatte. Zwar gehörte sie im Vicus zum Kreis der vornehmeren Damen, doch gab es im Kastell hochrangige Offiziersgattinnen, die ihr letztes Geschmeide für diese Ehre gegeben hätten und als Begleiterinnen der Kaiserin angemessener gewesen wären. Anfangs hatte Julia diesem Aufenthalt in den Thermen deshalb mit einer gewissen Skepsis entgegengesehen und sich wachsam verhalten, bis Faustina ihren Geist mit ihrer temperamentvollen Fröhlichkeit und ihrem Liebreiz eingesalbt hatte wie die Sklavinnen ihren Körper zu Beginn des Bades mit duftenden Ölen aus Quittenblüten. Konnte es sein, dass Faustina die Reinigungsprozedur mit ihr teilte, weil sie ihr eine Nachricht übermitteln wollte?

Faustina hatte sich in ein Badegewand gehüllt, ihr Haar war zu der gewohnten Frisur hochgesteckt, jedoch hingen ihre Schmuckbänder nach dem Aufenthalt im Caldarium etwas traurig herab. Doch Faustinas Augen leuchteten, denn sie unterhielt sich blendend mit der fast gleichaltrigen Julia über Mode und die Frage, ob Eselsmilch mit Honig vermischt werden musste, um daraus eine wirksame Gesichtscreme herzustellen. Tiefsinnigere Themen konnten im Heißbad kaum angesprochen werden. Das änderte sich jedoch im lauwarmen Tepidarium, wo Faustina unerwartet das Thema wechselte und auf Decius zu sprechen kam.

»Dein Sohn wollte dem Imperator die Stirn bieten«, berichtete sie. »Er besitzt Mut, aber er sollte seinen Verstand ein wenig mehr gebrauchen.«

»Er ist ein Querkopf. Deshalb eignet er sich wohl doch eher zum Tierfänger denn zum Medicus. Sein Vater war besonnener, und sein Bruder ist …«, Julia schluckte. Sie wünschte, sie hätte verhindern können, dass plötzlich Tränen in ihre Augen stiegen und ihre Stimme heiser klang, als sie fortfuhr: »Manius ist nicht so. Ein Schmied muss präzise und geduldig arbeiten können.«

»Benötigt ein Tierfänger nicht auch Gelassenheit für seine Arbeit?«, gab Faustina im Plauderton zurück. »Ich fürchte, dein Sohn Decius hat keinen Gedanken darauf verschwendet, welche Gründe der Imperator haben könnte, ihm die Suche nach Manius zu verbieten. Er zürnt dem Kaiser. Das ist traurig, denn Marcus Aurelius handelt nur im Sinne Roms.«

Julia richtete sich auf. »Ich bin sicher, dass die Entscheidungen des Imperators die richtigen sind.«

»So spricht dein Verstand zur Kaiserin, nicht aber dein Herz zu einer anderen Mutter.«

Julia wischte sich müde über die Augen. »Ich bin sehr in Sorge ... Wenn es Decius nicht gestattet ist, nach Manius zu suchen, weiß ich nicht mehr ein noch aus. Ich habe meinen geliebten Mann verloren. Ich möchte nicht auch noch meinen jüngeren Sohn betrauern. Das Schlimmste ist, dass ich nicht einmal weiß, was mit ihm geschehen ist.«

»Du solltest nicht nur zu Juno beten, sondern auch zu Minerva«, erwiderte Faustina ernst. »Deine Mutterschaft ist für dich das Wichtigste auf der Welt, das ist verständlich, aber weise Entscheidungen, die zum Frieden führen, sind es ebenso, denn nur der kann unsere Söhne nachhaltig beschützen. Dafür müssen wir alle unsere Opfer bringen.«

Julia horchte auf. Sie erkannte, dass Faustina ihr eine Botschaft zu vermitteln versuchte, aber sie verstand kein Wort. Zwar hörte sie wohl, was die Kaiserin sagte, doch die Zusammenhänge blieben ihr verschlossen. Die Gleichung mit der Göttin der Geburt und der der Weisheit verwirrte sie.

Zwei junge Frauen betraten das bisher stille Tepidarium, unterhielten sich kichernd, senkten angesichts der beiden anderen Damen ihre Stimmen und steckten die Köpfe zusammen. Eine von ihnen erinnerte Julia mit ihrer zierlichen Statur und dem dunklen Haar ein wenig an Livia Partella. Plötzlich fiel ihr die Erklärung zu wie eine Eingebung. Nicht nur Manius brauchte ihren Schutz, sie musste sich ebenso Sorgen um Decius machen, doch den konnte sie unmittelbarer schützen als den jüngeren Sohn. Und niemand geringerer als Faustina würde ihr dabei helfen. In Sekundenschnelle formten sich die anfangs noch unklaren Ideen in Julias Hirn zu einem Plan, dann fasste sie sich ein Herz. »Ich bin untröstlich über Manius'

Schicksal«, sagte sie mit leiser, aber eindringlicher Stimme. »Doch du hast recht. Manius wird nicht dadurch zurückkehren, dass ausgerechnet Decius nach ihm sucht. Wenn die Götter mit ihm sind, werde ich ihn eines Tages wohlbehalten wieder in meine Arme schließen können. Andernfalls wäre es furchtbar, wenn sich Decius seinetwegen in Gefahr brächte und ich auch ihn verlieren würde.«

»Ja, das wäre es sicher. Außerdem wird er hier gebraucht. Als Arzt. Seine Kenntnisse sind von großer Bedeutung.«

Julia nickte. »Vielleicht fänden wir alle ein wenig Ruhe, wenn Decius sesshaft würde. Ich habe die passende Frau für ihn gefunden. Mit Livia könnte er eine Familie gründen, und sie würde ihm stets zur Seite stehen, wenn er als Medicus arbeitet.«

»So soll es geschehen. Allerdings klingst du ein wenig zögerlich. Mir scheint, dein Sohn ist nicht ganz einverstanden mit deiner Wahl. Widersetzt er sich dir ebenso wie dem Kaiser?«

»Ach, ich wäre so froh, wenn endlich der Schatten von meiner Familie genommen würde, der uns niederdrückt, seit … seit Decius mit einer Germanin tändelt.« Das entsprach zwar nicht ganz der Wahrheit, und Julia wusste das auch, aber es tat wohl, eine Schuldige ausgemacht zu haben für all den Schmerz, der in ihrer Seele bohrte wie ein Messer.

Sie hatte die letzten Worte in ihrer Erregung deutlich lauter ausgesprochen, und die beiden fremden Besucherinnen blickten erstaunt auf, als wären sie sich erst jetzt der Anwesenheit der anderen Damen bewusst. Die Kaiserin nickte hoheitsvoll und lächelte freundlich, bevor sie sich wieder zu Julia neigte: »Komm, meine Freundin, wir sollten uns nun im Kaltwasserbecken erfrischen.«

Als wären sie tatsächlich Freundinnen und nicht Kaiserin und Untergebene, schritten Julia und Faustina nebeneinander in das Frigidarium. »Amors Pfeile treffen häufig nicht die richtige Person«, bemerkte Faustina, »aber meiner Erfahrung nach lassen sich solche Fügungen meist regeln.«

Julia konnte ihr nicht sofort antworten, denn kaum dass sie den Kaltbaderaum betreten hatte, sprang Faustina auch schon in das Becken. Wasser spritzte auf und benetzte das schöne Gesicht der Kaiserin wie mit Dutzenden von durchscheinenden Perlen. Julia war etwas vorsichtiger und ließ sich langsam in das kalte Nass gleiten, biss dabei die Zähne zusammen und spürte nichts als Blutleere in ihren Lippen, bevor sie bis zum Hals eintauchte und die Temperatur endlich nicht mehr als unangenehm empfand.

»Ich brauche deine Hilfe, Augusta, denn ich fürchte, ich habe die Frau, die ich als Braut für Decius ausgesucht hatte, unnötig gegen mich aufgebracht. Wie soll ich ihn dazu bringen, sie zu heiraten, wenn sie und ich keine Verbündeten mehr sind?«

Das Wasser plätscherte leise, als Faustina die eine Hand eintauchte und es in kleinen Bächen über ihren anderen Arm laufen ließ. Versonnen blickte sie den Rinnsalen nach, die sich auf ihrer Haut bildeten, dann hob sie die Augen und sah Julia an. »Nenne mir deinen Wunsch«, erwiderte sie ernst, »und ich werde ihn erfüllen.«

Das war großherzig gesprochen – und doch hinterließen diese Worte einen bitteren Nachgeschmack bei Julia. Sie klangen für sie so, als wollte sich die Kaiserin für eine Heiratsangelegenheit einsetzen, da sie für die Suche nach Manius nichts tun konnte. Julias Herz zog sich zusammen. Die Kälte kroch ihr den Rücken hoch, und das lag nicht nur an ihrem Aufenthalt im Frigidarium.

Julias Lippen bebten, als sie erklärte: »Es ist alles nur ein Missverständnis und sollte eigentlich nicht der Rede wert sein, aber Livia macht ein großes Geschehen um die Sache. Eigentlich hat sie ja auch recht …« Seufzend brach sie ab.

»Was willst du mir sagen? Ich verstehe dich nicht.«

»Ach, es ist mir ein wenig peinlich, mich ausgerechnet vor dir, Augusta, für einen Sklaven einzusetzen, aber Livia hängt an ihm und …« Bei allen Göttern, fuhr es Julia durch den Kopf, was stammelte sie so herum? Natürlich war es ungewöhnlich, sich bei einer Kaiserin für das Wohl eines Sklaven einzusetzen, aber sie musste erledigen, was sie sich vorgenommen hatte. »Es geht um den Sklaven Felix des Baumeisters Partellus und seiner Tochter Livia. Ich fühlte mich von ihm angegriffen, und deshalb wurde er in Ketten gelegt. Er sollte … er sollte begnadigt werden, denn er wollte mir nichts tun. Es war ein Unfall.« Flammende Röte überzog ihr Gesicht, und abrupt wandte sie sich ab und stieg aus dem Becken.

»In diesem Fall kann ich dir tatsächlich helfen«, versprach Faustina, die Julia gefolgt war. »Ich kenne die Geschichte bereits. So, diese Livia soll also deine Schwiegertochter werden? Sie sprach in dieser Angelegenheit vor. Ich habe sie gesehen. Sie besitzt ein angenehmes Wesen und ist darüber hinaus sehr hübsch. Deine Wahl ist vortrefflich.« Plötzlich klatschte sie in die Hände. »Lass uns nun bei einer Massage entspannen und anschließend bei einem Spaziergang weiterreden. Ich liebe die Abendluft.«

Wollte die Kaiserin sie unter vier Augen sprechen? War Faustinas Vorschlag eine Botschaft oder eine Floskel? In Julia flammte Hoffnung auf. Vielleicht war Manius doch noch nicht verloren. Möglicherweise wollte ihr Faustina eine Mitteilung machen, die in der Therme nicht ausgesprochen werden konnte, weil sie jederzeit gestört werden könnten. Erleichterung erfasste Julias Herz. Doch als sie später an den Mauern des Badehauses entlangschritten, in gehörigem Abstand gefolgt von Faustinas Garde, und ein überraschend milder Windhauch über ihre Haut strich, der feine Duft des Badeöls in ihre Nasen stieg und sich mit dem würzigen Geruch jungen, feuchten

Grüns mischte, wirkte Faustina ernster, als ihr Vorschlag es hätte vermuten lassen. Ja, sie machte sogar einen traurigen Eindruck. Eine Weile ging sie schweigend neben Julia her, dann blieb sie plötzlich neben einer Bank stehen, und Julia erinnerte sich bitter daran, dass dies die Bank war, wo sie Salgard beobachtet hatte. Es war der Abend von Manius' Verschwinden gewesen.

»Möchtest du dich setzen, Julia?«

Stumm schüttelte sie den Kopf.

»Du solltest es vielleicht versuchen, denn unangenehme Neuigkeiten lassen sich im Sitzen besser ertragen«, meinte Faustina und berührte sanft den Arm der anderen. »Bitte, Julia, setz dich.«

Die Aufforderung wäre nicht nötig gewesen, denn Julias Knie gaben ohnehin nach – sie musste sich niederlassen, sonst wäre sie umgefallen. Plötzlich erschien ihr die laue Abendluft eisiger als das Wasser im Kaltbaderaum. Ihre Stimme war nur mehr ein heiseres Flüstern, als sie fragte: »Geht es um Manius? Ist er tot?«

»Das weiß ich nicht«, erwiderte Faustina ernst und nahm neben ihr Platz. Sie ergriff Julias Hand. »Er wurde des Verrats beschuldigt, was fast dasselbe ist, nicht wahr?«

»Verrat? Mein Sohn ist kein Verräter. Das glaube ich nie und nimmer. Wer hat das behauptet? Es gibt keine Beweise ...«

»Doch, genau diese scheint es zu geben. Deshalb ist Marcus Aurelius geneigt, den Beschuldigungen zu glauben. Wenn er Recht spricht, widmet er sich den Aussagen stets mit größter Sorgfalt.«

Was redete Faustina da? Es war unvorstellbar, dass sich Manius gegen das römische Reich wandte. Niemals hätte er seiner Mutter dies angetan. Doch in dem Moment, als Julia den Mund öffnete, um ihren verzweifelten Protest laut kundzutun, geriet ihre Überzeugung ins Wanken – das aufgefundene Schwert, natürlich! Das sprach eine eigene Sprache, das war beredter als jeder Zeuge. Sie schloss ihre Lippen wieder und senkte den Kopf. Nun war Manius endgültig verloren.

»Selbst wenn es diese Beweise nicht gäbe«, drang Faustinas ruhige Stimme durch den Nebel aus Hoffnungslosigkeit, der Julias Gedanken umhüllte, »könnte Marcus Aurelius nichts für ihn tun. Die Soldaten, die dein Sohn Decius erbat, dürfen den Limes nicht übertreten, denn dies würde in dieser Situation als Provokation der Germanen verstanden, und es ist meinem Gemahl ein großes Anliegen, Frieden zu schließen.«

Nur der Frieden kann unsere Söhne nachhaltig beschützen … Faustinas Worte hallten in Julias Kopf nach. Mit einem Mal verstand sie die Gleichung. Das Leben des einen Sohnes für das Leben des anderen – und vieler mehr. Manius gab sein Leben für das seines Bruders. Wiederholte sich das Schicksal? Alles, was Decius und Manius ihr über den Tod ihres Vaters erzählt hatten, erinnerte an die Situation, in der sie sich heute befanden. Und wieder wäre es Decius, der unbeschadet aus diesem Kampf hervorging. Einen Herzschlag lang spürte sie Hass in sich aufsteigen, doch bereits eine Sekunde später verabscheute sie sich selbst für dieses Gefühl. Decius hatte sein Bestes versucht. Er konnte nichts dafür, dass der Kaiser ein Menschenleben gegen den Frieden setzte.

»Danke«, sagte sie schließlich. »Danke für deine Offenheit.«

»Du bist eine Mutter, wie ich es bin. Wie hätte ich dich in Unwissenheit lassen können? Außerdem beeindruckten mich der Mut und die Beharrlichkeit deines Sohnes Decius. Ich hoffe aus ganzem Herzen, dass sich wenigstens in seinem Leben alles zum Guten wendet. Der Kaiser hat noch kein Urteil über den Sklaven Felix gefällt. Wenn es um das Schicksal der eigentlich Rechtlosen geht, nimmt er sich immer Zeit für seine Entscheidungen. Ich werde mit ihm sprechen und das Missverständnis aufklären.«

Julia schwieg, obwohl sie sich hätte bedanken müssen. Doch der Gedanke an Manius schnürte ihr die Kehle zu. Am liebsten wäre sie nach Hause geeilt, um ihren Gefühlen in aller Stille freien Lauf zu lassen und zu den Göttern zu beten, ihren jüngeren Sohn zu beschützen. Aber der Anstand verbat ihr eine derartige Kränkung der Augusta – sie konnte Faustina nicht einfach hier sitzenlassen. Allerdings schien diese plötzlich in einer eigenen Gedankenwelt versunken zu sein, denn Faustina spielte nachdenklich mit dem herabhängenden Ast eines Holunderbusches. Julia hatte einmal gehört, dass diese Pflanze den Germanen heilig war, von ihrem Mann wusste sie, dass sie große Heilkräfte besaß.

»Holunderblütenaufguss soll ein wirksames Mittel gegen Fieber sein, nicht wahr?«, meinte Faustina prompt. Sie hob die Augen und sah Julia forschend an. »Dein Mann war ein Arzt, dein Sohn ebenso – warum hast du dich nie als Heilkundige versucht? Haben die Deinen dich denn nie mit ihren Geheimnissen vertraut gemacht?«

Der Themenwechsel verwirrte Julia. Verunsichert erwiderte sie den Blick der Kaiserin. »Ja … nein … Ja, doch, ein wenig schon. Ich bin aber nur ein einfaches Weib, Augusta. Das Wissen meines Mannes war zu bedeutend, um von mir erfasst zu werden. Natürlich sprach er mit mir über seinen Beruf, doch das ist lange her. Und unser Sohn Decius zeigte eine große Begabung, doch dann …«

»Diesen Eindruck vermittelt er noch heute. Ich hoffe sehr, dass er sich wieder der Medizin zuwendet und in dieser Livia eine tatkräftige Person findet, die er in der Krankenpflege anleiten könnte. Es heißt, bald werde jede kundige Person gebraucht. Wie steht es mit dir?«

»Wie, bitte?«

Faustina zupfte eine Blüte von dem Ast, den sie noch immer in Händen hielt, dann ließ sie ihn los und zerrieb die zarten weißen Blättchen zwischen ihren Fingern. »Es sind nicht nur feindliche Germanen, die das Reich hier bedrohen – auch eine Krankheit, eine tödliche Seuche nähert sich dem Limes. Sie scheint gefährlicher zu sein als alle feindlichen Truppen. Das erfordert nicht nur Opfer von uns Frauen, sondern auch Unterstützung durch uns. In Rom gibt es einige, die sich in den Heilberufen verdingen, sie gehen ihrer Berufung nicht nur als Hebammen, sondern auch als Ärztinnen nach, verordnen Medikamente und stellen diese sogar zusammen. Warum möchtest du hier nicht Ähnliches tun?«

»Aber wie sollte ich mich an all das erinnern, was mich mein Mann gelehrt hat? Es ist so lange her. Wahrscheinlich würde ich mehr Schaden als Hilfe bringen.«

»Du bist zu bescheiden.« Faustina schenkte Julia ein aufmunterndes Lächeln. »Hat dein Mann denn nichts hinterlassen, das dir nützlich sein könnte? Schriften vielleicht oder Rezepte. Wie gesagt, jedes Wissen wird gebraucht!«

Die Eindringlichkeit der Worte veranlasste Julia zum Nachdenken. Vor ihrem geistigen Auge erschien das Arbeitszimmer ihres Mannes, die Papyrusrollen und Pergamente, die Schachteln und sorgfältig verschlossenen Flaschen mit Arzneien. Sie hatte alles so belassen, wie er es einst verwahrt hatte. Da Decius der Medizin den Rücken gekehrt hatte, besaß er kein Interesse an dessen Nachlass; er betrat den Raum nicht einmal mehr – sie selbst kam nur, um die Sklavin zu bewachen, die sie gelegentlich zum Staubwischen einließ.

»In all den Jahren habe ich mir niemals Gedanken über sein Erbe gemacht. Ich weiß nicht, ob es richtig ist, das nun zu tun. Manchmal muss man Dinge einfach ruhenlassen.«

»Was seid ihr nur für eine Familie?« Faustinas Lachen klang hell und fröhlich. »Dein Sohn möchte dem Kaiser die Stirn bieten, und du widersprichst mir. Wahrscheinlich hast du sogar recht, aber manchmal ist es nötig, sich den Ratschlägen eines anderen zu fügen …«

Ein Rascheln des Laubes, dann ein Knacken von Geäst unterbrachen Faustina. Sie winkte ihrer Eskorte beruhigend zu und bückte sich, um hinter der Bank nach dem Rechten zu sehen. »Eine Katze«, stellte sie trotz der sich herabsenkenden Dämmerung rasch fest. Sie ließ ihre Hand herabsinken und machte schmeichelnde Geräusche, um das Tier anzulocken. »Ich mag Katzen«, erklärte sie, während sie den Kopf kurz hob und Julia aufmunternd zulächelte. »Wir loben ihren Jagdinstinkt und verbinden sie deshalb mit der Göttin Diana, aber in anderen Ländern preist man die Fruchtbarkeit und Mütterlichkeit dieser Tiere. Das passt zu unserem Gespräch, findest du nicht?« Sie wartete keine Antwort ab, sondern neigte sich wieder dem Unterholz und seinem Bewohner zu und tastete an irgendetwas herum. »Vielleicht hat unsere Katze hier sogar Junge … Ich glaube, hier ist eine Öffnung in den Steinen. Ein geeigneter Platz für die Brut …«

Julia hielt den Atem an. Sprachlos beobachtete sie, wie Faustina nun mit beiden Händen am Unterbau der Bank entlangtastete. An diesem Ort hatte Salgard das Kästchen versteckt, an jenem Abend …. Was, wenn Faustina es gleich herausziehen, es öffnen würde? Julia hielt den Atem an, als ihr klarwurde, dass ihre Hoffnung eitel war, das Kästchen konnte nicht dort sein, es war fort, zusammen mit diesem Germanen.

»Schade, hier ist nichts.« Die Kaiserin klang enttäuscht. »Ein Loch zwar, aber es ist leer.« Faustina richtete sich auf und rieb sich die Hände, als wollte sie sie reinigen.

»Ja, natürlich«, sagte Julia leise. »Das Kästchen ist in den Händen …«

»Was redest du da? Was für ein Kästchen?« Das Licht war inzwischen zu schwach, um Faustinas Züge zu beleuchten, aber aus dem Ton ihrer Stimme klang Ungeduld.

»Ich habe gesehen, wie diese Germanin Salgard, die Decius schöne Augen macht, dort ein Kästchen verstaute, welches ihr von Manius anvertraut worden war. Genau an dem Tag, an dem Manius verschwand. Es muss etwas damit zu tun haben. Bestimmt wollte sie verhindern, dass es jemand bei ihr findet. Ich habe auch einen Fremden gesehen, der könnte das Kästchen genommen haben.« Sie schluckte, verdrängte die Erinnerung, die in ihr aufstieg, und atmete tief durch, bevor sie weitersprach. »Wer weiß, vielleicht hätte es Manius' Unschuld beweisen können? Wir müssen das Kästchen finden, Augusta, es ist wichtig, dessen bin ich mir sicher.«

»Beruhige dich. Ich verstehe deine Sorgen, aber wie hätte es die Unschuld deines Manius beweisen können? Komm, lass uns gehen, wenn dich dieser Ort so beunruhigt.«

Faustina erhob sich, aber Julia tat es ihr nicht gleich. Vielleicht war doch noch etwas zu finden, eine Kleinigkeit, ein Hinweis, irgendetwas. Sie bückte sich, um selbst an der Mauer herumzutasten. Sie brach sich die Fingernägel ab, als ihre Hände in das Loch fuhren und auf der Suche nach einem Widerstand vorstießen, dann aber doch nur Leere und schließlich die Wand aus hartem Stein fanden. Nichts. Faustina hatte recht. Hier war nichts. Kein Beweis für Manius' Rechtschaffenheit. Julia war zornig auf sich selbst. Sie hatte sich unmöglich gemacht – und nicht einmal einen Nutzen daraus gezogen. Die Unruhe, die seit Wochen zu ihrer Begleiterin geworden war, hatte sie offenbar blind gegen jede logische Schlussfolgerung gemacht.

»Steh auf«, bat Faustina mit nun sanfter Stimme. »Ich werde diese Narretei vergessen, wenn du mir versprichst, dass du fortan einen kühlen Kopf bewahrst.«

Ein Traum, fuhr es Julia durch den Kopf. Alles war nur wieder ein böser Traum. Oder ein Spiel, das Salgard mit ihr und Manius und Decius trieb. Mit der Hand, die eben noch in dem Mauerloch herumgetastet hatte, wischte sie sich über die

Augen. Ihr Blick war noch immer getrübt, das wusste sie, aber irgendwann würde sich der Nebel lichten, und dann würde sie die Wahrheit erkennen.

In der Taverne »Zur goldenen Standarte« herrschte Hochbetrieb. Die Anwesenheit des Kaisers zog viele Händler und Neugierige aus dem Umland an, die sich den Abend im Wirtshaus vertrieben, außerdem waren da die Prätorianer des Kaisers, die ihre Freizeit mit einem Becher Wein und weiblicher Gesellschaft verbringen wollten, denn der Taverne war ein Bordell angeschlossen. Als Decius die Gaststube betrat, schlug ihm die schlechte Luft entgegen, die sich aus dem Schweiß und dem Atem zu vieler Menschen in einem Raum bildet, gemischt mit dem säuerlichen Geruch von abgestandenem Wein. Zögernd blieb er am Eingang stehen und blickte sich auf der Suche nach einem bekannten Gesicht um. Nach der ernüchternden Audienz hatte er Salgard bei ihren Gastgebern gesucht, sie jedoch nicht angetroffen. Und nun wollte er ein wenig Weizenbrot und Käse essen und einen Becher trinken und vielleicht mit einem Bekannten reden. Ein gutes Gespräch hatte oftmals die gleiche heilsame Wirkung wie der Wein oder die Zärtlichkeit einer Frau. Mit dem Mann, der ihm aus einer Gruppe lärmender Gäste heraus zuwinkte, hatte er jedoch am allerwenigsten gerechnet: Es war Aulus, der sich nun von seinem Gesprächspartner löste und mit einem Becher in der Hand auf ihn zutrat – nicht gerade sein bevorzugter Trinkgefährte heute Abend. Die Erinnerung an Aulus' Verhalten während der Audienz des Kaisers nagte an ihm.

»Was tust du hier?«, fragte Decius. »Warum bist du nicht beim Imperator?«

»Er bedarf meiner nicht, hat sich zurückgezogen. Zum Briefeschreiben, zur Lektüre – was weiß ich.« Aulus ließ sich auf der Bank eines gerade frei gewordenen Tisches nieder. »Komm her, Freund, und trinke mit mir. Du siehst aus, als könntest du einen kräftigen Schluck vertragen.«

»Ich bin müde.« Decius zögerte, ob er der Aufforderung folgen oder lieber nach einem anderen Gesprächspartner Ausschau halten sollte als ausgerechnet dem, der ihn so bitter enttäuscht hatte. Schließlich gab er jedoch nach. »Die Ereignisse der letzten Tage zehren an mir«, gestand er.

»Hmmm«, brummte Aulus. »Dann wird es dir guttun, im Vicus zu verweilen und ein wenig mehr mit deinem Kopf zu arbeiten, wie es der Kaiser von dir verlangt. Besitzt du eigentlich noch die alten Schriften deines Vaters? Als Arzt hat er doch sicher eine Menge aufgezeichnet, das dir heute noch nützlich sein könnte.«

»Nichts von dem, was mein Vater hinterließ, erscheint mir in der gegenwärtigen Situation nützlich zu sein«, widersprach Decius mürrisch. Er wandte sich dem Sklaven zu, der aufgetaucht war, um seine Bestellung aufzunehmen, und bat um eingelegte Früchte, Käse, Brot und eine Karaffe Wein. Dann stützte er die Ellenbogen auf den Tisch, legte seinen Kopf in die Hände und sah dem Freund eine Weile lang beim Trinken zu, bevor er, einer Eingebung folgend, leise fragte: »Warum will Marcus Aurelius, dass ich als Medicus arbeite?«

»Das hat er dir gesagt: Jeder Mann, der etwas von Medizin versteht, wird in den Kastellen gebraucht. Außerdem werde ich deine Ratschläge befolgen, nachdem du dich nun als offizieller Medicus betrachten kannst. Darauf hast du doch so viel Wert gelegt. Also gräme dich nicht. Komm«, er schob Decius seinen Becher hin, »trinken wir auf dein neues Leben als Arzt. Nimm von meinem Wein, bevor du einen eigenen Krug bekommst.«

Decius tat ihm den Gefallen. »Nun gut, das mag man vielleicht verstehen, aber warum soll ich deshalb nicht nach Manius suchen? Ich sehe keinen Sinn darin. Warum will mir der Kaiser keine Soldaten zur Seite stellen? Muss er etwa alle Kräfte bündeln, um zu einem Schlag gegen die Germanen auszuholen?« Als Aulus den Kopf senkte, fügte er eindringlich hinzu: »Du bist mein Freund, ich habe dir immer vertraut. Bei allen Göttern, sei verdammt, wenn du mir jetzt nicht die Wahrheit sagst.«

»Ich …«, hob Aulus an, wurde aber von dem Sklaven unterbrochen, der Decius' Bestellung brachte. Doch dem war der Appetit vergangen. Decius schob den Teller angewidert von sich. »Was verschweigst du mir, Aulus?«, drängte er.

Aulus blickte zu Boden. »Wenn ich dir alles berichtete …«, murmelte er, unterbrach sich und schwieg beredt. Schließlich sah er seinen Freund an und fuhr so leise fort, dass Decius sich vorbeugen musste, um ihn zu verstehen. »Wenn jetzt römische Reiter die Grenze überquerten, würde das große Schwierigkeiten, vielleicht erneuten Krieg bedeuten. Bei Jupiter, Decius, frag nicht weiter.«

»Hmmm.« Decius nickte. Seufzend lehnte er sich zurück und goss von dem frischen Wein in seinen Becher.

»Sieh mal, Decius, ich dürfte dir das alles gar nicht sagen, aber du bist mein Freund. Der Kaiser muss Opfer bringen, um das große Ganze, den Frieden, zu erreichen … Und ich auch … Es macht mir keine Freude, dich leiden und Manius im Ungewissen zu sehen, aber es gibt keine Möglichkeit, etwas dagegen zu unternehmen. Außerdem sprechen zu viele Beweise gegen Manius. Der Fund des Schwertes ist eindeutig. Dann war da noch Salgard. Deine Salgard, Decius. Sie hat …«

»Hör mir auf mit Salgard«, unterbrach Decius hastig, denn sie war die letzte Person, über die er sich mit Aulus unterhalten wollte. »Ich weiß, dass Livia Partella eine Aussage für ihren Sklaven Felix machen wollte, die Salgard in Verruf bringt. Das ist die durchtriebene Tat einer eifersüchtigen Person. Vergiss das. Sicherlich war der Imperator klug genug, dem Geschwätz dieser Person nicht zu glauben.«

Salgard, mehr als alles andere auf der Welt wollte er zu ihr. Wo war sie nur? Wie dem auch sei, er sollte jetzt an der Seite seiner Mutter sein, auf ihre Heimkehr von der Therme warten und sich mit ihr über Manius austauschen. Auf diese Weise würde er wahrscheinlich eher zur Ruhe kommen als in der Gaststube, bei einem Gespräch, das ihm verdächtig nach Selbstmitleid klang. Denn Decius empfand Aulus' Worte so, als wollte der Freund sich rechtfertigen, doch er hatte nicht die Absicht, ihn freizusprechen. Wovon auch? Dass er sich vor dem Kaiser nicht für Manius eingesetzt hatte? »Lass es gut sein«, entschied Decius, »ich gehe besser nach Hause. Jedes Wort scheint mir im Moment fehl am Platz.«

»Schade. Ich hoffte, wir könnten uns ein wenig unterhalten. Aber, wie du willst. Was wirst du jetzt tun?«

»Das sagte ich bereits: Ich gehe nach Hause. Und dann?« Decius zuckte mit den Schultern. »Keine Ahnung. Ich weiß nur, dass ich meinen Weg gehen werde, wie ich es für richtig halte. Das habe ich immer so gehalten, du weißt es. Außerdem kann ich keinen Frieden finden, wenn ich nicht die Wahrheit über Manius kenne.«

Kapitel 10

Im Dorf der Naristen

Manius wünschte, es hätte die Nacht mit Inga nie gegeben. Nicht, dass es ihm nicht gefallen hätte, aber er fühlte sich nach ihrem offenherzigen Geständnis benutzt und beschmutzt. Sie hatte nicht ihn gewollt, sondern das Einzige, was er zu bieten hatte: seine Fähigkeit als Schmied. Deshalb hatte sie sich ihm hingegeben – und nicht etwa, weil sie ihn besonders anziehend gefunden hätte. Natürlich nicht, dachte er voller Bitterkeit, Hinkebein Manius Claudus ist kein Mann, der in den Träumen der Frauen einen Platz verdient. Das war Decius' Feld.

Er war viel allein gewesen in den vergangenen Jahren, mit sich und den Erinnerungen an seinen Vater und jenen Tag, an dem sie Grauohr begegneten. Er hatte hin und wieder Freunde gefunden, aber niemals die Beliebtheit seines Bruders besessen. Wie oft hatte er sich gefragt, was gewesen wäre, wenn der Bär Decius an seiner Statt verletzt hätte. Bei mehr als einer Gelegenheit hatte er den Amboss traktiert, als sei dieser die Bestie, die seinen Körper zerstört hatte. Zwar hatten ihm die Götter damals das Leben geschenkt, ein gutes sogar, wenn er heute zurückblickte, aber es war doch immer geprägt gewesen von seiner Behinderung. Manius Claudus – der gute Handwerker, der vortreffliche Schmied. Niemand hatte ihn je Manius Claudus den Ruhmreichen genannt. Er hatte darunter gelitten, und Salgard war der einzige Mensch gewesen, dem er seine Selbstzweifel anzuvertrauen gewagt hatte. Die Nähe zu ihr hatte ihm viel bedeutet, obwohl er wusste, dass auch sie nur den Kameraden wahrnahm und niemals den Mann in ihm sah, der er doch trotz allem war.

Als Aulus ihn um Hilfe gebeten hatte, war er sich stark vorgekommen. Zum ersten Mal hatte sich Manius mächtig gefühlt. Er wurde gebraucht. Der Kommandant hatte ihn Freund genannt. Doch das war natürlich nicht der einzige Grund, warum er zu Pax gebetet hatte und widerspruchslos aufgebrochen war. Er hatte sich stets zu den Germanen hingezogen gefühlt – vor allem, weil er in seinem römischen Alltag nur Hinkebein war und davon träumte, dass es jenseits des Limes ein weniger geordnetes Leben mit weniger perfekten Menschen gab; deshalb wollte er Frieden mit den Ahnen seiner Vorfahren auf der anderen Seite der Grenze. Es traf ihn wie ein Dolchstoß in seine verwundete Seele, zu erfahren, dass er auch im Barbarenland nur benutzt wurde.

Die Ernüchterung verfehlte ihre Wirkung nicht. Nach Ingas Eröffnung war er zunächst wie vor den Kopf gestoßen gewesen, dann hatte er sie noch einmal genommen. Er wollte grob sein, auch sie verletzten, doch das gelang ihm nicht, weil er nicht brutal gegen Frauen sein konnte. Danach war er erschöpft eingeschlafen, und als ihn die hoch stehende Sonne geweckt hatte, war Inga verschwunden gewesen. Ein Blick vor die Tür hatte ihm verraten, dass er nicht mehr so streng bewacht wurde, drei Männer standen etwas abseits mit ihren Speeren in der Hand, hinderten ihn nicht, aus dem Haus zu treten; also war er aufgebrochen – zu einem Spaziergang, nicht zur Flucht.

Eine unsichtbare Hand hielt ihn in diesem Dorf fest. Er wollte mehr wissen über die Menschen, die hier lebten, war neugierig geworden auf diese Germanen, die ihm in ihrer Not sogar eine ihrer Frauen überließen, obwohl ihre Frauen für sie der wertvollste Besitz waren.

Seltsamerweise gab es nicht viel, das er erfahren konnte. Jedenfalls für den Moment. Das Dorf wirkte wie ausgestorben, bis auf seine drei Bewacher, die ihm in einigem Abstand folgten. Gut, die Bauern konnten auf ihren Feldern sein, aber warum arbeitete keiner in der Töpferei? Warum war die Schmiede verwaist, die Esse unter dem Vordach erloschen? Da ihm niemand die Erlaubnis zum Eintreten geben konnte, aber auch keiner da war, der sie ihm verweigerte, machte Manius einen Erkundungsgang durch die Werkstatt.

Sie ähnelte seinem eigenen Arbeitsplatz, der vor allem durch Esse und Amboss beherrscht wurde. Übersichtlich angeordnet hingen die kleineren Werkzeuge an Nägeln an der Wand, die größeren lagen ordentlich aufgereiht auf einem Holzbord. Die geringe Auswahl erstaunte ihn, zudem war alles alt und abgenutzt. Auch konnte er kein einziges der von ihm oft gebrauchten Präzisionswerkzeuge entdecken, die feinere Ziselierungsarbeiten ermöglichten. Doch die Ordnung und Sorgfalt, die der germanische Schmied allen Gerätschaften hatte angedeihen lassen, sprach von seinem handwerklichen Empfinden und sagte Manius – trotz aller Unzulänglichkeit – irgendwie zu. Vielleicht gerade wegen dieses Mangels? Dass der Mann mit diesen eingeschränkten Mitteln offenbar imstande war, alles Nötige zu produzieren, verlangte ihm Respekt ab. Was mochte mit ihm geschehen sein, diesem Schmied? Einem plötzlichen Impuls folgend, hob er einen Hammer auf, umfasste mit beiden Händen den Schaft, um dann das Gewicht des Kopfes zu prüfen. Ein Lächeln erhellte Manius' Züge. Ja, das war ein zwar altes, aber hervorragend verarbeitetes Werkzeug. Am liebsten hätte er den Hammer geschwungen, aber das Feuer war lange vor seinem Auftauchen erloschen. So weit ging seine Neugier nicht, dass er seine Rolle als Gast verletzt und sich in dieser Werkstatt breitgemacht hätte, als wäre es die seine. Dann fiel ihm ein, dass ihm der junge Mann namens Sigo gestern Abend eine Schmiede angeboten hatte. Hatte er diese gemeint?

Welche sonst?, dachte er und legte seufzend den Hammer an seinen Platz zurück. Für einen kurzen Moment hatte er sich tatsächlich wie zu Hause gefühlt. Insofern war Sigos Plan schon zu einem gewissen Teil aufgegangen, obwohl ihm seine Gefühle in dieser Umgebung, die ihm nach wie vor fremd war, nicht klar waren. Denn ob er unter Freunden oder Feinden weilte, war noch nicht geklärt.

Mit hängenden Schultern trat Manius hinaus, wo ihn die Sonne blendete. Er musste die Augen schließen, bis sie sich an das helle Licht gewöhnt hatten. Bald wird es Mittag sein, fuhr es ihm durch den Kopf. Dann wunderte er sich, dass er so lange geschlafen hatte. Und schließlich fielen ihm wieder die verlassenen Häuser auf. Was war los mit diesen Germanen? Gingen sie auf den Feldern ihrem Tagwerk nach, oder lagen sie irgendwo auf der faulen Haut? Seltsam war allerdings, dass auch die Frauen und Kinder ihre Behausungen verlassen hatten. Wo konnten sie nur sein?

Manius fuhr sich ratlos durch das dichte Haar.

Es musste einen Grund geben, warum die Leute ihre Häuser und Werkstätten verlassen hatten – und ihn sich selbst und seinem Schicksal überließen.

Plötzlich drehte der Wind, und Manius vernahm von irgendwoher Sprachfetzen, Fragmente von Worten, die er nicht verstand. Er wandte sich in diese Richtung und folgte den unbekannten Stimmen, die zu ihm herüberwehten. Er musste nur ein paar Schritte um die Schmiede machen, um zu sehen, wo sich die Germanen versammelt hatten. Seltsamerweise waren sie nicht auf dem Markplatz zusammengekommen, wie es die Römer taten, sondern auf einem freien Feld am Rande des Dorfes. Ein einziger Baum, eine Linde, wie Manius erkannte, befand sich dort. Um diesen herum hatten sich offenbar alle freien Männer in kleinen Gruppen geschart. Die Frauen spielten mit ihren Kindern ein wenig abseits, begleitet – oder bewacht und beschützt, Manius konnte es nicht genau erkennen – von ihren Sklaven. Neben der Linde stand einsam wie auf einer Bühne Sigo und hielt eine flammende Rede für sein Volk.

Manius wünschte, er würde verstehen, was Sigo seinen Leuten mitteilte. Es musste etwas Wichtiges sein, denn die Männer lauschten angespannt. Manius verharrte am Rande des Feldes neben einem Graben, unschlüssig, ob das Geschehen ihn betraf oder nicht. Seine Augen wanderten über die blonden Köpfe, und er ärgerte sich über sich selbst, weil sie Inga suchten.

Sie musste ihn gesehen haben, noch bevor er sie inmitten einer Gruppe von Kindern ausmachte, die alle aussahen wie eine jüngere Ausgabe ihrer selbst. Als er Ingas ansichtig wurde, erhob sie sich gerade, flüsterte den Kindern etwas zu und lief leichtfüßig über das junge Gras zu ihm. Wie hübsch sie war! Sein Herz schmerzte bei ihrem Anblick. Er hatte mit dieser Frau das Lager geteilt – und doch wusste er, dass er sie keine Sekunde wirklich besessen hatte. Ihre Liebe galt ihrem Stamm, vielleicht auch einem anderen Mann, aber ganz sicher nicht ihm. Nicht Hinkebein, dachte er bitter.

»Sei gegrüßt, Manius Claudus«, sagte sie und lächelte ihn an. Der Wind wehte ihr eine Strähne ihres Haares ins Gesicht, und sie schob sie gedankenlos hinters Ohr.

»Sei gegrüßt, Inga«, erwiderte er tonlos. Es war ihm plötzlich peinlich, ihr bei hellem Tageslicht und praktisch vor den Augen der gesamten Bevölkerung ihres Dorfes gegenüberzustehen. Er versuchte, seiner Stimme einen möglichst formellen Klang zu geben, als er fragte: »Was tut ihr hier alle?«

»Das ist der Volksthing, die große Versammlung unserer Väter, Brüder und Männer.«

»Aha. Und weiter?«

»Die wichtigste Aufgabe des Volksthings ist es, einen Führer zu wählen. Außerdem wird der Thing einberufen, um die Zukunft des Stammes zu besprechen, aber auch um Gerichtsverhandlungen abzuhalten. Du siehst so überrascht aus. Gibt es dergleichen denn nicht auch im Römischen Reich?«

»Ja – nein – ja …« Manius kam sich einfältig vor, aber wie sollte er ihr den Unterschied mit einigen wenigen Worten erklären? »Also, Gerichtsverhandlungen sehen dort etwas anders aus. Jedenfalls werden sie nicht auf einer Wiese abgehalten.« Er schmunzelte bei dem Gedanken an die Prozesse, die Gnaeus Valerius Aulus gelegentlich im Kastell zu entscheiden hatte; eine Wasseruhr, die den Zeitrahmen einer juristischen Auseinandersetzung bestimmte, gab es auf den germanischen Wiesen anscheinend auch nicht. Er fragte: »Richtet ihr euch nach der Sonne, um die Stunden zu zählen, die ihr bei diesem Volksthing verbringt?«

»Manchmal – ja. Aber heute ist es nicht notwendig, denn diesmal wird nur eine einzige Angelegenheit beraten, und das wird nicht so lange dauern.«

»Was denn?« Manius fragte mehr aus Höflichkeit als aus aufrichtigem Interesse.

Inga blickte ihm direkt in die Augen. »Es geht um dich«, antwortete sie ernst. »Die Männer beraten, was aus dir werden soll.«

»Oh!« Manius schnappte nach Luft. Er hatte nicht erwartet, dass eine derartige Sitzung nötig wäre, um über sein Schicksal zu entscheiden. Eigentlich hatte er überhaupt nicht darüber nachgedacht, wie seine Zukunft aussehen sollte – oder zumindest, wie seine »Gastgeber« diese sahen. Sigo hatte ihm einen Vorschlag präsentiert, und er war davon ausgegangen, dass dieser rechtens wäre, wenn er denn zustimmte. Er hatte jedoch abgelehnt. Plötzlich verstand er ganz genau, um was es dort unter der Linde ging, obwohl er die Sprache der Männer nicht besonders gut beherrschte und auch zu weit weg stand, um ihre

Worte richtig hören zu können: Sie verhandelten über sein Leben. Er wandte sich Inga zu.

Ein flüchtiges, verschwörerisches Lächeln huschte über ihr Gesicht. In einer zärtlichen Anwandlung berührte sie seinen Arm, strich über die harten Muskeln, die sich unter seiner Haut spannten. »Du solltest das Angebot annehmen, das Sigo dir gemacht hat.«

»Ich weiß«, erwiderte er grimmig. »Du hast dir ja auch mächtig viel Mühe gegeben, mich davon zu überzeugen, mein Mädchen. Was werden sie mit mir tun, wenn ich trotzdem ablehne?«

Sie zog ihre Hand zurück und verbarg sie hinter ihrem Rücken, als sei sie plötzlich verlegen. »Es sieht so aus, als hättest du ohnehin keine Wahl. Es spielt wohl keine Rolle mehr, was unsere Männer für dich vorgesehen haben. Wenn du zurückgehst, wird dich eine grausamere Strafe erwarten, als mein Volk sie jemals für dich wählen würde. Es heißt, der Kaiser hätte dich des Hochverrats bezichtigt.«

»Was?«

»Der Kaiser soll das Urteil über dich gesprochen haben.«

»Was für ein Unsinn!« Manius senkte seine Stimme, weil er seine Empörung laut herausgerufen hatte: »Ich dachte, deine Leute sind Ehrenmänner und haben es nicht nötig, sich derartiger Lügen zu bedienen, um einen Mann gefügig zu machen. Wenn das die Antwort auf den Frieden ist, den ich euch im Namen des Imperators anbieten soll ...« Er brach ab und schüttelte außer sich vor Fassungslosigkeit den Kopf.

Aus den Augenwinkeln beobachtete Manius, dass einige der Männer ihn und Inga bemerkt zu haben schienen. Statt Sigos Rede weiter Gehör zu schenken, machten bei ihnen nun Tuscheleien die Runde. Immer mehr Germanen neigten sich einander zu, warfen verstohlene Blicke zum Rand des Feldes. Nach einer Weile fiel Sigo die Unruhe unter seinen Zuhörern auf. Verwirrt sah er sich um, entdeckte ihn. Mit einer großspurigen Geste winkte er Manius herbei und zeigte unverzüglich Ungeduld, weil dieser sich nicht schnell genug in Bewegung setzte. Manius widerstrebte es, Sigos Aufforderung wie ein dressierter Hund zu folgen, aber es blieb ihm nichts anderes übrig. Außerdem stieß ihn Inga heimlich in die Seite, als wollte sie seine Entscheidung beeinflussen.

»Sei gegrüßt, Schmied!«

»Salve«, gab Manius zurück.

Sigo nickte. Sein markantes Gesicht zeigte keine Regung, als er verkündete: »Du bist des Todes, Schmied.«

Manius schluckte. »Warum? Was habe ich getan? Ist es die Gastfreundschaft der Germanen, eure Freunde umzubringen, nachdem ihr sie bewirtet habt?«

Für einen Moment erstarrte Sigo. Unverhohlene Feindseligkeit lag in seinem Blick. Dann begriff er, was Manius gemeint hatte, und sein zorniger Ausdruck wich überraschter Freundlichkeit. Sigo schlug Manius auf die Schulter. »Mir scheint eher, die Römer bringen am liebsten ihre besten Männer um.« Und als sei dies ein besonders gelungener Witz, brach er in schallendes Gelächter aus. Einige willfährige Untertanen in seinem Rücken lachten ebenfalls, als würden sie ihrem Fürsten damit ihre Gunst beweisen. Als Sigo verstummte, wurden auch sie wieder still. »Es heißt, du bist ein Verräter.«

»Woher weißt du das?«

»Es gibt vieles, das sich bis hier herumspricht. Wir Germanen sind nicht so dumm, wie die Römer glauben.« Er hob die Hand, um Manius am Widerspruch zu hindern, und fuhr fort: »Dein Kaiser verkündet unseren Stämmen, er gewähre uns römisches Bürgerrecht, wenn wir uns ihm unterwerfen. Das mag ein Kompliment sein, weil die Menschen in anderen Ländern, die sich den Römern widersetzt haben, römische Sklaven geworden sind. Aber wir sind nicht so dumm, uns für das eine oder das andere zu entscheiden. Wir wollen weder Römer noch Sklaven sein. Aber wir brauchen einen Mann wie dich, um unsere Ansprüche durchsetzen und in Freiheit und Frieden leben zu können.«

»Du brauchst nicht mich. Du willst die Waffen, die ich schmiede.«

Sigo nickte stumm. Er stand aufrecht vor Manius, ein ansehnlicher Mann, groß und mit einem beeindruckend muskulösen, schlanken Körper. Sigo strahlte Kraft und Zuversicht aus, Persönlichkeit und Mut. Er hatte es nicht nötig, einen anderen zu belügen, um diesen für seine Interessen einzuspannen. Wenn es nötig gewesen wäre, hätte er Manius zum Zweikampf aufgefordert, doch falsch zu spielen lag nicht in seiner Natur. Dessen war sich Manius mit einem Mal sicher. Vielleicht hatte ihm Sigo eine Falle gestellt, möglicherweise war es auch Aulus, der falsch spielte – letztlich war es einerlei, warum er hier neben dieser Linde stand und die Entscheidung seines Lebens treffen musste, die andere wahrscheinlich längst für ihn getroffen hatten.

In seinem Rücken wurde es unruhig. Die Männer waren des Wartens müde. Stimmen wurden laut, Füße stampften auf.

»Was willst du, das ich tue?«, fragte Manius ruhig.

Sigo atmete tief durch, als sei er sich dieser Antwort nicht sicher gewesen. Er strahlte Manius an. Seltsamerweise hatte Manius das Gefühl, schon einmal in diese glänzenden, blauen Augen geblickt zu haben. Er hatte diesen Blick zuvor an einer anderen Person erlebt. Die Erinnerung war da, aber der Nebel, der vor dem Bild in seiner Erinnerung lag, lichtete sich nicht.

Sigo drehte sich zu seinen Männern und berichtete ihnen, dass Manius kooperieren würde. Dann wandte er sich wieder an den Schmied: »Du wirst deine Entscheidung nicht bereuen, Manius Claudus. Du bekommst alles, was du willst, wenn du mir ein drittes Schwert herstellst.«

»Ein drittes Schwert?«, wiederholte Manius verblüfft. Er hatte nicht die geringste Ahnung, wovon Sigo sprach. Eigentlich wollte er es im Augenblick auch gar nicht wissen. Vielmehr wünschte er sich an einen ruhigen Ort, allein, um die vielen Eindrücke zu verarbeiten und über die Fragen nachzudenken, die sich wie ein Rad in seinem Gehirn drehten. Die alte Wunde im Bein begann zu schmerzen.

»Du hast Waffen mit dir geführt«, erklärte Sigo gutgelaunt. »Zwei Schwerter, um genau zu sein, Schwerter, wie man sie auf dieser Seite des Limes sonst nicht findet. Nun, eines hat seinen Zweck erfüllt, wenn auch anders, als von euch Römern gedacht.« Sigo grinste zweideutig. »Ich bitte dich nun, hier unter der Gerichtslinde meines Dorfes, dem Ort, an dem wir der Göttin Freya huldigen – an diesem heiligen Ort bitte ich dich, ein neues Schwert zu schmieden, das den beiden ersten ebenbürtig ist, nein, das sie übertrifft. Dieses, das erste der Schwerter, die du künftig für uns schmieden wirst, soll zum einen Zeuge unseres Bündnisses sein und zum anderen ein Zeichen für die Römer, dass wir sie ab jetzt mit ihren eigenen Waffen schlagen können.«

Manius nickte. Er hatte keine Wahl. Trotzdem wusste er, dass Sigo diese Waffe, ebenso wie alle anderen, die er für ihn noch schmieden würde, gegen die Römer richten sollte, wenn es zum Krieg kam. Vielleicht sogar gegen Decius, seinen eigenen Bruder. An ihn durfte er nicht mehr denken – er war ein Römer. Vielleicht war der Kampf, den er in diesen Minuten in seinem Innersten ausfocht, größer als jener, welcher Sigo und seinen Mannen eines Tages bevorstehen mochte. Manius war sich nicht sicher, ob er dabei Gewinner oder Verlierer sein würde.

Kapitel 11

Im Barbarenland, neun Tage später

Der Tag war warm, und der Wald duftete noch stärker als sonst. Der Boden war feucht – kaum, dass Decius seine eigenen Schritte hörte. Gestern Abend hatte es geregnet, aber heute drangen die Sonnenstrahlen in breiten Bahnen durch das Blattwerk, in dem Staub und Insekten flirrten.

Decius befand sich in einer Gegend, die er kaum kannte, weil sie weit weniger reich an Wild war als andere. Der Boden hier war oft morastig, weshalb die größeren Tiere diesen Teil des Waldes mieden; und die Mücken, Myriaden von gierigen kleinen Ungeheuern, zerstachen jedes lebendige Wesen, das sich hierher verirrte.

Seit acht Tagen war er unterwegs, wobei er zuerst nach Norden, dann nach Nordosten und schließlich nach Osten gewandert war. In den germanischen Dörfern hatte er widersprüchliche Auskünfte bekommen. Die überwiegend freundlichen Bewohner – Anzeichen von Unruhen oder gar Kriegsvorbereitungen konnte er nirgendwo entdecken – hatten ihm helfen wollen und allerlei Vermutungen über den Verbleib seines Bruders angestellt, aber diese Art von Gutartigkeit hatte ihm nichts genützt. Das Einzige, was für Decius immer mehr zur Gewissheit wurde, war, dass sein Bruder sich wahrscheinlich weiter vom Kastell entfernt aufhielt, als gedacht, denn sonst hätte er sicherlich irgendeinen Anhaltspunkt bekommen. Vielleicht verrieten die Leute ihm jedoch nicht alles, was sie wussten; vielleicht verdeckte ihre Freundlichkeit nur die Tatsache, dass sie nicht bereit waren, ein Brudervolk an einen

Römer zu verraten. Tatsächlich spürte Decius in diesen Tagen seiner Wanderschaft quer durch die verschiedenen germanischen Stammesgebiete so etwas wie einen heimlichen Zusammenhalt – zuvor hatte er bei diesen ewig in Fehde und Zwist lebenden Stämmen etwas Vergleichbares nie ausmachen können. Möglicherweise braute sich auf dieser Seite des Limes etwas Größeres zusammen, als dem Kaiser und seinen Ratgebern und Offizieren bewusst war.

Mitten im Wald entdeckte er eine Hütte, die am Rand einer winzigen Lichtung von zehn mal zehn Schritten stand. Offenbar war sie bewohnt, denn auf einem Tisch vor der Hütte lagen Gegenstände des täglichen Bedarfs, Becher, Schalen, ein Messer ... Vielleicht konnte er hier etwas erfahren.

Als Decius sich näherte, bemerkte er auch einen kleinen Hund, der, zusammengerollt auf einer Matte liegend, einen Mittagsschlaf hielt. Er war fast ganz schwarz, nur zwei weiße Flecke am linken Ohr und auf der Schnauze leuchteten im Sonnenlicht. Wann hatte er zuletzt etwas Friedlicheres gesehen?

Decius ließ sich neben ihm, oder besser gesagt, neben ihr nieder, denn sie war eine Hündin. Er lächelte und streckte die Hand aus, um sie zu streicheln. Dann, kurz bevor er sie berührt hätte, zögerte er, so als fürchte er, etwas könnte von dem Tier auf ihn übergehen, etwas Ungewolltes, das etwas in ihm aufbrechen lassen würde, die Erinnerung an Crispus vielleicht. Einen Augenblick schwebte seine Hand in der Luft, nur einen Fingerbreit von dem Fell entfernt, das sich sacht hob und senkte mit den kaum hörbaren Atemzügen des Wesens.

Decius zwang sich, mit dem Lächeln aufzuhören. Er zog seine Hand zurück und erhob sich, ohne den Blick von der Hündin zu nehmen.

In diesem Moment öffnete sie die Augen und hob ganz leicht den Kopf. Sie sah ihn an, als sei sein Erscheinen keine Überraschung, sondern eine Selbstverständlichkeit und seit langer

Zeit erwartet. Sie gähnte, und dann reckte sie den Kopf und beschnupperte ihn.

Decius konnte nicht mehr an sich halten, er musste erneut lächeln, und ehe er sich versah, lag seine Hand auf dem Nacken der Hündin und streichelte ihr Fell.

»Wie heißt du denn?«, fragte er in jener Tonart, mit der so viele Menschen Tiere ansprechen. Natürlich erwartete er keine Antwort.

Trotzdem bekam er eine.

»Irgendwie.«

Decius fuhr erschrocken herum.

Er sah in das Gesicht einer alten Frau. Ihre Falten waren unzählbar, und ihre grauen Haare kringelten sich in struppigen Büscheln auf den Schultern.

Eine Frau hatte er nicht erwartet. Er hatte geglaubt – nun, er hatte gar nichts geglaubt, aber als er die Hütte entdeckt hatte, hatte er sie sofort mit der Gestalt irgendeines Mannes verbunden, eines Tierfängers vielleicht, wie er es war.

»Sie heißt Irgendwie.«

»Das – ist ein seltsamer Name«, stammelte er.

»Sie stammt aus einem Wurf mit vier Welpen. Die anderen drei hatten schöne Namen, ein vierter schöner Name fiel mir nicht ein, also nannte ich sie Irgendwie. Die anderen drei sind tot, die Mutter auch. Irgendwie lebt. Es scheint, die Götter mögen schrullige Namen. Du bist in Schwierigkeiten?«

»Ich – woher …« Der plötzliche Themenwechsel irritierte ihn, und ihm wurde klar, dass er sich wie ein ertappter Strolch anhörte. »Woher weißt du das?«

»Wer Schwierigkeiten hat, sieht immer ein bisschen einsam aus. Ich habe dich beobachtet, als du auf die Hütte zugekommen bist, und ich sagte mir sofort: Der Bursche steckt in Schwierigkeiten. Komm herein.«

Er folgte ihrer zierlichen Gestalt in die Hütte. Eine grauenhaftere Unordnung hatte er nie gesehen. In diesem Raum lag alles, was nicht zusammengehörte, beieinander: Tierfelle neben Kohlköpfen, ein Schuh neben einem Kamm.

Mit einer rigorosen Armbewegung räumte sie den Tisch frei, so dass allerlei Kram zu Boden fiel, aber nichts zerbrach. Alles war aus Holz gefertigt, meist grob geschnitzt und sehr klobig.

»Was sind das für Schwierigkeiten? Steh nicht herum, setz dich.«

Er tat umgehend wie befohlen. Die Autorität dieser Greisin wirkte – so seltsam das klang – stärker auf ihn als die des Kaisers.

»Ich habe einem Befehl des römischen Kaisers zuwidergehandelt«, erklärte er.

»Aha. Welchem Befehl?«

»Vor einigen Tagen verließ ich das Kastell Ala Flavia, um meinen Bruder zu suchen.«

»Steht darauf der Tod?«

»Gut möglich.«

Die Greisin lachte. Es war kein böses, sondern ein helles, aufrichtiges Lachen. Dabei stellte sich heraus, dass sie immerhin noch über die Hälfte ihrer Zähne verfügte, große, graue Zähne, die in beinahe regelmäßigen Abständen wie Meilensteine in ihrem Mund standen.

»Möglicherweise«, sagte er, »ist mir die Komik meiner Geschichte bisher entgangen. Wieso lachst du?«

»Weil wir gut zusammenpassen, du und ich. Auf das, was ich getan habe, steht ebenfalls der Tod.«

Sie ging zur Feuerstelle, über der ein Kessel nicht größer als ein Helm schwebte, und rührte darin herum. Decius roch nichts.

»Was hast du getan?«, fragte er.

»Ich habe meinen Gatten vergiftet. Möchtest du Suppe?«

Für die Dauer eines Atemzuges verschmolzen ihre Blicke

ineinander. Dann sagte Decius: »Ob ich Suppe will, hängt davon ab, wann du deinen Mann vergiftet hast. Wenn es heute Morgen war …«

Sie lachte, und er rang sich immerhin ein Grinsen ab. So langsam gelang es ihm, sich ihrer Eigenart anzupassen, und eigentlich mochte er sie bereits. Ja, es war, als würden kleine Wellen der Zuneigung und des Verstehens von ihr zu ihm und wieder zurück fluten.

»Das ist einundzwanzig Jahre her«, sagte sie. »Oder sind es zweiundzwanzig? Jedes Jahr zur Mittsommernacht schnitze ich eine Kerbe in das Holz neben meinem Nachtlager. Aber ich habe den Verdacht, dass ich ein oder zwei Jahre ausgelassen habe.«

»Wieso hast du ihn vergiftet?«

»Aus dem Grund, den alle Frauen haben, die ihre Männer umbringen: Er war ein Lump. Leider war ich so ungeschickt, mich erwischen zu lassen. Mein Stamm wollte mich töten, aber schließlich brachten sie mich nicht um, sondern verstießen mich, weil sie meinten, das käme auf dasselbe hinaus. Ich irrte drei Wochen durch die Wälder, bevor ich mich hier niederließ. Die Götter waren mir gewogen und sind es bis heute. Ich habe zwanzig Winter überstanden.«

Die Greisin schöpfte Decius etwas Suppe in eine Schale und stellte diese vor ihm auf den Tisch. Sie roch noch immer nach nichts. Ein bisschen Grünzeug schwamm darin wie Algen in einem Tümpel.

Sie setzte sich ihm gegenüber. Ihre Hände, dünn und bleich wie abgestorbene Wurzeln, lagen übereinander.

»Ich baue ein paar einfache Gaben der Natur an, vor allem Rüben und Kohl. Auf der Lichtung steht ein Bienenstock. Dazu sammle ich Pilze, Beeren, Knollen, Rinden, Kräuter, Gräser … Einige Vogelfallen und ein altes Fischnetz drüben am Moorsee tun ihr Übriges, aber was ich damit fange, ist für Irgendwie. Ach ja, und Insekten kann ich auch verwenden.«

»Sind welche in der Suppe?«

»Nur drei Spinnen und eine Heuschrecke.« Sie lachte. »Das war ein Scherz.«

Decius lächelte. »Ich weiß.«

Er spürte, wie sie ihn beobachtete, als er die Schale zum Mund führte und die Suppe in einem Schwung trank. Sie schmeckte nach Heu, nicht besonders gut, aber kräftig. Decius fühlte sich wohl in der Gesellschaft der Greisin, von der er noch nicht einmal ihren Namen kannte. Sie unterhielten sich über ihre beiderseitigen Missetaten mit einer Unbefangenheit, als wären es Streiche, und nachdem sie ihm von ihrem Mann, dem Lump, berichtet hatte, erzählte er von seinem Bruder. Sie hörte ihm geduldig zu, wie jemand, der die Zeit verwaltete, sogar über sie bestimmte. Und tatsächlich hatte diese alte Frau ja alle Zeit der Welt. Während er von Manius und seinen Fähigkeiten als Schmied, seinem ihm so unähnlichen Charakter erzählte und in ihr Gesicht blickte, stellte Decius sich das Leben vor, das sie führte: Wenn sie nicht gerade auf Nahrungssuche war, saß sie an diesem Tisch oder am Tisch draußen, trank ihre Suppe, flocht einen Korb, fütterte Irgendwie, bastelte eine Falle, knüpfte ein Netz, nickte zwischendurch ein, wachte wieder auf, trank eine Suppe ... Ab und zu kamen Menschen bei ihr vorbei – ein Tierfänger, ein Vogelhändler, ein Mann auf Jagd, eine Frau, die Beeren sammelte, ein Flüchtender, ein verirrter Reisender –, machten bei ihr Quartier, unterhielten sich mit ihr, gingen fort, um wiederzukehren oder nicht wiederzukehren. Das war ihr ganzes Leben. Es gab schlimmere Schicksale. Sie jedenfalls schien nicht unglücklich mit ihrem Los, aber wer konnte das wirklich wissen?

»Ihr müsst euch sehr nahestehen, du und dein Bruder, wenn du dein Leben für ihn aufs Spiel setzt.«

»Ich bin es ihm schuldig.«

»Schuldig klingt nicht nach Nähe, sondern nach Reue.«

»Eine alte Geschichte.« Mehr wollte er dazu nicht sagen, aber sie sah ihn mit einem derart erwartungsvollen Blick an, dass er allein schon, um der alten Frau die Zeit zu vertreiben, die Geschichte von jenem Ausflug in die Wälder und seinen fatalen Folgen erzählte.

Als er fertig war, nickte sie müde und strich sich mit den Händen über das Gesicht. »Die Welt ist voll von solchen alten Geschichten, die wie Kadaver schon längst zu stinken angefangen haben, aber jeder tut, als sei seine Geschichte etwas Einmaliges.«

Decius hatte mit allem gerechnet, aber nicht mit diesem gelangweilten, leicht missgelaunten Kommentar. Alle, die bisher davon erfahren hatten, wirkten danach betroffen, erschrocken, entsetzt. Entweder trösteten sie ihn mit nichtssagenden Worten, oder sie wechselten rasch das Thema.

Die Alte sagte: »Ich habe aufgehört, zu bereuen, und seither bin ich frei von Schuld. Man muss sich vergeben können, auch wenn andere einem nicht vergeben. Ich weiß, das klingt hart, aber jeder hat nur ein Leben, und das sollte man nutzen und genießen, sonst kommt eines Tages der Tod wie eine Bestie über einen, und dann ist es zu spät. Noch etwas Suppe?«

»Nein, danke.«

»Die Sache ist die: Niemandem nutzt es, wenn man sich schuldig fühlt und sich in einen geistigen Maulwurf verwandelt, der glaubt, sich für den Rest des Lebens verstecken zu müssen, aber vielen ist geholfen, wenn ein Leben reich ist an Kraft und Zuversicht, denn so etwas steckt an. Habe ich dich schon gefragt, ob du noch von der Suppe willst?«

»Ja.«

Sie verstand sein »Ja« als Bitte um weitere Suppe und gab sie ihm bereitwillig.

»Was ich sagen will: Wenn du deinen Bruder suchst, dann bitte deshalb, weil du ihn liebst, nicht weil du ihm etwas schuldest. Und wenn du ihn gefunden hast, umarmst du ihn gefälligst, sagst ihm, dass du ihn liebst und dass du künftig keine Rücksicht mehr auf alte Geschichten nehmen wirst, ob ihm das nun passt oder nicht. Wenn er das nicht verstehen will, verprügelst du ihn – oder du lässt dich verprügeln. So etwas erleichtert.«

»So einfach ist das nicht. Vielleicht ist er ja ein Verräter, und dann ist er für mich ohnehin gestorben.«

»Ich dachte, du bist auch ein Verräter.«

»Das ist etwas anderes.«

»Bei einem selbst ist es immer etwas anderes.« Sie brummte in sich hinein. »Und wenn er kein Verräter ist?«

»Ich glaube nicht, dass ich das könnte, mich mit ihm schlagen, meine ich.«

Sie parodierte seine Antwort mit spitzen Lippen: »Ich glaube nicht, dass ich das könnte. Bei den Brüsten der Walküren: Der Mann jagt Bären, ist aber nicht in der Lage, die Hand gegen seinen griesgrämigen, ewig nachtragenden Bruder zu erheben.«

»Es würde auch gar nichts nutzen.«

»Ach so! Aber euer beider Methode, sich gegenseitig und jeder für sich das Leben zu verderben ist die goldene Medizin, oder wie? Diese trüben alten Säfte müssen endlich raus aus euch, und da ihr sie leider nicht einfach auskotzen, pissen oder scheißen könnt, muss es halt über die Fäuste gehen. Meinetwegen redet miteinander, bis ihr verhungert. Wichtig ist nur, dass das ekelhafte Gebräu, das da durch euer Leben fließt, raus kommt. Raus damit, raus, raus, raus. Noch Suppe?«

»Auf keinen Fall.«

»Außerdem habt ihr ja nun etwas gemeinsam, das ihr bisher nicht hattet.«

»Und das wäre?«

»Ihr seid vielleicht beide Todgeweihte.« Sie lachte. »Wenn das kein Grund zum Verbrüdern ist, im wahrsten Sinne des

Wortes. Ihr habt jetzt nur noch euch, keiner sonst steht euch bei. Diese Gelegenheit kommt nicht so schnell wieder. Siehst du, in allem liegt etwas Gutes. Im Übrigen weiß ich, wo er sich aufhält.«

Ein Atemzug verging, bevor dieser letzte Satz zu Decius durchgedrungen war. Draußen sang eine Amsel. Irgendwie trottete herein. Die Suppe blubberte über dem Feuer.

»Wie war das?«, fragte Decius.

»Ich weiß, wo er sich aufhält.«

»Wer?«

»Beide.«

Er erhob sich. »Beide? Welche beiden?«

»Dein Bruder und der Bär.«

»Mein Bruder – und der Bär?«

»Bist du plötzlich schwachsinnig geworden, oder warum wiederholst du alles, was ich sage? Noch Suppe?«

»Wo ist er?«

»Wen meinst du?«

»Meinen Bruder. Wo ist er? Woher weißt du, wo er ist? Warum sagst du mir das erst jetzt?«

»Immer eins nach dem anderen. Ich brauche jetzt erst einmal eine Suppe.«

Decius ließ sich auf den Baumstumpf fallen, der als Sitz diente, und fuhr sich mit beiden Händen durch die Haare. Das war alles ein bisschen viel auf einmal: die Ratschläge der Alten bezüglich seines Lebens, der Aufenthaltsort seines Bruders, der Bär …

Die Greisin trank einen Schluck ihrer Suppe und verzog das Gesicht. »Ist ja scheußlich! Wie konntest du nur zwei volle Schalen davon trinken«, rief sie und lachte. Dann bemerkte sie, dass er ernst blieb. »Ach so, ja, dein Bruder. Du musst wissen … Wie heißt du eigentlich, mein Junge?«

»Decius.«

»Ich heiße Eysa, jedenfalls heiße ich in diesem Monat so, ich wechsele meine Namen nämlich monatlich. Also zurück zu deinem Bruder.«

Sie trank einen weiteren Schluck Suppe. »Du musst wissen, Decius, dass an meiner Hütte immer mal wieder Leute vorbeikommen, und jeder von denen erzählt mir etwas. Dafür erzähle ich ihnen etwas von dem, was andere mir erzählt haben. Nicht gerade ein feiner Zug, ich weiß, aber schließlich muss ich mir ja die Zeit vertreiben. Bevor ich eine quälend lange Geschichte vor dir ausbreite, mache ich es kurz: Ein Nariste, der so viel Bier getrunken hatte, dass er ganz gelb davon war, hat mir von einem neuen Schmied erzählt, der prächtige Waffen fertigt. Dein Bruder befindet sich demnach in einem Dorf der Naristen, eine Tagesreise von hier entfernt nach Osten. Soweit mir bekannt ist, geht es ihm gut, mehr weiß ich auch nicht.«

Decius hob in Gedanken die Arme gen Himmel. Endlich eine Spur. Und Manius wohlauf. Besser hätte es nicht kommen können. Es sei denn – was, wenn Manius sich freiwillig dort aufhielt?

»Und Grauohr?«, fiel ihm ein.

»Wer?«

»Der Bär.«

»Oh, du meinst Gunda. Sie war gestern hier.«

So wie die Greisin es ausdrückte, hörte es sich an, als habe sie gestern eine Tante zu Besuch empfangen. Wie man ein Ungeheuer Gunda nennen konnte, war ihm völlig unverständlich.

»Hat er versucht, in die Hütte einzudringen?«, fragte er.

»Er ist eine Bärin. Und nein, sie würde mir nie etwas tun. Aber über den Honig hat sie sich hergemacht.« Eysa lachte. »Die Bienen wurden ihr wohl zu aufdringlich, und dann verschwand sie. Armes Ding.«

»Armes Ding? Sie hat dir deine Nahrung genommen.«

Eysa wurde ernst. »Es ist ein Handel, verstehst du? Nein, du verstehst es nicht. In deinem Alter ist der Kopf oft genug aus Holz.«

Sie gab ihm einen Klaps auf die Stirn. »Gunda kommt einoder zweimal im Jahr vorbei und holt sich Honig. Und wenn schon, ich ernte vier- bis fünfmal in einem Sommer. Wenn man so lange allein in einem Wald lebt wie ich, inmitten der Tiere, bekommt man eine andere Sicht auf sie. Ich glaube, das liegt an der Nähe zu ihnen und der Stille, die hier herrscht. Vielleicht liegt es aber auch daran, dass man mit der Zeit vertrottelt.«

Sie lachte, aber Decius war nicht mehr zum Lachen zumute. Nicht, wenn es um Grauohr ging.

Eysa sagte: »Gunda und ich haben ein Abkommen getroffen: Ich lasse ihr den Honig, und sie lässt mich am Leben. Das ist verrückt, ich weiß, aber so sind wir eben, Gunda und ich.«

»Grauohr hat meinen Vater getötet. Und meinen Hund.«

»Dann sind sie vermutlich ihren Jungen zu nahe gekommen. Gunda versteht da keinen Spaß, keine Mutter tut das. Erzähle mir nicht, dass deine Mutter nicht auch jede Frau, die dir gefällt, verflucht.«

Er dachte an Julia und Salgard, aber das war eine ganz andere Geschichte.

»Die Bärin hatte nichts zu befürchten«, rief er und schlug mit der flachen Hand auf den Tisch.

»Sagst du das auch den Hunderten von Tieren, die du seither gefangen hast, um in den Arenen der Römer zerfleischt zu werden? Was weißt du schon von den Qualen und Ängsten einer Bärenmutter? Wie soll ein Tier wissen, ob es etwas zu fürchten hat oder nicht, wenn noch nicht einmal Menschen dazu in der Lage sind?«

»Ich muss gehen. Ich will so schnell wie möglich das Dorf der Naristen erreichen.«

»Halt.« Sie packte ihn mit ihren dürren Fingern am Arm, und ihr Kopf begann zu zittern. »Eines sage ich dir: Wenn du Gunda etwas tust, dann …«

»Dann?« Er warf ihr einen kalten Blick zu.

»Dann hast du eine alte Frau sehr, sehr enttäuscht.«

Sie brach in Tränen aus, legte ihren kleinen Kopf an seine Brust und schluchzte, sie schluchzte so lange, bis er sich selbst für seine Kälte eben gegen sie verabscheute. Seine Arme umschlangen den winzigen, zerbrechlichen Körper dieser Greisin, die er vor einer Stunde noch nicht gekannt hatte. Was für eine seltsame Begegnung! Was für eine Frau!

»Ich – ich kann nichts versprechen, ich meine wegen Grau… Wegen Gunda«, verbesserte er sich widerwillig.

Eysas Stimme hellte sich auf. »Sie hat gerade Junge, deshalb ist sie ungewöhnlich nervös. Falls du sie siehst, schlägst du sofort die entgegengesetzte Richtung ein, das ist das ganze Geheimnis.«

»Ich sage doch, ich kann nichts versprechen. Außerdem habe ich sie kürzlich verletzt, das macht sie noch reizbarer als ohnehin.«

»Tiere kennen keine Rache«, sagte Eysa und sah ihm tief in die Augen. »Das haben sie den Menschen voraus.«

Ihr Abschied verlief kurz, war aber trotz des Streits um den Bären herzlich. Eysas Tränen waren getrocknet, und sie bestand darauf, ihm Irgendwie zu schenken, möglicherweise, weil sie darauf spekulierte, dass er mit dem Hund an seiner Seite nicht der Bärin hinterherjagte. Natürlich lehnte Decius ab, aber es schien, als sei die junge Hündin mit der Entscheidung ihrer Herrin einverstanden, denn als Decius sich entfernte, sprang sie hinter ihm her.

Eysa lachte. »Sie hat den ewigen Fisch, den ich ihr vorsetze, leid. Macht's gut, ihr beiden.«

Decius sah sie winken, bis er und Irgendwie im Gewirr der Baumkolonnaden verschwunden waren.

Er lief eine Weile stur geradeaus nach Osten, ohne auf Irgendwie oder die Umgebung zu achten. Er dachte an das, was Eysa über Manius und ihn gesagt hatte, obwohl er nicht daran denken wollte. Doch einzelnen Wörtern und Satzfetzen gelang es immer wieder, in seinen Gedanken Fuß zu fassen: Maulwurf, der Tod eine Bestie, vergeben, frei von Schuld, trübe alte Säfte, todgeweihte Brüder, raus damit, sag ihm, dass du ihn liebst – liebte er seinen Bruder?

Immer schneller schritt er voran und noch schneller, bis er schließlich rannte. Erst als er außer Atem war – und das dauerte eine Weile bei seiner körperlichen Leistungsfähigkeit – hielt er plötzlich an, sackte auf die Knie, fiel auf den Rücken und rang nach Luft. Mit den Fäusten schlug er auf den Boden, er wälzte sich, presste die Hände vors Gesicht, schrie und keuchte, als stieße sein Körper etwas aus, irgendein altes, übles Gefühl.

Er wusste nicht, wie viel Zeit vergangen war, als er langsam wieder zurückfand und um sich blickte. Irgendwie lag neben ihm und hechelte geruhsam vor sich hin, reichlich unbeeindruckt vom eigenartigen Gebaren ihres neuen Herrn.

»Du hast es gut«, murmelte Decius. »Gehörst du auch zu jener Sorte von Hunden, die immer nur fressen, schlafen und einem an den Nerven zerren und die man trotzdem für kein Königreich wieder hergeben will? Jawohl, genauso einer bist du. Und das weißt du auch.«

Irgendwie hatte geschafft, was bereits Eysa gelungen war: sich innerhalb einer Stunde unvergesslich zu machen.

Decius stand auf und ging den Weg zu Eysas Hütte zurück. Allerdings blieb er in einigem Abstand stehen. Er hatte nicht vor, die Hütte erneut zu betreten, sondern wollte nur von Ferne Abschied nehmen. Vermutlich würde er Eysa nie wiedersehen, und doch hatte er ihr viel zu verdanken. Manches war ihm heute klarer geworden, anderes sah er aus einer ganz neuen Perspektive, und wieder anderes hatte er schon lange gewusst, es sich jedoch nicht eingestanden. Bis heute. Auf eine Weise, für die er selbst noch keine Erklärung hatte, war es dieser schrumpeligen, kleinen Frau gelungen, direkt zu ihm vorzudringen, zu seinen Schmerzen, und sie hatte ihn, den Sohn des Heilers, ein wenig geheilt. Nicht einmal Salgard hatte das vermocht.

So vieles wusste er nicht über Eysa. Hatte sie Kinder? Hatte sie je geliebt? Eines Tages, vielleicht schon bald, würde sie sich ein Bein brechen oder morgens nicht mehr die Kraft haben, um aufzustehen. Alles würde zerfallen, einstürzen, würde fortgeweht und vom Laub bestattet werden.

So ist das halt, würde sie sagen – und lachen.

Decius wandte sich um. Er und Irgendwie hatten noch eine gute Strecke zu bewältigen.

Kapitel 12

Im Naristenland, am selben Tag

Der Schweiß rann an seinem nackten Oberkörper hinunter und sammelte sich dort, wo der Schurz begann. Es war die Hitze des Schmiedefeuers, die Hitze, die er so sehr liebte, die das Schwitzen bewirkte. Manchmal glaubte Manius, ohne das Feuer, ohne die Gluthitze der Schmiede, ohne die Anstrengung, die das Schmieden mit sich brachte, ohne die tägliche Anspannung seiner Muskeln nicht mehr leben zu können. Schon wenn er das Feuer entfachte, strömte eine ungeahnte Kraft durch seinen Körper, und wenn er schließlich das glühende Objekt in den Wasserbottich tauchte und es zischte und sprühte, bis es fest wurde, erfasste ihn jedes Mal ein unsagbares Glücksgefühl. Etwas Ähnliches fühlte er sonst nur, wenn er des Abends selbst Hand an sich legte. Aber in solchen Momenten war das Glück leider von kurzer, sehr kurzer Dauer, denn gleich danach überfielen ihn wieder die Einsamkeit und der innere Schmerz, der mit ihr stets einherging. Inmitten der Gerüche und Geräusche der Schmiede – egal, auf welcher Seite des Limes diese stand – und mit der im Tagesverlauf zunehmenden Erschöpfung fühlte er sich hingegen aufgehoben und wohl in seiner Haut.

»Inga.«

Sie hatte sich lautlos genähert und stand nun direkt vor ihm. Seit dem Volksthing hatte er sie nicht mehr gesprochen.

»Ich mag ihn«, sagte sie.

»Wen?«

»Deinen Schweiß.«

»So etwas bekommt man nicht oft zu hören. Gibt es sonst noch etwas, das du an mir magst?«

»Die Brusthaare, durch die der Schweiß rinnt.« Sie deutete ein Lächeln an. »Ich mag die Konzentration, mit der du arbeitest und die Welt um dich herum vergisst. Ich mag deine Hände, weil sie so groß sind und doch so schöne Dinge hervorzubringen vermögen. Ich mag deine Haare, wenn sie glänzen von tausend kleinen Wasserperlen, so wie jetzt. Ich mag deine Augen, denn sie können kalt blicken und verächtlich, aber dahinter liegt etwas anderes verborgen, ein tiefes Leiden, und das liebe ich.«

Er hätte ihr ewig zuhören können, Tage und Nächte lang. Sein Körper, sein Verstand lechzte nach schönen Worten von ihr, nach etwas, woran er sich festhalten konnte. Selbst wenn sie ihm nicht die Wahrheit sagte, würden ihre Worte für ihn stets unvergesslich bleiben – nicht weil sie so besonders waren, sondern weil niemand je auf diese Weise zu ihm gesprochen hatte. Die Frauen, mit denen er früher zusammen gewesen war, hatte er bezahlt, und bezahlte Frauen zählten nicht.

Inga jedoch war zu nichts verpflichtet und hatte keinen Vorteil von dem, was sie sagte. Denn seit einigen Tagen bereits schmiedete er – nachdem er es sich lange und gut überlegt hatte – an dem kunstvollen dritten Schwert für Sigo, und das ganze Dorf wusste davon. Inga war wieder und wieder nahe an der Schmiede vorbeigelaufen, hatte Manius' Nähe gesucht, seinen Blick, aber ihr Gesichtsausdruck war stets unbewegt geblieben. Er hätte nicht sagen können, was in ihr vorging.

»Ich will dir etwas geben«, sagte sie, und Zärtlichkeit schwang in ihrer Stimme mit.

»Was?«

»Nicht hier.«

Sie ging in Richtung seiner Hütte davon. Er stellte sein Tagwerk umgehend ein, ohnehin war er fertig für heute. Er konnte alles so lassen, wie es war; das Feuer in der Schmiede würde von allein erkalten.

Manius folgte Inga quer durch das Dorf. Es dämmerte. Ein leichter Regen fiel, der, wenn er auf den Boden und die zahllosen jungen Blätter des Frühlings traf, ein prasselndes, beruhigendes Geräusch erzeugte, ähnlich dem Entfachen einer Glut. Ein paar Frauen mit harten Gesichtszügen, die ihn an eiserne Masken erinnerten, sahen ihnen nach. Seit Sigo mit einer kleinen Heerschar aufgebrochen war, gab es kaum noch Männer im Dorf, nur noch Jungen und Greise. Außer drei Wachen mit Lanzen und ihm waren alle im zeugungsfähigen Alter – dem kampffähigen Alter – aus dem Dorf verschwunden.

Als er seine Hütte betrat, streckte sie ihm eine Schale Bier entgegen, die bereitstand. Er nahm sie und leerte sie in einem Zug. Augenblicklich spürte er den Brand in seinem Bauch und die Hitze in seinem Atem, die ihm bis in den Kopf stieg. Wortlos sah er zu, wie Inga ihm nachschenkte und sich selbst eine Schale füllte.

Sie legten sich einander gegenüber auf sein Lager aus Fellen, das ihm in diesem Moment um ein Tausendfaches lieber war als seine gepolsterte Kline im Vicus. An keinem Punkt ihrer Körper berührten sie sich, und doch war es, als zögen sie sich an, als strebten sie unaufhaltsam aufeinander zu, obwohl sie sich nicht bewegten. Sie betrachteten sich, und er hätte nicht sagen können, wie lange sie sich einfach nur ansahen. Er trank seine Schale Bier und sie die ihre. Und nach diesen beiden Schalen tranken sie zwei weitere. Sie schwiegen.

Manius konnte sich nicht erinnern, jemals derart intensiv gefühlt zu haben. Über Begegnungen mit Salgard hatte er sich stets gefreut, so wie man sich auf einen Monat freut, auf den Mai vielleicht. Inga jedoch … Das Glück, neben ihr zu liegen und sie anzusehen, war ein anderes, als er jemals erfahren hatte, nicht zu vergleichen mit dem Glück in der Schmiede, dem

Glück mit bezahlten Frauen, dem Glück mit seiner Hand an seinem Geschlecht ... Glück zu spüren und glücklich zu sein waren zwei verschiedene Dinge. Heute, in dieser Stunde, in diesem germanischen Dorf, war Manius zum ersten Mal seit langer Zeit, vielleicht zum ersten Mal in seinem Leben, glücklich.

Dieses Gefühl kam plötzlich und kraftvoll, wie lange zurückgestautes Wasser, und für einen Augenblick bereitete es ihm beinahe körperliche Schmerzen.

»Bei allen Göttern«, stieß er leise hervor, als die Dunkelheit ihn und sie bereits erfasst hatte. Sie waren nur noch Schemen, unwirkliche Ahnungen von Körpern.

»Was?«, fragte sie.

»Du liebst mich, Inga. Ich spüre es, obwohl wir uns nicht berühren und vor Dunkelheit kaum noch in die Augen blicken können. Ist das nicht unglaublich? Du liebst mich.«

»Für mich ist es nicht unglaublich.«

»Inga! Du hast gesagt, dass du nur deines Volkes wegen zu mir gekommen bist, bei unserer ersten Begegnung ...«

»Männer hören immer nur das, was sie erhoffen oder was sie befürchten, und selten das, was zwischen den Worten eingebettet ist.«

Sie legte etwas in seine Hand. Es war glatt und unförmig in der Größe einer Nuss.

»Was ist das, Inga?«

»Das habe ich von meiner Großmutter bekommen, kurz bevor sie starb. Sie bat mich, es erst dann herzugeben, wenn ich den einen Mann gefunden habe ... Du verstehst? *Meinen* Mann.«

Es war eine verhärtete Kastanie, die so alt sein mochte wie das Leiden, das er mit sich herumtrug, womöglich noch zehnmal älter. Manius hielt sie sich vor Augen wie eine Kostbarkeit. Kein Juwel hätte ihm in diesem Moment auch nur annähernd so viel bedeutet wie diese schrumpelige braune, viele Sommer alte Frucht.

Gleich ob es das Bier, die Kastanie oder dieses unermesslich starke, nicht zu bändigende Gefühl in ihm war: Jedenfalls kam es ihm vor, als platzten reihenweise Knoten in seinem Kopf – und nicht nur dort –, als löste sich sein ganzes bisheriges Lebensgefüge auf. Und Manius sah dabei zu und jubilierte.

»Ich – ich wünschte, ich hätte auch etwas, das ich dir in diesem Moment schenken könnte, Inga.«

»Du hast mir schon etwas geschenkt«, sagte sie. »Du hast damit begonnen, das dritte Schwert zu schmieden. Ich weiß, du wirst jetzt sagen, das sei nicht gerade ein geeignetes Geschenk für eine junge Frau, die du liebst, zumal du es ja Sigo geben wirst und nicht mir. Aber Manius, du musst verstehen … Diese Schwerter symbolisieren etwas für mein Volk, sie stehen für unsere Zukunft, für unsere rebellischen Herzen. Diese Herzen sind frei, sie gehören niemandem, keinem Kaiser jedenfalls. Wir wollen ein bisschen von dem Land, von dem es so viel gibt, um darauf zu siedeln, aber wir sind nicht bereit, dafür Untertanen eines fernen, fremden Herrschers zu werden. Ich weiß, du zweifelst noch …«

»Ja«, sagte er. Es war jetzt so dunkel, dass er nichts mehr sah. Aber er atmete den frischen, erdigen Geruch ein, den Inga verströmte, so wie sie sicherlich seinen Schweiß roch. Ihre Hand streichelte seine Brust über seinem Herzen.

»Ich schmiede das Schwert«, ergänzte er so leise, wie man bei absoluter Dunkelheit gemeinhin spricht. »Doch ich bin nicht überzeugt, das Richtige zu tun, so wenig wie ich überzeugt bin, das Falsche zu tun. Ich weiß nichts mehr.«

Auch Inga sprach leise, beinahe flüsterte sie. »Freiheit, Manius, das ist alles, was wir wollen. Es muss doch Platz geben für diese Freiheit. Kein Volk sollte über ein anderes herrschen wollen, dann wäre genug Land und Sonne für alle da, für die gotischen Stämme, die uns von Osten bedrängen, für unsere Nachbarn, die Markomannen, für uns und auch für euch, die Römer.«

»Das sind Träume, Inga.«

»Vielleicht unterscheidet uns das am meisten, dein Volk von meinem Volk. Wir träumen noch. Und wir haben Angst, dass uns diese Träume genommen werden.«

Eine Weile schwiegen sie. Der Wind frischte auf und stieß in kleinen Wirbeln in Manius' Hütte hinein. Noch war es kalt in den Wäldern, und kein Kohlenbecken wärmte den Raum wie zu Hause – doch war das wirklich noch sein Zuhause? Aber bald schon käme der Sommer, und Manius stellte sich vor, wie ein Sommer mit Inga verlaufen würde: barfuß neben ihr durch den Wald laufen, gemeinsam im See baden, lose, luftige Gewänder tragen, im Licht eines Sonnenuntergangs sitzen; ihre Nächte wären voller Genuss, Liebe und von dem festen Glauben erfüllt, dass es immer so weitergehen, dass dem Sommer ein anderer, ebenso schöner folgen würde.

Gewiss, schön war es im Barbarenland nicht immer, ja sogar selten. Auf die kurzen Sommer folgten lange Winter. Es gab Hungersnöte, den ewigen Streit der Stämme, die Blutrache, die harte Arbeit auf den manchmal kargen Böden und tausenderlei mehr. Doch auf eine seltsame Weise liebten diese Menschen ihr dürftiges, aber freies Leben und verteidigten es mit aller Leidenschaft bis zum letzten Atemzug. In den letzten Tagen hatte er, während er Tag um Tag und Stunde um Stunde an dem Schwert schmiedete, ausreichend Gelegenheit gehabt, sich über vieles Gedanken zu machen. Er hatte die Lebensweise der Naristen ein wenig kennengelernt, verstand ihre Not, fruchtbares Land im Süden zu finden. Und er hatte ihr Leben mit dem Leben auf der anderen Seite des Limes verglichen. War das Leben innerhalb der Grenzen des Imperiums wirklich besser, so wie er immer gedacht hatte? Machte die römische Lebensweise froher? Decius, der sein Geld mit dem Fang von Tieren verdiente, die zum Volksvergnügen sinnlos abgeschlachtet wurden; Aulus, der eine unnatürliche, unechte Grenze bewachte; Julia, die ihren Lebensinhalt darin sah, ihre Söhne in wohlhabende Häuser zu verheiraten, selbst wenn es sie unglücklich machte; Livia, die immerzu gelangweilt und aller Dinge überdrüssig war, aber meinte, das sei die höchste Form der Zufriedenheit: Waren das ermutigende Beispiele? Ingas Volk jedenfalls würde in einer solchen Welt verwelken, sich auflösen, untergehen. Sie brauchten Land – und sie brauchten Freiheit. Aber beides zusammen würde ihnen kein römischer Kaiser jemals freiwillig geben.

»Ich glaube, ich verstehe, was du meinst«, sagte er.

Sie streichelte seine Brust. »Vielleicht ein bisschen. Deine Welt, Manius, ist noch in deinem Blut. Wie ein Gift fließt sie in deinen Adern, und es wird Versuchungen für dich geben, mich und meine Welt zu verlassen.«

»Keine Versuchung wird stark genug sein, mich von dir zu trennen. Ich habe zu lange auf dich gewartet, auf jemanden wie dich.«

Ihre Hand glitt in seinen Schurz, und er stöhnte kurz unter ihrer Berührung auf.

»Ich möchte es glauben, Manius. Denn weißt du: Ich habe nur eine Kastanie. Nur einmal kann ich lieben, will ich lieben, und ich habe mich für dich entschieden. Jetzt bin ich dir ausgeliefert, ein Vogel in deiner Hand.«

Sein Körper wölbte sich, und seine Arme umschlangen Ingas Nacken.

Der Morgen war zu schön für das Elend des Krieges, für so viele junge Tote.

Aus dem Wald stieg Dunst auf. Zunächst war alles grau und kalt, doch nach und nach zerbrach die Nacht, es mischten sich gelbe, dann rote Töne bei, und schließlich überzog ein dichtes Licht die Wiesen rund um den Limes. Die Tautropfen glänzten, die Ringelblumen leuchteten auf, sobald die Sonnenstrahlen sie erreichten. Römer und Germanen blickten gleichermaßen auf dieses Kunststück der Sonne, die einen von ihren Palisaden aus, die anderen aus dem Verborgenen, dem Dickicht des jungen Holzes am Waldrand. Sie atmeten die gleiche Luft, sie hörten die gleiche Stille, die allein von einzelnen Vogelrufen durchbrochen wurde. Die jungen Männer der römischen Wache freuten sich bereits auf die nahe Ablösung, auf eine warme Decke, auf Schlaf, auf einen Traum.

Und dann kam der Tod.

Plötzlich brachen zwei der Wachen mit Lanzen im Rücken auf den Wachtürmen zusammen, und ihr Tod hatte den einzigen Sinn, die anderen zu warnen.

Augenblicklich wurde Alarm gegeben.

In diesem Moment brach das germanische Kampfgeschrei los, von dem römische Veteranen in durchzechten Nächten in Tavernen schon immer Schauergeschichten erzählt hatten. Ein Geschrei wie von den Qualen des Orcus, grollend und unmenschlich. Das Geschrei war eine unsichtbare Waffe, ein Vorgeschmack auf das Kommende, auf das uralte Alphabet eines jeden Krieges: Speere fliegen, Körper fallen, junge Rekruten stolpern, aus dem Schlaf gerissen, in einer Mischung aus Angst und Tapferkeit auf Wehre, Wachttürme fangen Feuer, Pferde scheuen und gehen mit ihren Wagen durch, Befehle werden geschrien, diejenigen, die zurückweichen wollen, werden daran gehindert, Pfeile bohren sich in Körper, Schädel werden zertrümmert … Söhne sterben. Das Alphabet des Krieges kennt Variationen, aber keine Änderung des Wesentlichen.

Ein Horn erschallte, dunkel und unheimlich und dennoch erlösend, denn es leitete den Rückzug der Angreifer ein. In weiten Schritten rannten sie über die Wiese in Richtung des

Waldes, und so plötzlich, wie sie gekommen waren, waren sie wieder verschwunden. Wären nicht die Schreie der Verwundeten gewesen und die brennenden Palisaden, man hätte glauben können, dass alles ein furchtbarer Alptraum gewesen war, ein böser Streich der Götter.

Auf den Türmen, vor den Palisaden, im kniehohen Gras der Wiese: Tote Germanen und Römer lagen auf der gleichen Erde, im gleichen Licht, im gleichen Wind, der vom Westen kam und einen milden Tag versprach. Meist junge Gesichter waren es, manche wie schlafend, andere bittend, leidend.

Niemand wusste, was ihre letzten Gedanken, ihre letzten Worte gewesen waren. Niemand hatte ihnen etwas Tröstliches, Verheißendes gesagt, bevor sie starben. Sie waren allein gewesen. Und im nächsten Frühjahr, in zehn oder zwanzig Jahren spätestens, würde sich keiner mehr an sie und ihren Kampf erinnern.

Die Sonne erreichte die Wipfel der Eichen. Ein paar Grillen zirpten. Das Gras wogte.

Es war ein Morgen, zu schön für den Krieg, für den Tod.

Julia erwachte sehr früh. Einen kurzen Augenblick lang fühlte sie sich gut und erfrischt von ihrem traumlosen Schlaf. Das Licht eines schönen Morgens sickerte durch die Ritzen der Fensterläden, und sie hörte zwei Kinder im Schlamm vor dem Haus waten und singen, was Julia dazu brachte, sich ihrer eigenen Kindheit zu erinnern: an die Spiele, an das Lachen, an die Lieder, an die Freundinnen von damals. In dem Moment, als sich ein Lächeln auf ihre Lippen legte, fiel ihr Manius ein, der sich in großer Gefahr befand, dann Decius, der seit neun Tagen nicht minder sein Leben aufs Spiel setzte. Der Gedanke an ihre beiden Söhne presste ihr augenblicklich ein Gewicht auf ihre Brust, und sie wusste, dieses Gefühl würde den ganzen Tag nicht weichen.

Julia bekam – wie die meisten Bewohner des Vicus – wenig davon mit, was derweil am Limes passierte, denn er war ein gutes Stück entfernt. Doch die Angst auf den Straßen, als sich die Neuigkeit herumsprach, die spürte sie. Als sie von dem Angriff der Germanen hörte, verfiel sie in eine Art Lähmung und saß eine unbestimmte Zeit reglos vor ihrem Larenschrein, bis die Ungewissheit draußen abflaute und in Wehklagen um die Toten überging. Siebzehn Männer der Hilfstruppen waren gestorben, zahllose verletzt.

Die toten Germanen zählte natürlich niemand.

Julia bot ihre Hilfe beim Versorgen der Verletzten an und kümmerte sich um einen Soldat in Manius' Alter, dessen rechte Hand von einer Lanze durchbohrt worden war. Nur ein paar Schritte von ihr entfernt starben zwei Schwerverletzte unter grauenhaften Schreien. Einer rief immerfort nach seiner Mutter.

Danach ging Julia nach Hause, so müde, als habe sie seit drei Nächten kein Auge zugetan – dabei war es gerade erst Mittag.

Julia konnte später nicht mehr sagen, womit sie die nächsten Stunden verbracht hatte. Sie tat irgendwelche Dinge, räumte herum, suchte nach belanglosen Gegenständen, die sie schon lange vermisste, ließ sich von Greda ein Mahl zubereiten, das sie nicht aß, und während der ganzen Zeit wusste sie genau, was als Nächstes passieren, welcher Schlag sie treffen würde. Es war, als sei es irgendwann von irgendjemandem aufgeschrieben und ihr zu lesen gegeben worden, so deutlich stand es ihr vor Augen.

Als ein Soldat kam, um sie zu bitten, vor dem Kaiser zu erscheinen, war sie nicht überrascht. Unter anderen Umständen hätte sie sich rasch etwas Besseres angezogen und die Haare neu gesteckt – denn immerhin trat man nicht alle Tage vor den Imperator Caesar Augustus Pontifex Maximus –, doch der Reflex, sich herauszuputzen, brach sogleich in sich zusammen, und Julia blieb, wie sie war. Als sie die Principia betrat, in der Marcus Aurelius auf sie wartete, sah sie fast aus wie eine Frau, die sich gehenließ. Und als sie die Principia wieder verließ, kam es ihr vor, als habe ein Stoß die Erde unter ihren Füßen ins Wanken gebracht. Ohne nach links und rechts zu blicken, schritt sie langsam durch das Tor des Lagers den Weg zurück zu ihrem Haus, wie eine Betrunkene, die sich müht, aufrecht zu gehen. Sie sah wenig und das Wenige verschwommen.

Ihre Söhne waren tot, nicht tatsächlich, aber ihr Leben gliche künftig dem von Geistern, denen es nicht gestattet war, aus der Unterwelt zurückzukehren. Nach Manius galt nun auch Decius als Hochverräter. Wie ungerecht dieses kaiserliche Urteil war, wie empörend, verletzend, wie gefühllos, eines kultivierten Staates unwürdig! Bestand nicht, genau genommen, der Verrat viel eher darin, ihren Söhnen nicht zu helfen, ja sie zu Verbrechern zu machen, als in den Verfehlungen, die man ihnen zur Last legte?

Sie würden fortan im Barbarenland bleiben müssen, um weiterzuleben. Nichts würde mehr so sein, wie es gewesen war. Und im schlimmsten Fall würden Decius und Manius mutig zurückkehren und dafür mit ihrem Leben bezahlen.

Zu Hause legte sie sich auf das Bett und verschränkte die Hände auf der Höhe des Bauchnabels ineinander. Sie dachte daran, wie sie Manius und Decius geboren hatte, ja sogar wie sie sie empfangen hatte. Die Nächte mit Curmillus, seine Zärtlichkeit, seine unglaubliche Vorsicht im Umgang mit ihrem Körper, fehlten ihr. Von dieser verlorenen Vergangenheit waren nur die Söhne geblieben, zwei Verlorene nun auch sie.

Julia bereute. Sie bereute unterschiedslos die großen und die kleinen Fehler und Ausrutscher im Umgang mit ihren Söhnen: eine Ohrfeige, die sie Manius im Alter von sechs Jahren gegeben hatte, als er zu frech geworden war, woraufhin er eine Woche lang nicht mit ihr gesprochen hatte; die absichtliche Gleichgültigkeit, die sie dem zwölfjährigen Decius entgegengebracht hatte, als er einen Gleichaltrigen im Ringkampf besiegte und ungeheuer stolz darauf war – sie konnte Wettkämpfe, die mit Gewalt zu tun hatten, nicht ausstehen; das Schweigen, das sie sich über die Umstände von Curmillus' Tod gegenüber ihren Söhnen auferlegte, ein Schweigen, das zwar niemandem die Schuld gab, sie aber auch niemandem nahm; und sie bereute, dass sie Manius und Decius, vor allem Decius, in seine Liebes- und Heiratsangelegenheiten hineingeredet hatte. Manchmal verstand sie sich selbst nicht. Es war seltsam: Waren ihre Söhne abwesend, fand sie immer die richtigen Worte, um ihnen das zu sagen, worauf Kinder ein Recht haben. Sobald sie jedoch vor ihnen stand, wollten ihr diese richtigen Worte einfach nicht über die Lippen kommen, und dann sagte sie ganz andere Dinge – oder schwieg. Sie war eine Törin. Vielleicht waren alle Mütter Törinnen, vielleicht hatten die Götter das so eingerichtet. Aber Julia war heute nicht dazu in der Lage, den Göttern die Schuld zu geben. Sie gab sie sich selbst.

Es klopfte. Salgard stand vor der Tür. Ihre unheimliche Schönheit, ihre allgegenwärtige Verlockung, die sie sonst aus jeder Pore schwitzte, hatten gelitten. Sie sah aus wie ein welkes Blumengebinde an einem verregneten Tag.

»Verzeih«, flüsterte Salgard fast demütig. »Hast du etwas von Decius gehört? Oder von Manius? Ich habe zufällig gesehen, wie du aus der Principia kamst und bin dir gefolgt.«

»Wie lange stehst du schon vor der Tür?«, fragte Julia streng, aber weniger abweisend denn je. Sie hatte auch gar nicht mehr die Kraft, abweisend zu sein, selbst wenn sie es hätte sein wollen.

»Eine Weile«, sagte Salgard. »Ich habe mich nur nicht gleich getraut ...«

»Dummes Ding.« Julia machte eine Kopfbewegung, die zum Eintreten aufforderte.

Sie ging Salgard voraus und setzte sich irgendwo hin, wobei

sie die Fingerspitzen an die Schläfen gepresst hielt. Eine Weile schwiegen sie. Julia suchte nach Worten, und Salgard ... Der Himmel wusste, was Salgard dachte. Sie stand etwas verloren im Raum, mit einer Amphore unter dem Arm, und blickte traurig auf Julia hinab.

»Ist er ...«, stammelte Salgard. »Sind sie ...«

»Nein«, sagte Julia. »Sie sind nicht. Noch nicht. Der Kaiser hält nun auch Decius für einen Verräter, nur weil er nach Manius sucht. Wir müssen jetzt zusammenhalten, Salgard, denn wir lieben dieselben Menschen.« Sie unterbrach sich kurz. »Bei den Göttern, habe ich das eben tatsächlich gesagt?«

»Was kann ich tun?«

Julia sah zu der jungen Frau auf und überlegte. Vielleicht konnte Salgard tatsächlich etwas tun. »Hast du Verbindungen ins Barbarenland? Du bist Germanin, irgendjemanden wirst du doch sicher kennen, der jemanden kennt, der jemanden kennt ...«

»Der dann was tun soll?«

»Manius und Decius müssen erfahren, was ihnen hier droht, nämlich eine Verurteilung zum Tod. Auf keinen Fall dürfen sie zurückkehren. Sie sollen ... Sie sollen ... Ich weiß auch nicht, was sie tun sollen, nur, was sie nicht tun sollen. Ich bin völlig durcheinander.«

»Ich kann helfen.«

»Wirklich?« Julias Stimme nahm einen seligen Klang an. »Oh, Salgard, das wäre ja ... Du kennst also jemanden?«

»Ja. Natürlich muss er Decius und Manius erst einmal finden, bevor er sie warnen kann. Das wird nicht leicht. Gleich morgen früh gehe ich in ein nahes Dorf und bitte meinen Bekannten, für uns tätig zu werden.«

»Geht es nicht noch heute?«

»Es dämmert bereits, die Tore des Limes werden gleich geschlossen.«

»Du hast recht.« Julia ergriff Salgards Hände. »Das werde ich dir nicht vergessen, Salgard.«

Nach dieser Unterhaltung wäre es unmöglich gewesen, Salgard einfach so wegzuschicken. Ohnehin würde Julia nur die ganze Nacht wach bleiben und vor Sorge grün und krank werden. Da war es allemal besser, die Frau, in die Decius sich verliebt hatte, endlich kennenzulernen.

»Ich habe Met in diesem Krug«, sagte Salgard, als errate sie Julias Gedanken. »Der letzte Met, den ich habe. Wir könnten doch einen Becher zusammen trinken.«

Sie tranken mehr als einen Becher, bei fünf hörte Julia zu zählen auf. Das Getränk, auf das sie vor kurzem noch schlecht zu sprechen gewesen war, obschon sie es gar nicht kannte, stellte sich als schmackhaft und ausgesprochen tröstend heraus. Zusammen mit dem Wissen, dass für Manius' und Decius' Überleben ab dem folgenden Tag etwas getan würde, ließ der Met Julia tatsächlich eine Art Zuversicht empfinden. Alles würde gut werden – irgendwie.

»Wenn ich mich recht erinnere«, sagte Julia, schon erhitzt von dem süßen Gebräu, »hast du neulich behauptet, der Met besitze Heilwirkung.«

»Bereits ein Becher jeden Tag, ja. Er kann Wundbrand verhindern, und er senkt in manchen Fällen Fieber. Man sagt, wenn man ihn regelmäßig trinkt, werde man erst gar nicht krank.«

»Eine wahre Ambrosia. Wie viele Becher haben wir getrunken?«

»Sieben oder acht«, antwortete Salgard.

»Acht! Dann sind wir jetzt unsterblich!« Julia kicherte, und sie konnte nicht mehr damit aufhören. Aus dem Kichern wurde ein Lachen, in das auch Salgard einstimmte, jedenfalls so lange, bis Julias Lachen in Weinen überging. Der Schmerz, die Verzweiflung schnellte wie eine Schlange in ihr empor, und Julia brach über ihren Händen, die auf dem Tisch lagen, zusammen.

»Oh, nicht weinen, Julia«, sagte Salgard und legte ihren Arm um Julias Schultern. »Die beiden sind zäh, sie schaffen das schon. Das Germanenland ist nicht die Unterwelt, man kann dort gut leben, und wer weiß, bald lebt man dort vielleicht sogar sicherer als hier. Wäre es nicht möglich ... Nicht weinen, Julia, sonst muss auch ich weinen. Ja, wäre es nicht möglich, dass Manius und Decius sich dort nach einer gewissen Zeit wohler fühlen als hier? Dass sie dem Schicksal für diese Wendung in ihrem Leben danken werden? Decius und ich werden heiraten, und solche kräftigen, geschickten Männer wie er werden überall gebraucht. Von Manius gar nicht zu sprechen. Manchmal, so stelle ich mir vor, sind Tragödien nur das Vorspiel für Glück.«

Julia hob den Kopf. »Ich war gemein zu dir«, schluchzte sie, »unsagbar niederträchtig. Ich habe dir die schlimmsten und abscheulichsten Gedanken unterstellt und dich beleidigt, wo immer ich konnte. Und du – sitzt bei mir – und tröstest mich.«

Es war nur einem letzten Rest von Schamgefühl zu verdanken, der noch nicht vom Met überflutet worden war, dass Julia nicht ihre Wange an die der Geliebten ihres Sohnes drückte.

In Julias Kopf rauschte es. »Du liebst Decius?«, fragte sie.

»Oh ja. Ich liebe ihn. Ich würde alles tun, um ihn nicht zu verlieren. Alles, alles.«

Julia streichelte über Salgards Haare. »Gutes Kind«, sagte sie. »Gutes, gutes Kind.«

Plötzlich bemerkte Julia aus den Augenwinkeln, dass noch jemand anderes in den Raum gekommen war. Sie sah den Mann wortlos an: ein Sklave aus dem Haus von Partellus.

»Verzeih, Herrin, ich habe geklopft, aber ... Du musst rasch kommen, Herrin.«

Julia erhob sich. Sie sah Angst in den Augen des Sklaven, und diese Angst erklärte ihr alles. »Ist es Livia?«

Der Sklave schüttelte stumm den Kopf. »Mein Herr … Er – er ist krank, Herrin. Du musst etwas tun. Er stirbt.«

Julia sah Salgard an. »Die Seuche«, sagte sie. »Sie ist da.«

Kapitel 13

Vicus des Reiterkastells der Ala II Flavia am Limes

Willst du allein gehen?«, fragte Livia.

Julia wandte sich um und sah die junge Frau im Durchgang zum Atrium ihres Elternhauses stehen.

»In einer halben Stunde wird es finster. Lass dich doch von Paetus begleiten!«, fügte die Tochter des Baumeisters Partellus fast bittend hinzu. Mit einer fahrigen Geste strich sie sich über die sorgfältig gelegten Locken, die ihre Stirn bedeckten, dann über den geflochtenen Hauptteil des schwarzen Haares, das den Kopf umhüllte und sich hinten zu einem Knoten ballte. Wäre die Lage nicht so ernst gewesen, Julia hätte über den Eifer gelächelt, mit der seit Faustinas Ankunft alle Römerinnen die Haartracht der Kaiserin nachahmten. Doch jetzt las sie keine Eitelkeit, sondern Sorge in Livias großen Augen, unter denen dunkle Schatten lagen.

»Mach dir um mich keine Gedanken. Ich brauche etwas frische Luft.« Julia dachte an Salgards Met, der ihr noch immer leicht den Kopf benebelte. »Außerdem sind es nur einige Schritte.« Sie versuchte ein aufmunterndes Lächeln. »Geh zu deinem Vater, aber komme ihm besser nicht zu nahe.« Sie zog den braunen Mantel über die Schulter, den ihr der Janitor gereicht hatte, und band sich ihr blaues Wolltuch um den Kopf. »Ich habe ihm einen Kräutertrank gebracht, der hoffentlich das Fieber senkt.«

Livia nickte. »Danke nochmals. Ich werde Aesculapius einen Weihestein vom besten Steinmetz des Ortes geloben, wenn …«, sie unterdrückte mühsam ein Schluchzen und rieb sich die

Augen, wobei sie die Schminke am unteren Augenlid verschmierte, »... wenn nur Vater bald gesund wird.«

Stumm umarmte Julia die junge Frau und trat in den Frühjahrsabend hinaus. Eine Last schien von ihr abzufallen, als sie die frische Luft einatmete und den Duft feuchter Erde roch. Plötzlich war sie erleichtert, der Atmosphäre dieses Hauses entronnen zu sein, in dem trotz wohlig warmer Fußbodenheizung kalte Förmlichkeit eingezogen zu sein schien – selbst im Angesicht der Seuche.

Einen Augenblick stand sie zögernd unter dem Vordach, dann wandte sie sich nach Norden und ging zum Rand des Vicus. Sie wollte noch nicht zurück, in ihr verlassenes Haus, in diese stillen Räume ohne Mann und Söhne. Sie musste über all das nachdenken, was in den letzten Stunden auf sie eingestürmt war.

Eine Bewegung am Rande der Straße ließ sie aufblicken, doch es war nur eine Ratte – eine von den vielen, die sich in der Dämmerung aus den Abwasserrinnen wagten. Julia machte mit der rechten Hand eine abwehrende Bewegung, aber das graue Tier huschte nicht weg, schien sie nicht zu fürchten, sondern erstarrte nur. Einen Augenblick wandte es ihr den Kopf mit den kleinen, glänzenden Augen zu, bevor es sich weiter den Rinnstein entlangschleppte, als fiele ihm jeder Schritt unendlich schwer.

Julia sah der seltsamen Ratte verwundert nach, dann setzte sie ihren Weg fort und dachte an das Gespräch mit Partellus. Der Hausherr war verändert gewesen, seine frühere Leutseligkeit wie weggeblasen. Fiebernd hatte er im Bett gelegen und sie nach kurzer Begrüßung mit schon fast unhöflicher Direktheit auf Decius angesprochen. »Riecht er noch immer nach fauligem Laub, weil er sich durch das Unterholz wühlt? Ist ihm noch immer die Bärenjagd wichtiger als du oder meine Tochter?«

All ihre Beschwichtigungsversuche waren vergeblich gewesen, hatten ihm nur die Bemerkung entlockt, dass sich im

Gefolge des Kaisers so mancher Offizier aus vornehmer Familie befände, der ein hübsches Mädchen wie Livia zu schätzen wisse. Danach hatte er mit kurzem Dank den Kräutertrunk heruntergestürzt, den sie mitgebracht hatte, und sich im Bett aufgerichtet.

»Ich hoffe, dass mich nicht die verdammte Partherseuche erwischt hat.« Er strich sich den Schweiß aus der Stirne. »Aber davon unabhängig, werte Julia, möchte ich, dass eines klar ist.« Der dicke Mann sah sie durchdringend an, bevor er fortfuhr. »Ich gebe deinem Decius eine Woche.« Er schluckte mühsam. »Bis dahin ist er zurück, hat sich für seine Eigenmächtigkeit bei Aulus entschuldigt und der Bärenfängerei abgeschworen. Sonst muss er sich eine andere Frau suchen.« Als Julia etwas einwenden wollte, brachte er sie mit der erhobenen Rechten zum Schweigen. »Ich weiß, ich weiß. Als die beiden noch jünger waren, haben dein Mann und ich oft darüber gesprochen, dass sie ein gutes Paar abgeben würden. Aber seitdem ist viel geschehen.«

Partellus sank in seine Kissen zurück. Julia öffnete den Mund, um ihn zu fragen, ob dieser Sinneswandel vielleicht damit zu tun habe, dass Partellus damals noch der arme Sohn eines Freigelassenen gewesen war, der Tag und Nacht Steine geschleppt hatte und froh sein konnte, seine Tochter mit dem Erben eines angesehenen Medicus zu verbinden. Doch dann beschloss sie zu schweigen, denn ihr war bewusst, wie berechtigt seine Vorwürfe waren. Wenn sich Partellus wirklich die Gelegenheit bot, Livia mit jemandem aus dem Gefolge des Kaisers zu verheiraten, war das für ihn eindeutig das bessere Geschäft. So wandte sie nur leise ein: »Aber ich kann nicht mit ihm sprechen, er ist …«

»In den germanischen Wäldern. Natürlich. Wo auch sonst.« Partellus atmete schwer. »Sollte ich sterben, habe ich Bononius Gordus, den Lagerarzt im Valetudinarium, als Livias Vormund eingesetzt. Du weißt, was er über deinen Bärenfänger denkt.«

Julia nickte. Bononius Gordus hatte Decius nach dem Tode

seines Vaters angeboten, ihn aus alter Verbundenheit zu Curmillus für die Hälfte des üblichen Lehrgeldes zum Medicus auszubilden. Dass Decius nach Abschluss der Ausbildung sein Angebot abgelehnt hatte, ihm als Assistent im Lager zur Hand zu gehen, musste seinen Stolz tief verletzt haben. Jedenfalls versäumte er seither keine Gelegenheit, abschätzige Bemerkungen über Decius fallenzulassen.

Julia stolperte und schrak aus ihren Gedanken auf. Ohne es zu bemerken, war sie bereits am Rand des Lagerdorfes angelangt, wo Karrenspuren die Straße zerfurchten. So weit das Auge reichte, erstreckten sich Äcker, auf denen die ersten grünen Halme sprossen. Die Abendsonne versank am Horizont, etwa hundert Schritte entfernt überzogen ihre Strahlen das Schilfdach des Eierhändlerhauses mit einem rötlichen Schimmer. Sie hielt inne und überlegte.

Decius würde, wenn die Götter kein Wunder wirkten, nicht rechtzeitig zurück sein. Und selbst wenn ihn ein Bote aufspüren könnte, wäre Partellus' Ultimatum gewiss kein Grund für ihn, seine Suche abzubrechen. Sein Herz schlug nun einmal für diese seltsame blonde Frau, und wenn er darauf bestand, wollte sie seinem Wunsch nicht länger entgegenstehen.

Julia atmete tief ein, straffte sich und ging auf das schäbige Fachwerkhaus zu. Sie würde ihre Pläne ändern müssen. Vielleicht war das sogar besser für Decius. Was sollte er mit einer Frau, die er nicht liebte und der er nie den Luxus bieten konnte, den sie aus ihrem Elternhaus gewohnt war?

Diese Kräutersammlerin – Julia dachte an den Met, den sie gemeinsam getrunken hatten, und musste lächeln. Sie sah Salgards offenes Haar vor sich, so viel lebendiger und freier als die strenge Frisur, auf die Livia so stolz war. Und ausnehmend hübsch war diese Fremde, das mochten die Männer, dazu sah sie kräftig aus und gesund.

Glockengebimmel ließ Julia hochschrecken. Sie ging zu Seite und wartete am Wegesrand, bis ein halbwüchsiger Kuhhirt seine Herde vorbeigetrieben hatte, erwiderte seinen Gruß und ging gedankenverloren weiter.

Diese Salgard könnte froh sein, einen römischen Bürger heiraten und ihm viele Söhne schenken zu dürfen. Enkelkinder! Julia legte sich in Gedanken die Worte zurecht, mit denen sie das Gespräch eröffnen würde.

Gerade hatte sie die Schlehdornhecke erreicht, die das Anwesen des Eierhändlers umgab, als sie hörte, wie die Tür des Hauses geöffnet wurde. Sie zuckte zusammen und duckte sich hinter die Büsche, den stechenden Geruch von Hühnerkot in der Nase. Salgard trat auf die Straße. Julia war einen Augenblick lang versucht, sie anzurufen, doch dann machte sie das Verhalten der jungen Frau stutzig. Sie war in einen fast schwarzen Kapuzenmantel gehüllt und blickte vorsichtig nach links, dann nach rechts. Erst als sie sich vergewissert zu haben schien, dass niemand sonst unterwegs war, schlug sie mit raschen Schritten den Weg nach Norden ein.

Julia erschrak. Sie hatte das Gefühl, all dies schon einmal erlebt zu haben, und wäre am liebsten nach Hause gerannt. Doch dann entschloss sie sich, Salgard zu folgen. Die Sonne war untergegangen, aber noch reichte das Licht aus, um den hellen Haarschopf vor ihr zu erkennen. Die junge Frau schien es eilig zu haben, sie beschleunigte ihre Schritte. Julia blieb immer weiter zurück, doch aufgeben wollte sie nicht. Eine gute halbe Stunde mochte vergangen sein, als die gezackte Limespalisade in Sicht kam. Dort sah sie Salgard, die etwas zu suchen schien. Die Frau musterte die dunkle Pfahlreihe, machte einige Schritte, blieb wieder stehen und sah sich um, so dass sich Julia schnell hinter einen Busch ducken musste. Plötzlich spürte sie die Angst wie einen Kloß im Hals und hörte ihr Herz hämmern. Mehrfach atmete sie tief ein und aus, dann überwand sie sich und schlich vorsichtig näher. Eine Amsel flötete, über ihr färbte die untergegangene Sonne die grauen Wolkenstreifen mit einem letzten, zarten Rosa. Plötzlich vernahm sie Stimmen. Langsam setzte sie einen Fuß vor den anderen, bis sie fast an der Pfahlreihe angekommen war. Die blonde Germanin stand an einer Stelle, die bei dem Naristenüberfall teilweise niedergebrannt und nur notdürftig mit Brettern verschalt worden war. Sie sprach mit einem Mann, der auf der anderen Seite der Grenze stand. Trotz ihrer germanischen Herkunft konnte Julia, da die beiden leise sprachen, nur mit Mühe etwas verstehen. Um besser zu hören, nahm sie ihr Tuch vom Kopf und legte es zur Seite. Die junge Frau sprach hastig, wies mit der Hand in Richtung des Kastells, der Mann antwortete abgehackt, als spucke er die Sätze aus. Mehrfach glaubte Julia das Wort Manius herauszuhören, wobei die fremde Betonung den Namen verzerrte, es klang wie Man-joss, dann glaubte sie »Schwerter« zu verstehen und »alle Stämme, sehr bald«.

Wut kochte in ihr hoch und nahm ihr fast den Atem. Mit dieser Verräterin, die mit den Feinden paktierte, hatte sie Met getrunken. Mit einer Spionin, die ihren Sohn nur benutzte und die auch sie zu täuschen versuchte. Mit einer dreisten Lügnerin, die ihr vorhin noch hatte weismachen wollen, dass sie erst morgen über die Grenze in dieses Germanendorf gehen könne.

Einen Herzschlag lang war sie versucht, sich auf die junge Frau zu stürzen, sie zu ohrfeigen und ihr die Haare büschelweise auszureißen. Doch dann gewann die Vernunft die Oberhand. Salgard war jung und stark, sie konnte den Mann zur Hilfe rufen, und die beiden würden sie zu Boden reißen, ihr den Mund zuhalten und die Kehle durchschneiden, ohne dass irgendwer je davon erfahren müsste.

Langsam setzte sie einen Fuß nach hinten, dann den nächsten, dann wieder einen – da knackte ein trockener Ast unter ihrer Sohle! Die Stimmen an der Palisade verstummten. Julia duckte sich hinter einen Strauch, hörte Schritte, die stockten, näher kamen, wieder haltmachten.

Inzwischen war der Mond aufgegangen. Julia war dankbar für ihren braunen Mantel, der sie vor den Blicken der Germanin schützte und fast mit dem Boden verschmelzen ließ. Sie hielt den Atem an. Zitternd tastete sie mit der Rechten am Boden nach etwas, das ihr als Waffe dienen konnte. Fast hätte sie aufgeschrien, als ihre Finger den klebrigen Schleim einer Schnecke berührten. Langsam atmete sie aus, dann wieder ein, erstarrte erneut. Die andere hatte einen Schritt gemacht; jetzt lauerte sie wieder regungslos. Ringsum herrschte Stille, die nur von dem Ruf eines Käuzchens unterbrochen wurde. Julia wurde fast ohnmächtig vor Angst.

Da rief der Mann an der Palisade etwas. Salgard zischte eine Antwort, als Julias suchende Finger die glatte Kühle eines Steines in einem Grasbüschel spürten. Vorsichtig versuchte sie ihn zu greifen, um gleich darauf feststellen zu müssen, dass der Kiesel als Waffe viel zu klein war. Julia hätte heulen mögen. Doch dann hob sie den Stein, unendlich langsam, holte aus und schleuderte ihn, so weit sie konnte.

Raschelnder Aufschlag, Schritte ganz nahe an ihrem Versteck. Julia sah Salgard mit verzerrtem Gesicht vorbeilaufen, einer Furie gleich. In ihrer Linken flatterte ein Tuch, in der Rechten schimmerte die Klinge eines Dolches. Die hellen Haare wehten, schon war sie verschwunden, und ihre Schritte verloren sich in der Nacht.

Julia, die die Luft angehalten hatte, atmete langsam aus, wartete, horchte: nichts. Nachdem eine Viertelstunde verstrichen sein mochte, wagte sie es, sich zu erheben und vorsichtig nach Hause zu gehen. Dort weckte sie Greda, ließ sich einen Krug warmen Würzweines bereiten und setzte sich in ihren Korbstuhl, um nachzudenken. Während die alte Sklavin zurück in ihre Kammer schlurfte, hob Julia den Becher. Ihre Hand zitterte so, dass rote Spritzer ihr Kleid befleckten. Sie nahm einen Schluck nach dem anderen und starrte lange in die flackernde Öllampe. Mehrfach zwang sie sich, tief ein- und auszuatmen, bis sie ruhiger wurde und wusste, was zu tun war.

Am nächsten Morgen durchzogen Nebelschwaden das Lagerdorf. Julia ließ sich von Greda die breite Pelzmütze bringen, die ihr Cumillus noch kurz vor seinem Tode geschenkt hatte, und trat aus dem Haus. So lange wie möglich ging sie unter den Vordächern der Häuser, bis sie den freien Platz vor dem Kastell erreichte. Vor ihr wuchsen die dreistöckigen Tortürme in den Himmel; hinter den Zinnen der Kastellmauer waren die Wachsoldaten nur als schemenhafte Gestalten erkennbar. Mit seinem weißen Verputz, in dem rote Fugen große Quader vortäuschten, wirkte das Kastell im Nebel unwirklich, glich eher einem Bau aus dem Totenreich als einer nüchternen Grenzbefestigung. Der Wachsoldat zwischen den zwei Torbögen versperrte ihr zuerst mit seinem Speer den Weg, winkte sie dann aber durch, als sie die Pelzmütze abnahm und er die Witwe des Curmillus erkannte.

Im Kastell musste Julia einem Trupp Berittener ausweichen. Eng an die zweistöckigen Fachwerkbaracken gepresst, erreichte sie den Steinbau der Principia. Sie durchquerte die breite und hohe Querhalle, betrat den Innenhof und sah sich suchend um. Hier, so hatte man ihr gesagt, sollte sich Aulus aufhalten. Doch sie erblickte nur einen alten Mann, der in der Hofmitte den vor Nässe glänzenden Kalksteinblock des Altars scheuerte.

Als sie nach dem Kommandanten fragte, wies der Alte stumm auf die andere Hofseite. Wieder musste Julia in die Finsternis eines Gebäudes eintauchen. Als sich ihre Augen an die

Dunkelheit des Eingangsbereichs gewöhnt hatten, bemerkte sie im Hintergrund durch eine offene Tür die vertraute Gestalt. Aulus stand im Fahnenheiligtum, vor dessen halbrunder Apsis sich die vergoldeten Feldzeichen reihten. Gerade gab er zwei Soldaten Anordnungen zum Schmücken der Kaiserstatue in der Mitte. Als sie ihn ansprach und er sich umdrehte, erschrak sie, so krank und eingefallen wirkte sein Gesicht.

»Salve, Aulus. Kann ich dich sofort sprechen?«

»Nur wenn es unbedingt sein muss. Der Kaiser …«

»Es ist dringend«, unterbrach ihn Julia, »können wir unter vier Augen reden?«

Aulus seufzte und gab den beiden Soldaten den Befehl, sich zu entfernen. »Worum geht es?«

»Du musst sofort diese Salgard festnehmen lassen. Sie ist eine Spionin!«

»Gemach, Julia. Das ist eine schwerwiegende Beschuldigung.«

»Aber ich habe sie an der Palisade belauscht.« Julias Stimme drohte zu kippen, so dass sie mehrfach tief durchatmete. »Sie ist eine Reichsfremde, sie traf dort einen Barbaren. Lass sie einsperren und verhören.«

Sie nahm Aulus' Hand. »Es ging auch um Manius. Er ist in Gefahr. Bitte schicke einen Trupp Soldaten los, um ihn zurückzuholen.«

»Das kann ich nicht«, antwortete der Kommandant, schob ihre Hand weg und setzte sich auf den Sockel der Kaiserstatue. Mit dem Daumen zeigte er hinter sich. »Befehl des Kaisers.« Er lehnte sich zurück, dann fragte er unvermittelt: »Warum warst denn du an der Palisade? Mir scheint, du hast etwas gegen diese Salgard und spionierst ihr nach.«

»Ja«, zischte Julia, »ich hasse dieses hergelaufene Weib und wünsche ihr die Partherseuche an den Hals. Sie …«

»Nicht so laut«, unterbrach sie Aulus. »Ich will kein Aufsehen. Komm mit in mein Amtszimmer.« Sie traten auf den

Hof. »Hör mir bitte zu«, begann Aulus. »Du weißt, dass ich dem Ritterstand angehöre.« Julia nickte, während sie die offene Fläche überquerten.

»Das Kommando an dieser feuchtkalten Grenze ist die höchste und letzte Stufe meiner militärischen Laufbahn. Ein halbes Jahr muss ich noch aushalten, dann habe ich es geschafft.« Der Kommandant schwieg, bis sie sein Amtszimmer erreichten, wo er sich ächzend in seinen Sessel fallen ließ. »Weißt du, was mein Vorgänger Romulus Gabinius jetzt macht, unter dem dieses Kastell erbaut wurde?«

Julia schüttelte ungeduldig den Kopf.

»Nun, er streicht als Verwalter der kaiserlichen Güter bei Hadrumetum beutelweise Goldstücke ein. In Africa, einer unserer reichsten Provinzen, wo es warm ist und friedlich.«

Aulus betrachtete die bronzene Wasseruhr auf seinem Schreibtisch, aus der es monoton tropfte. »Eine solche Beförderung erwartet auch mich. Aber nur«, er hob den Blick und fixierte Julia, »wenn es in den letzten Monaten meiner Zeit als Befehlshaber ruhig bleibt. Wenn nichts schiefgeht. Wenn jeder Befehl des Kaisers vorbildlich ausgeführt wird. Sonst kann es sein, dass ich meine Tage als Aufseher über die Landstraßen beschließe, und zwar im hinterletzten Winkel des Reiches. Verstehst du?«

Julia nickte, die Hände verkrampft. »Ja, aber soll deshalb eine Verräterin unbehelligt herumlaufen?« Sie hob ihre Stimme. »Sie hat gestern Abend mit einem Mann an der Palisade gesprochen. Ich konnte zwar nicht viel verstehen …«

»Beruhige dich, vielleicht war es ganz harmlos«, unterbrach sie der Kommandant.

»Nein, das war es nicht! Ich habe Worte wie Schwert und Stämme gehört, dazu Manius' Namen. Glaub mir, es ging um Aufruhr, hier an deiner Grenze! Lass sie verhören! Deine Männer werden es ja wohl schaffen, die Wahrheit aus ihr herauszuprügeln!«

»So, werden sie das?«, fuhr Aulus sie an. »Ja, Salgard treibt sich hier herum, aber sie hat gegen kein Gesetz verstoßen. Im Gegenteil, bisher hilft sie uns nur durch das Sammeln von Heilkräutern, wie ich immer wieder von Bononius Gordus höre.« Er stand auf und stützte sich mit den Händen auf den Tisch. »Du weißt, werte Julia, dass ich deiner Familie verbunden bin, seit dein verstorbener Mann mir einmal eine schwere Wunde kurierte. Aber der Hass scheint dir manchmal den Blick zu trüben, und ich kann meine Ohren nicht vor dem verschließen, was mir mein bester Explorator aus dem Naristenland berichtet hat.«

»Was«, Julias schluckte, »was hast du gehört? Etwas über Manius?«

»Allerdings. Zum einen heißt es, dass in einem Dorf ein römischer Schmied für die Naristen arbeiten soll. Ein Verräter, der unsere Feinde mit Waffen versorgt. Begreifst du, was das bedeutet?«

Julia nickte stumm. »Und zum anderen?«

»Zum anderen soll diese Salgard aus einer angesehenen Sippe stammen. Was glaubst du, wird geschehen, wenn ich sie so behandeln lasse, wie du es verlangst? Was, denkst du, wird dann ihr Stamm tun?«

Aulus setzte sich schwer atmend wieder in seinen Sessel und wischte sich die Schweißtropfen von der Stirne.

»Also willst du die Hände in den Schoß legen?« Julias Stimme klang, als wolle sie gleich in Tränen ausbrechen.

»Das habe ich nicht gesagt«, gab Aulus zurück. »Aber der Kaiser will den Frieden an diesem Grenzabschnitt erhalten. Unter allen Umständen, denn weiter donauabwärts brennt es bald wieder!« Der Mann zitterte leicht, als friere er plötzlich. »Der Kaiser will sogar mehr, nämlich unter den aufrührerischen Stämmen Verbündete gewinnen.« Wieder wischte er sich über die Stirn. »Aus alter Freundschaft sage ich es dir: Marcus

Aurelius ist hier, um mit den bündniswilligen Häuptlingen zu verhandeln. Und deshalb hat er jegliche Militäraktionen nördlich der Grenze untersagt. Sie könnten wie ein Stich ins Wespennest wirken.«

Julia schien ins Leere zu starren. »Und wenn diese Salgard doch spioniert?«, fragte sie leise, »was dann?«

»Das wäre möglich«, nickte Aulus. »Aber was könnte sie herausfinden, das nicht jeder im Lagerdorf weiß? Dass das Kastell viereckig ist? Dass tausend Reiter hier stationiert sind? Dass Marcus Aurelius und Faustina zu Besuch sind?« Der Kommandant nahm einen Schreibgriffel in die Hand. »Ich kann dir nur eines über die Pläne des Kaisers sagen: Alles soll hier seinen gewohnten Gang gehen. Auf allerhöchsten Befehl mussten wir sogar – als Zeichen unseres Friedenswillens – trotz zweier Überfälle auf unsere üblichen Strafexpeditionen verzichten. Wenn diese Salgard das an ihr Volk berichtet, so hätte ich nichts dagegen.« Er drehte den goldglänzenden Stift zwischen den Fingern und betrachtete die Wasseruhr. »Aber vielleicht ist es dennoch besser, wenn ich dem Kaiser Meldung erstatte. Um sicher zu sein. Ich werde um Anweisung ersuchen, wie ich in diesem Fall vorgehen soll. Bitte geh in mein Vorzimmer, und lass Quintus Malisius, meinen Sekretär, rufen.«

Julia tat, wie ihr geheißen, und wartete draußen. Plötzlich hörte sie ein dumpfes Geräusch, das sie beunruhigte. Als sie die Türe öffnete, um nachzusehen, war der Stuhl hinter dem Schreibtisch leer. Der Sekretär, ein hagerer Mann mittleren Alters mit Stirnglatze, blickte Julia mit hochgezogenen Brauen an. In diesem Augenblick hörten sie ein Stöhnen, und als sie nach vorn stürzte, sah sie Aulus auf dem Boden liegen.

»Ruft Bononius Gordus«, seine Stimme war schwach, »ich glaube, ich habe einen Fieberanfall. Und Quintus«, er versuchte, sich aufzurichten, »ein Schreiben, an den Kaiser.«

Den Rest hörte Julia nicht mehr. Sie war schon aus dem

Haus. Mit flatterndem Mantel rannte sie zu dem Valetudinarium, in dem der Arzt um diese Zeit seine Kranken behandelte. Die drei verkrümmten Ratten im Straßengraben streifte ihr Blick nur.

Das nahe gelegene Armeekrankenhaus war ein rechteckiger Bau, durch dessen Vestibül man in einen mit Säulen umstandenen Innenhof gelangte. Von dort, das wusste Julia aus früheren Besuchen, führten nummerierte Türen in die einzelnen Krankenzimmer, in denen sich meist zwei Liegen befanden. Am Eingang stand ein langer Tisch, hinter dem ein Schreiber saß und Buch führte: Über die eingelieferten Kranken, die gebrachten Vorräte, die als geheilt Entlassenen – und über die Toten. Am Rande des Tisches sah Julia ein großes Bündel getrockneter Heilkräuter liegen. Sie musste zwei Männern ausweichen, die gerade eine Bahre vorbeitrugen. Unter einem braunen Wolltuch zeichneten sich die Umrisse eines menschlichen Körpers ab, ein Arm hing über den Rand der Bahre. Er pendelte langsam, während die Träger mit ihrer Last auf die Straße traten.

Außer Atem rief Julia dem Schreiber zu: »Aulus ist erkrankt! Bononius muss sofort kommen!« Kurze Zeit später hastete der kleine, dicke Arzt heran; noch im Laufen wischte er sich mit einem Lappen die Hände. Julia wollte ihn ansprechen, doch er winkte nur ab und war schon aus der Tür.

Sie stand einen Augenblick unschlüssig da, dann ging sie zu dem Tisch und musterte das Bündel Heilkräuter. Der Schreiber blickte auf. »Hat diese schöne Germanin gebracht.« Er nickte anerkennend und tunkte sein Schreibrohr in das Tintenfass. Julia schoss das Blut ins Gesicht. Sie wandte sich ab, rückte ihre Pelzmütze zurecht und ging ohne Gruß auf die Hauptstraße, die zum Kastelltor führte. Erneut musste sie einem Trupp Reiter ausweichen, deren rote Helmbüsche rhythmisch im Takt ihrer trabenden Pferde wippten. Einige Augenblicke später sah sie ein Stück vor sich Salgard aus einer Gasse zwischen zwei Mannschaftsbaracken treten, einen Korb in der Hand. Die junge Frau blickte sich um, gewahrte Julia, zögerte kurz, bevor sie flüchtig grüßte, sich abwandte und mit raschen Schritten den Reitern folgte. Nach ihr trat Quintus Malisius auf die Straße, ein zusammengeklapptes Schreibtäfelchen in der Rechten. Der hagere, leicht gebeugte Mann in seiner dunkelbraunen Tunika verharrte einen Augenblick regungslos, strich sich über die Stirnglatze und sah der Germanin nach.

Julia fühlte ihr Herz pochen. Was hatte der Sekretär des Kommandanten mit diesem Weib zu schaffen? Sie war versucht, zu ihm zu laufen, um ihn auf offener Straße zur Rede zu stellen. Doch in diesem Augenblick traten einige Soldaten aus ihrer Baracke. Sie begrüßten Quintus mit Handschlag, dann gingen sie gemeinsam in Richtung Principia. Ihre Stimmen hallten über die Straße, die genagelten Stiefel klangen wie Stockschläge auf dem Pflaster.

Julia atmete langsam aus. Beinahe hätte sie ihre Würde vergessen und sich zu einem Verhalten hinreißen lassen, das sie zum Gespött des Kastells gemacht hätte. Doch ihre Beobachtung ließ ihr keine Ruhe. In Gedanken versunken, ging sie nach Hause, nahm einen Griffel und ein mit Wachs bestrichenes Schreibtäfelchen und begann, eine Liste der notwendigen Einkäufe zu machen. Morgen war Markttag; eine gute Gelegenheit, neues Geschirr zu besorgen. Als sie sah, mit welcher Langsamkeit Greda beim Hausputz durch die Wohnung schlurfte, fügte sie noch einen Vermerk hinzu, auch beim Sklavenhändler vorbeizusehen.

Aber so sehr sie sich bemühte, ihren Geist mit den alltäglichen Arbeiten abzulenken – es wollte ihr nicht recht gelingen. Die Erinnerung an die Szene, deren Zeugin sie im Kastell geworden war, ging ihr nicht aus dem Kopf.

Am nächsten Tag erwachte Julia früh vom Knirschen der Wagenräder, dem Brüllen der Ochsen und den gellenden Stimmen fliegender Händler. Als sie aus der Tür trat, wimmelte die Straße vor Menschen, die zu dem Markt am Rande des Kastelldorfs drängten. Ein Bauer schob einen mit Käselaiben beladenen Handkarren, eine alte Frau schleppte eine Rückentrage voller Pelzmützen, ein mit Weinamphoren beladener Karren rumpelte an ihr vorbei, und ein Hirte trieb eine Herde meckernder Ziegen vor sich her.

»Komm, Brodinius«, befahl Julia, doch der Alte hörte sie nicht. Wie eine Statue lehnte er am Türrahmen, so dass sie zurückgehen und ihn am Ärmel seiner Tunika zupfen musste. Nicht nur Greda war kaum mehr zu gebrauchen, dachte Julia, auch ihr Mann hörte immer schlechter, war träge und hustete ständig.

Auf dem Markt angelangt, kaufte sie ein Bündel grünen Spargels, eine kleine Amphore Fischsauce sowie ein Huhn, das ihr der Bauer an den zusammengebundenen Füßen reichte, wobei es mit dem Flügeln schlug und lautstark gackerte. Brodinius verstaute alles in seinen großen Tragekorb, dann gingen sie zu dem Stand des Geschirrhändlers. Auf einer mit Stroh bestreuten Fläche stapelten sich rotglänzende Gefäße: flache Platten, Saucenbecher, innen gesandete Reibschalen sowie Suppenteller. Julia kannte den Mann, der sie wie eine alte Freundin begrüßte und sich nach dem Befinden ihrer Söhne erkundigte. Nach ihrer ausweichenden Antwort hob er die Hand mit dem silbernen Ring.

»Werte Julia, heute habe ich etwas ganz Besonderes für die gehobene Tafel. Reliefschüsseln des Verecundus – und sehr günstig!« Als Julia dankend abwinken wollte, senkte der kahlköpfige, untersetzte Mann die Stimme. »Mach Dir keine Gedanken um den Preis. Ich muss sie ja jetzt nicht mehr aus Tabernae Rhenanae jenseits des Rheins beziehen.« Die buschigen

Augenbrauen zogen sich zusammen. »Du fragst: Wie kann das sein? Stiehlt er sie? Sind es schlechte Nachahmungen?« Der gestreckte Zeigefinger stieß Löcher in die Luft, dann überzog ein breites Lächeln das Gesicht. »Nein, werte Julia. Merkur sei Dank, sie werden nun auch kaum sechzig Meilen von hier gefertigt. Sieh her«, er reichte ihr eine handhohe Schale, deren Innendurchmesser rund einen Fuß betragen mochte, »beste Qualität. Bei diesem Anblick schmeckt es deinem Decius noch mal so gut.«

Julia betrachtete die fein gearbeiteten Reliefs der Außenseite, die wilde Tiere darstellten: Löwen, Bären, Panther und Hirsche, gejagt von Männern mit Speeren.

»Sieh her, wie der Ton glänzt. Und hier«, sein Zeigefinger glitt über eine Inschrift, »der Originalstempel der Manufaktur. Nur bei mir bekommst du ein solches Prachtstück für nicht mehr als fünfundzwanzig Asse.«

Julia feilschte eine Weile um den Preis, dann wurden sie handelseinig, und der Mann verpackte vier Teller sowie die Schüssel in reichlich Stroh, um sie danach Brodinius zu reichen. Julia war froh, den alten Mann mit den Einkäufen nach Hause schicken zu können, bevor sie weiter zum Stand des Sklavenhändlers schlenderte. Auf einem großen Holzpodest standen fünf Männer, drei Frauen und ein etwa zehnjähriges Mädchen, das seine Familie aus Not verkauft haben mochte. Alle waren nackt, die Füße in Ketten gelegt. Jeder Sklave trug ein Holzschild um den Hals, auf dem in großen Buchstaben besondere Eigenschaften sowie der Preis standen. Eine der Frauen war eine breithüftige, blonde Germanin, die sich mit gesenktem Kopf auf die Planken kniete, damit ein Kaufinteressent, in dem Julia den Besitzer des örtlichen Lupanars erkannte, in Ruhe ihren Körper betasten konnte. Gerade fuhr seine Rechte zwischen ihre Schenkel, um die Jungfräulichkeit zu überprüfen. Beim Anblick des langen, offenen Haares, an dem die Linke des Mannes zerrte, um sich zu vergewissern, dass es echt sei, musste Julia wieder an Salgard denken. Einen Herzschlag lang stellte sie sich vor, wie auch diese Intrigantin schon bald so feilgeboten, so erniedrigt werden würde. In drei, vier Tagen vielleicht, sobald der Kaiser entschieden haben würde, sie verhören und verurteilen zu lassen.

Doch als die Fremde aufblickte, und Julia in das weiche, fast noch kindliche Gesicht sah, aus dem sie angstvoll geweitete Augen anstarrten, schämte sie sich ihrer Gedanken und wandte ihre Aufmerksamkeit den Männern zu. Vier waren hellhäutige Germanen, der fünfte jedoch, ein etwa dreißigjähriger Mann mit dunklerer Haut und schwarzen Locken, musste aus dem südlichen Teil des Imperiums stammen. Als sie näher trat, konnte sie auf dem Schild lesen, dass er ein Grieche aus Antiochia sei. Der Händler, der ihr Interesse bemerkte, sprach sie mit nuschelndem gallischem Akzent an. »Eine einmalige Gelegenheit, meine Dame. Ein Unglückseliger, der erst seinen gesamten Besitz, zuletzt sogar seine Freiheit beim Würfeln verspielt hat.« Er wies auf den wohlproportionierten Oberkörper des Mannes, der in der feuchten Kälte zitterte. »Ein wahrer Adonis, der sich in Medizin auskennt, bei Festmählern aus der Ilias rezitiert und über eine wunderbare Handschrift verfügt. Was den Preis betrifft«, der Mann legte den Kopf schief, »er wird dir lächerlich gering erscheinen, sobald deine Kinder alt genug sind, um von diesem zweiten Demosthenes in Griechisch und Rhetorik unterrichtet zu werden!«

Julia schmunzelte. »Meine Söhne sind bereits erwachsene Männer, die ihre eigenen Wege gehen.« Sie winkte dankend ab.

»Unglaublich«, entgegnete der Händler und rollte die Augen in gespieltem Erstaunen, »ich hätte dich auf keinen Tag älter als fünfundzwanzig geschätzt. Aber dann musst du dir diese kräftigen Burschen ansehen«, er wies auf die Germanen, »jeder ein wahrer Herkules, der darauf brennt, den Augiasstall auszumisten. Nicht, dass ich damit andeuten wollte, dass es bei euch daheim so aussieht«, er grinste und zwinkerte vertraulich, »aber du verstehst.«

Während der Gallier weiter auf sie einredete, schweiften Julias Gedanken ab. Sie musste an ihre beiden Söhne denken, für die sie seit dem Tod ihres Mannes alles gegeben, sogar auf eine erneute Heirat verzichtet hatte und um deren Wohlergehen ihre Gedanken Tag und Nacht kreisten. Stets hatte sie nur deren Bestes gewollt, doch mit welchem Erfolg? Manius war zu einem verschlossenen, im Innersten verbitterten und seinem Schmiedefeuer verfallenen Handwerker herangewachsen. Decius dagegen, einst ein vielversprechender junger Arztgehilfe, betäubte seine Schuldgefühle mit verbissenem Jagdeifer. Der Bär war zu seiner Besessenheit geworden, und Julia fragte sich manchmal, was aus dem Leben ihres älteren Sohnes werden sollte, wenn er erst einmal das Tier getötet hätte.

»... nur zwanzig Aurei«, durchdrang die Stimme des Händlers ihre Gedanken, »für einen solchen Kraftmenschen doch kein Preis, das musst du mir zugestehen.«

Zwanzig Goldstücke! Julia war schockiert und winkte ab. Sie wusste, dass Sklaven sehr teuer waren, seit Rom keine Eroberungskriege mehr führte. Aber auch wenn sie über Ersparnisse verfügte, so konnte sie doch eine solche Summe nicht ausgeben, solange das Schicksal ihrer Söhne ungeklärt blieb.

»Danke, ich werde es mir überlegen«, antwortete sie, wandte sich ab und machte sich auf den Heimweg. Sie musste wohl noch eine Weile mit Brodinius und Greda auskommen.

Am Folgetag schien die Sonne, und das Lagerdorf summte wie ein Bienenstock. Boten hatten angekündigt, dass der Kaiser am Nachmittag zurückkehren würde, um an dem kleinen Tempel des Ortes zu opfern. Die Götter waren erzürnt, sie hatten das römische Volk mit der Partherseuche geschlagen. Auf Bitten der Bürger des Reiches würde Marcus Aurelius in seiner Eigenschaft als Pontifex Maximus einen erneuten Versuch unternehmen, die Himmlischen mit einem Opfer zu besänftigen.

Julia jedoch beschäftigten andere Gedanken. Nachdenklich durchwanderte sie ihr Haus. Mit jeder Stunde wuchs ihre nagende Unruhe. Welche Verbindung bestand zwischen Salgard und Quintus? Versuchte diese Schlampe nur, sich einen neuen Verehrer zu angeln, nachdem Decius nicht mehr zur Verfügung stand? Oder hatte sie andere Pläne? Und wenn ja, welche?

Sie überlegte, ob sie die Germanin zur Rede stellen sollte, verwarf den Einfall jedoch sogleich wieder. Wozu sich irgendwelche dreisten Lügen anhören!

Oder den Sekretär? Am besten in Gegenwart von Aulus, so dass keine Ausflüchte möglich waren! Plötzlich wusste Julia, was zu tun war.

»Greda«, rief sie, »bring mir mein blaues Tuch.« Während sie ihre Frisur in dem kleinen Bronzespiegel kontrollierte, den ihr vor vielen Jahren ihr Mann Curmillus geschenkt hatte, wurde sie langsam ungeduldig.

»Greda!«, rief sie erneut. »Was trödelst du herum? Es muss in meiner Kleidertruhe liegen.«

Doch die alte Frau kam mit leeren Händen. »Herrin, es ist nicht da.«

»Alles muss man selber machen!« Seufzend ging Julia in ihr Zimmer, um die Holztruhe zu durchwühlen. Nichts. Das blaue Tuch – ihr Lieblingstuch – blieb verschwunden. Verwirrt setzte sie sich in ihren Korbstuhl und dachte nach. Wann hatte sie das Tuch zuletzt getragen?

Gestern auf dem Markt? Nein.

Vorgestern im Kastell? Auch nicht.

Vor drei Tagen war es gewesen, als sie sich von Livia Partella verabschiedet hatte! Und danach zur Palisade gegangen war.

Dort hatte sie es abgenommen. Plötzlich erinnerte sie sich an das Bild: Salgard, in der einen Hand den Dolch, in der anderen ein Tuch – ihr Tuch! Dann wusste dieses Weib also, dass sie von einer Frau belauscht worden war. Ob sie das Tuch erkannt hatte?

Julia spürte, wie ihr der Schweiß ausbrach, rief sich jedoch gleich wieder zur Ordnung. Selbst wenn diese hergelaufene Fremde wissen sollte, wer noch an der Palisade gewesen war, so konnte ihr das gleichgültig sein. Julia war römische Bürgerin und Aulus ihr Verbündeter. Er hatte ihre Aussage protokollieren lassen, morgen würde er sie dem Kaiser vorlegen. Julia atmete mehrfach tief ein und aus, dann beschloss sie, zum Kastell zu gehen und sich nach Aulus zu erkundigen. Das hatte sie schon gestern tun wollen, war aber nicht dazu gekommen.

Doch als sie eine Viertelstunde später vor der Principia stand, wurde sie von einem Soldaten abgewiesen. Nein, der Kommandant empfange niemanden, er läge schwerkrank in seinen Privaträumen. Aber sie möge morgen wiederkommen, ließe Aulus ausrichten. In der Schreibstube läge eine versiegelte Papyrusrolle, die zur dritten Stunde dem Kaiser überbracht werden solle.

Julia dankte für die Auskunft und ließ dem Kommandanten gute Besserung ausrichten. Morgen würde der Kaiser die Spionin in Eisen legen lassen. Einen Augenblick freute sie sich darüber, bis die Sorge um Aulus wieder die Oberhand gewann. Nachdenklich machte sie sich zu dem Tempel auf, wo in einer Stunde das Opfer beginnen sollte.

Kapitel 14

Barbarenland nordöstlich des raetischen Limes

Der Nebel hüllte den Wald in eine geisterhafte Blässe, ließ die dunklen Baumstämme vor Nässe glänzen und nahm Decius jede Orientierungsmöglichkeit. Und keine Spur von Manius, keine Spur von der Bärin. Es musste schon einige Stunden her sein, dass er Tatzenabdrücke bemerkt und, vom Jagdeifer gepackt, den Trampelpfad verlassen hatte, auf dem er bislang gewandert war. Doch die Spur war alt gewesen, und selbst Irgendwie hatte nur lustlos daran geschnüffelt. Eine Zeitlang hatte er sich, dem Sonnenstand folgend, weiter durch das lichte Unterholz geschlagen. Aber dann waren dicke Wolken aufgezogen, dazu dieser verdammte Nebel. Je länger er nun lief, desto unsicherer wurde er, ob die Richtung noch stimmte, ob er sich nun dem Naristendorf näherte oder vielleicht nur sinnlos im Kreise umherirrte. Mittlerweile wäre es sogar schwierig, den Weg zurückzufinden, zum Lager seiner Leute, denen er auch heute wieder den Tierfang überlassen hatte. Victorinus würde ihn verfluchen, wenn er ihm ständig alle Verantwortung aufbürdete. Doch Decius war sich bewusst, dass ihm die Tierfängerei jetzt vor allem zur Tarnung diente. Es sollte so aussehen, als wären sie nur wegen der Bestien für des Kaisers Arenen unterwegs – woran ja etwas Wahres war.

Immer wieder befühlte er einzelne Baumstämme, um anhand des Bewuchses mit Moos und Flechten die Himmelsrichtung festzustellen, doch vergeblich. Zuletzt setzte er sich erschöpft auf einen umgestürzten Baumstamm und kraulte Irgendwies Fell.

»Na, mit mir hast du es nicht gut getroffen.« Er betrachtete die Hündin, die erwartungsvoll mit dem Schwanz wedelte. »Du wolltest etwas anderes als Fisch, und jetzt bekommst du nicht einmal den.« Er dachte an seinen Vorratsbeutel, in dem sich nur noch ein Rest Brot, ein Kanten Käse und eine fast leere Wasserflasche befanden. Sein Mund fühlte sich an, als sei er voll trockener Tannennadeln, und der Magen knurrte. Für Beeren oder Pilze war die Jahreszeit noch zu früh, er würde Schlingen legen und hoffen müssen, dass Diana ihm gnädigerweise das Wild hineingeraten ließe.

In diesem Augenblick begann Irgendwie zu winseln, lief ein Stück in den Wald, hielt an und sah sich nach Decius um.

»Was ist los?« Die Hündin winselte wieder. »Hast du eine Spur?« Plötzlich war die Müdigkeit wie weggeblasen, er griff seinen Bogen, legte einen Pfeil ein und folgte Irgendwie. Ein zweites Mal würde ihm die Bärin nicht wieder einen Freund töten, ganz gleich, was diese seltsame Eysa von ihm denken mochte.

»Nicht so schnell«, rief er Irgendwie zu und machte der Hündin ein Zeichen, nahe bei ihm zu bleiben. Er folgte ihr, den Bogen in der Hand, immer wieder fluchend, wenn ihm ein Zweig ins Gesicht peitschte, stets darauf gefasst, ein Kläffen zu vernehmen, gefolgt von einem wütenden Brummen. Doch nichts geschah. Nur das übliche Vogelgezwitscher war zu hören, gelegentlich das Keckern eines Eichelhähers – und jetzt der Ruf einer Ente! Irgendwie verschwand im Gebüsch, und Decius ließ den Bogen sinken, schob den Pfeil in den Köcher zurück, folgte der Hündin. Endlich stand er an einem kleinen Bachlauf, der in einen nahen, von Schilf umstandenen Moorsee mündete. Achtlos ließ er Bogen und Beutel zu Boden fallen, kniete sich neben Irgendwie, die schlabbernd trank, und schöpfte das kühle Wasser mit vollen Händen, goss es sich wieder und wieder in den Mund, bis endlich sein Durst gelöscht war.

»Gut gemacht!« Er wischte sich das Kinn ab, streichelte Irgendwies Rücken, und als die Hündin sich an seinem Unterschenkel rieb, durchströmte ihn ein lange nicht gekanntes Wohlgefühl. Langsam schienen sich die Wunden in seinem Innern zu schließen, und als er in Irgendwies braune Augen blickte, verblasste das Bild des zerfetzten Crispus, das ihn seit acht Jahren verfolgte.

»Jetzt brauchen wir nur noch etwas zu essen.« Doch da lief Irgendwie schon wieder los, und diesmal folgte ihr Decius ganz einfach, bis sie am Ufer des Moorsees standen. An dieser Stelle war das Schilf gelichtet, kleine Wellen kräuselten die Oberfläche. Er bemerkte eine Schnur, die im Wasser verschwand. Auf gut Glück zog er daran und hätte am liebsten vor Freude aufgeschrien, als eine Reuse auftauchte. Darin zappelte ein fetter Karpfen, den Irgendwie anknurrte. »Was täte ich nur ohne dich«, lächelte Decus die Hündin an, »hast du etwa Eysas alte Futterstellen gefunden?« Er zögerte einen Augenblick, dann nahm er ein As aus dem Beutel und legte es neben die leere Reuse, bevor er den Fisch mit einem Dolchstich tötete.

Wind war aufgekommen, der Nebel lichtete sich. Doch die Sonne stand schon so tief, dass es keinen Sinn ergeben würde, heute noch weiterzuwandern. Decius folgte dem Bach stromaufwärts, bis er zu einer kleinen Lichtung kam. Ringsum waren an die Zweige der Büsche Stoffstreifen gebunden, die der Wind leicht bewegte. An einer Stelle türmten sich bemooste Felsen, ein Wasserstrahl plätscherte aus einer Spalte.

Eine heilige Quelle, überlegte er, hatte mir nicht irgendwer davon erzählt? Doch so sehr er seinen Kopf auch zermarterte, es wollte ihm nicht einfallen. So sammelte er trockene Äste, schlug Feuer, spießte den Fisch auf einen Stecken und hielt ihn über die Glut, aus der es zischte, wenn das Fett hineintropfte. Nachdem er und Irgendwie mit dem Essen fertig waren, hätte nur noch ein Schluck Wein gefehlt, um diesen Tag vollkommen zu machen.

Als die Dämmerung hereinbrach, suchte er etwas Moos, um sein Nachtlager zu polstern. Plötzlich fand er sich vor einer krumm gewachsenen Eiche wieder, deren Wurzeln sich wie riesige Arme um zerfurchte Felsblöcke klammerten. Sie musste Jahrhunderte alt sein; der Stamm war so dick, dass es zweier Männer bedurft hätte, ihn zu umfassen. Durch eine Lücke in der Krone flimmerte ein Stern.

»Eine Quelle mit einer Eiche«, murmelte er, und mit einem Schlag fiel es ihm wieder ein. Silberling!

Einige kaum verständliche Worte, die der Händler kurz vor seinem Tode geflüstert hatte und deren Bedeutung ihm damals rätselhaft erschienen war:

»Unter der Eiche, an der heiligen Quelle ...«

Konnte dies die Eiche sein, von der Silberling gesprochen hatte? Und welches Geheimnis mochte sie hüten?

Hastig kniete er nieder und begann, den Stamm abzutasten, jeden Hohlraum zu erkunden, seine Nägel in morsches Holz zu graben, Moos zu zerrupfen – nichts. Es wurde immer dunkler, doch er wollte nicht aufgeben. Da stieß er gegen einen Steinbrocken, der zwischen zwei Wurzeln verkeilt schien. Aber der Stein saß nicht fest, er hatte sich bewegt!

Mit beiden Händen umfasste er den Brocken, schob ihn hin und her – und siehe, der Stein glitt zwischen den Wurzeln hervor und gab eine Höhlung frei. Zögernd streckte Decius seine Rechte vor, tastete in den Hohlraum und bekam den Henkel einer Amphore zu fassen. Er zog das Gefäß heraus, und als er seinen Fund zum Feuer trug, um die aufgepinselte Schrift zu entziffern, musste er laut lachen.

Eine Amphore zehn Jahre alten Falernerweines hatte ihm Silberling vermacht! Wein – genau den hatte er sich vorhin gewünscht!

Doch als er das Gefäß anhob, um es zu öffnen, bemerkte er, dass der Verschluss schon einmal erbrochen worden war. Wenn sich noch Wein darin fand, würde er zu Essig verkommen sein. Enttäuscht stellte Decius die Amphore ab. Aber warum war sie so schwer? Kopfschüttelnd nahm er seinen Dolch und stemmte den Verschluss auf. Innen leuchtete ein weißes Stoffbündel. Er zog es heraus, drehte das Gefäß um, und dann …

Fassungslos sah er zu, wie ein Strom silberner Denare aus dem Hals der Amphore rann, zwischen denen er immer wieder den Goldglanz eines Aureus ausmachen konnte. Klirrend türmten sich die Münzen zu einem Haufen, ein Vermögen schimmerte vor ihm auf dem Moos.

In die Freude über den Schatz mischte sich plötzlich eine nie zuvor gekannte Unruhe. Was, wenn er nicht allein im Wald war? Bislang hatte er keine Scheu vor der Begegnung mit Germanen gehabt. Als Tierfänger, der ihnen die Bestien vom Hals schaffte und ansonsten kaum Stehlenswertes besaß, war er immer freundlich aufgenommen worden.

Doch mit einem Mal war alles anders. Gespannt lauschte er in die Nacht. Hatte da nicht ein Zweig geknackt? Doch nur ein Käuzchen rief, dem ein zweites antwortete. Hoch über ihm begann eine Nachtigall ihr trällerndes Lied. Irgendwie lag am Feuer, die Schnauze auf die Pfoten gelegt und schnarchte leise. Die Flammen züngelten nur noch handhoch, gaben jedoch der kleinen Lichtung noch so viel Licht, dass der Rest des Waldes in tiefer Nachtschwärze versank. Einer Schwärze, aus der ihn zahllose verborgene Augen anstarren konnten. Hastig goss Decius Wasser auf das Feuer, das zischte und dampfte. Mit zitternden Händen füllte er die Münzen in den Krug, stopfte das Tuch hinein und trug die Amphore zu dem Baum zurück. Erst als er sie wieder in ihrem Versteck verstaut hatte, wurde er langsam ruhiger und schalt sich einen Narren, der unnötig die wärmende Glut gelöscht hatte. Jetzt erst, ganz langsam, wurde ihm bewusst, wie sehr die letzte Stunde sein Leben verändern könnte.

Decius wickelte sich in seinen Cucullus und streckte sich auf dem Boden aus. Wenn es ihm gelang, diese Amphore zurückzubringen, über den Limes ins Römische Reich, war er ein reicher Mann. Sobald er die Bärin getötet hatte, konnte er ein neues Leben beginnen. Nie mehr Fallen stellen, um Tiere zu fangen, damit sich der Pöbel in fernen Städten an ihrem Tod ergötzte. Ein schönes Haus kaufen, vielleicht wieder als Arzt arbeiten und die Frau heiraten, die er begehrte – Salgard. Mit dem Gedanken an ihr Lächeln schlief er ein.

»Eine wunderbare Villa, mein Freund. Und das hier ist wirklich ein vorbildlich heller Behandlungsraum.« Flavius Tullius schloss die Tür zu dem Patientenzimmer und sah sich ein letztes Mal bewundernd in der Eingangshalle um. »Da muss man ja fast traurig sein, wenn einen die Götter gesund erhalten!« Er lachte über seinen Scherz, doch Decius vermeinte, einen Unterton von Neid zu hören. Dann nahm Tullius seine Frau am Arm und trat aus dem Eingangsportal hinaus auf die Straße, wo die Sänfte wartete. »Das Abendessen war köstlich«, fügte Priscilla hinzu und nahm das Tuch mit den eingepackten Speisen, das ihr der Küchensklave reichte. »Wo hast du nur diesen Koch aus Ravenna aufgetrieben?«

»Fortuna war mir hold«, lächelte Decius und verabschiedete seine alten Freunde. Sobald er die Tür geschlossen hatte, stach ihm wieder der Geruch nach Mörtel, Farbe und frisch zugeschnittenem Holz in die Nase. Befriedigt musterte er den spiegelglatten Fußboden aus farbigen, zu Sternen zusammengesetzten Steinplatten, die gelb und rot bemalten Wände und die großen Fenster mit ihren in Holzrahmen gefassten Glasscheiben. Alles, was er sich manchmal in den Jahren als Tierfänger heimlich gewünscht hatte, war auf wunderbare Weise Wirklichkeit geworden.

»Hast du noch Befehle?« Neben ihm verneigte sich der jüngste der vier Sklaven, die er selbst die Woche zuvor auf dem nahen Sklavenmarkt von Augusta Vindelicum ausgesucht hatte.

»Wo ist die Herrin?«

»Im Peristyl, Dominus«, erwiderte die geschmeidige Stimme. Decius deutete ein Nicken an, rückte seine Tunika zurecht, durchschritt die Eingangshalle und betrat den von Säulen umstandenen kleinen Garten. In der Mitte plätscherte ein Wasserstrahl, den ein Bronzedelphin in ein muschelförmiges Marmorbecken spie. Zwischen den mit weißem Kies bestreuten Wegen standen Keramiktröge, in denen rote Rosen blühten. Als hinter ihm Schritte knirschten, wandte er sich um.

»Meine Frau«, stolz nahm er ihre Hand. Salgards offenes Blondhaar fiel auf ihre Schulter, der dünne Baumwollstoff ließ ihre Figur erkennen.

Sie lächelte. »Der Maler ist fertig. Du wirst staunen, wie jetzt unser Schlafzimmer aussieht!« Er folgte ihr in Richtung des Säulenumgangs, sie stieß die Tür zu einem Zimmer auf.

»Ist es nicht wunderbar geworden?«

Ihre Hand umschrieb den Raum, und Decius sah, dass die Wände vom Boden bis zur Decke bemalt waren. Sie schienen auf einer von Säulen umstandenen Terrasse zu stehen, die den Blick in eine weite Landschaft freigab. In der Nähe waren die Büsche wie Kugeln zugeschnitten, blühten Blumen nur dort, wo ihnen der Gärtner Platz in abgezirkelten Beeten zugewiesen hatte. Doch bereits wenig weiter strömten Bäche durch verwilderte Wiesen, auf denen gelbe Löwenzahnblüten leuchteten, während in der Mitte eine alte Eiche ihre Äste ausbreitete. Alles lag friedlich und menschenleer vor ihnen, eingerahmt von bewaldeten Hügeln.

Decius nahm sie in den Arm und drückte sie an sich. Sein Atem ging schneller.

»Nicht hier, nicht jetzt«, murmelte sie. »Komm mit!«

Salgard ging auf die Wand zu, und plötzlich merkte Decius, dass die Landschaft nicht gemalt war, sondern Wirklichkeit. Sie konnten zwischen den Säulen hindurchtreten in den Garten, der nur ihnen gehörte. Er roch den Duft des Grases, hörte Vögel zwitschern und Grillen zirpen. Sie fassten sich an den Händen und liefen durch die Wiese, bis sie in den Schatten der Eiche tauchten.

»Schließ die Augen«, flüsterte sie ihm ins Ohr, ließ ihre Hand unter seine Tunika gleiten und lachte leise. »Gut, sehr gut. Ich will dich auch.« Er spürte seine Erregung, doch folgsam schloss er die Lider und ließ sich rücklings auf die Moospolster gleiten.

»Was für ein Faulpelz«, hörte er sie sagen und fragte sich einen Augenblick, was das zu bedeuten habe. Doch als ihre Haare sein Gesicht kitzelten, streckte er voll Vorfreude die Arme aus, umfasste sie, zog sie zu sich …

Decius öffnete die Augen und schrie vor Überraschung und Schrecken auf. Über ihn beugte sich ein runzliges, fleckiges Greisinnengesicht. Faltige Lippen umgaben einen offenen Mund mit einer lückenhaften Zahnreihe. Zähne, so grau wie die dünnen, langen Haare, die einem Vorhang aus Spinnweben glichen.

»Du bist ein seltsamer Junge«, sagte Eysa ruhig. Sie richtete sich etwas auf und tätschelte Irgendwie. »Meinen Hund, meine Suppe und meinen Fisch nimmst du. Aber vor meiner Nähe graust es dir!«

»Nein, ich meine, also …«

»Schweig besser«, sie strich sich die grauen Haare aus der Stirn, »dein Gestammel macht alles nur noch schlimmer.«

Dann lachte sie, bückte sich und hob etwas auf. »Wirfst du immer dein Geld weg? So kommst du zu nichts.« Sie hielt das Silberstück zwischen ihren knochigen Fingern. »Wer ist dieser Mann, der aussieht wie eine Ziege?«

Decius richtete sich auf, nahm die Münze, und während er sich die Augen rieb, kehrte plötzlich die Erinnerung an den gestrigen Abend zurück. An den Schatz unter der Eiche. Verwirrt betrachtete er das Bildnis des Herrschers.

»Das ist ... das ist einer unserer Kaiser, Lucius Verus«, stotterte er. »Der Mitregent unseres Kaisers Marcus Aurelius.«

»Braucht ihr jetzt schon zwei von der Sorte?«, fragte die Alte und schüttelte den Kopf. »Kann einer alleine nicht mehr Ordnung schaffen?«

»Nein, das ist es nicht, sondern ...« Plötzlich musste auch er lachen. »Ach was, warum soll ich dir etwas erklären, das ich selber nicht verstehe.« Er stand auf, klopfte sich Tannennadeln vom Mantel und hielt ihr den Denar hin. »Nimm einfach – für den Fisch.«

»Lass das, mein Junge. Gunda zahlt auch nicht, wenn sie bei mir etwas raubt.«

»Aber ich bin doch kein Bär!«

»Ist das ein Nachteil?« Die Greisin sah sich um. »Was treibst du überhaupt hier? Ich dachte, du wolltest in das Naristendorf zu deinem Bruder?«

»Das wollte ich auch, aber ich habe mich im Nebel verlaufen.« Decius steckte den Denar weg. »Ist es noch weit?«

»Nein. Komm mit.« Ohne sich umzublicken, ging Eysa los, und Decius merkte bald, dass sie einem kaum wahrnehmbaren Trampelpfad folgte.

Schweigend durchquerten sie den Wald, der Decius plötzlich fremd, fast unheimlich erschien. Unzählige Wälder hatte er auf seiner Jagd durchquert, doch stets wie ein Besessener, vorangetrieben von dem Hass auf die Bärin, unwillig, sich der

Frage zu stellen, ob das, was er da tat, wirklich seinem Wesen entsprach. Ob diese flechtenbehangenen Äste, die modernden, umgestürzten Stämme und die rauschenden Wipfel wirklich die Welt waren, in die er gehörte, in der er als Römer leben wollte? Das Haus seines Traumes war so anders gewesen, und er hatte sich dort wohl gefühlt, glücklich und geborgen. Bestrafte er sich etwa immer noch selbst für die alte Schuld, machte seine Mutter und jede Frau unglücklich, die ihm ihre Liebe schenken wollte?

Decius schüttelte unwillig den Kopf. Was für seltsame Gedanken – er war Tierfänger, musste seinen Bruder finden, und später würde er irgendwann die Bärin töten. Was danach kam, nun, das wussten nur die Götter.

Nach etwa einer halben Stunde erreichten sie einen mächtigen, vor Jahren umgestürzten Baumstamm, der ihnen den Weg versperrte. Decius krallte sich an einem Aststumpf fest, schwang sich auf den moosüberwucherten Riesen und musterte die Umgebung. Während Eysa mit Irgendwie um den Baum herumging, bemerkte er einen dunklen Pfosten, der etwa fünfzig Schritte von ihnen entfernt aufragte.

»Was ist das da drüben?«, rief er und zeigte nach vorne.

»Meinst du das Götterbild?«, fragte Eysa. »Meine Augen sind nicht mehr die besten.«

»Ja, das dort.« Decius ließ sich auf der anderen Seite des Stammes zu Boden gleiten. Er folgte Eysa über den federnden Waldboden, bis sie vor dem grobgeschnitzten Pfahl standen. Dieser stellte offenbar einen Mann dar. »Wir sind in einem heiligen Hain«, sagte die Greisin leise, mehr zu sich selbst als zu ihrem Begleiter.

Decius musterte das Götterbild mit gerunzelter Stirn. Er hatte von so etwas gehört, dergleichen aber noch nie gesehen. Nach einer Weile zeigte er auf einen zweiten Pfahl.

»Da drüben ist noch so einer.«

»Wodan und Donar, der Gott des Krieges und der Gewittergott, der die Dämonen verjagt«, antwortete Eysa, und Decius schien es, als hätte seine Stimme die alte Frau aus Erinnerungen aufgeschreckt. Stumm ging er zu dem Bildwerk, das ihn mit aufgerissenen Augen anstarrte. Als er die grobe Schnitzerei betastete, zog ein Stück entfernt etwas Seltsames, das einige Schritte entfernt im Gras stand, seine Aufmerksamkeit auf sich. Es war ein Holzgestell, auf dem ein Pferdekopf, oder was noch davon übrig war, steckte. Die leeren Augen des Schädels starrten über das Moor, das ein Stück unterhalb ihres Standplatzes begann. Die Haut des Tieres hing ebenfalls über dem Gestell, und an deren Ende baumelten noch die Hufe; bis auf die in den Beinen waren alle Knochen entfernt worden. Als er vor dem Gebilde stand, spürte Decius eine Gänsehaut. »Was für eine barbarische Scheußlichkeit«, murmelte er, besah kopfschüttelnd den Schädel und schnupperte an der Haut. »Gegerbt, hängt wohl schon eine Weile hier. Wozu machen die das?«

»Ein Opfer.« Die Greisin sah ihn vorwurfsvoll an. »Bei uns Germanen steht das Pferd in hohem Ansehen. Deshalb ist es eine gute Gabe. Bekommen eure römischen Götter denn nichts?«

»Doch, schon.« Decius kratzte sich am Kopf, bevor er Irgendwie folgte, die einen Abhang in Richtung des Moores hinuntergelaufen war und dort an etwas schnüffelte. Decius bückte sich, hob es auf und hielt es in die Höhe. »Eine Haarlocke und Holzperlen«, rief er Eysa zu, die am Waldrand stehen geblieben war. »Sieht aus wie von der Kette einer Frau.« Er musterte den Boden. »Fußspuren.« Langsam hob er den Kopf und starrte zu Eysa hinauf. »Doch nicht etwa auch ein Opfer? Diese Barbaren!«

»Diese Barbaren sind mein Stamm«, erwiderte die Greisin ruhig. »Und sie töten nicht grundlos oder zum Vergnügen, wie es bei euch Römern Sitte sein soll.«

»Meinst du die Spiele in der Arena? Das sind Freiwillige oder Verbrecher, die hingerichtet werden. Aber das hier?«

»Das war auch eine Hinrichtung. Eine Verräterin vielleicht. Oder eine Ehebrecherin.«

»Im Moor ersäuft?« Decius schüttelte den Kopf. »Wegen Ehebruchs?«

Im Vicus liefen allerlei Gerüchte über die Bräuche der Germanen um, aber er hatte sich bislang wenig darum geschert. »Wenn solche Sitten in Rom aufkämen, wären alle Sümpfe Italiens verstopft.« Er zwang sich ein Lachen ab, um seine aufkeimende Furcht zu überspielen.

»Ersäuft nicht, vorher werden die Verurteilten erdrosselt oder erschlagen.« Eysa blickte über die trübe Oberfläche. »Anschließend verbindet man den Leichen die Augen, beschwert sie mit Flechtwerk und Steinen und versenkt sie. So können sie nicht als Wiedergänger die Lebenden heimsuchen.« Ihre ruhige Stimme fand Decius weit erschreckender als das, was sie sagte.

»Wärst du auch im Moor versenkt worden?«

»Ja, beinahe. Aber jetzt geh.« Sie wies auf einen dünnen Rauchfaden, der hinter dem Moor in den Himmel stieg. »Dort liegt das Dorf. Sei vorsichtig.«

Die kleine, gebeugte Frau blickte zu ihm auf, und plötzlich bemerkte Decius die Trauer in den alten Augen. Ganz tief, im Innersten, war noch immer das junge Mädchen, das Eysa einmal gewesen war, das sich nach Liebe gesehnt, den Kuss eines Mannes erwidert und von Glück geträumt hatte. Doch dann war alles anders gekommen, und nun war es zu spät.

Er ging auf sie zu, nahm sie in den Arm und drückte sie an sich.

»Danke«, murmelte er, »danke für alles.«

Sie blickte ihn an, und Decius bemerkte eine Träne in ihrem rechten Auge.

»Jetzt geh schon«, sagte sie unwirsch und schob ihn von sich. »Möge Wodan dich beschützen. Du wirst es brauchen.«

Sie ging ohne ein weiteres Wort. Decius blickte ihr nach, bis sie im Wald verschwunden war. Dann wandte er sich um und sah in die Richtung, die er einschlagen sollte.

Irgendwie scharrte an einem Baumstrunk; auf dem See schrie misstönend eine Ente. Langsam schwankten die Beine des toten Pferdes im Wind.

Decius spürte sein Herz pochen.

Kapitel 15

Vicus des Reiterkastells der Ala II Flavia am raetischen Limes, Frühjahr 168 n. Chr.

»Wie ist das Befinden des Kommandanten Aulus?«

»Dazu darf ich nichts sagen«, erwiderte der Soldat kurz angebunden. Regenwasser rann ihm in feinen Rinnsalen aus der Wollkapuze und tropfte auf die Türschwelle. Julia hatte in ihm eine der Leibwachen von Aulus erkannt.

»Ach, ich werde es ja gleich sehen. Diese Krankheit ist beängstigend! Aber Bononius Gordus wird ihm bestimmt helfen können, bestimmt ... Und ich soll das Schreiben selbst zum Kaiser bringen?«

»Jawohl.«

Mit fahrigen Händen zupfte Julia das Pallia zurecht, die Greda ihr ungeschickt um die Schultern legte, und schloss die Fibula.

»Was für eine außergewöhnliche Idee. Dann muss es Aulus ja wieder besser gehen!« Julia seufzte erleichtert. »Nun, gehen wir, ehe es noch stärker regnet!«

»Hier meine Hand, unter den Vordächern finden wir Schutz!«, bot ihr der Soldat Halt, damit sie auf dem nassen Pflaster nicht ausglitt.

Doch kaum dass sie aus dem Haus getreten war, wurde Julia vom Regen durchnässt. Er prasselte mit einer Wucht auf sie nieder, dass es ihr fast die Luft nahm. Zwar spendeten die Dächer Schutz, aber diese Erleichterung wurde durch die Querstraßen wieder zunichte gemacht, die sie überqueren mussten. Sie hatten sich in Bäche verwandelt, die Schlamm und Abfall mitrissen. Jetzt rächte es sich, dass viele Bewohner

Dreck und Unrat einfach an den Straßenrand kehrten. Mehrfach glaubte Julia, in vorbeitreibenden Schemen tote Ratten zu erkennen.

»Dass Aulus mich aber auch jetzt rufen muss«, keuchte Julia.

»Verzeih, aber es geht leider nicht anders. Glaube mir, es wäre ihm lieber, du könntest in deinem Haus bleiben! Du wirst sehen.«

Zur Linken fluchte jemand lauthals, da sich das Wasser offenbar einen Weg in sein Haus gebahnt hatte. In der Ferne erklang Türenschlagen. Allein den Kindern machte die Nässe nichts aus, im Gegenteil, sie hatten ihren Spaß, solange sie nicht von ihren Müttern zurückgerufen wurden.

Als sie das Kastell erreichten, war Julia bis auf die Haut durchweicht. Sie kam nicht umhin, der Selbstbeherrschung der Torwache Bewunderung zu zollen, denn die stand nicht nur unter einem viel zu kleinen Porticus, sondern hielt sich mit dem Speer in der Rechten und dem ans Bein gelehnten Schild aufrecht wie eine Statue. Regungslos ließ der Wächter sie passieren. Nur mit den Augen erwiderte er das Kopfnicken von Julias Begleiter.

Im Kastell sah es nicht viel besser aus als im Lagerdorf. Was für ein Aufwand, jetzt hierherzukommen, dachte sie. Wahrscheinlich würde am Nachmittag schon wieder die Sonne scheinen. Aber nein, sie hatte sich gerade jetzt herbemühen müssen. Doch worüber sie sonst verärgert gewesen wäre, ließ sie heute kalt: Der beschwerliche Weg wäre ihr die Genugtuung wert, die Spionin zu enttarnen. Sie musste sich nur ihren Umtrunk ins Gedächtnis rufen, bei dem diese Schlange von Salgard sich als liebe Freundin ausgegeben hatte. Wie viel Met sie beide getrunken hatten, und wie geschickt sich die Germanin verstellt hatte! Zuckersüß war sie gewesen. Wahrscheinlich hatte das Weib mit dem einen oder anderen Kraut noch etwas nachgeholfen, damit sie ihr leichter auf den Leim ging. Aber damit war es jetzt vorbei. Wie klug von Aulus, ihr diesen Triumph zu überlassen, den Brief gegen diese Salgard dem Kaiser selbst auszuhändigen.

Das letzte Stück Weg erwies sich als besondere Herausforderung. Unzählige Füße hatten das Pflaster des Vorplatzes bereits mit einer glitschigen Schlammschicht überzogen, so dass Julia trotz der helfenden Hand ihres Begleiters mehrfach beinahe ausgerutscht wäre. Sie atmete erleichtert auf, als sie endlich die Principia betrat.

»Warte hier.«

»Wie geht es Aulus denn, kannst du mir …«, versuchte Julia es erneut, aber ihr Begleiter war bereits durch eine Tür verschwunden. Unter anderen Umständen, wären ihre Kleider nicht so nass, dass sie an ihr klebten, und ihre Schuhe nicht schlammverkrustet gewesen, wäre sie dem Soldaten einfach gefolgt.

»Sag, ist der Kommandant oder vielleicht der Lagerarzt Gordus …«, sprach sie hastig einen Mann an, der mit einem Arm voller Schreibtafeln vorbeihastete, aber der schüttelte nur den Kopf. Sie kam sich vor wie eine dekorative Statue, während um sie herum die Bediensteten auf dem Weg von einem Dienstzimmer ins andere an ihr vorbeieilten. Julia seufzte. Wenn es zunächst den Anschein gehabt hatte, dass die Ankunft des Kaisers den Alltagstrott im Vicus kaum beeinflusste, hatte sich das mittlerweile gründlich geändert. Der Germanenüberfall hatte sicherlich das Seinige dazu beigetragen. Deswegen die Wachen, deswegen ging es hier zu wie in einem Bienenstock. Wenn sie nur Aulus kurz sprechen könnte …

Der Soldat kam in Begleitung eines nervös wirkenden, kleingewachsenen Schreibers zurück, der ihr eine runde Lederhülle in die Hand drückte.

»Gib das dem Kaiser persönlich«, näselte der Sekretär. »Falvius und Caelius hier begleiten dich.«

Ein zweiter Soldat mit ausdruckslosem Gesicht gesellte sich zu ihnen, unter dessen Mantel ein Kettenpanzer schimmerte.

»Zwei Begleiter, ihr fürchtet doch nicht etwa um meine Sicherheit!« Im Stillen war Julia dankbar. Aulus schätzte Salgard offenbar als sehr gefährlich ein. Der Sekretär nickte ihr zu und war schon wieder verschwunden, ehe Julia wegen Aulus' nachfragen konnte.

Als sie wieder in den Regen traten, war Julia fast erleichtert, aus dem Trubel herauszukommen. Auf dem Weg zum Praetorium drückte sie die Lederröhre unter dem Mantel an ihre Brust und spürte eine bösartige Zufriedenheit, die sie gar nicht von sich kannte. Das irritierte sie. Aber es war ja recht, was sie tat, beruhigte sie sich. Dieser Regentag würde ihr immer im Gedächtnis bleiben als der Tag, an dem sie die Verräterin besiegt und ihrem Sohn die Augen für die Falschheit Salgards geöffnet hatte. Denn dass Decius bald zurückkehren würde, dessen war sie sich auf einmal ganz sicher. Ihre beiden Begleiter gaben ihr das Gefühl, in wahrhaft bedeutender Mission unterwegs zu sein, für den Kaiser und für Rom.

»Du bist also Julia Curmilla, meine Frau hat von dir erzählt! Was führt dich zu mir?« Der Kaiser wirkte abgespannt und erschöpft. Mit einer Handbewegung wies er einige Sklaven fort, die die Arme voller Schriftrollen hatten.

Ihr Herz klopfte, als sie Aulus' Schreiben aus dem Futteral zog und es dem Kaiser übergab.

»Von Aulus«, brachte sie hervor. Über die Verräterin Salgard, wollte sie noch hinzufügen, aber die Aufregung schnürte ihr die Kehle zu.

Der Kaiser hob die Augenbrauen, brach das Siegel und entrollte den Brief. Julia presste sich vor Aufregung die Fingernägel in den Handballen. Der Kaiser begann zu lesen. Für die Dauer eines Wimpernschlags zogen sich seine Augenbrauen zusammen, dann las er weiter. Julia wunderte sich ein wenig, wie lange er für Aulus' Zeilen brauchte. Aber der Kaiser war dafür bekannt, dass er stets bedächtig auftrat. Für Dinge, die von gewöhnlichen Sterblichen mit nur einem Blick bedacht worden wären, ließ er sich Zeit.

»Warte noch einen Moment«, sagte er endlich. Julia nickte und ließ sich von einem Sklaven in einen Nebenraum geleiten, in dem Stühle zum Verweilen einluden. Ihre beiden Begleiter folgten ihr wie Schatten.

Nun, da Julia Aulus' Schreiben übergeben hatte, schwand zumindest ein Teil der Aufregung – gerade so viel, dass sie in ihren nassen Kleidern zu frieren begann. Vielleicht hatte ein Sklave dies erkannt, jedenfalls reichte er ihr einen dampfenden Becher. Julia bedankte sich und nutzte die Gelegenheit für eine Frage.

»Ist die Kaiserin da?«

»Sie ist zu einer kurzen Reise in die umliegenden Orte aufgebrochen«, erklärte der Sklave. »Sie möchte den Leuten Kraft spenden wegen der Seuche, während der Kaiser mit den Überfällen der letzten Zeit befasst ist.«

»Was für eine mutige Frau«, seufzte Julia und nippte an dem heißen Gebräu.

Wenig später wurde sie wieder zum Kaiser gerufen.

»Dieses Schreiben hat der Kommandant dir also mitgegeben?«, erkundigte sich der Kaiser.

»Ja, es trägt auch seine Unterschrift. Stimmt etwas damit nicht?« Julia spürte leichten Unwillen in sich aufwallen. Hatte diese Salgard es etwa geschafft, dass selbst das Wort des Lagerkommandanten in Zweifel gezogen wurde?

»Ich versichere dir, die Vorwürfe sind begründet! Und Salgard …«

Der Kaiser schnitt ihr mit einer Geste das Wort ab.

»Es geht hier nicht um jene Germanenfrau, von der du sprichst. Es geht um dich.«

»Um mich? Verzeih ... wieso ...«

»Hier steht, mit Aulus' Unterschrift, dass du eine Verräterin bist.«

»Ich? Aber Salgard ... Das kann nicht sein!«

Der Kaiser musterte sie. »Und doch steht es hier. Ich wage selbst kaum zu denken, dass eine römische Bürgerin wie du zu dergleichen fähig sein sollte. Doch erlebt man vieles ... Wie kommt es aber, dass du selbst diese Anklage überbringst?«

»Es ist doch eine Anklage gegen Salgard! Nicht gegen mich!«

»Merkwürdig. Es scheint, Aulus hat hier ungewöhnlichen Humor bewiesen, als er dich dein eigenes Urteil zu mir tragen ließ.« Er machte eine Geste zu den Wachen. »Gern würde ich herausfinden, was es damit auf sich hat. Und hätte ich nur mehr Zeit, würde ich mich sogleich des Falles annehmen. So aber musst du warten, bis diese schweren Vorwürfe geprüft werden können. Es tut mir leid, ich muss dich festsetzen lassen.«

»Was? Wen? Mich?« Julia war immer noch von dem Schreck wie gelähmt, als sie von ihren beiden Begleitern, die von einem Augenblick zum anderen zu ihren Bewachern geworden waren, hinausgeführt wurde.

»Ich habe doch nichts getan!«, schrie sie, als die Tür zu dem kaiserlichen Empfangssaal ins Schloss fiel. »Salgard ist es! Holt Salgard!«

»Salgard ist verschwunden«, erwiderte ein Sekretär, der ihnen gefolgt war. »Und es wird dich wohl kaum überraschen, dass der Sekretär des Kommandanten, der deinen Verrat belauschen konnte, ermordet aufgefunden worden ist. Offenbar hast du ihn zu spät getötet, um diesen Brief zu verhindern.«

»Das ist doch völlig abwegig! Ich habe niemanden umgebracht! Hätte ich diesen Brief etwa selbst überbracht? Das ist doch Irrsinn!« Julia wehrte sich mit Leibeskräften gegen den Griff der Soldaten. Aber es war vergeblich, sie zerrten sie unaufhaltsam in Richtung Ausgang.

»Ein Explorator wusste Interessantes von deinem Sohn Manius zu berichten«, erwiderte der Sekretär. »Er schmiedet jetzt für den Feind. Und wer dich belasten könnte, ist verschwunden oder ermordet. Merkwürdig, nicht wahr?«

»Dann frage Aulus!«

»Aulus geht es immer schlechter. Er ist nicht ansprechbar. Dieser Brief war eine seiner letzten Amtshandlungen.« Sie überquerten den Platz, und Julia lief es kalt den Rücken herunter, als sie sah, dass sie in Richtung Kerker gingen. Der Regen hatte fast aufgehört; die Wolken hingen schwer am Himmel.

»Dann stellt mich zumindest unter Hausarrest! Ich habe nichts getan!«

»Während einer deiner Söhne vielleicht auf dieser Seite des Limes mordend sein Unwesen treibt? Nein, verehrte Dame. So leid es dem Kaiser tut – du musst eingesperrt werden, bis der Verdacht sich erhärtet oder aufgehoben wird. Hier entlang.«

Julia erlebte den Rest des Weges wie einen bösen Traum. Sie betraten das Steinhaus des Kerkers, sie fühlte sich eiskalt angehaucht vom Schlund der Stiege, die in einen Keller führte, an der sie aber zum Glück vorbeigingen. Schließlich fiel die Eisentür einer engen Zelle hinter ihr ins Schloss. Nur ein Loch hoch oben in der Wand ließ das verwaschene Grau des Himmels hereinschimmern. Es war, als würden die Mauern Schweigen atmen. Jetzt, wo sie mitten aus dem Hin und Her gerissen und plötzlich von Stille umgeben war, brach die Verzweiflung über Julia herein. Sie sank auf dem Strohlager nieder und begann lautlos zu weinen.

»Was hat man dir angetan, Julia? Du siehst furchtbar elend aus!«

Julia schrak von ihrem Lager auf. Sie hatte gar nicht bemerkt, wie Livia hereingelassen worden war.

»Oh ... Livia! Es ist schrecklich.« Julia ließ sich von der jungen Frau in den Arm nehmen und drücken. »Die Wärter sind so grob, die ganze Zeit hört man Türenschlagen, und erst das Jammern der anderen Gefangenen ... Livia, dieses Stöhnen! Ich habe mich schon so daran gewöhnen müssen, ich habe dich gar nicht hereinkommen hören.«

»Ihr Götter, Julia, du bist ja ganz heiser! Und deine Stirn ist heiß! Julia, du bist krank!«

Julia riss sich zusammen. »Damit ... damit werde ich schon fertig. Ich habe schon Schlimmeres erlebt!«

In Livias Blick las sie Zweifel. Aber ihr Kopf war viel zu schwer, als dass sie sich daran hätte stören können. Sie nahm ihre Umgebung wie durch einen Schleier wahr.

»Livia, wie komme ich hier hinein? Was ist nur passiert? Hast du Neuigkeiten von Decius oder von Manius?«

»Trink erst einmal, das wird dir guttun.« Livia half ihr, mit Honig gesüßten Wein aus der Tonflasche zu trinken, die sie mitgebracht hatte. Eine unbeschreiblich wohltuende Wärme breitete sich in Julias Magen aus. Erst jetzt wurde ihr bewusst, dass sie sich wie ein Eisklotz gefühlt hatte.

»Ich muss mich für meinen Vater entschuldigen. Es geht ihm nicht gut, deswegen war er wohl etwas ruppig«, meinte Livia.

»Natürlich, natürlich.« Julia tat die Angelegenheit mit einer Geste ab. »Aber hast du Neues von Decius und Manius gehört? O Livia, ich verstehe die Welt nicht mehr! Plötzlich sind wir alle Verräter, plötzlich werde ich sogar eingesperrt, obwohl es doch Salgard ist, die ihre bösen Pläne gegen unser Volk schmiedet. Und Salgard ist geflohen!«

»Ich weiß es auch nicht. Komm, trink noch etwas. Von Manius und Decius habe ich keine Neuigkeiten. Sie sollen sich immer noch tief im germanischen Gebiet befinden. Mach dir keine Sorgen, es klärt sich bestimmt alles auf, so dass sie bald zurückkommen können.«

»Oh, wenn du nur recht hättest!«

»Der Kaiser ist als großer Philosoph bekannt. Er wird sich der Sache annehmen, wenn sich die Lage am Limes geklärt hat. Verlass dich darauf. Hier ist frisches Brot!«

Für einen Augenblick waren Julias Blicke ganz auf den köstlich nach Zwiebeln duftenden Laib gerichtet.

»Wenn du wüsstest, wie es mir hier ergeht«, flüsterte sie. »Fast alle Gefangenen sind krank, und nach dem, was ich von den Wächtern gehört habe, handelt es sich um die Seuche! Es gibt nur Wasser zu trinken und Essen, das seinen Namen nicht verdient. Wie Vieh werden wir hier gehalten. Ich hätte nie gedacht, dass es so schlimm in unseren Kerkern ist. Kein lebender Mensch hat ein solches Schicksal verdient!«

»Ich bringe dir von jetzt an Essen, solange die Wachen es erlauben. Und wenn Decius zurückgekehrt ist, wird sich alles finden.«

»Weißt du, dass ich nach dem Gespräch mit deinem Vater einen Augenblick lang an deiner Liebe zu Decius gezweifelt habe?« Julia sah Livia mit tränengefüllten Augen an. »Wie sehr habe ich mich geirrt! Ich …« Ihre Worte wurden durch einen heftigen Hustenanfall unterbrochen, der gar nicht mehr aufhören wollte. Ein Stechen fuhr durch ihre Brust.

»O weh. Ich werde dir Decken bringen, Julia, du bist wirklich krank! Verlass dich auf deine Livia.«

»Du bist so gut zu mir …«, keuchte Julia.

Ehe sie weiterreden konnten, wurde die Zellentür geöffnet. Livia umarmte Julia zum Abschied, ließ die Tonflasche und den Brotlaib bei Julia zurück und drückte dem Wächter einige Münzen in die Hand.

Panik stieg in Julia auf. Würde Livia wirklich wiederkommen? Würde sich überhaupt jemand dort draußen an sie erinnern? Mit aller Kraft musste sie gegen den Drang ankämpfen, sich gegen die Tür zu werfen und gegen die Wände zu schlagen wie eine tobende Raubkatze in einem Käfig.

Dann kehrte die Stille des Kerkers wieder zurück, nur unterbrochen von fernem Türenschlagen oder dem gelegentlichen Wimmern eines anderen Gefangenen.

Aber tatsächlich kam Livia schon am nächsten Tag wieder, brachte Würzwein und einen nahrhaften, aber leichten Eintopf, den Julia mit Mühe herunterbrachte, obwohl er ihr köstlicher schmeckte als alles, was sie bislang gegessen hatte.

»Du hattest recht! Salgard ist weg!«, teilte Livia ihr nicht ohne Triumph in der Stimme mit. »Sie muss wirklich verräterische Pläne gehegt haben, warum hätte sie sonst verschwinden müssen? Ich habe gehört, dass der Imperator sie holen lassen wollte, um sie zu befragen. Da hat sie sich davongemacht.«

»Warum tut Aulus denn nichts? Er weiß doch Bescheid!«

Livia rang unruhig die Hände. »Von Aulus habe ich seit deiner Verhaftung nichts mehr gehört. Er war schwerkrank und ist es wohl noch, wenn er nicht sogar …« Als sie Julias entsetztem Blick begegnete, sagte sie rasch: »Über seine Verfassung dringt nichts aus der Principia. Wahrscheinlich ist er auf dem Wege der Besserung, kräftig, wie er ist. Aber es geht ihm offenbar noch nicht so gut, dass er sich zu deiner Sache dem Imperator gegenüber äußern könnte. Ich werde selbst ein Bittschreiben an den Kaiser richten und erklären, dass dies alles ein Irrtum ist. Hab Geduld!«

»Ach, wenn ich nur könnte! Es ist so, als würden die Mauern das Leben aus mir heraussaugen, Livia.«

Kapitel 16

Im Barbarenland, nordöstlich des raetischen Limes

Der Moorsee war größer, als Decius gedacht hatte. Jedes Mal wenn er glaubte, nur noch geradeaus an seinem Ufer entlangwandern zu müssen, scherte plötzlich ein Gerinnsel aus dem See aus, das den Boden auf viele hundert Schritt mit Wasser sättigte, und zwang ihn zu einem Umweg. Dann wieder versperrten ihm ausgedehnte Brombeerfelder den Weg und nötigten ihn, sich durchs Unterholz zu schlagen, so dass er Mühe hatte, wieder zum See zurückzufinden. Ohne Eysas Hinweise hätte er niemals gewusst, in welche Richtung er sich wenden musste, dachte er. Merkwürdig nur, dass er keinen Pfad gesehen hatte, der vom Opferplatz zur Siedlung führte. Das wäre doch naheliegend. Er ärgerte sich, dass er nicht gleich daran gedacht hatte. So war er vermutlich genau am falschen Ufer entlanggegangen, während der Pfad auf der anderen Seite groß und breit geradewegs zum Dorf führte. Und die Alte hatte sich darüber vermutlich köstlich amüsiert. Eysa war das zuzutrauen.

Irgendwie jedenfalls genoss ihre Wanderung sichtlich. Sie schoss ins Gebüsch, kam wieder daraus hervor, umsprang Decius und verschwand erneut im Unterholz, wieder und immer wieder. Zum Glück bellte sie nicht.

Der Gedanke daran ließ Decius unwillkürlich zögern. Er wusste nicht genau, wie weit sie noch von ihrem Ziel entfernt waren, er sah auch noch keine Rodungen, die üblicherweise nahe einer Siedlung zum Ackerbau angelegt wurden, aber mit jedem Schritt stieg die Gefahr, dass ein Nariste zufällig seinen Weg kreuzte. Da Decius kein Verlangen danach hatte, als ungewöhnlicher Fang des nächstbesten Jagdtrupps in das Dorf geführt zu werden, besann er sich auf seine Fähigkeiten als Tierfänger. Er setzte jeden seiner Schritte mit Bedacht, horchte und ließ die Augen unablässig über das Grün um sich herum wandern. Als er das Brombeergestrüpp hinter sich gelassen hatte und zu seiner Rechten wieder der See zwischen den Bäumen auftauchte, war das Unterholz unter den Eichen fast ganz verschwunden. Sosehr das beim Auffinden des Dorfes helfen mochte, sosehr gewann Decius den Eindruck, dass er sich wie auf einem Präsentierteller bewegte. Er bemühte sich, Irgendwie bei sich zu halten und schlich mit der Vorsicht des erfahrenen Jägers von einer Deckung zur nächsten. Zugleich klopfte sein Herz bei dem Gedanken, dass er Manius möglicherweise bald wiedersehen würde – und eine verräterische Stimme in seinem Kopf flüsterte: als Gefangenen der Naristen oder als ihren Verbündeten? Decius vertrieb diesen Gedanken schnell wieder und konzentrierte sich ganz auf seinen Weg.

Zwischen den Bäumen entdeckte Decius eine Schweineherde, die nach Eicheln wühlte. Er erstarrte und ließ sich ganz langsam ins Laub gleiten. Die hochaufgestellten Spitzohren, mehr noch ihre Nasen, machten die Tiere für ihn gefährlich. Immerhin stimmte die Windrichtung, wie er erleichtert feststellte. Wenn er sich unauffällig verhielt, mochten die Weideschweine zwar seine Witterung aufnehmen, würden sich aber viel mehr für ihre Suche nach überwinterten Eicheln interessieren als für ihn.

Decius hörte von links aufgeregtes Lachen, dann stoben hinter den Bäumen zwei galoppierende Schweine hervor, auf deren Rücken sich zwei Jungen festklammerten – sichtlich konnten sie sich kaum entscheiden, ob sie glücklich über den Kitzel der Gefahr oder verzweifelt über ihrer Wagnis sein sollten. Der Boden dröhnte, als ihre Reittiere um die Herde herumgaloppierten. Rasch hielt Decius Irgendwie fest und drückte ihr die Schnauze zu. Als ein Aufschrei und gleich darauf höhnisches Gelächter die eher unsanfte Landung eines der jungen Reiter verkündete, war Decius schon dabei, in einem Bogen um die Herde herumzueilen. Abgelenkt durch das Schauspiel, schenkten ihm weder die Tiere noch die beiden waghalsigen Hirten Beachtung. Trotzdem war Decius nicht wenig erleichtert, als er sich in sicherem Abstand zur Herde befand. Nun musste er bald das Dorf erreichen. Er lauschte.

Was er hörte, drehte ihm fast den Magen um: Hammerschläge von Metall auf Metall zeugten von der Arbeit eines Schmieds. Aber es gab viele Schmiede, es war nicht gesagt, dass es sich um Manius handelte, beruhigte er sich. Und doch war er sich absolut sicher, dass es niemand anderes war als sein Bruder, der da den Hammer schwang. Was gut wäre, weil es bedeutete, dass Manius noch lebte. Was furchtbar wäre, weil es bedeutete, dass Manius für den Feind arbeitete. Decius ertappte sich dabei, dass seine Wachsamkeit wegen des Dranges, möglichst rasch Gewissheit zu haben, nachließ. Er zwang sich zur Ruhe. Aber das gleichmäßige Schlagen des Hammers, das immer lauter wurde, je näher er seiner Quelle kam, stellte ihn auf eine harte Geduldsprobe. Hinter einer verwucherten Ligusterhecke sah er nun das Dach eines ersten Hauses, und jetzt mischten sich in das regelmäßige Hämmern auch die alltäglichen Geräusche eines Dorfes: Jemand lachte, Pferde wieherten, ein Hund bellte. Rasch vergewisserte Decius sich, dass er Irgendwie fest im Arm und ihre Schnauze geschlossen hielt.

Einige Schritte vor der Hecke begann die Rodung. Wildkräuter standen kniehoch auf dem brachliegenden Feld. Zur Hecke hinüberzukommen wäre kein Problem gewesen, da die Naristen weder Wachtürme noch Posten aufgestellt hatten. Allerdings hätte es Decius nichts genützt, denn der Liguster war so undurchdringlich wie eine Mauer.

Decius zog sich wieder ein Stück in den Wald zurück und verbarg seine Ausrüstung an einer geeigneten Stelle zwischen Steinen und Wurzelwerk, wo zahlreiche verstreute Gewölle den Ansitz eines Uhus verrieten.

Irgendwie machte ihm Sorgen. Die Hündin war zwar bisher still gewesen, als würde sie die Gefahr spüren, aber als erfahrenen Jagdhund, der wusste, wann Gefahr drohte, konnte man sie kaum bezeichnen. Wer mochte wissen, wie sie sich verhielt, wenn sie die anderen Hunde des Dorfes roch. Aber zurücklassen konnte und wollte Decius sie auf keinen Fall. Ihm blieb nur, auf sein Glück und die Gnade der Göttin Diana zu vertrauen. Mit Irgendwie in den Armen setzte er seinen Weg fort, um die Umgebung des Lagers auszukundschaften. Die Hündin war begeistert, blies ihm ihren warmen Atem ins Gesicht und leckte ihm die Wange.

Gerade pirschte sich Decius über die Rodung und sah einen ausgetretenen Weg und einen Durchlass in der Hecke, als er hinter sich ein Krachen und Knacken vernahm. Unwillkürlich ließ er sich tief ins Gras niedergleiten und drückte Irgendwie noch fester an sich.

Aus dem Wald kam ein Weideschwein herausgaloppiert und hielt direkt auf ihn zu. Auf seinem Rücken saß, tief vornübergebeugt, einer der Hirtenjungen, der seine Schenkel gegen die Seiten des Schweins presste und wie ein Eques im Sturmritt einen Speer in der Faust hielt. Das von einer blonden Mähne umrahmte Gesicht war voll grimmiger Konzentration, und für einen Augenblick dachte Decius, dass der Junge ihn angreifen wollte. Aber dann erkannte er, daß das Dorf sein Ziel war. Decius kauerte genau zwischen Reiter und Tor – und so, wie der Junge heranpreschte, war nicht ganz klar, ob der Reiter das Tier oder das Tier den Reiter beherrschte. Ihm blieb keine Zeit zum Zaudern. Schon war das Schwein heran, und wäre er nicht aufgesprungen, hätte es ihn einfach überrannt. Der Reiter hingegen konnte nicht einmal schreien, er stürzte direkt in Decius' Arme. Sein Speer flog davon, Decius, Junge und Hund rollten durch das Gras, und erst die Ligusterhecke bremste, reichlich unsanft, ihren Schwung. Decius drückte hastig die Hand auf den Mund des Jungen, der ihn überrascht und voller Angst anstarrte. Irgendwie war vor Schreck ganz benommen und blieb still. Seinen Gefangenen eng an sich gepresst, robbte Decius hastig in die Ligusterhecke, so weit das Geäst es zuließ. Wie durch ein Wunder war das Geschehen im Dorf unbemerkt geblieben. Decius warf einen Blick auf den zappelnden Knaben in seinen Armen, der ihm erfolglos in die Hand zu beißen versuchte, und stellte fest: Er hatte ein Problem.

Das Schmieden half beim Nachdenken. Mit jedem Hammerschlag reifte in Manius die Gewissheit, dass seine Entscheidung die richtige war. Nicht allein Ingas wegen.

Er ließ sich Zeit mit dem Schmieden des dritten Schwertes. Wann immer die Arbeit an der Klinge eine Pause erlaubte, widmete er sich einem anderen Stück – Ackergerät, Kochgeschirr, Werkzeug oder was im Dorf eben an Metallwaren gebraucht wurde. Nur dem Drängen der Naristen, ihnen doch wenigstens Speer- und Pfeilspitzen anstelle von Topfhenkeln zu schmieden, dem kam er nicht nach. Noch nicht. Das Können seines Vorgängers war nicht gering gewesen, das hatte Manius mit einem Blick auf allerlei Gerätschaften gesehen, aber dort, wo Manius herkam, hätte er es mit seiner doch sehr bodenständigen Arbeit nicht weit gebracht.

Zunächst hatte Manius die Gerätschaften nur geschmiedet, um Zeit zu schinden. Allmählich begann er seine Arbeit für die Germanen aber mehr und mehr zu schätzen: Die herzliche Dankbarkeit der Leute, wenn er ihnen eine neue Hacke in die Hand drückte oder einen geflickten Topf zurückgab, hatte er beim Waffenschmieden im Römischen Reich nie in dieser Form erlebt. So lernte Manius nicht nur den Wunsch der Naristen nach besseren Waffen und nach der Unabhängigkeit von Rom zu verstehen, sondern auch ihr Wesen zu lieben.

»An was denkst du?«

»Inga.« Manius sah auf. Er setzte noch einige gekonnte Hammerschläge, dann legte er das Werkstück beiseite und wischte sich die Hände an seiner Lederschürze ab. Sie trat dichter an ihn heran und sog mit sichtlichem Genuss den Geruch von glühendem Eisen, Rauch und Schweiß ein, der Manius umgab. »Es ist schon merkwürdig, dass ich in einem kleinen Lehmhüttendorf ein Glück verspüre, wie ich es jenseits des Limes nie gefühlt habe.« Er umarmte Inga. »Ich bin für Rom verloren, fürchte ich. Ich bleibe.«

»Das wußte ich«, erwiderte Inga. »Komm, ich habe uns Essen mitgebracht.«

Manius nickte, tat noch die letzten Handgriffe und bemerkte zu seinem Erstaunen, dass er sich ganz ohne Widerwillen zu einer Pause überreden ließ – früher hatte er die Mahlzeiten als lästige Unterbrechung empfunden.

Als er Inga folgte, sah er schon vor dem Haus ihre Sippe zusammensitzen. Man genoss den schönen Tag nach der nebligen Zeit und machte es sich in der wärmenden Frühlingssonne bequem.

»Nimm!«

Er bekam eine Schale mit dampfender Rübensuppe in die Hand gedrückt. Die anderen nickten ihm zu und setzten ihre Gespräche fort, als sei er schon seit einer Ewigkeit im Dorf. Seit er damit begonnen hatte, das dritte Schwert zu schmieden, behandelten sie ihn wie einen der Ihren. Und diese ganz selbstverständliche Aufnahme hatte eine seltsame Veränderung bei Manius bewirkt. Die Gesellschaft der anderen ließ ihn sogar den allgegenwärtigen Mangel überwinden: Auch wenn er hier zu Beginn mit kostbarem und seltenem Met selbst beim

Schmieden verwöhnt worden war, der aber jetzt Wasser und recht dünnem Bier hatte weichen müssen, auch wenn die Mahlzeiten nur mehr ein Schatten dessen waren, was Manius auf der römischen Seite des Limes tagtäglich gebraten, gekocht und geschmort bekommen hatte, ja obwohl er bereits stets die größte Portion bekam und trotzdem selten satt wurde, weil es kaum genug zu essen für alle gab – ihm machte das nichts aus.

»Ach, Inga«, seufzte er, als sie sich neben ihm niedergelassen hatte, »ich bin so glücklich wie lange nicht mehr.«

»Ich seh's«, schmunzelte sie. »Mein Manius, ich wusste gleich, dass du im Herzen ein Nariste bist.«

»Und das beweist er uns ja gerade!« Kräftig wurde Manius auf die Schulter geklopft. Ohne Umstände ließ Sigo sich neben ihm nieder, nickte den anderen zu. »Sehr schön, Manius! Deine Kunstfertigkeit ist bewundernswert!«

»Verrate mir eines.« Manius sah ihn prüfend an. »Woher wusstet ihr von mir?«

»Nun, dein Ruf reicht bis über den Limes hinaus.«

»Das ist auch bei anderen Schmieden so. Ich bin nicht der Einzige am Limes. Woher wusstet ihr, wo ich hinreise? Es war ein Geheimauftrag.«

»Zufall?« Sigo blickte ihn schelmisch an und lachte. »Gut, gut, wir wollen unseren Schmied ja nicht gleich verstimmen. Sagen wir es so: Viel Gutes hört man über viele, aber ob einer auch tatsächlich gut ist, kann man nur an seiner Arbeit sehen. Vor allem bist du dann zu Silberling gereist, genau in unsere Arme. Und wir hätten die meisten anderen wohl kaum für unsere Seite gewinnen können. Deine Reise war für uns eine Fügung der Götter. Komm mit.«

Manius leerte die Schale und folgte Sigo zu dem Häuptlingshaus. Es dauerte eine Weile, bis sich seine Augen an das Dämmerlicht im Innern gewöhnt hatten. Sigo führte ihn zu einem durch Flechtwände abgetrennten Raum im hinteren Teil des Hauses. Waffentrophäen schmückten den Raum, die Manius sofort als Beutestücke erkannte. Der verbogene Weichmetallschaft eines Pilums verriet, dass es in einer vergangenen Schlacht bereits zum Einsatz gekommen war. Daneben hing ein brusthoher römischer Ovalschild, und auch ein Gladius fand sich. Sigo war ganz offensichtlich kein Mann, der sein Licht unter den Scheffel stellte, und prahlte gern mit seinen Kampftrophäen.

Sigo lenkte Manius' Aufmerksamkeit auf einen Tisch, der an diesem Ort wie ein Fremdkörper wirkte – der Anführer der Naristen hatte sicherlich keine Korrespondenzstapel und Lageberichte abzuarbeiten wie sein Gegner Aulus. Dementsprechend ließ der Tisch auch die gewohnte römische Ordnung vermissen. Eine Unzahl achtlos abgelegter Dinge drängten sich darauf, ein Becher, zwei Öllampen, zwei Messerchen, ein Tonkrug und allerlei anderes. Doch in der Mitte des Tisches war eine Fläche frei geräumt worden, und dort stand – Manius stockte der Atem.

»Wie kann das sein?« Er trat näher und vergewisserte sich, dass es sich um keine Verwechslung handelte. Aber es war unverkennbar. Das polierte Holz, die kleine Kerbe an der rechten oberen Ecke, die Manius nach dem Kauf bemerkt und über die er sich geärgert hatte, das kleine Schloss ... Dies war das Kästchen, das er Salgard gegeben hatte.

»Woher hast du das«, rief er aus. Sigo lächelte. Er trat zu dem Tisch und strich über den Deckel des Kästchens.

»Ich erzähle dir etwas. Manchmal ist es notwendig, die Absichten des Feindes, ja ihn selbst besser kennenzulernen. Doch dann gibt es Menschen – manche nennen sie Verräter –, die einen Schritt zu weit gehen. Die den Feinden helfen und gut Freund mit ihnen werden. Deswegen haben wir ...« Sigo unterbrach sich und lauschte. Draußen erklangen aufgeregte Rufe.

»Komm«, befahl er. Manius bemerkte, wie Sigo die Hand um

den Schwertgriff schloss, als er das Haus verließ. Auch wenn der Anführer der Naristen aufrecht und äußerlich gelassen ins Freie trat, bemerkte Manius wohl, wie beunruhigt er war. Die anderen Menschen verharrten gleichfalls wachsam.

»Ein Schwein!«, rief ein Mann zu Sigo hinüber, als sie zum Tor kamen.

»Ein Schwein?«

»Es ist wohl von der Herde davongelaufen. Wühlte in aller Ruhe vor dem Dorf herum!«

»Von der Herde getrennt? Und die Hirten haben das nicht bemerkt?«

»Sie faulenzen wohl wieder.«

»Oder auch nicht«, murmelte Sigo und ließ Manius stehen, um seinen Männern Anweisung zu geben, der Sache nachzugehen.

Während die Naristen sich vergewisserten, ob es mit dem verirrten Schwein nichts Gefährliches auf sich hätte, kehrte Manius in die Schmiede zurück. Wie kam Sigo an das Kästchen? Was hatte das zu bedeuten? Und seine Worte über Verräter, hatte Sigo damit Salgard gemeint? War sie, die die Garnison immer mit Heilpflanzen versorgt hatte, auf einem ihrer Ausflüge auf die germanische Seite des Limes gewandert, weil dort irgendein besonderes Kraut blühte, und dabei gefangengenommen worden? Zuzutrauen war es ihr. Ein schauriger Gedanke ließ es ihm kalt den Rücken hinunterrieseln. Wenn sie dabei den Germanen in die Hände gefallen war … und die sie als Verräterin behandelten, weil sie den Römern geholfen hatte … und Sigo über sie richten würde … Manius malte sich lieber nicht weiter aus, wie man hier mit Verrätern verfuhr, aber er musste an die aufgespannte Pferdehaut und die Haarlocke denken. Tief beunruhigt ging er zur Schmiede. Die Arbeit würde ihm beim Nachdenken helfen. Aber als er den kleinen Raum betrat, wartete Inga dort auf ihn.

»Du siehst besorgt aus«, stellte sie fest. »Was hat Sigo von dir gewollt? Oder ist es wegen des Schweins? Da waren bestimmt nur wieder die Jungen unvorsichtig, glaub mir.«

»Ja, ja, bestimmt«, murmelte Manius. Ingas Anwesenheit brachte ihn noch mehr durcheinander.

Inga schenkte ihm einen kritischen Blick. »Aber es war nicht das Schwein, richtig? Es hat etwas mit Sigo zu tun.«

»Ach, Inga«, ächzte Manius und nahm sie in den Arm. Obwohl er genau wusste, dass er besser darüber schweigen sollte, hörte er sich sagen: »Sigo hat das Kästchen.«

»Was für ein Kästchen denn?«

»Das ich ... nun ja ... das hatte ich einer Germanin gegeben, die bei uns Heilkräuter für die Auxiliaren gesammelt hatte. Salgard.« Er wusste in dem Moment, als er ihren Namen aussprach, dass er einen Fehler gemacht hatte. Ingas Blick wurde kalt. Sie löste sich aus seiner Umarmung. Ihr Lispeln klang mit einem Mal gar nicht mehr freundlich.

»Du hast ihr also ein Kästchen geschenkt, hm?«

»Aber Inga, glaube mir, es liegt mir nichts an Salgard, mein Bruder liebt sie. Ich mache mir nur Gedanken, weil Sigo etwas über Verräter sagte. Und Salgard ist mit Decius befreundet. Zudem half sie uns mit Heilkräutern. Wie leicht kann Sigo annehmen, sie sei eine Verräterin, und die verurteilt ihr ...«

»Wir werfen sie ins Moor!« Inga blitzte ihn an. »Jetzt hast du auch noch Mitleid mit ihr! Die Liebste deines Bruders, dass ich nicht lache, auch vor dir wird sie nicht haltgemacht haben. Du bist doch derjenige, den sie ...«

»Inga, was soll das? Und überhaupt, gerade du machst dir solche Gedanken über eine Fremde! Was soll ich denn von dir denken? Du warst es doch, die sich mir in jener Nacht so bereitwillig hingab, wer weiß, wen du noch ...?« Schon als er es gesagt hatte, bereute er es, und ehe er etwas Entschuldigendes vorbringen konnte, war sie hinausgestürmt.

Manius nahm hilflos einen Hammer und wog ihn in der Hand. Wie konnte sie so eifersüchtig sein? Und viel wichtiger: War Salgard nun in Sigos Gewalt und als Verräterin hingerichtet worden? Oder hatte Sigo sie laufenlassen?

Er wollte sich gerade wieder der Esse zuwenden, als er ein Rascheln hörte, das eindeutig nicht von einer Ratte stammte. Der Schemen eines Mannes kam hinter den Brettern und Stangen hervor, die in der Ecke standen, und fiel ihm in die Arme. Ein Bellen tönte aus der Nische.

»Decius!«, entfuhr es Manius. Er konnte sich gerade noch beherrschen, den Namen seines Bruders nicht laut auszurufen.

»Du lebst!«, flüsterte Decius. »Ich fürchtete schon, dich nie wiederzusehen.«

Manius drückte ihn an sich. »Das dachte ich auch, Bruder! Du wagst den weiten Weg, um mich zu suchen!«

»Und ein Abenteuer war es wahrhaftig«, erwiderte Decius. Er löste sich von seinem Bruder, um den Hund zu beruhigen. Dann wandte er sich ihm wieder zu, und sein Gesicht verdüsterte sich. Er machte eine Geste, die die ganze Schmiede einschloss. »Keine Wachen vor der Tür?«, fragte er.

Unter dem prüfenden Blick seines Bruders verflog Manius' Freude über das Wiedersehen. Er spürte Widerwillen gegen dessen Misstrauen.

»Nein«, erwiderte er knapp und füllte etwas Wasser in einen Bottich, den er dem Hund hinstellte. Während das Tier trank, bellte es wenigstens nicht. Manius sah seinen Bruder lauernd an.

»Keine Wachen vor der Tür, aber ein germanisches Mädchen in der Schmiede.«

»Ja.«

»Dann sind es keine Gerüchte, dass du nun zu den Naristen stehst? Du bist hierhergewandert, ohne uns Bescheid zu sagen, und das Letzte, was Mutter von dir hört, ist, dass du ein Verräter sein sollst! Wie kommst du dazu?«

Manius spürte kalte Wut in sich auflodern.

»So einfach war es nicht, wie du es dir denkst. Ich hatte nie vor, von zu Hause zu verschwinden und damit Julia zu beunruhigen. Aber manchmal ist das Leben eben etwas komplizierter. Ach, was rede ich. Wenn wir hier noch lange herumstehen, wirst du noch entdeckt. Bist du eigentlich wahnsinnig geworden, einen Hund mitzubringen?«

»Das ist Irgendwie. Ich kann sie nicht alleinlassen.«

Manius verzog abfällig die Lippen. Sein Bruder war kaum da und begann schon, ihm auf die Nerven zu gehen. »Du bist immer noch der gleiche Dummkopf wie damals. Hunde bringen dir kein Glück. Also, warum bist du gekommen?«

Decius sah aus, als habe er einen Schlag ins Gesicht empfangen.

»Manius, ich bin dein Bruder! Komm, lass uns hier verschwinden! Die Seuche breitet sich aus, der Kaiser braucht uns!«

Manius konnte gerade noch ein Auflachen verschlucken.

»Der Kaiser braucht dich mehr als mich, Decius, denn du verstehst wenigstens etwas von der Heilkunst. Du glaubst nicht im Ernst, dass ich dieses Dorf jetzt wieder verlasse!«

»Was redest du! Unsere Mutter macht sich Sorgen ...«

»Weil sie allein ist«, unterbrach Manius ihn, und er spürte, wie die Wut in ihm hochstieg. »Und du weißt am besten, weshalb! Jetzt kommst du, ausgerechnet du, und willst mich zurückholen! Nein, Decius, diese Menschen hier messen einen Mann an seinen Taten und an seinem Können, nicht an seinem Äußeren. Ich bin hier glücklicher, als ich es jenseits des Limes jemals gewesen bin, aber das kannst du ja nicht verstehen. Du hast in diesen Wäldern immer nur nach Rache an deinem Bären gesucht, hast dich nie um die Menschen hier gekümmert und warst auf der römischen Seite stets der kluge Decius. Du hast hier wirklich nichts verloren, Bruder, gar nichts!«

»Manius ...«

Aber Manius ließ sich durch das entsetzte Gesicht seines Bruders nicht besänftigen, ganz im Gegenteil, es bereitete ihm eine dämonische Genugtuung, noch tiefer in der Wunde zu bohren.

»Weißt du, dass deine schöne Salgard etwas verloren hat? Deine schöne Germanin höchstpersönlich, die nichts Besseres zu tun hatte, als Soldaten der Römer mit Heilkräutern zu versorgen?«

Decius sah ihn verständnislos an.

»Ja, was meinst du, was der Anführer der Naristen mir gezeigt hat? Das Kästchen, das ich deiner Salgard gegeben hatte. Salgard kann froh sein, wenn sie mit dem Leben davongekommen ist, Decius. Germanen sehen es offenbar gar nicht gern, wenn einer Verrat begeht.«

Decius war kalkweiß im Gesicht geworden.

»Sie haben Salgard gefangen?«, stöhnte er.

»Was denkst denn du!« Manius hieb mit einem Hammer auf den Amboss, dass die Funken stoben. Irgendwie bellte auf und verschwand hinter den Brettern. Über sich selbst erschrocken, blickte Manius hastig zur Türöffnung, ob jemand kam. Ernüchtert wandte er sich an seinen Bruder. »Du hast doch gesehen, wie Inga auf die Erwähnung von Salgard reagiert hat. Und sie kennt sie nicht einmal.« Er klopfte auf die Schulter seines Bruders, der wie erstarrt dastand. »Brüderchen, du gehörst nicht hierher. Jage deinen Bären, mein lieber Brunjagari, wie man dich hier nennen würde. Und suche nach Salgard – wenn sie noch lebt.«

Decius setzte zu einer Erwiderung an, biss sich auf die Lippen und wirkte plötzlich wieder gehetzt. Es war ihm deutlich anzusehen, wie er hastig Ordnung in seine Gedanken brachte.

»Manius, komm mit! Dies ist kein Platz für dich! Rom wird die Naristen bald befrieden! Sie sehen dich jetzt schon als

Verräter, aber wenn du mit mir zurückkehrst, ist es noch nicht zu spät!«

»Für einen Hochverräter?«

»Wenn du freiwillig mit mir zurückkommst, wird der Kaiser sehen, dass du in deinem Herzen zu uns stehst. Wir müssen erklären, dass die Naristen dich entführt haben und du gegen deinen Willen hier warst. Wir werden eine Lösung finden.«

»Nein.« Manius legte vorsichtig den Hammer auf den Amboss, als handle es sich um ein rohes Ei. Dann verschränkte er die Arme und sah seinen Bruder an. »Diesmal hattest du recht, ohne es zu wissen: Ich wurde wirklich von ihnen entführt. Aber jetzt gehöre ich zu ihnen, und zwar aus freien Stücken! Schluss, Decius, unsere Wege trennen sich hier.«

»Manius, ich habe keine Zeit! Jeden Augenblick können die Naristen …«

»Entdecken, dass du hier bist? Es ist ein Wunder, dass das nicht schon längst geschehen ist – kommt hier mit einem Hund herein! Dein Geschick, andere in Gefahr zu bringen, ist wirklich einzigartig. Aber wenn du jetzt gehst, dann sehen sie dich. Ein Weideschwein ist vor dem Dorfeingang aufgetaucht, und jetzt sind alle Männer bewaffnet und gewarnt.« Er warf Decius einen prüfenden Blick zu. »Das mit dem Schwein, das war doch nicht etwa ein Ablenkungsmanöver meines schlauen Bruders?« Als Decius nicht gleich antwortete, fuhr Manius fort: »Sehr klug. Jetzt ist das ganze Dorf misstrauisch geworden.«

»Wir müssen trotzdem sofort weg!«

»Du musst weg, aber nicht sofort. Jetzt musst du noch ein wenig meine Gastfreundschaft genießen, bis sich die Aufregung gelegt hat. Keine Widerrede, versteck dich in dem Verschlag in der Ecke. Dort wird dich niemand finden. Und halt den verdammten Hund ruhig. Mach, ich muss weiterarbeiten.«

»Aber das geht nicht«, setzte Decius an, doch ehe er weiterreden konnte, hatte Manius ihn quer durch den kleinen

Schmiederaum zu dem Bretterverhau an der Rückwand geschoben. Manius legte einen Finger auf die Lippen, nahm den schlackeschwarzen Rohling einer Spatha vom Tisch und drehte ihn so, dass Decius die halbfertige Klinge gut sehen konnte.

»Das dritte Schwert«, flüsterte Manius seinem Bruder zu. »Zwei waren als Lockmittel von Rom gedacht und haben ihre Aufgabe nicht erfüllen können. Stattdessen wird nun der Schmied dieser Waffen für Roms Feinde arbeiten. Verzeih, ich muss meinen Bund mit den Naristen fertigschmieden.« Damit trat er hinaus und heizte die Esse an. Er hätte nicht so lange warten dürfen, schalt er sich selbst, so kostete das Anschüren nur wieder Zeit und Mühe, und jetzt, wo sein Bruder aufgetaucht war, konnte ihm die Arbeit an dem Schwert nicht mehr schnell genug vorankommen. Er pfiff einen Jungen zu sich und wies ihn an, ihm mehr Holzkohle zu bringen. Als er den Stahl in die Glut stieß, hörte er Decius aus dem Inneren der Schmiede aufgeregt zischen, aber er dachte gar nicht daran, zu ihm zu gehen.

»Inga«, rief er stattdessen, als sie in demonstrativer Missachtung vorbeistolzierte. »Komm her.« Und wirklich zögerte sie in ihren Schritten.

Manius stieß den Stahl noch ein wenig tiefer in die Glut und trat auf sie zu. Sie drehte sich von ihm weg, aber so konnte er sie nur viel besser von hinten umfassen und ihr einen Kuss auf die Wange drücken.

»Na komm«, sagte er sanft.

»Du mit deiner Salgard«, murmelte sie. Sie wandte sich ihm zu und schlug ihm mit beiden Fäusten leicht vor die Brust.

»Du verwechselst mich mit meinem Bruder«, flüsterte Manius. »Der liebt Salgard. Ich liebe dich.«

»Das hoffe ich für dich, du … du Schmied!«

»Du glaubst gar nicht, wie ernst ich das meine«, murmelte Manius und warf aus den Augenwinkeln einen Blick zur

Schmiede, von der aus sein Bruder einen guten Blick auf sie beide haben dürfte. Und dann beugte er sich zu ihr hinunter. Für eine wunderbare Ewigkeit standen sie verschlungen da und waren in einem tiefen Kuss versunken.

»Ich muss weiter.« Inga löste sich sanft von ihm und wirkte dabei ziemlich benommen. Manius ließ sie nur mit Widerwillen gehen.

Zu seiner großen Genugtuung glühte die Schwertklinge in der richtigen Farbe, als er sie jetzt aus der Esse zog. Der Hammer … der lag noch in der Schmiede.

»Verdammt, versteck deinen Hund besser!«, mahnte Manius, als er den Hammer holte. Irgendwies blanke Augen guckten ihn aus dem Verschlag heraus groß an. »Seinetwegen wirst du noch entdeckt, und wer ist dann dran? Ich natürlich!« Unwillkürlich verspürte Manius den befremdlichen Drang, das ganze Dorf zusammenzurufen und sich mit langen Stangen darum zu schlagen, wer den Hund kopfüber in ein möglichst tiefes Loch stecken durfte.

»Hör zu!«, flüsterte sein Bruder.

»Ha, neidisch?«, spottete Manius böse und nahm den Hammer vom Tisch.

»Lass die Scherze! Wir oder, wenn es denn sein muss, ich muss hier weg! Sofort!«

»Heute Nacht ist es besser. Ich kenne ein Schlupfloch in der Hecke«, erklärte Manius. »So lange musst du noch in der Schmiede deines Bruders aushalten! Es wird dir schon nicht schaden, alter Bärenfänger. Und pass auf den Hund auf, sonst gibt es heute Abend Fleischbrühe. Nicht, dass ich etwas dagegen hätte. Wir leben hier nicht im Überfluss, wie ihr auf der römischen Seite.«

»Manius, darum geht es nicht! Es ist so, dass jeden Augenblick …«

»Manius!« Ein rothaariger Hüne stand wie aus dem Boden

gestampft im Türrahmen. In seiner Faust hielt er eine Axt. Manius war erschrocken herumgefahren und hatte den Hammer zum Schlag erhoben. Doch der Mann hatte nichts von Decius in seinem Verschlag bemerkt, er war viel zu aufgeregt und keuchte.

»Komm schnell, schnell!«

Manius folgte ihm zu dem Durchlass in der Hecke, wo die anderen Männer des Dorfes im Kreis standen. Als Manius sich zwischen sie klemmte, sah er, was die Männer in Aufregung versetzt hatte: Von einem Naristen gestützt, stand einer der Hirtenjungen in ihrer Mitte. Er war kreidebleich und rieb sich die geröteten Handgelenke, während er mit sich überschlagender Stimme erzählte, was ihm widerfahren war.

»Wir haben einen Feind im Dorf!«, brüllte einer der Männer, kaum dass der Knabe geendet hatte.

Sigo hob die Hände, um Ruhe in den aufbrandenden Aufruhr zu bringen. »Holt Frauen und Kinder zusammen, durchsucht jedes Haus, beeilt euch! Es ist nicht lange her, die Schlange steckt hier noch irgendwo! Ihr vier, ihr bewacht das Tor! Und ihr da geht raus und habt ein Auge auf die Umgebung! Fridumann und Elmar treiben bereits die Schweine zusammen. Beeilung, Leute!«

Die Versammelten stoben auseinander. Manius eilte zur Schmiede.

Decius war verschwunden.

Kapitel 17

Im Dorf der Naristen

Manius atmete tief durch und blieb einen Augenblick stehen, um sich zu sammeln. Wohin war Decius nur gegangen? Wie dumm von ihm. Nun, sollten sie ihn doch erwischen. Selbst Schuld. Seine Hände waren zu Fäusten geballt, als ihn die Erinnerung an vergangene Zeiten überrollte. Was gäbe er darum, alles ungeschehen zu machen.

Es war noch Tag. Die Naristen waren gewarnt und würden jede Hütte durchsuchen, dessen war er sich sicher. Wohin konnte Decius verschwunden sein? Und obendrein mit Hund. Er schüttelte den Kopf bei dem Gedanken daran, dass sein Bruder mit dem Tier im Feindeslager aufgetaucht war.

»Führst du Selbstgespräche, oder hast du einen Dämon gesehen?«

Inga stand vor ihm. Er spürte ihren Blick prüfend auf sich ruhen.

»Ach, Inga …«

Sie trat auf ihn zu und berührte ihn sanft am Arm. Diese liebevolle Geste ließ ihn erschaudern, und er konnte seine Worte nicht mehr zurückhalten. »Der Eindringling … er ist … mein Bruder.«

Die Germanin erschrak. Doch das Schlimmste für Manius war, dass sie in jenem Augenblick einen Schritt zurücktrat. Es schmerzte ihn mehr als ihre vor Schreck geweiteten Augen.

»Bitte Inga, du verstehst das falsch.« Verzweiflung lag in seiner Stimme. »Er hat mich gesucht und hier gefunden, um mich dazu zu bewegen, mit ihm zu gehen, zu flüchten.«

Für einen Moment waren sie beide stumm, bevor Manius ihr von seiner Begegnung mit Decius berichtete.

»Er konnte nicht begreifen, dass ich hierbleiben will.« Manius lächelte Inga an.

»Wie hast du ihm deine Beweggründe dargelegt?«

»Muss ich das denn?«, antwortete er brüsk. »Verzeih!«, fuhr er mit sanfterer Stimme fort. »Deinetwegen, weißt du … Du bist der Grund, dass ich bleibe. Decius und ich haben uns gestritten. Ich habe ihm heftige Vorwürfe gemacht, aber dass er in die Hände deiner Leute fällt, will ich ebenso wenig. Nun ist er fort, und ich weiß nicht, wo er sich versteckt hält. Er soll mich mein Leben leben lassen und gehen. Mehr will ich nicht.«

Er blickte in ihre Augen.

Zärtlich streichelte sie über sein Gesicht. »Mein Liebster, dann lass uns Decius finden. Nur dieses eine Mal werde ich einem Römer bei der Flucht helfen. Soll er zurückgehen … zu seiner Salgard.« Die letzten Worte sprach sie leise in sein Ohr. Einen Moment lang verharrten sie, lagen sich in den Armen, bis ein Räuspern sie aufschrecken ließ.

Sigo stand hinter ihnen. Die eine Hand lag wie beiläufig am Schwertgriff, doch Manius erkannte, dass der Naristenfürst in höchster Anspannung war.

Natürlich, sie suchten als Erstes bei ihm, wurde ihm schlagartig klar, schließlich war er ein Fremder. Die Erkenntnis versetzte ihm einen Stich. Langsam drehte er sich zu Sigo um und nahm nun auch die weiteren Krieger wahr, die mit dem Naristenfürsten zu seiner Schmiede gekommen waren.

Mit einer weit ausholenden Geste unterstrich Manius seine Worte: »Durchsucht ruhig meine Schmiede. Ich habe nichts zu verbergen.«

Inga drückte ihm die Hand. Sie blieben beieinander stehen

und sahen Sigos Männern zu, wie sie die Hütte durchstöberten. Die Männer inspizierten auch den kleinen Verschlag.

Manius hob die Schultern. »Wer weiß, was mein Vorgänger dort gelagert hat, ich jedenfalls nutze ihn dazu, mein Werkzeug zu verstauen.« Ein Lächeln begleitete seine Worte. Die Gelassenheit, die er nach außen hin zur Schau stellte, trog jedoch. Er spürte das Misstrauen bei den Naristen, die immer wieder Blicke tauschten und aus den Augenwinkeln ihn und Inga im Auge behielten. Inga stand wie versteinert neben ihm. Für sie musste es schlimm sein, denn sie spürte die Missbilligung ihrer eigenen Leute. Zum ersten Mal sicherlich erlebte sie, wie es war, verdächtigt zu werden, etwas Unrechtes getan zu haben. Manius war heilfroh darüber, dass Decius den Verschlag verlassen hatte.

Als einer der Naristen vor Sigo trat, den Kopf schüttelte und mit einer Handbewegung die Männer nach draußen beorderte, atmete Manius auf.

Sigo ging zum Ausgang, blieb dann direkt vor ihm und Inga stehen und bedachte sie mit einem eindringlichen Blick, bevor er die Schmiede verließ.

Augenblicklich wandte sich Manius an Inga. »Wir müssen etwas tun, Inga! Decius braucht unsere Hilfe. Sigo wird die Wachen verstärken und wehe, wenn die Naristen ihn vor uns finden. Dort, wo sie sind, lauert der Tod auf Decius, denn wir wissen beide, was die Germanen mit Verrätern tun …« Und das wollte Manius nicht. Es war sein Bruder, der die Schuld für sein verkrüppeltes Bein und den Tod des Vaters trug, doch er war eben auch sein Bruder. Er unterdrückte diese zwiespältigen Gefühle, die ihm unheimlich waren.

»Wir müssen auf die Nacht warten, nur dann werden wir eine Möglichkeit haben, unbehelligt an den Wachen vorbeizukommen, und Decius aufspüren.«

Manius spürte eine Enge in seiner Brust, seit er die Gefahr

für Decius klar vor Augen hatte. Er wollte wieder frei atmen, sich von dieser Last befreien.

Mit Fellen bereitete er in einer Ecke der Schmiede für sich und Inga ein bequemes Lager, auf dem sie sich niederließen und auf die Nacht warteten.

Sie lauschten den Geräuschen, die der Wind von den anderen Häusern herübertrug. Langsam, als die Sonne sich bereits der Erde entgegenneigte, verstummten sie. Die Naristen machten sich bereit für die Nacht. Früher als gewöhnlich gingen sie in ihre Häuser, denn in ihrer Siedlung schlich noch ein Eindringling umher.

Im Schutz der Dunkelheit verließen Manius und Inga die Werkstatt und begaben sich vorsichtig zur Hecke, die das Dorf umgab, zu dem von Kindern geschlagenen Loch, durch das Decius sicherlich hineingekommen war und welches er wohl auch wieder als Fluchtweg benutzen würde. Manius wollte dort nach Hinweisen suchen, ob sein Bruder bereits auf diesem Wege geflüchtet war. Wonach er allerdings forschte, wusste er selbst nicht genau. Der Köter hätte Decius eigentlich längst verraten müssen. Manius schüttelte sich. Der Gedanke an die Entdeckung seines Bruders durch die Germanen ließ ihn schaudern, er wusste, dass er keine andere Wahl hatte, als Decius zu finden.

Auf dem Weg zur Hecke flüsterte Manius Inga zu: »Besser, du gehst zu deiner Familie zurück. Wer weiß, was Sigo sagen würde, wenn er uns beide hier entdeckte? Am Ende würde er dich als Verräterin sehen, und du weißt …«

Barsch unterbrach sie ihn. »Ich weiß nicht, der wievielte Versuch es von dir ist, mich heimzuschicken. Aber es ist nutzlos. Wir stehen das hier gemeinsam durch … damit Friede einkehrt.«

Manius lachte bitter auf. »Friede wird niemals einkehren. Rom wird uns vernichten.«

Inga schmunzelte. »Du hast ›uns‹ gesagt.«

Mit einer Hand hielt sie Manius zurück und zog ihn hinter ein Gatter.

Er sah sich um. Hinter den Brettern war ein Strauch, der Inga vor den Blicken der Wachen schützen würde. »Dann warte hier auf mich. Verhalte dich ruhig, ja?«, bat Manius eindringlich. Als Inga wortlos zustimmte, fühlte er sich besser. Er gab ihr einen Kuss und ließ die Germanin zurück.

Er duckte sich hinter einen Busch kurz vor der Hecke, vor der gerade eine Wache entlangging. Manius beobachtete den Posten, der seine Runde machte, und zählte in Gedanken mit. Als der Mann sich erneut von ihm entfernte, schlich er über den Weg und bückte sich, als er bei der Hecke ankam. Er zählte erneut. Bald würde der Posten zurückkommen. Manius legte sich auf den Boden und robbte unter den Liguster. Es fiel ihm schwer, denn das steife Bein behinderte ihn und schmerzte. Direkt neben sich wusste er das Schlupfloch. Da es heute so dunkel war, dass er fast nichts mehr sehen konnte, tastete er ringsherum die Erde ab, in der Hoffnung, einen Fetzen Stoff oder dergleichen von Decius zu finden. Nichts!

Er lag ruhig, spürte, wie ihm kalt wurde und die Angst nach ihm griff. Die Wache kam zurück. Still wartete Manius. Der Schmerz in seinen Gliedern raubte ihm fast den Verstand.

Er konnte den Germanen hören, wie er mit einem Kameraden sprach und dann seine Runde fortsetzte. Manius hatte mitgezählt, hob kurz den Kopf, um sich zu vergewissern, dass er weiter konnte. Er zitterte vor Anstrengung und Angst, als er an der Hecke entlangrobbte, in der Hoffnung, Decius habe in ihrem Schutz das Dorf verlassen. Er suchte mit Verbissenheit nach Anzeichen von Decius' Flucht. Gab es Spuren in der Erde? Hatte Decius vielleicht etwas zurückgelassen oder gar verloren? Es war eine wilde Entschlossenheit, die ihn antrieb. Und so kroch er weiter und spähte dabei angestrengt umher. Vor Erschöpfung blieb er erneut liegen und lauschte, ob irgendwo in der Nähe jemand zu hören war. Doch da war nichts als eine feindselige Stille, die sich über das Naristendorf legte.

Manius schnaufte. Sich etwas vorzunehmen war etwas anderes, als es dann tatsächlich auszuüben. Er bewegte sich keuchend weiter. Langsam gewann die mühsam verdrängte Verzweiflung die Oberhand, denn er konnte keine Hinweise finden, dass sein Bruder geflüchtet war. Warum nur hatte er ihn beschuldigen müssen? Hatte Decius deshalb sein Versteck in der Schmiede verlassen? Manius' Augen füllten sich mit Tränen der Trauer um die verstrichene Gelegenheit, Frieden mit sich und seinem Bruder zu schließen.

Nachdem er feststellen musste, dass sein Tun ohne Sinn und von keinem Erfolg gekrönt war, zeigte Manius der Nacht mit einem bissigen Lächeln die Zähne und kroch zurück. Vorsichtig sah er sich nach den Wachen um, bevor er loslief, immer an der Hecke entlang, gebückt, mit kurzen, steifen Schritten. Er musste wie ein streunender, hinkender Hund wirken. Hastig kroch Manius zurück zu Inga, deren Augen ihm furchtsam entgegenblickten. Dort bei ihr blieb er lange sitzen, den Kopf zwischen den Händen geborgen. Er spürte, dass Inga ihre Hand auf seine Schulter legte.

Er sah Decius vor sich und Julia, seine Mutter, die ihm lächelnd einen Becher gewürzten Wein reichte. Er sah Grauohr durch das Gebüsch brechen und sich selbst, wie er mit dem Messer auf den Bären eingestochen hatte. Er erinnerte sich deutlich an das Schreien seines Vaters und an das Geräusch des Aufpralls seines Leibes. Sein Leben lang würde er diese unbarmherzigen Laute nicht vergessen. Ein Schauer lief durch seinen Körper. All die Jahre hatte die Wut auf seinen Bruder und die Scham wegen seiner Verkrüppelung den Schmerz tief in seiner Seele vergraben. Und nachdem er Decius die Stirn geboten hatte und ihre Wege sich nun trennten, kamen die Erinnerungen .

Was konnten er und Inga noch tun?

Als die Kälte ihre Glieder zu lähmen drohte, holte Manius eine Decke. Er wollte unter keinen Umständen seinen Bruder verpassen. Wenn Decius sich noch in der Naristensiedlung befand, gab es im Grunde nur die Fluchtmöglichkeit durch die Hecke.

Die Sonne ging bereits auf. Manius und Inga saßen zusammengekauert im Gebüsch. Sie war bei ihm geblieben, während er sich in wirren Überlegungen verloren hatte. Eine Bewegung, die er aus dem Blickwinkel wahrnahm, unterbrach seine Gedanken. Im Schutz des Geästs keuchte ein Schatten durch das Gebüsch. Auf einmal stolperte er und fiel in das feuchte Gras, ließ sich bis zu dem dichten Gestrüpp rollen und verbarg sich dort, nur einen Steinwurf von Manius entfernt.

Erst als die Gestalt verharrte, riskierte Manius – ohne sich allzu weit aus seinem Versteck herauszuwagen – einen Blick.

Decius!

Die muskulöse Gestalt seines Bruders war in seine Paenula, den Umhang aus grobem dunklen Stoff gehüllt, der auch Irgendwie bedeckte. Die Hündin versuchte sich aus dem festen Griff ihres Herrn zu befreien. Für einen Augenblick musste Manius lächeln über die strampelnden Beine des Tieres. Doch die wütenden Blicke, die sein Bruder ihm zuwarf, holten ihn in die Wirklichkeit zurück.

»Was tust du hier und überhaupt? Wieso glotzt du mich so blöde an?«

»Ich bin nur hergekommen, um dich zu retten, und du willst bleiben?«, zischte Decius. »Hast du gar kein Gespür für unsere Verantwortung gegenüber Rom und unserer Mutter?«

Manius spürte, wie ihm das Blut brennendheiß in das Gesicht stieg – so heftig, als würde seine Haut in Flammen stehen. »Ausgerechnet du willst mich über Verantwortung belehren?«

Doch bevor Decius etwas erwidern konnte, fiel ihnen Inga ins Wort: »Wir sind wirklich nicht in der Lage, dass ihr euch hier und jetzt streiten könnt«, mahnte sie.

»Ist sie der Grund dafür, dass du bei den Barbaren bleiben willst?« Decius ruckte seinen Kopf in Richtung von Inga.

»Ja, und noch vieles mehr. Und wir begeben uns gerade selbst in Gefahr – nur um dich ...«, Manius bemühte sich, Verachtung in seine Stimme zu legen, was ihm nicht so recht gelingen mochte, »zu den Römern zurückzuschicken.« Verstohlen blickte er sich um. Wenn sie weiter so stritten, würden sie bald jede Wache im Naristendorf auf sich aufmerksam gemacht haben. »Ich zeige dir jetzt, wie du unentdeckt aus dem Dorf kommst, und dann verschwindest du!«

Decius lachte freudlos auf. »Wäre es in der Nacht zur Flucht nicht zu finster gewesen, dann könnte ich jetzt auf deine Hilfe verzichten.« Er behielt seinen Bruder im Auge, während er gleichzeitig versuchte, seine Hündin festzuhalten. Kein leichtes Unterfangen, wie es Manius schien. Es war Zeit zu gehen. Er wandte sich an Inga. »Und du lauf bitte nach Hause, damit dir nichts geschieht.«

Inga spürte wohl, dass er dieses Mal keine Widerrede dulden würde. Sie erhob sich, bedachte Decius mit einem kurzen Blick und gab Manius einen flüchtigen Kuss, bevor sie ging. Die beiden Brüder blieben stumm im Gebüsch zurück, und erst als sie sahen, wie die Germanin um eine Ecke verschwand, erhoben sie sich. Manius verließ als Erster das Versteck und gab seinem Bruder mit einer Handbewegung zu verstehen, dass er ihm folgen solle. Das Herz klopfte Manius bis zum Hals, die Anspannung war greifbar. Die Nacht hätte ihnen besseren Schutz geboten, doch natürlich hatte sein Bruder recht, er hätte in der Finsternis nicht die geringste Chance gehabt, durch den Wald zu kommen. Er fragte sich, wo sein Bruder sie verbracht hatte. Ob sie jemals Gelegenheit haben würden, über diese Ereignisse zu sprechen?

Er ahnte es mehr, als dass er es tatsächlich sah. Manius meinte eine gewisse Unruhe bei Decius festzustellen, und bevor er überhaupt die Möglichkeit hatte, seinen Bruder zu mehr Vorsicht zu ermahnen, war es bereits geschehen. Irgendwie hatte sich befreien können. Decius versuchte noch, die Hündin festzuhalten, doch sie entwand sich seinem Griff. Und kein Locken oder Gestikulieren konnte sie dazu bewegen, zu Decius zurückzukehren. Im Gegenteil: Sie sprang ausgelassen hin und her. Sein Bruder begann hinter ihr herzulaufen, ein Umstand, der die Hündin dazu veranlasste, weiterzulaufen. Fast hatte sie das erste Haus erreicht. Nun reckte sie ihr Hinterteil in die Höhe und erwartete Decius.

Manius stand der Schweiß auf der Stirn. Was sollte das? Wollte der Hund jetzt etwa spielen? Die Bestätigung folgte sofort. Sein Herz blieb fast stehen, als er Irgendwie bellen hörte. Vor lauter Spielfreude kläffte sie in den noch jungen Tag hinein. Das Gebell erklang in Manius' Ohren überlaut. Es war zum Verzweifeln. Gleich würden die ersten Naristen auftauchen und sie stellen. Decius hatte die Gefahr erkannt und versuchte Irgendwie zu fassen. Doch vergebens. »Lass doch den Hund, geh!«, zischte Manius.

Decius blickte kurz zu ihm herüber. Mit seiner rechten Hand gab er ihm das Zeichen, er solle verschwinden. Immer drängender wiederholte er diese Geste. Manius blieb zunächst wie erstarrt stehen, doch dann hörte er bereits die ersten Rufe. Gleich würden die Naristen hinter dem Haus erscheinen. Er gab sich einen Ruck und lief los. Dabei schlug er einen Bogen, schlich hinter Häusern und Speichern vorbei zur Schmiede, wo er mit Stichen in der Brust ankam.

Hatte er etwas gehört? Er bildete sich ein, dass er Gejaule vernommen hatte.

Hatten sie Decius erwischt? Die Sorge um seinen Bruder trieb Manius an. Er konnte nicht in seiner Schmiede bleiben und der Dinge harren, ohne zu wissen, was mit seinem Bruder geschah.

Er versuchte seinen Atem unter Kontrolle zu bekommen. Dann ging er zurück. Sein Bein schmerzte vom Laufen.

Als er um die Ecke bog, sah er ihn: Mit leicht gespreizten Beinen stand Decius an einem Baum und hielt ein Schwert in Händen. Eine Spatha mit langer Schneide. Perfekt geschmiedet und von tödlicher Schärfe. Manius erkannte sein Werk ebenso wie die Waffe, die in Sigos Händen lag, die der seines Bruders ebenbürtig war.

Sigo grinste. Er war zufrieden, schien es Manius.

»Römer! Heute sind mir die Götter wahrlich gewogen.« Dabei winkte er Decius heran.

»Ich glaube nicht«, entgegnete ihm Decius.

»Gib auf! Ich will dich nicht töten – noch nicht!«, rief Sigo.

»Aufgeben? Was hätte ich davon?«, rief Decius und führte einen Hieb durch die Luft, um seine Absicht zu unterstreichen.

»Du Narr!«, rief der Nariste, hob das Schwert in die Höhe und stürzte sich mit einem Kampfschrei, der Manius das Blut in den Adern gefrieren ließ, auf Decius. Der glitt zur Seite, führte einen überraschenden Stoß von unten, den Sigo jedoch abwehrte.

Manius verfolgte den Kampf mit klopfendem Herzen. Die Geschwindigkeit und die Abfolge von Angriff und Abwehr erschienen ihm schwindelerregend schnell. Die Schwerter trafen mit sattem Klirren aufeinander. Manius fürchtete um seinen Bruder, denn Sigo war ein erfahrener Kämpfer. Decius hingegen verfügte, schien ihm, über mehr Schnelligkeit, die er sich wohl im Kampf mit den wilden Tieren angeeignet hatte.

Die beiden Streiter ermüdeten nicht. Sie bewegten sich vor der Ligusterhecke auf und ab, es folgte Hieb um Hieb. Die Luft war erfüllt vom Kampfgeschrei der beiden. Ihm stockte der Atem, denn der Nariste bestimmte das Tempo, drängte seinen Bruder an die Hecke.

Manius wollte ihn warnen, doch im gleichen Augenblick konnte Decius sich befreien, indem er beim nächsten Angriff des Naristen unter der Waffe durchtauchte und dabei um die eigene Achse wirbelte. Fast hätte er Sigo dabei erwischt.

Manius hielt seine Verzweiflung sorgsam verborgen, doch er bangte um Decius, sein Bruder geriet in immer größere Bedrängnis. Er stand erneut mit dem Rücken zur Hecke. Mit einem Ruck befreite er sich aus seiner misslichen Lage, und genau dort, wo er einen Wimpernschlag zuvor gestanden hatte, zerteilte Sigos Schwert die Zweige.

Reiß dich zusammen, schalt Manius seinen Bruder insgeheim. Decius hatte keine Erfahrung im Kampf von Mann zu Mann, er würde verlieren. Hier und jetzt. Die Erkenntnis ernüchterte Manius. Und die Hilflosigkeit, die er in jenem Augenblick empfand, drohte ihn zu übermannen. Sein Bruder wehrte sich weiter, wenn auch erkennbar wurde, dass seine Kräfte mit jedem Streich erlahmten.

Gib auf, hätte Manius ihm am liebsten zugerufen.

Sigo bedrängte Decius immer stärker, erhöhte das Tempo und trieb ihn erneut zur Hecke. Dort verfing Decius sich in einer Wurzel, verlor das Gleichgewicht und stürzte zu Boden.

Manius erstarrte, als er Sigo sah, der mit einem triumphierenden Lächeln auf den am Boden Liegenden zutrat. »Gibst du nun auf?«

Decius nickte und trotzte dabei Sigos Blick. Daraufhin entwaffnete der Naristenfürst ihn, packte ihn, zog ihn hoch und drehte ihm roh die Hände auf den Rücken, um ihn zu fesseln.

Manius schlotterte. Reiß dich zusammen, schalt er sich wütend, noch ist er nicht verloren.

»Auf zur Dorfwiese. Ich berufe ein Thing ein«, ordnete Sigo an und führte den gefesselten Decius hinter sich her.

Erschöpft lehnte Manius an der Esse, als Inga auf seine Hütte zugelaufen kam. Tränen rannen ihr über die Wangen, als sie ihn sah.

»Du lebst, du lebst ...«, stammelte sie immer wieder, während sie ihn mit Küssen überhäufte. »Alle strömen zum Thing, doch ich wollte nicht mit. Ich fürchtete, du wärest dabei!« Doch dann hörte sie abrupt auf und blickte ihm in die Augen. »Sie werden ihn verurteilen!«

Manius nickte. »Ich weiß«, sagte er mit monotoner Stimme.

»Lass uns gehen!«, forderte Inga ihn auf.

Manius wollte das Schauspiel nicht erleben, bei dem sie seinen Bruder opfern würden, doch er konnte sich auch nicht davor verstecken. Seufzend ließ er sich von Inga zur großen Wiese führen.

Und dann sah Manius sie kommen: Gebunden und gefesselt brachte Sigo seinen Bruder unter Gejohle und Beifallsbekundungen zur Dorfwiese. Dabei stieß ihr Anführer immer wieder seine Faust in den Himmel.

Die Männer hatten sich bereits dort versammelt. Manche von ihnen hielten noch ihre Ackergeräte in den Händen. Sie standen in einem Kreis um Sigo und seinen Gefangenen herum, die Frauen scharten sich hinter ihnen. Für einen kurzen Moment fragte sich Manius, wo wohl Irgendwie sei, um sich gleich darauf wieder voller Unbehagen dem Schauerstück zuzuwenden, das nun folgen würde. Dass es eines werden würde, dessen war er sich gewiss.

Sigo blickte sich um. »Dies ist der Eindringling.« Er machte eine Pause. »Ein Römer, der uns ausspionieren wollte!«

Manius hielt den Atem an, beobachtete seinen Bruder. Es dauerte, bis Decius seinen Kopf hob und seinen Blick erwiderte. Was er darin sah, war unverhohlene Bestürzung. Decius' beherztem Kampf folgte nun der Schock über diese Anklage. Sie wussten beide, was der Vorwurf bedeutete.

»Bitte …«, stammelte Decius, doch weiter kam er nicht, denn Sigo schlug ihm mit seiner Rechten ins Gesicht. Damit hatte er nicht gerechnet. Er taumelte zurück.

Sigo hob spöttisch die Brauen. »Weißt du, was unser Gesetz im Falle des Verrates vorschreibt?«

Manius fühlte, wie sich seine Eingeweide zusammenzogen. Ein schwerer Klumpen lag in seinem Magen. Hilfesuchend blickte er sich um, doch nirgends erkannte er Mitgefühl. Wie auch. Es war ein Römer, den sie gefangen hatten. Ein Feind. Nur Inga stand mit aschfahlem Gesicht neben ihm.

Sigo genoss seinen Auftritt. Seine Stimme klang hart, als er den Tod für Decius forderte. »Mögen deine Götter dir beistehen, ich hoffe für dich, dass in deinem Verräterherzen noch ein Funken Mut enthalten geblieben ist. Du wirst ihn brauchen, Römer!« Die letzten Worte hatte Sigo förmlich ausgespuckt.

Manius schloss die Augen vor Entsetzen. Ob er überhaupt noch die Gelegenheit bekam, die Unschuld seines Bruders zu beweisen? Auch sah er keinen Fürsprecher, der für ihn eintreten würde. Niemand sprach ein Wort.

Er rang kurz mit sich, um dann all seinen Mut zusammenzunehmen.

»Hör mich an, Sigo«, sagte er gepresst. »Es handelt sich um ein Versehen, dieser Mann ist kein Spion.«

Dabei blickte er dem Naristen direkt in die Augen, bemüht, seine Furcht zu verbergen. Es herrschte Totenstille. Reglos standen die Männer und Frauen da und verfolgten das Gespräch zwischen ihm und ihrem Anführer.

»Es sind schon andere aus geringerem Anlass gestorben.

Und wie kann es ein Versehen sein?« Sigo lachte höhnisch auf. »Vor mir steht ein Römer, richtig?«

Die Naristen lachten herzlos, und Sigos Kämpfer hielten Decius fest. Der zitterte. Er ahnte wohl, dass ein Punkt erreicht war, an dem es keine Umkehr mehr gab. Die Furcht saß Manius wie ein Geschwür im Magen. Er musste handeln, andernfalls würde er sich schuldig machen am Tod seines Bruders. Doch um das zu verhindern, würde er über sich sprechen müssen. Inga ahnte wohl, was in ihm vorging, denn sie versuchte ihn aufzuhalten, blickte ihn flehend an, nicht fortzufahren – doch er machte sich mit einer bedauernden Geste von ihr los.

»Es ist gut«, flüsterte er.

Manius ging auf den Naristenfürsten zu, seine Haltung war aufrechter und freier als zuvor, denn er spürte, dass er das Richtige tat. Verwundert beobachtete Sigo ihn. Erwartungsvolles Gemurmel der Umstehenden hatte ihn begleitet. Nun sprach er zu ihnen:

»Ich bin auch Römer, also müsstet ihr mich auch töten!«

Diese Worte erstickten für eine Weile jegliches Gespräch.

»Wir beide wurden an einem Ort geboren. Wir sind Brüder, nicht im Geiste, sondern vom Blute. Ich habe vor allem düstere, tränenreiche Erinnerungen an meine Kindheit.« Es stockte ihm die Stimme, als er plötzlich seinen Vater vor sich sah. Ohne auf Sigo zu achten, fuhr er fort: »Decius ist gekommen, um mich zu holen. Nicht um euch auszuspionieren.«

Die Naristen wurden unruhig, blickten überrascht hin und her. Allein Inga stand starr zwischen den Frauen und schien nur ihn allein zu sehen.

Sigo machte einen Satz nach vorn und gab Manius einen heftigen Stoß. »Was redest du da, Schmied? Wolltest du nicht bei uns bleiben?« Sigos Augen funkelten, und seine Worte grollten wütend aus ihm heraus. »Also wolltest auch du uns verraten?«

Manius spürte einen fast unbezähmbaren Drang, zu lachen. Hier stand er nun, von seiner Vergangenheit befreit, bereit, ein neues Leben mit Inga an seiner Seite zu beginnen, und schon war er drauf und dran, beides zu verspielen. Für wen? Für seinen Bruder. Er spürte sein steifes Bein. Es schmerzte.

»Nein, Sigo. Natürlich wollte ich anfangs wieder zurück. Aber manchmal ist es gut, an einem fremden Ort zu sein und neu anzufangen. Es kann einem helfen, das zu vergessen, was unrettbar dahin ist …« Er verstummte und blickte Sigo an. Würde er es verstehen? »Ich bitte dich, Sigo, verschone ihn. Nimm ihm nicht das Leben.«

Es war still geworden. Nichts war zu hören als das ferne Wiehern der Pferde.

Beiläufig gab Sigo Decius wie einem lästigen Köter einen Tritt und betrachtete dann Manius mit gerunzelter Stirn. »Wieso sollte ich deiner Bitte nachkommen? Er ist ein Römer«, knurrte der Nariste.

Manius verschränkte die Arme und senkte den Kopf. »Ich schwöre bei den Göttern, dass er nur hierherkam, weil er sich um mich sorgte. Du hast nichts zu befürchten. Ich bürge für ihn.«

Inga trat vor. »Der Schmied hat recht«, bekundete sie, »töte ihn nicht. Wer weiß, vielleicht kann er uns noch von Nutzen sein. Wir haben alle von der seltsamen Krankheit gehört, die sich wie ein Feuer bei den Römern ausbreitet. Was, wenn sie auch uns erreicht? Er soll ein Heilkundiger sein. Schon allein dafür wäre er uns lebendig nützlicher als tot.«

Sigo blickte sich langsam um, ließ den Blick über seine Leute gleiten und dann über den Gefangenen. Seine Miene war verächtlich. Und doch schöpfte Manius Hoffnung. Ingas Einwand schien ihn zu überzeugen.

»Sperrt ihn ein. Er soll verschont werden und uns stattdessen als Gefangener dienen.«

Nicht alle begrüßten Sigos Urteil, sie murrten, als der Naristenfürst Decius von seinen Leuten wegbringen ließ. Doch andere, deren Achtung der Schmied mit seinem Auftreten erworben hatte, nickten ihm aufmunternd zu oder klopften ihm gar auf die Schulter.

Manius trat zu Sigo. »Ich danke dir, Naristenfürst. Ich werde mich erkenntlich zeigen.«

Mehr als ein Schnaufen erhielt er nicht als Antwort. Doch das focht Manius nicht weiter an, denn Inga trat zu ihm und nahm ihn bei den Händen. »Komm, dein Bruder wird zwar gefangen gehalten, aber er lebt, das ist das Wichtigste!«

Manius nickte, doch insgeheim fürchtete er Sigos Zorn, der sich an Decius entladen könnte. »Ja, ich hoffe nur, dass Sigo ihn nicht leiden lässt.«

Kapitel 18

Im Dorf der Naristen

Es war ein kurzes und heftiges Gewitter. Dröhnender Donner und gleißende Blitze zogen über das Naristendorf. Kinder begannen zu wimmern, und auch Decius zog unwillkürlich den Kopf ein.

Er wusste, er war erledigt. Er würde bei den Naristen vermodern, und doch war er dankbar dafür, dass Sigo ihm das Leben geschenkt hatte. Aber der Ausdruck, den er im Gesicht des Naristenfürsten erkannt hatte, ließ ihn sich vor der nahen Zukunft fürchten.

Sein Körper war geschunden vom Kampf mit Sigo, seine Glieder taub vor Schmerz. Er spürte sie kaum noch. Obendrein hatte man ihm nur geringen Bewegungsspielraum in seinem Gefängnis zugestanden. Der Verschlag in dem leerstehenden Speicher, in den sie ihn gesperrt hatten, war von Umfang und Größe geringer als das Loch in Manius' Schmiede. Davor war ein kleiner Raum für seine Bewacher eingerichtet. Decius lauschte den Stimmen, die er leise durch die Abtrennung hörte. Er vermutete, dass man mindestens zwei Wachen für ihn abgestellt hatte.

Das Unwetter hatte sich verzogen, und die eintretende Stille lastete auf ihm. Würde er je wieder herauskommen? Victorinus und seine Leute suchten ihn vermutlich, doch dass sie ihn hier fänden, dazu bestand kaum Hoffnung, zu weit hatte er sich von den gewohnten Pfaden entfernt. Und Manius? Der hatte sich für die Gegenseite entschieden, ausgerechnet Manius, der kunstfertige Schmied, der mit seinen Waffen Rom die Verteidigung des Reiches ermöglichte. So stellte er sich nun gegen seine eigenen Mitbürger, Freunde, gegen die Mutter, den Bruder … Warum? Wegen dieser Frau? Wohl kaum allein ihretwegen. Hätte er, Decius Curmillus, für Salgard das Gleiche getan? Er wusste es nicht, wusste nur, dass er alles geben würde, sie noch einmal zu sehen. »Siehst du«, sprach er zu sich selbst, »jetzt verreckst du hier, ohne sie je wieder zu küssen.« Und Salgard tauchte im Geiste vor ihm auf. Er bewegte seine Lippen.

»Salgard«.

Und dann blieb er ruhig liegen. Welche Möglichkeiten hatte er? Er konnte nichts ändern, sich nicht selbst befreien.

Er spürte die breiige Stickigkeit seines Gefängnisses mit jeder Faser seines Körpers und schmeckte die staubige Ohnmacht. Er lauschte der Stille. Sie war monströs, so gewaltig, dass sie ihm fast den Mut raubte. Verlor er seinen Verstand? Lange Stunden verharrte er so in der Düsternis, nah an der Verzweiflung. Über weite Strecken kam es ihm vor, als fände sein Geist nur an einer Sache Halt: an Salgard. Immer wieder dachte er an sie, sah ihr Gesicht vor sich. Er wusste, für sie war er bereit, alles zu wagen. Trotz der Andeutungen, die Manius ihm gegenüber gemacht hatte.

Schließlich verlor sich Decius in wirren Träumen und Gedanken, in denen Irgendwie umherschnüffelte, die Spur ihres Herrn fand und dann wieder verschwand, so als wüsste sie, dass auch sie in Gefahr war.

Als die Sonne aufging, brachte ihm die Wache eine dünne Brühe zu trinken. Er wollte den Mann nicht anschauen, und als sich ihre Blicke doch begegneten, erkannte Decius nur Feindseligkeit und Häme in seinen Augen.

Es war schwierig, ein Gefühl für das Verrinnen der Zeit zu behalten, wenn man gefangen war, stellte Decius fest und erkannte bestürzt, dass die Gleichförmigkeit seinen Geist umnebelte, denn er hatte den Tag in dösiger Teilnahmslosigkeit verbracht.

Erst als die Schatten der Nacht sich auf das Dorf hinabsenkten, kam Bewegung in Sigos Mannen. Sie holten ihn aus dem Speicher und brachten ihn in Sigos Haus. Mehr als ein Dutzend Männer und Frauen hatten sich zum Nachtmahl dort versammelt. Die Naristen führten ihn auf Sigos Geheiß zur Wand. Auf dem Weg dorthin musste er unflätige Beschimpfungen und Tritte ertragen. Dann schubsten sie ihn zu Boden. Decius verharrte reglos und lauschte dem Gemurmel der Germanen.

Nach einer Weile fasste ihn jemand am Arm.

»Decius.«

»Manius! Was wird mit mir geschehen?«, fragte er erschöpft.

»Bruder, bleib still liegen und versuche, keinen Ärger heraufzubeschwören. Schaffst du das?«

»Manius … Was ist nur mit uns passiert? Wo ist …?«

»Psst. Tu, was ich sage.« Dabei strich er ihm die verschwitzen Haare aus dem Gesicht, liebevoller, als er es jemals zuvor getan hatte.

Für einen Moment stahl sich ein Lächeln in Decius' Gesicht.

Eine geraume Weile war vergangen, die Stimmung der Naristen auf dem Höhepunkt, als Inga es wagte, ihren Anführer zu fragen, ob sie Decius etwas zu essen geben könne.

Sigo gestattete es: »Natürlich, er soll ja bei Kräften bleiben, damit wir ihn gebrauchen können. Aber gib vor allem deinem Schmied etwas. Er ist wichtiger.«

Die junge Germanin erhob sich und füllte eine Schale aus dem Kessel, der in der Mitte stand, und gab die Brühe zunächst an Manius. Danach füllte sie das zweite Gefäß und reichte es Decius. Während er gierig trank, hörte er Sigo fortfahren. Der

Naristenfürst plante einen Angriff. Das Vorhaben schien bereits länger zu bestehen.

»Fridubert, du wirst dieses Schwert zu Alduban bringen. Du weißt ja, wo sein Stamm jetzt siedelt.«

Ein bärtiger Hüne stand auf und nahm aus Sigos Händen das Schwert entgegen,

»Sage Alduban, dieses Schwert sei ihm Gewähr dafür, dass die Zeit gekommen ist, dass wir nicht auf die Markomannen warten, sondern dass wir allein den Ruhm ernten werden, als Sieger über Rom! Er soll auf das verabredete Zeichen warten.«

Sigos Augen glänzten wahnhaft, ein Dämon schien Besitz von ihm ergriffen zu haben. Doch seine Worte klangen klar und nüchtern. Decius lauschte aufmerksam. Und je mehr er hörte, desto stärker machte sich die Gewissheit in seinem Herzen breit, dass sie ihn niemals gehen lassen würden, dafür wusste er jetzt zu viel über sie. Er würde das Barbarenland nie mehr verlassen.

Sigo blickte ihn plötzlich an, und es schien Decius, dass er ihn zum ersten Mal richtig wahrnahm. Decius meinte, im Gesicht des Naristenfürsten eine Spur Befriedigung, aber auch Bitterkeit auszumachen, auf jeden Fall war seine Miene furchteinflößend. Unwillkürlich rutschte er auf dem Stroh zurück. Sigo aber hatte sich bereits erhoben und ging auf ihn zu. Decius war versucht, weiter wegzurutschen. Doch sein Rücken berührte schon die Wand, als Sigo über ihm stand und auf ihn herabschaute. Decius überwand seine Furcht und stand auf. Er wollte nicht, dass der Nariste sich hoch über ihn aufbaute und sich damit auch noch im Gefühl der Überlegenheit sonnen konnte. Sigos Gäste beobachteten aufmerksam das Geschehen.

»Dein Leben ist gerettet, doch ich kann nicht riskieren, dass du dieses Lager lebend verlässt, vergiss das nicht – Römer.« Sigo nickte zweien seiner Männer zu. »Fesselt ihn wieder!«

Decius ballte hilflos seine Faust. Bereits im nächsten Moment spürte er, wie sich erneut raue Schnüre um seine Fuß- und Handgelenke legten. Er war versklavt. Was würde sein Vater sagen, wenn er ihn, den freien Mann, gefesselt sähe. Und seine Mutter? Mit vollkommener Klarheit sah er plötzlich sein Leben vor sich. Gefangen, versklavt im Barbarenland und jeden Tag aufs Neue gedemütigt. So ging man mit Gefangenen um, die Naristen würden bei ihm keine Ausnahme machen.

Er schlief tief und traumlos in jener Nacht, denn er war vollkommen erschöpft von den Ereignissen der letzten Tage.

Seine Hoffnung, aus der Gefangenschaft zu entfliehen, schwand zusehends. Das war also der Preis dafür, Manius zu finden und zu holen. Dieser hatte sich für ihn eingesetzt, doch mehr würde er bei Sigo nicht ausrichten können. Erst ein Besucher, den einer seiner Wärter hatte eintreten lassen, riss ihn aus seinen düsteren Gedanken.

»Wie geht es dir?«, fragte Manius.

Decius zuckte mit den Schultern.

»Du wirst am Leben bleiben, Decius«, bemerkte Manius nüchtern.

»Ich weiß nicht, Manius, vielleicht hätte ich in deinem Verschlag warten sollen, bis sie mich ...«

»Du ... du hast nur bekommen, was du verdienst«, stieß Manius hervor. »Nein, das ist nicht wahr, eigentlich bist du mal wieder viel zu leicht davongekommen! Aber warte nur, vielleicht wünschst du dir sogar noch, dass Sigo dich getötet hätte.«

Der plötzliche Zorn seines Bruders überwältigte Decius, wenngleich er selbst vor einem Herzschlag noch verbittert gegen sein eigenes Blut gewesen war. Nun nickte er zögernd, als sei er sich nicht sicher, ob er Manius zustimmen wollte oder nicht. »Es war auch für mich nicht leicht, mit dieser Schuld zu leben. Immer diese stummen Vorwürfe. Kannst du erahnen, wie sehr ich mir gewünscht hätte, alles rückgängig machen zu können? Denkst du, ich vermisse unseren Vater nicht jeden einzelnen Tag seit damals? Und wünschte nicht, mein Bein wäre steif statt deines?« Überrascht von seinem eigenen Geständnis, versuchte Decius, sich zu erheben. Er wäre gern auf seinen Bruder zugegangen. Die Fesseln an den Füßen hinderten ihn jedoch daran ebenso wie der finstere Gesichtsausdruck seines Bruders, der diese Wahrheit offenkundig nicht hören wollte. Manius verschloss sich vor der schlichten Tatsache, dass Decius ebenfalls am Schicksal zu tragen hatte.

»Dann bleibt mir nichts, als dich zu bedauern, Decius«, erwiderte Manius.

Decius zuckte zusammen bei den Worten seines Bruders. Er hatte unterschätzt, wie sehr dieser noch immer unter den vergangenen Geschehnissen und seiner Verkrüppelung litt. Kopfschüttelnd betrachtete er Manius.

»Du willst sie wirklich gegen uns unterstützen, die Germanen, hier leben, bei ihnen?«

»So unerträglich, wie du meinst, ist das Leben hier nicht. Ich fühle mich frei! Weißt du, ich habe immer als Schmied gearbeitet und glaubte, halbwegs glücklich zu sein. Aber jetzt erlebe ich zum ersten Mal, was Glück wirklich bedeutet. Die Naristen verstehen mich, sie sind nicht so wie ihr. Hier gehöre ich hin!«

Das Gerede seines Bruders begann, ihm auf die Nerven zu gehen. »Du willst also Rom verraten? Und ich muss das mit ansehen, denn ich bin nicht frei, verstehst du? Und so …«, Decius machte eine vage Handbewegung, »könnte ich nicht leben.«

Manius schüttelte erneut den Kopf. »Du glaubst, deine Art zu leben, sei die einzig rechte? Ist es nicht eher ein trauriges Leben, das du führst? Du läufst deiner Schuld hinterher und verkriechst dich vor dem, was du eigentlich tun solltest: heilen.

Gib den Menschen doch etwas zurück, diesseits oder jenseits des Limes!«

»Diese Wahl habe ich nun nicht mehr«, lachte Decius bitter auf.

»Dann richte dich darauf ein, den Menschen hier zu helfen. Das ist die einzige Möglichkeit, um dich vor Sigos Zorn zu schützen.«

Decius schüttelte hilflos den Kopf. »Ich kann das nicht.« Er rang sich ein Lächeln ab, Traurigkeit erfasste ihn. »Wenn wenigstens Irgendwie bei mir wäre.«

Ein Grinsen stahl sich in Manius' Gesicht. »Nun, ich habe gehört, dass des Nachts ein Vierbeiner hier herumschnüffeln soll ...«

»Das freut mich.« Mit einem mühsamen Lächeln sah er Manius an. »Danke. Noch lieber wüsste ich aber, was mit Salgard geschehen ist? Weißt du etwas?«

Auf diese Frage schüttelte Manius den Kopf. »Die Ereignisse haben bisher verhindert, dass ich noch einmal mit Sigo sprechen konnte. Auch ich möchte wissen, was passiert ist. Aber wie sagte er? ›Manche helfen dem Feind, werden gut Freund mit ihm‹ – zudem lässt dieses Kästchen, das jetzt in seinem Besitz ist, nur die Vermutung zu, dass sie auch Salgard gefangen haben.« Er deutete ein Schulterzucken an. »Wenn sie ihre eigenen Leute verraten hat, wird sie keine Gnade erwarten können, nicht so wie du.«

Decius ballte die Hände. »Du glaubst das also, hältst Salgard für eine Verräterin und meinst, dass sie nur deshalb bei uns war?«

Manius bückte sich zu Decius hinunter. »Wir kennen die Wahrheit nicht, Bruder. Wenn sie die Ihren verraten hat, dann hat sie Strafe verdient.«

»Wie auch du, Bruder, wenn dich Aulus und seine Reiter jemals wieder zu Gesicht bekommen. Ist dir das bewusst?«

»Ja, Decius, dessen bin ich mir durchaus bewusst.«

Decius hielt den Blicken seines Bruders stand: »Nun gut, dein Herz schlug schon immer für die Barbaren. Verstehe das, wer will, dass du nun lieber zum Verräter wirst, als in der Zivilisation zu leben. Und Salgard …«

Decius schüttelte den Kopf. Sein Herz wollte nicht hinnehmen, dass Salgard eine Verräterin sein sollte. Er sehnte sich so sehr nach ihr, dass er nicht glauben konnte, dass sie gefangen war, und sich an diesem Gedanken festhielt – Salgard war nicht in Bedrängnis. »Nein«, beharrte Decius und blickte in das zweifelnde Gesicht seines Bruders. Das Ausmaß und die Tiefe seiner Liebe zu Salgard wurden ihm erst jetzt bewusst. Er schloss seine Augen, damit Manius seine Tränen nicht sah. »Geh, lass mich allein«, sagte er schroff.

Er war in einen unruhigen Schlaf gefallen, aus dem ihn erst einer seiner Wächter herausholte. Außer Atem stand er vor Decius:

»Man braucht deine Hilfe. Jetzt kannst du beweisen, dass du ein Heiler bist. Eine Frau bringt ihr Kind zur Welt!«

Decius wunderte sich. Wieso sollte er bei einer Geburt helfen? Das war die Aufgabe einer Hebamme.

»Ich habe so etwas … Die Frau hat doch bestimmt schon mehreren Kindern das Leben geschenkt …?«

»Ja, mag sein. Doch die Weiber haben nach dir geschickt. Es geht nicht so voran, wie es sollte.«

Decius betrachtete seine Hände. Sie hatten schon lange keine Salben gerührt oder gar eine Gebärende unterstützt. Und jetzt sollte er ausgerechnet hier beweisen, dass er helfen konnte. Was, wenn er versagte?

Der Mann hatte ihn bereits aus dem Raum geführt und lenkte ihn nun mit festem Griff durchs Dorf. Decius suchte derweil in seinem Gedächtnis nach dem wenigen, was er über

Geburtshilfe gelernt hatte, versuchte sich vorzustellen, was auf ihn zukommen könnte. Welche Gründe mochte es geben, dass die Geburt nicht so voranschritt, wie sie sollte? Eine falsche Lage des Kindes? Er erinnerte sich, dass sein Vater manchmal mit wenigen Griffen ein Kind drehen konnte. Hektisch versuchte Decius, sich die nötigen Handgriffe wieder in Erinnerung zu rufen. Er wollte vorbereitet sein. Das Schreien, das er bereits auf seinem Weg zum Haus der Gebärenden hörte, holte ihn aus seinen Überlegungen zurück.

»Solange die Mutter so schreit, wie sie es wohl schon seit Stunden tut, fürchte ich noch nicht um sie. Erst wenn sie damit aufhört, ehe das Kind da ist, wird es kritisch«, sprach er mehr zu sich selbst als zu seinem Begleiter. Decius hoffte inständig, dass er nicht versagen würde. Als sie eintraten, ging ihm ihr Wehklagen durch und durch, und es fiel ihm schwer, zu verstehen, warum Frauen so viel Schmerz und Leid erfahren mussten, wenn sie ein Kind zur Welt brachten, und häufig genug danach im Kindbett starben. Doch es war nicht das einzige Geräusch in dem Haus. Murmeln drang aus den dunklen Ecken des Raumes und bewies, dass einige Frauen gekommen waren, um der Gebärenden zu helfen. Er wünschte sich fort von diesem Ort. Sein Atem ging schnell, er versuchte vergeblich, sich zu beruhigen.

Dann fasste er sich ein Herz und ging zu der Frau, die fast in den Fellen versank, die man ihr in den Rücken geschoben hatte. Sie war blass, Schweiß rann ihr den Körper hinab. Er hielt ihre Hand für einen Moment, blickte ihr in die Augen und wies sie mit beruhigenden Worten an, ihre Atmung vorerst zu verlangsamen. Dabei hatte er selbst größte Mühe, Gelassenheit zu demonstrieren. Selbst an einem anderen Ort, einem sicheren, wäre diese Aufgabe für ihn eine Herausforderung gewesen, nach all den Jahren ohne praktische Übung. Doch immerhin wäre er unter seinesgleichen gewesen, nicht bei Feinden, die nur darauf warteten, dass er einen Fehler beging.

Allein die Schwangere klammerte sich an ihn, in ihren Augen konnte er ihre Angst, sterben zu müssen, lesen. Auch um ihretwillen hoffte er nicht zu versagen. Die Wehen hatten schon vor Stunden eingesetzt, und je häufiger sie wurden, desto stärker krallte die Frau die Finger in ihren Bauch, als wollte sie die Quelle ihrer Schmerzen herausreißen. Nun tastete sie wieder nach seiner Hand, und nur mit Mühe konnte er sich aus ihrem Klammergriff befreien. Zunächst unsicher, dann immer bestimmter untersuchte er die Gebärende, erst ihren Bauch von außen, dann zwischen ihren Beinen. Er ertastete den Kopf des Kindes, der jedoch, wie er glaubte, noch nicht die richtige Position für die Geburt hatte. Ihn zu drehen würde er allein nicht schaffen. Er brauchte Beistand.

»Ich benötige Hilfe«, sprach er ins dämmrige Licht hinein.

»Ich helfe dir.« Der Klang der vertrauten Stimme ließ ihn aufschrecken.

»Salgard!« Mehr konnte er nicht sagen.

Sie stand vor ihm, leibhaftig, ohne Fesseln, wohlauf und frei.

Sie ahnte wohl die tausend Fragen, die ihm durch den Kopf schossen.

»Später. Jetzt sag mir, was zu tun ist.«

Decius gab ihr Anweisungen. »Setz dich hinter sie und stütze sie ab. Das Kind liegt falsch. Ich hoffe, dass ich es drehen kann, doch dazu muss sie ruhiger werden. Wir können nur hoffen, dass die früheren Geburten bei ihr dafür gesorgt haben, dass genug Platz ist für diesen neuen Naristen.«

Salgard nickte stumm.

Decius' Gedanken überschlugen sich, und es kostete ihn Mühe, sich auf sein Tun zu konzentrieren. Er fühlte sich unwohl zwischen all den Frauen, die sein Handeln stumm verfolgten. Die Gebärende hatte versucht, ihn anzulächeln, doch sofort setzte die nächste Wehe ein, und das Geschrei schwoll wieder an.

Salgard war flink hinter die Frau gekrochen und hielt sie fest, strich ihr beruhigend über die Wangen. Decius warf ihr einen dankbaren Blick zu.

Die Stube wurde von Fackeln spärlich beleuchtet. Das war gut so, denn er war sich nicht sicher, ob er alles so genau sehen wollte. Es war ihm unheimlich zumute. Das Geschrei, das Getuschel und der Geruch, der in der Luft lag, machten ihn schwindelig. In einer Schale hatte jemand den wehenfördernden Mutterrauch, ein Gemisch aus Muskatblüte, Kümmel, Ringelblumen, Mutternägelein und zerschnittenen Rebhuhnfedern, entzündet. Eine Gabe von Salgard? War sie es gewesen, die ihn hatte rufen lassen?

Als die nächste Wehe kam, konnte er das Kind wieder ertasten. Mit einem festen Griff probierte er, es in die richtige Lage zu drehen. Zunächst gelang es ihm nicht, aber nach mehreren Versuchen spürte er, wie ihm der Kopf plötzlich entgegendrängte – er hatte es geschafft.

Schon mit der nächsten Wehe erschien der Kopf mit einem Schwall Schleim und Blut zwischen den Beinen der Frau. Der Scheitel des Kindes war mit blonden Haarsträhnen verklebt. Salgard drängte die Frau, weiter zu pressen. Die junge Mutter schrie und wand sich und flehte die Götter an. Doch dann half sie ihrem Kind, auf die Welt zu kommen. Decius musste nur noch ein wenig ziehen, und schon war der kleine Körper draußen. Es war ein kräftiger Junge. Die Mutter wimmerte, während Salgard ihr leise zusprach.

Es verging ein Moment, bis Decius begriff, was es bedeutete, als die Schmerzensschreie vom wütenden, aber erlösenden Brüllen des Säuglings abgelöst wurden, den ihm Salgard lächelnd aus den Händen nahm und der Mutter in die Arme legte.

Die Frau sank erschöpft zurück. Decius betrachtete sie. Sie war verschwitzt und am Ende ihrer Kräfte, aber ihre Augen blickten gerührt und voller Glück auf das winzige Lebewesen.

Aber die Geburt war noch nicht vorbei. Zunächst untersuchte Decius den Körper des Kindes, ob nicht eines der Glieder gebrochen, ein Arm ausgekugelt oder irgendwo blutunterlaufene und geschwollene Stellen waren. Dann band er die Nabelschnur eine Handbreit vom Leib des Kindes ab, schnitt sie hinter der Abbindung durch und reichte den Säugling wieder Salgard, die sich vom Lager erhoben hatte. Um die zarte Natur des Neugeborenen zu stärken, badete sie das Kind in einem warmen Kräutersud, dem Honig beigemischt war. Seinen Körper rieb sie mit warmem, frisch zerlassenem Schmalz ein, um die Durchblutung der Haut anzuregen, legte den Säugling danach in einen warmen Stoff und deckte ihn mit angewärmten Tüchern zu.

Decius wandte sich an Salgard. »Das Kind ist gesund, nur die Mutter muss versorgt werden.« Er konzentrierte sich ganz auf sein Tun, und erst als die Nachgeburt gekommen war, atmete er befreit auf.

Jemand hatte inzwischen die blutdurchtränkten Tücher und Schalen weggetragen und die Frau in frische Decken gelegt. Salgard half, ihren Leib mit einer schmerzstillenden Wickelbinde einzupacken. Dann legte sie auf sein Geheiß ein mit frischen Eiern bestrichenes Tuch und darauf ein geschnürtes Kissen auf den Leib der Mutter, das sie vor Kälte schützen sollte. Decius warf einen Blick auf den Kleinen. Das krebsrote und schrumplige Gesicht des Jungen rührte ihn. Für einen Moment hatte er alles um sich herum vergessen. Es war ein gutes Gefühl, der Frau geholfen zu haben – gemeinsam mit Salgard. Doch bevor er die Gelegenheit am Schopfe packen konnte, ihr nahe zu sein, hatte ihn die Wache bereits wieder gefesselt und ihn zurück zu seinem Gefängnis geleitet.

Mit einem Schlag war er wieder in der rauen Wirklichkeit: seiner Freiheit beraubt und mit seinen Gedanken allein. Doch nun wusste er wenigstens Salgard in seiner Nähe. Sie lebte. Er hatte so viele Fragen an sie. Wie kam sie hierher, was hatte sie mit diesen Naristen zu tun, mit denen sie so vertraut schien? Wieso hatte Manius angedeutet, dass sie gefangen gehalten würde? Offenbar konnte sie sich frei unter den Naristen bewegen – im Gegensatz zu ihm.

Fragen über Fragen. Oh, was gäbe er darum, mit ihr zu sprechen.

Die Tage vergingen, ohne dass er sie zu Gesicht bekam. Doch dann, eines Abends, stand sie vor ihm. Sie war in einen bodenlangen Umhang gehüllt. Noch vor kurzer Zeit hätte ihn ein solcher Mantel vor allem darüber spekulieren lassen, welche körperlichen Geheimnisse sie darunter versteckte. Doch die letzten Tage hatten in ihm den Wunsch geweckt, herauszufinden, was Salgard in ihrer Seele vor ihm verbarg.

»Salgard …« Seine Stimme war belegt. Mühsam erhob er sich.

Sie stand ihm gegenüber, mit bleichem Gesicht. Doch sie ging keinen Schritt auf ihn zu.

»Du solltest doch in deinen Heilberuf zurückkehren und als Arzt arbeiten, Decius. Ich habe dich neulich beobachtet, dort …« Eine sachte Kopfbewegung deutete die Richtung an, in der das Haus der jungen Mutter stand.

Darüber wollte Decius nicht sprechen. Er wollte erfahren, was geschehen war.

»Salgard …«

Ihre Augen funkelten.

»Bitte sprich mit mir. Stimmt es, dass du eine Verräterin bist? Das Kästchen … Du weißt schon, das, welches Manius dir gab, ist im Besitz von Sigo. Wie kann das sein? Ich verstehe das nicht.«

Sie antwortete nicht sofort. Decius wurde das Schweigen zu lang, und er fragte aufgebracht: »Hältst du mich für feige, dass ich die Wahrheit nicht ertragen kann?«

Abrupt ging sie einen Schritt zur Seite. »Du fragst mich das, Decius?«

»Wie bitte?« Ihre Reaktion überrascht ihn. Das war nicht die Salgard, die er kannte und liebte. Was war mit ihr? Wieso wirkte sie so abweisend. Er schüttelte ungläubig den Kopf. »Ich möchte doch nur verstehen. Begreifen, was dich bewegt – mehr nicht.«

Unwirsch antwortete sie ihm. »Da gibt es nichts zu verstehen. Ich gehöre zum Volk der Naristen, erfülle die Aufträge, die mir mein Bruder Sigo, der Naristenfürst, überträgt.«

Ihre Mitteilung, Sigos Schwester zu sein, ließ Decius einen Moment verstummen. Ihn schwindelte, als er die Bedeutung ihrer Worte erfasste.

»Du hast für Sigo bei uns spioniert ...?«

»Ich habe wichtige Informationen über den Feind bekommen«, antwortete Salgard. Ihre Stimme hatte einen schneidenden Ton angenommen.

»Informationen? Bei allen Göttern, was denn für Informationen?«

Salgards Blick war unergründlich. »Warum sollte ich es dir nicht erzählen, jetzt.« Ihre Stimme klang heiser. »Ich sollte unter anderem Manius' ausgezeichneten Ruf als Schmied prüfen und alles über seine Einstellung gegenüber unserem Volk herausfinden. Dies war leichter als gedacht, Manius machte mir gegenüber nie einen Hehl aus seinen Sympathien für die germanischen Völker. Und als ich dann hörte, dass Manius in geheimer Mission zu den Germanen geschickt wurde, mit zwei seiner kunstvollen Schwerter, da nutzte Sigo die

Möglichkeit, deines Bruders und seiner Waffen habhaft zu werden.«

Decius starrte sie an. Jetzt verstand er Manius' Andeutung. »Wie kannst du davon wissen, wenn es eine geheime Mission war?«, brachte er hervor.

»Oh, ich hatte Freunde gewonnen.« Ihr Lächeln war bitter. »Quintus Malisius, der Sekretär des Aulus, war mir nicht nur darin eine große Hilfe.«

Sie schwieg einen Augenblick, einen Lidschlag nur, in dem die Gedankenfetzen in Decius' Kopf herumirrten. »Das Schwert, Manius' Werk, das wir nach dem Überfall der Beneficarierstation fanden, das war …«

»Ja, das war Teil unseres Plans. Manius sollte als Verräter gelten, damit er bei uns bleiben musste. Wie du weißt, ist es genau so gekommen.«

»Ja, ihr könnt wahrhaft zufrieden sein.« In seinem Inneren war eine Leere, wie er sie nie zuvor gespürt hatte. Er fühlte sich wie ein ausgenommenes Tier, leer, ausgeblutet. Kopfschüttelnd blickte er sie an »Und was hast du alles dafür getan?«

Schweigen senkte sich auf sie herab. Zum ersten Mal sah sie ihn an. Glitzerte es in ihren Augen, oder täuschte er sich?

Sie räusperte sich. »Nun, du musst verstehen, es geht um das Überleben meines Volkes. Und manchmal ist es nötig, Dinge zu tun – oh, ich habe vieles tun müssen. Ich bedaure jedoch nur, dass ich gezwungen war, auch deiner Familie Schaden zuzufügen.« Stockend erzählte sie weiter: »Deine Mutter war mir auf der Spur. Um mich zu retten, musste ich sie opfern. Sie ließ mir keine Wahl. Wäre es nur um mein Leben gegangen, ich hätte es mit Freuden hingegeben. Aber es ging um mein Volk, meinen Stamm. Ich hatte keine Wahl.«

»Du hast meine Mutter verraten?« Was für ein Unrat würde noch aus ihr hervorkommen, wie viele Untaten hatte diese Frau mit dem Gesicht einer Nymphe begangen? Kein Laut kam aus seiner Kehle. Er konnte nichts sagen, sie nur anstarren.

»Auch hier war Malisius eine große Hilfe. Er hat den Brief gefälscht, mit dem deine Mutter mich beim Kaiser des Verrates bezichtigte. Malisius hat Julias Namen statt meines in das Schreiben eingefügt. Bei allen Zweifeln angesichts der Integrität deiner Mutter blieb dem Kaiser nichts anderes übrig, als sie einzukerkern. Und im Kerker befindet sie sich wohl jetzt noch, angeklagt des Hochverrates. – Wie auch du.« Mit niedergeschlagener Stimme endete Salgard. »Ein bedrohtes Volk muss alles tun, um sich zu schützen, und manchmal eben auch … Es besteht noch Hoffnung, deine Mutter zu befreien.«

»Hoffnung?« Decius war außer sich. »Du weißt genauso gut wie ich, was man über die Kerker des Kastells sagt! Sollte ich jemals aus meiner Gefangenschaft hier freikommen, werde ich also in meiner Heimat meine Mutter mit Glück nur dem Tode nah im Kerker vorfinden und selbst gefangen genommen und als Verräter hingerichtet, ja?« Er betrachtete Salgard voller Wut. Die Vorstellung, wie sehr er dieser Frau vertraut hatte, ließ ihn erschaudern.

»Ich, ich – glaube mir, es war nicht leicht für mich. Nie hätte ich geglaubt, dass diese Aufgabe mir soviel abverlangen würde. Wenn du wüsstest …«

»Was sollte ich noch wissen, Salgard? Was kann denn noch schlimmer sein, als Verrat zu üben an denen, die einem Gutes tun?«

Salgard senkte den Kopf. »Du hast recht. Ich habe dich verraten und deine Mutter, sogar gemordet habe ich.«

Warum überraschte ihn das nicht? Aber es interessierte ihn nicht, nicht mehr. Doch sie schien es zu erleichtern, darüber zu sprechen. »Ich habe es niemandem erzählt, doch ich erschlug Quintus Malisius. Als er begann, meine Situation auszunutzen, mehr verlangte, als ich zu geben bereit war, wusste ich mir nicht anders zu helfen, ein Stein lag griffbereit, so schlug ich zu.« Sie betrachtete ihre Hand, als trüge sie den Stein noch immer mit sich.

Er spürte eine ungeahnte Kälte in sich aufsteigen. »Nun, Salgard, diese Bürde musst du allein tragen«.

Sie kam auf ihn zu.

Doch Decius hob abwehrend die Hände. Aber eines wollte, musste er noch wissen, und sei es, dass es ihn auf ewig in den Orcus stieß. »Und ich – war ich auch Teil deines Plans?«

Salgard sah ihm in die Augen. Dann schüttelte sie langsam den Kopf. »Nein. Du warst kein Bestandteil meines Plans …« Sie brach ab.

Vor ihrer Antwort hatte er sich gefürchtet, aber freuen konnte er sich ebenso wenig darüber.

»Decius«, Salgard legte ihm die Hand auf die Schulter, doch er schüttelte sie ab.

Trotzdem fuhr sie fort: »Ich werde dir helfen, Decius. Damit du wieder nach Hause kannst.«

Er rang mit sich und zögerte mit seiner Antwort. »Wie es scheint, kann ich als Hochverräter kaum in den Vicus zurückkehren, und Sigo würde das ohnehin nicht zulassen. – Ich weiß von seinen Plänen«, sagte er grimmig und starrte plötzlich Salgard an. »Ah, jetzt verstehe ich, warum er so siegessicher ist, warum er uns allein und ohne Hilfe der anderen Stämme angreifen will – du hast ihm alles verraten, was du im Kastell in Erfahrung bringen konntest. Dein Bruder ist ehrgeizig, er will sich durch einen Sieg zum Anführer der aufständischen Germanen machen, mit unseren Schwertern als Symbol seiner Macht.« Sie nickte leicht. »Aber versprich mir, uns nicht an die Römer zu verraten!«

»Versprechen? Ich dir?«, schnaubte er. »Wie willst du mir überhaupt helfen? Was ist mit Sigo?«

»Den überlass nur mir. Morgen Nacht befreie ich dich. Was

du daraus machst, ob du zurückkehrst und versuchst, deine Mutter zu retten … das musst du entscheiden.«

Er gab keine Antwort. Was hatte das nun wieder zu bedeuten? Sie hatte ihn belogen und betrogen, aber immerhin zeigte sie Reue. Wäre es nicht gerecht, dass sie auch bestraft werden würde, bei all dem Schmerz, den sie ihm und seiner Familie zugefügt hatte? Bei dem Gedanken an die Gefahr, in der seine Mutter schwebte, wurde ihm kalt. Doch noch war sie nicht verloren, redete er sich ein. Und gegen seinen Willen spürte er einen Funken Wärme in sich glimmen, genoss er ihre Nähe, wie zuvor, während der Zusammenarbeit bei der Geburt.

Im Laufe der Nacht besprachen sie, wie Salgard ihm bei der Flucht helfen konnte. Decius hoffte auf das Beste, vor allem darauf, dass die Naristen dem Bier ausreichend zusprachen, wenn sie sich in Sigos Haus versammelten.

»Eines noch.« Decius sah Salgard fest in die Augen. »Kein Wort über meine Mutter zu Manius. Ich möchte es ihm selbst sagen. Sorge dafür, dass er allein mit mir sprechen kann.«

Salgard nickte.

Am Abend darauf war die Stimmung in der Halle besonders ausgelassen. Die Männer tranken ausgiebig, lachten und gaben Zoten von sich, bei denen ihm manchmal die Röte ins Gesicht schoss. Als seine Wärter ihn zu später Stunde wieder zu Sigo führten, prosteten ihm manche Naristen gar zu. Die Anzahl der Tritte und Knuffe war heute geringer als das letzte Mal. Schließlich hatte er einem ihrer Kinder auf die Welt geholfen. Selbst Sigo nickte ihm zu und hieß ihn dann, sich niederzulassen.

Decius wurde zu einem der Schlafplätze an der Wand gebracht und legte sich dort auf eine Decke. Er gab sich den Anschein, desinteressiert an allem zu sein, verfolgte das

Geschehen jedoch aufs genaueste. Er beobachtete sie, wie sie neben ihrem Bruder an der Tafel saß und fragte sich, ob ihr Plan gelingen könnte. Doch selbst wenn nicht – was hatte er noch zu verlieren. Immer wieder prostete sie Sigos Mannen zu, die Trinkspruch um Trinkspruch ausriefen und jeden einzelnen mit einem kräftigen Schluck besiegelten.

Der Einzige, der die Anwesenheit der Germanin zunächst mit Verwunderung aufgenommen hatte und sie mit düsteren Blicken bedachte, war Manius, der gemeinsam mit Inga ebenfalls am langen Tisch saß.

Als die Stimmung immer ausgelassener wurde, fiel Sigos Blick auf Decius, der sich bis dahin bemüht hatte, nicht aufzufallen.

»Manius!«, brüllte Sigo. »Dein Römerbruder soll kommen. Und du, komm her und iss und trink mit mir.«

Die Naristen grölten und lachten ihn aus.

»O gütige Götter«, flüsterte Decius tonlos. Sowohl Salgard als auch Manius beobachteten ihn besorgt dabei, wie er sich langsam aufrichtete. Als er zu Sigos Platz ging, wurde er wieder von manchen getreten und gekniffen. Vor einem Wimpernschlag hatten sie ihm zugeprostet und für die Geburt beglückwünscht, und nun sahen sie wieder nur den Feind in ihm.

»Hier trink«, befahl Sigo und reichte ihm einen Becher Bier. Decius wusste, dass er trinken musste, auch wenn er es vorgezogen hätte, nüchtern zu bleiben. Er leerte das Gefäß in einem Zug. Das Gebräu lief in Rinnsalen an seinem Kinn hinunter.

Er sah Sigo nicht ins Gesicht, als dieser ihm auftrug, ihm und Salgard die Becher zu füllen.

»Weißt du, was wir heute feiern?«, lallte der Naristenfürst.

Decius ahnte es, doch er schüttelte den Kopf.

»Das Ende Roms! Bald werden wir einen neuen Vorstoß wagen und über den Limes gehen. Es ist alles vorbereitet.« Dabei nahm er erneut einen Schluck aus dem Becher.

Ja, trink nur, du Großmaul, dachte Decius. Denn morgen

werde ich nicht mehr hier sein. Trink immer weiter. Umso größer sind meine Chancen, dass ich mich davonschleichen kann. Und umso später wirst du hinter mir her sein.

Er wagte es nicht, Salgard anzuschauen, aus Angst, er könnte sich verraten. Seine Kehle war wie zugeschnürt, als der Naristenfürst ihm spöttisch zuprostete.

Er beobachtete, wie Salgard Sigo etwas zuflüsterte, mit den Augen zu Manius, dann zu Decius deutete. Sigo grinste und nickte. »Schmied!«, brüllte er in Manius' Richtung. »Bring deinem Bruder noch einen Becher Bier, ihn dürstet!«

Das war die Gelegenheit, Salgard hat ihr Versprochen gehalten. Ein bitterer Geschmack kroch seine Kehle hoch.

»Hier, nimm und bleib ruhig.« Manius war zu ihm herübergekommen und drückte ihm einen Becher in die Hand.

»Manius, ich …«

»Nicht jetzt.«

»Doch«, raunte er ihm zu. »Ich habe von Salgard erfahren, dass unsere Mutter in Gefahr ist.« Manius wäre aufgesprungen, hätte Decius ihn nicht mit eisernem Griff festgehalten. »Sprich weiter und tu so, als plauderten wir nur, damit wir nicht auffallen.«

Manius hustete. »Möchtest du noch mehr Bier?«

»Warte noch, ich bin gleich so weit«, sagte er laut und fügte leise hinzu. »Sorge dich nicht, ich werde fliehen und Mutter retten.«

»Fliehen? Wie …«

»Schmied, genug der Fürsorge, komm hier an meine Seite.« Sigo klopfte auf das Fell neben ihm.

In Salgards Augen meinte Decius etwas wie Bedauern zu lesen. Zu spät.

Der halbvolle Mond stand bereits am wolkenlosen Nachthimmel, als Salgard ihrem Bruder riet, den Gefangenen wieder einzuschließen – »… bevor wir alle trunken sind und er uns den Schädel einschlagen kann.«

Tosendes Gelächter begleitete Sigos Befehl. Nur Manius saß am Tisch und hatte die Hände zu Fäusten geballt.

Die Wächter hatten ihn bereits bis zum Ausgang geführt, und Decius warf einen letzten Blick auf seinen Bruder. Wehmut erfasste ihn bei seinem Anblick. Dann zog ihn sein Bewacher mit einem Ruck nach draußen. Er würde nicht mehr zurückkehren – so oder so, dessen war er sich gewiss.

Als Salgard im Schutze der Dunkelheit zu ihm kam, dröhnte der Vorraum des Speichers bereits vom Schnarchen seiner Wachen, denen Salgard einen letzten Trunk gemischt hatte.

Sie sprachen kein Wort. Decius schlug das Herz bis zum Hals, er schwitzte vor Aufregung. Wortlos öffnete die Germanin die Tür und gab ihm ein Zeichen, ihr zu folgen. Auf Zehenspitzen ging er hinter ihr her. Fast hatten sie den Vorraum durchquert, als Decius an einer Eisenkette vorbeistrich, die an der Wand hing. Sie klirrte – ohrenbetäubend, wie Decius meinte. Beide verharrten sie augenblicklich und horchten in die Stille hinein. Das Schnarchen verstummte für einen Moment. Ein Wärter bewegte sich kurz, doch er erwachte nicht.

Im hellen Licht des Mondes brachte Salgard ihn zum Schlupfloch in der Hecke, durch das er ungesehen das Dorf verlassen konnte. Doch er wusste nicht, ob ihn dieser Weg in die Freiheit führen würde – oder ob ihn Tod und Verderben erwarteten. Seine Schritte wurden sicherer, je näher sie der Hecke kamen. Nur ein Rascheln störte die Nachtruhe. Ein lichtscheues Wesen, das in der Finsternis umherschnüffelte? Salgard schien nichts zu hören. Mit bleichem Gesicht ging sie voran.

Sie hatten den Weg stumm zurückgelegt.

Es war Salgard, die das Schweigen schließlich unterbrach.

»Alles, was geschehen ist, tut mir unendlich leid. Ich hoffe, du kannst mir verzeihen … irgendwann.« Sie hielt den Blick gesenkt.

»Leb wohl, Salgard.« Es klang gepresst.

Er kroch lautlos durch das Schlupfloch und wurde eins mit den Schatten der Nacht.

Kapitel 19

Kerker im Kastell der Ala II Flavia

Die Ratten. Sie lungerten um Julia herum, umkreisten fiepend ihren ausgemergelten Körper, krochen mitunter gar unter die Wolldecken, die Livia ihr mitgebracht hatte. Julia war zu schwach, um sie zu vertreiben; selbst das Entsetzen, das sie bei ihrem Anblick anfangs noch gepackt hatte, war schicksalsergebener Gleichgültigkeit gewichen. Jede noch so kleine Bewegung kostete sie Kraft, ließ ihr ohnehin schon rasendes Herz noch schneller schlagen, so dass sie glaubte, ihr Leib müsse zerbersten.

Aber Julia war noch nicht bereit zu sterben. Fest hatte sie sich vorgenommen, am Leben zu bleiben, denn einer ihrer Söhne war unterwegs zu ihr. Dies war keine Vision aus ihren wirren Fieberträumen, sondern eine Gewissheit, die in der Finsternis des Kerkers über sie gekommen war, wie eine wohlwollende Gabe der Götter. Und konnten die Götter sie belügen, konnten die mütterlichen Instinkte ihr einen Streich spielen? Sie durfte nicht sterben, bevor sie den nahenden Sohn ein letztes Mal gesehen hatte.

Wer mochte es sein? Manius? Oder Decius? Ach, könnte sie doch *beide* noch einmal in ihre Arme schließen. Aber sie durfte nicht zu viel Güte von den Göttern erhoffen.

Die Zeit verstrich mit erbarmungsloser Zähigkeit. War es Tag, war es Nacht? Selbst das Öffnen der Augen bereitete Julia unsägliche Mühe. Durch das Loch, hoch oben in der Wand, fiel ein fahler Lichtschimmer. Zwitscherten draußen nicht die Drosseln? Vermutlich brach gerade ein neuer Tag an. Irgendwo, in einem der anderen Verliese, schrie sich ein Gefangener die Seele aus dem Leib. Julia fiel in einen unruhigen, fiebrigen Schlaf.

Das Klirren des Türschlosses weckte sie. An den sich nähernden Schritten erkannte sie Livia. Die treue Livia! Ohne ihre Fürsorge hätte der Orcus sie längst verschlungen.

»Verschwindet, elendes Pack!« Livia klang höchst aufgebracht, und es dauerte eine Weile, bis Julia begriff, dass es die Ratten waren, die die Tochter des Baumeisters dermaßen in Wut versetzten. Livia vertrieb sie mit hastigen Bewegungen. Die Ratten bewegten sich mit seltsamer Behäbigkeit, als lähmte die Seuche auch ihre Schritte, bis sie endlich in der Dunkelheit verschwanden.

»Du beraubst mich der einzigen Gefährten, die ich hier habe«, sagte Julia mit schwacher Stimme und dem Versuch eines Lächelns. Obwohl sie die junge Frau nur schemenhaft wahrnehmen konnte, spürte sie, wie sehr diese ihr Entsetzen zügeln musste. Kein Wunder, denn Julias Körper verfiel immer rascher, ihr Anblick musste erschütternd sein.

»Gibt es Neuigkeiten? Meine Söhne …«

Livia griff sanft nach ihrer Hand. »Nein, werte Julia. Keine Neuigkeiten über Decius und Manius. Leider.«

Julia ahnte, welche Gedanken ihrer treuen Besucherin durch den Kopf gingen. »Du glaubst nicht mehr an eine Wende zum Guten, nicht wahr? Aber einer der beiden wird kommen … Du wirst schon sehen, mein Kind.«

Livia widersprach ihr nicht.

»Es sieht nicht gut für mich aus«, sagte Julia nach einer Weile des Schweigens. »Das Ende …«

»Du wirst wieder gesund, gib die Hoffnung nicht auf«, unterbrach Livia sie rasch. »Stell dir nur vor, auch meinem Vater geht es schon viel besser. Er hat die Seuche besiegt, verstehst du? Auch du wirst sie besiegen, Julia.«

»Partellus geht es besser? Das ist wenigstens einmal eine gute Nachricht. Du schuldest Aesculapius einen Weihestein …«

»Und einen weiteren werde ich ihm stiften, sobald auch du gesund bist.«

Julias ausgetrocknete Lippen formten sich zu einem Lächeln. »Vielleicht … vielleicht wären dein Vater und ich ja doch ein glückliches Ehepaar geworden, wer weiß? Grüß ihn von mir, Livia … Und sag ihm, dass ich ihn immer geachtet habe …«

»Sag es ihm selbst, wenn du wieder auf den Beinen bist. Warum redest du so, als hätten die Götter deinen Tod bereits beschlossen?«

»Sieh mich doch an, mein Kind. Begreifst du nicht, dass … dass es für mich zu spät ist?«

Livia kämpfte mit den Tränen und begann die mitgebrachten Nahrungsmittel auszupacken. »Wie unhöflich von mir, bestimmt bist du hungrig und durstig«, sagte sie. »Hier, frisch von unserem Bäcker!«

Der Duft des Weißbrotes breitete sich aus und vermochte für kurze Zeit sogar den beißenden Gestank des Kerkers zu verdrängen. Auch eine Amphore gallischen Rotwein hatte Livia mitgebracht, zwei weitere hatte sie den Wächtern überlassen müssen. Julia verspürte keinen Hunger, doch Livia zum Gefallen kostete sie von dem Mitgebrachten. Livia fütterte sie, tunkte das Brot erst in den Wein, damit Julia es überhaupt kauen konnte. Nach wenigen Bissen deutete Julia mit einem schwachen Kopfschütteln an, dass sie genug hatte. Ein Hustenanfall begann sie zu schütteln, und als er endlich vorüber war, sank sie in einen erschöpften Dämmerzustand.

Livia wachte neben ihr. Die Wächter schienen sie vergessen zu haben, denn niemand kam, um sie herauszulassen. Vermutlich widmeten sie sich dem Rotwein, zumindest ließ ihr Grölen und das derbe Trinklied, das sie anstimmten, darauf schließen.

In diesem abgelegenen Teil des Reiches konnten sie ihre Kehlen nur selten mit solcherlei Raritäten verwöhnen.

»Erzähl mir, was draußen geschieht, Livia … Was ist mit Aulus?«, fragte Julia, als sie nach einer Weile wieder zu sich kam, mit heiserer Stimme.

Livia wollte ihr die Wahrheit nicht vorenthalten, auch wenn Julia möglicherweise immer noch gehofft hatte, ihre Söhne mit Aulus' Hilfe rehabilitieren zu können.

»Aulus ist tot. Es tut mir leid, Julia.«

»Und Faustina …?«

»Das Kaiserpaar ist weitergezogen.«

»Ein Jammer.« Abermals begann Julia zu husten. »Wer kommandiert das Lager?«, wollte sie wissen, nachdem sie wieder zu Atem gekommen war.

»Ein Mann namens Curio. Er hatte sich schon auf seinen Gütern zur Ruhe gesetzt, ist aber wieder unter den Adler zurückgekehrt.«

»Hast du …?«

»Natürlich, Julia. Ich habe unverzüglich um eine Audienz bei ihm nachgesucht, vergeblich. Der neue Kommandant habe keine Zeit, sagte man mir, sie haben mich auf einen späteren Zeitpunkt vertröstet.«

Julias Antwort war ein entmutigtes Seufzen. Livia schien sogleich zu bereuen, ihr alle Hoffnung genommen zu haben. Sie beugte sich über sie, um sie tröstend auf die Wange zu küssen. Julia wandte mit aller Kraft, die ihr noch geblieben war, das Gesicht zur Seite.

»Gib acht, mein Kind … du wirst dich noch anstecken.«

»Julia!« Livia konnte ihre Tränen nicht länger zurückhalten. »Wenn ich doch nur etwas für dich tun könnte!«

»Du tust so viel für mich … Hältst mich am Leben, bis ich Manius oder Decius wiedersehe …«

Offenbar stieg das Fieber weiter an, Schüttelfrost ließ Julias

Körper erzittern. Ausgerechnet in diesem Moment schienen die Wächter sich an die Besucherin zu erinnern.

»Für heute reicht's, findest du nicht, Livia Secunda?«, verkündete die weinselige Stimme des Kerls, der an der Tür des Verlieses erschienen war.

Livia stand auf und trat ihm entgegen. »Julia ist sehr krank«, flüsterte sie eindringlich, »wo ist eigentlich der Lagerarzt?« Mit drohendem Unterton fügte sie hinzu: »Du willst doch nicht, dass er dich nachher zur Rechenschaft zieht. Bononius Gordus und Julia kennen sich nämlich sehr gut, musst du wissen.«

»Das mag ja sein, aber vermutlich sitzt der gute Bononius in diesem Augenblick schon in Charons Fähre.« Der Wächter hob bedauernd die Schultern. »Am Ende konnte er nicht einmal sich selbst helfen.«

»Dann lass wenigstens mich noch eine Weile bei ihr bleiben.«

»Eigentlich ist das gegen die Vorschrift.« Der Wächter kratzte die Stoppeln an seinem Kinn. »Aber ich könnte ein Auge zudrücken. Hättest du vielleicht noch eine kleine Amphore von diesem herrlichen Gesöff für mich übrig?«

»He, Manius! Wach auf!«

Grobe Hände rüttelten ihn aus einem Traum, in dem er ein glückliches Wiedersehen mit seiner Mutter gefeiert hatte. Er schlug die Augen auf und erkannte zwei von Sigos Männern neben der Bettstatt. Sie trugen Schwerter an ihrer Seite. Die enttäuschende Gewissheit, dass Julia nur ein Trugbild gewesen war, war für Manius wie ein Stoß in die Magengrube.

Auch Inga war aufgewacht und zog erschrocken die Wolldecke über ihre entblößten Brüste.

»Was soll das?«, blaffte sie die Männer an. »Was fällt euch ein?«

»Der Fürst wünscht deinen Schmied zu sehen! Und zwar sofort!«

Manius schwante nichts Gutes. »Was will er von mir?«, fragte er, während er aufstand und sich hastig anzog.

»Nur ein wenig mit dir plaudern.«

»Und deshalb schickt er zwei bewaffnete Männer?«

»Beeil dich!«

Manius begegnete Ingas besorgtem Blick. »Keine Angst, Liebste, ich bin gleich zurück.«

Sie verließen das Haus. Fieberhaft überlegte Manius, was wohl geschehen sein mochte. Die wortkargen Männer folgten ihm in kurzem Abstand.

Die Morgenluft war kühl und roch nach Tau, der nahe Wald lag in weiße Nebelschwaden gehüllt. Einige der Dorfbewohner waren bereits auf den Beinen und starrten dem Schmied mit unbewegten Mienen entgegen. Bei vielen Naristen war Manius inzwischen hochgeachtet, heute dagegen wartete er vergeblich auf einen freundlichen Gruß. Der Weg kam Manius unendlich lang vor. Bei Sigo angelangt, wurde er von seinen Begleitern mit stummer Geste aufgefordert, einzutreten.

Die Spuren des Trinkgelages waren noch nicht beseitigt, es roch nach Bier und Essensresten, überall lagen Becher umher, doch Sigo und eine Handvoll seiner engsten Vertrauten, die sich hier versammelt hatten, waren so nüchtern wie flaminische Priester bei einem Opferritus. Ihre Gespräche verstummten abrupt, als sie des Ankömmlings gewahr wurden. Nur zu gern hätte Manius in die Runde gefragt, was um alles in der Welt es zu bedeuten habe, dass man ihn so unhöflich behandelte. Da er jedoch das aufbrausende Temperament des Naristenführers inzwischen gut genug kannte, hielt er es für angebracht zu warten, bis dieser endlich die Katze aus dem Sack ließ. Sigo musterte ihn mit forschendem Blick. Nach einer Ewigkeit erhob er die Stimme.

»Dein Bruder!«

Manius erschrak. Hatte der Naristenfürst es sich anders

überlegt? Wollte er Decius nun doch den Göttern seines Volkes opfern?

»Decius? Was ist mit ihm?«

Die Blicke der versammelten Männer waren wie Messerstiche.

»Er ist verschwunden!«

Manius wusste nicht, ob er über diese Nachricht bestürzt oder erleichtert sein sollte. Ein weiteres Mal würde Sigo sich jedenfalls nicht erweichen lassen, Decius' Leben zu verschonen, sollte er ihm wieder in die Hände fallen.

»Jemand hat ihn in der Nacht aus seinem Gefängnis befreit«, fuhr der Naristenfürst mit gefährlich leiser Stimme fort.

»Und du glaubst, dass ich ...?« Manius schüttelte den Kopf. »Ich habe meinen Bruder nicht befreit.«

Sigos Augen verengten sich zu schmalen Schlitzen. »Was würdest du an meiner Stelle glauben, Claudus? Wer sonst, außer dir, könnte ein Interesse daran haben, dass dein Bruder auf freiem Fuß ist?«

»Ich weiß es nicht.«

»Hm! Wie ungünstig für dich!«

»Meine Loyalität gehört euch. Ich habe dir mein Wort gegeben, Sigo.«

»Das Wort eines Römers«, meinte einer der Männer verächtlich, doch Sigo brachte ihn mit einer Geste zum Schweigen.

»Ich habe Decius nicht befreit«, beharrte Manius. Er fragte sich, wie Decius seinen Plan nur so schnell in die Tat hatte umsetzen können.

Sigo, der bislang erstaunlich ruhig gesprochen hatte, wurde nun ungeduldig. »Dein Bruder weiß von unseren Plänen!«, schrie er.

Manius senkte den Kopf. So weit hatte er noch gar nicht gedacht. Natürlich, Sigo trieb die Sorge, Decius könne die römische Garnison warnen. Und diese Sorge war berechtigt. Decius hatte keinen Hehl daraus gemacht, dass er sich als Römer fühlte; es musste sein dringlichstes Anliegen sein, Schaden von seinem Volk abzuwenden, und Manius konnte es ihm nicht einmal verübeln. Was war nur mit ihnen geschehen in den vergangenen Wochen? Wer immer die Götter auch sein mochten, Manius begann sie im Stillen zu verfluchen, weil sie ein solches Spiel mit den Sterblichen trieben.

»Deine Männer werden ihn schon wieder einfangen«, sagte er betreten, obgleich er hoffte, dass ihnen genau dies nicht gelingen mochte. Decius war und blieb sein Bruder, gleichgültig, was geschehen würde und bereits geschehen war.

»Er hat viele Stunden Vorsprung!«, wütete Sigo. »Und diesmal dürfte es schwierig sein, seiner habhaft zu werden.«

Manius wusste, dass der Nariste recht hatte. Decius kannte die Wälder genau, er hatte gelernt, sich dort unbemerkt zu bewegen, und sein Vorsprung musste in der Tat groß genug sein, um Verfolgern jedes erdenkliche Schnippchen zu schlagen.

»Was willst du von mir?« Hilflos breitete Manius die Arme aus.

Sigo schritt mit mahlenden Kiefern auf den Schmied zu. Unmittelbar vor ihm blieb er stehen und schlug ihm mit der Faust ins Gesicht. Brennender Schmerz durchfuhr Manius' Schädel, mühsam hielt er sich auf den Beinen und erwiderte trotzig den flammenden Blick des Naristen.

»Was ich von dir will, Manius? Ich will, dass der Fluchthelfer deines Bruders hart bestraft wird!«

»Ich sagte dir bereits, dass ich mit seiner Flucht nichts zu schaffen habe.«

»Und ich sage, du lügst!« Er winkte ein paar seiner Männer herbei. »Sperrt ihn ein und bewacht ihn! Sollte auch er fliehen, reiße ich den Wachtposten eigenhändig die Eingeweide aus dem Leib.« Sein Mund spitzte sich, als käme ihm plötzlich eine Idee.

»Und bringt mir auch sein Liebchen her«, sagte er, während er mit einem maliziösen Lächeln das Messer aus seinem Gürtel zog und prüfend die Klinge betrachtete. »Vielleicht weiß sie ja mehr über das Verschwinden des Römers!«

»Inga weiß genauso wenig wie ich!« Aufgebracht versuchte Manius, sich dem harten Griff der Männer zu entziehen – ein hoffnungsloses Unterfangen.

»Nun, wir werden sehen.«

»Lasst sie in Ruhe!«

Noch einmal trat Sigo ihm entgegen. »Hast du mir immer noch nichts zu sagen?«

Manius rang nach Luft. »Du willst, dass ich lüge, um Inga zu schützen?«

»Ich will den Schuldigen! Wenn du mir die Wahrheit sagst, krümme ich deiner Gefährtin kein Haar, bei meiner Ehre.«

Verzweiflung und Wut waren beileibe nichts Neues in Manius' Leben. Die Lage, in der er sich nun befand, war aussichtsloser denn je. Doch er war bereit, sich für Inga zu opfern. Sie war seine erste, seine einzige Liebe. Für sie lohnte sich sogar der Tod. Manius konnte seinem Tod einen Sinn geben, und der ganze Alptraum wäre endlich vorüber.

Sigo stand immer noch vor ihm und wartete mit hochgezogenen Brauen auf eine Antwort. Manius sammelte sich, um zu sagen, was der Nariste zu hören wünschte. Eine heisere, aber beherrschte Frauenstimme kam ihm zuvor.

»Lasst ihn los! Er ist unschuldig!«

Manius hatte Salgard den Raum nicht betreten sehen, doch plötzlich stand sie da, groß und aufrecht, die Arme vor ihrer Brust verschränkt. Sie wirkte noch ernster als sonst, und Manius glaubte sogar eine Spur von Furcht in ihrem einst so stolzen Blick ausmachen zu können.

Einige der Männer begannen unwillig zu raunen.

»Was hast du hier zu suchen?«, fauchte Sigo seine Schwester an, ohne auf ihre Behauptung einzugehen.

Salgard deutete mit ihrem Kinn auf Manius. »Nicht er hat den Römer aus seinem Gefängnis befreit!«, erklärte sie und betonte jedes Wort.

Einen Moment lang war Sigo sprachlos, als mache sich eine finstere Ahnung in ihm breit. »Ach nein? Wer hat es also deiner Meinung nach getan?«, fragte er dann.

»Ich war es!«

Das Raunen schwoll zu einem lauten Gemurmel an, das erst verstummte, als Salgard von neuem das Wort ergriff. »Ich habe ihn laufenlassen, weil ich ihm etwas schuldete. Ihm und seiner Familie. Lasst den Schmied in Ruhe. Er sagt die Wahrheit!«

Aus Sigos Gesicht war jegliche Farbe gewichen. Langsam trat er auf seine Schwester zu. Nun würde er wild auf sie einprügeln, dachte Manius, doch Sigo sah sie nur verächtlich an. Sie senkte den Blick nicht vor ihm.

»Soso, du warst ihm etwas schuldig, wie? Du mochtest den Römer wohl mehr, als dir lieb war.«

»Was geht dich das an, Bruder?«, erwiderte sie tonlos.

»Du hast dein eigenes Volk in Gefahr gebracht. Er wird den Römern meine Pläne verraten.«

»Vielleicht solltest du deine Pläne ändern.«

Sigo hob eine Hand, um sie zu ohrfeigen, doch Salgard zuckte mit keiner Wimper. Unschlüssig verharrte er in der Bewegung. »Geh mir aus den Augen«, hörte Manius ihn flüstern. Erhobenen Hauptes verließ Salgard das Haus, vorbei an Manius, dem das Herz bis zum Hals schlug. Kurz trafen sich ihre Blicke. Und plötzlich, als würden die Götter ihm just in diesem Moment seine Blindheit nehmen, begriff er. Salgard, der Dolch, das Kästchen ...!

»Du weißt, welche Strafe dir bevorsteht«, rief Sigo seiner Schwester mit eisiger Stimme hinterher.

Manius lief es kalt über den Rücken. Gleichwohl, Salgard verdiente jede Strafe, denn sie war eine Verräterin an allen, die ihr nahegestanden hatten.

Die Männer in der Halle wechselten ratlose Blicke. Allein Sigo demonstrierte Entschlossenheit.

»Also gut«, verkündete er. »Unter diesen Umständen werden wir unseren Feldzug früher beginnen als geplant. Die Römer dürfen keine Gelegenheit bekommen, sich darauf vorzubereiten.«

Einer seiner Vertrauten wagte Einspruch. »Aber das wäre sehr riskant, mein Fürst. Wenn wir den Flüchtigen nicht finden, werden die Römer wissen, dass …« Sigos Faustschlag, der ihn hart am Kinn traf, ließ ihn verstummen, und jeder der Anwesenden musste wissen, dass dieser Hieb in Wahrheit Salgard gegolten hatte.

»Bist du ein Nariste oder eine Memme? Los, ruft die Männer zusammen, auch die aus den benachbarten Dörfern. Holt sie notfalls von ihren Äckern und schickt Reiter zu unseren Verbündeten!«

»Was machen wir mit dem Schmied?«, fragte einer von Manius' Begleitern unschlüssig.

»Lasst ihn los«, ordnete Sigo nach kurzem Zögern an. Die Männer verließen das Haus. Manius atmete auf. Sigo winkte ihn zu sich heran.

»Wie weit bist du mit dem dritten Schwert?« Der Naristenfürst sprach, als hätte es nicht den geringsten Zwist zwischen ihnen gegeben.

Seine Frage überraschte Manius. »Das Schwert? Nun, ich muss nur noch … es ist noch nicht ganz …«

»Morgen früh ziehen wir in den Kampf, bis dahin will ich es in meinen Händen halten. Wirst du es schaffen?«

Manius nickte knapp.

»Gut. Und noch etwas!« Sigos Stimme wurde zu einem verstohlenen Flüstern. »Wenn wir in den Kampf ziehen, wirst du an meiner Seite reiten.«

Manius machte kehrt. Vielleicht war der Feldzug für ihn eine Möglichkeit, Neues über seine Mutter zu erfahren. Abermals dachte er an das undurchsichtige Spiel, das Salgard mit ihnen getrieben hatte.

Damals hatte sie ihn gebeten, ihr zusätzlich zu dem kleinen Dolch, den er ihr zu ihrem Schutz geschenkt hatte, einen Pugio aus norischem Stahl herzustellen. Dieser Militärdolch war für einen Oheim, wie sie behauptet hatte. Er hatte keinen Grund gehabt, an ihrer Glaubwürdigkeit zu zweifeln, war ihrem Wunsch gern nachgekommen, hatte nicht einmal Geld von ihr verlangt, schließlich war sie seines Bruders Gefährtin. Nun begriff er, die Waffe hatte allein dem Zweck gedient, dem Naristenfürsten einen weiteren Beweis zu liefern, wie gut der Schmied aus dem Limeskastell sein Handwerk beherrschte. Salgard oder einer von Sigos Mittelsmännern musste dafür gesorgt haben, dass der Pugio schließlich in das Naristendorf gelangte.

Manius ballte die Fäuste. Salgard hatte sie schamlos ausgenutzt und verleumdet, ihn, seinen Bruder, seine Mutter.

Er versuchte seine Wut zu zähmen, denn Sigo hatte ihm einen Befehl gegeben, und es war ratsam, diesem unverzüglich nachzukommen. Wenn Sigo das Schwert bis zum nächsten Morgen haben wollte, lag noch viel Arbeit vor ihm, also galt es, sich rasch zur Schmiede zu begeben.

Draußen lief ihm Inga in die Arme. »Wodan sei gedankt, da bist du ja«, schluchzte sie und schmiegte sich an ihn. »Ich dachte schon, sie hätten dich für Decius' Flucht verantwortlich gemacht.« Natürlich hatte sich die Nachricht längst verbreitet.

Ihre Sorge rührte Manius zutiefst. »Ach, Inga, ich liebe dich ja so sehr.«

»Wohl kaum so sehr, wie ich dich liebe. Aber wie konnte es Decius bloß gelingen, zu fliehen?«

»Später, Liebste, später. Ich muss zur Schmiede, denn Sigo ist nicht gewillt, noch länger auf sein Schwert zu warten.« Er schüttelte den Kopf. »Was liegt ihm bloß an diesem Schwert? Warum ist er so versessen darauf? Will er ein besseres als die anderen beiden, die er bereits besitzt?«

Inga lächelte. »Es wird wohl noch eine Weile dauern, bis du wie ein Nariste denkst. Das dritte Schwert, es gilt ihm als Bund. Die Waffe wird ihn davon überzeugen, dass ihr Schöpfer sich endgültig von Rom abgekehrt hat.«

»Von Rom abgekehrt ...«, wiederholte Manius ihre Worte murmelnd.

»Du hältst ihn für besessen, nicht wahr? Aber glaub mir, in Wahrheit ist er nur um sein Volk besorgt. Geh, Liebster, und schmiede ihm endlich das Schwert, das er haben will!«

Es war schon nach Mitternacht, zwei lodernde Fackeln erleuchteten die Schmiede und warfen tanzende Schatten an die Wände.

Unaufhörlich polierte Manius die fertige Klinge mit einem Tuch und grübelte dabei nach. Wie mochte es seiner Mutter gehen? Was gäbe er bloß darum, in ihrer Nähe sein zu dürfen!

Aber auch Ingas Worte beschäftigten ihn:

»Das dritte Schwert, es gilt ihm als Bund.«

Manius' Antlitz spiegelte sich in dem glänzenden Stahl. Das Antlitz eines Abtrünnigen, ging es ihm durch den Kopf.

»Die Waffe wird Sigo davon überzeugen, dass ihr Schöpfer sich endgültig von Rom abgekehrt hat.«

Nach dem Verständnis der Naristen war er wohl jetzt nicht länger ein Römer.

Bald darauf erschien Inga in der Schmiede. Wortlos trat sie hinter ihn, legte ihr Kinn auf seine Schulter, schlang die Arme um seinen entblößten, schweißnassen Oberkörper. Er drehte sich um und schloss sie in seine Arme.

Im Spiegel der blanken Schwertklinge blickten sie einander lange in die Augen. Inga lächelte glücklich.

Sigo war noch wach, als Manius ihm später die Waffe überbrachte; offenbar hatte er auf ihn gewartet. Beinahe ehrfurchtsvoll betrachtete der Naristenfürst Manius' Werk.

»Diesmal hast du dich sogar selbst übertroffen, Manius«, sagte er schließlich mit ungewohnter Ergriffenheit.

»Decius?« Die beiden Wachtposten an der Porta Principalis sahen ihn ungläubig an. Leibhaftig stand der Verschollene vor ihnen.

»Ein gesuchter Hochverräter kehrt freiwillig zurück? Dir ist doch klar, was dich erwartet?«, fragte einer der beiden vorsichtig.

»Durchaus. Also tut eure Pflicht, nehmt mich fest und führt mich zum Kommandanten.«

Ohne Widerstand ließ Decius zu, dass man ihm rücklings die Hände band. Die Wachhabenden ließen einen der diensthabenden Offiziere rufen, einen ergrauten Centurio, den Decius schon seit seiner Kindheit kannte. Auch der schien seinen Augen nicht zu trauen.

»Bei Saturn, wo hast du dich bloß herumgetrieben, Junge?« Er winkte zwei weitere Männer herbei; dann führten sie den Gefangenen durch das Kastell. Alle, die ihnen auf dem Weg zur Principia begegneten, blieben stehen, um verwundert die Hälse zu recken.

Obwohl nun wieder ein Gefangener, war Decius so gelassen wie seit Tagen nicht mehr. Die Flucht aus dem Naristendorf war ihm geglückt; zwar hatten einige von Sigos Männern ihn verfolgt, aber es war ihm nicht sonderlich schwergefallen, seine Spur vor ihnen zu verbergen. Und diesmal hatte auch

Irgendwie, die ihn hinter der Hecke freudig begrüßt hatte, sich so verhalten, wie ein Tierfänger es sich von seinem Hund wünschte.

Auf seiner rastlosen Flucht war Decius auch auf ein gerissenes Reh gestoßen. Im Lauf der Zeit hatte er gelernt, das Werk seiner Feindin von den Werken anderer Raubtiere zu unterscheiden. Alle Spuren wiesen darauf hin, dass Grauohr – oder Gunda, wie Eysa die Bärin zu nennen pflegte – nicht allzu weit entfernt von ihm sein konnte.

Aber Decius hatte es eilig gehabt. Also hatte er Grauohr zum ersten Mal in seinem Leben ziehen lassen.

Nach zweieinhalb Tagen, etwa zur sechsten Stunde, hatte er den Vicus erreicht, war unverzüglich ins Haus seiner Mutter geeilt, wo er aber nur ein heilloses Durcheinander und die alten, hilflosen Sklaven vorgefunden hatte. Brodinius lag betrunken in einer Ecke, und Greda brachte vor lauter Schluchzen zunächst kein Wort hervor, aber mit viel Geduld und guten Worten war es Decius schließlich gelungen, sie zum Sprechen zu bewegen. Stockend hatte sie zu erzählen begonnen: Immer noch sitze die Herrin, gezeichnet von Krankheit und umhegt von des Baumeisters Tochter, gefangen im Verlies. Aulus und auch viele andere seien der Seuche bereits erlegen, und der neue Befehlshaber sei erst vor kurzem aus der Augusta angereist und in das Kastell eingezogen. Der Kaiser indessen sei wieder abgereist.

Decius ließ Irgendwie bei Greda zurück und rannte zum Kastell, um sich den Legionären zu stellen.

Publius Servatius Curio saß hinter dem Schreibpult und musterte den von mehreren Soldaten flankierten Gefangenen mit undurchdringlicher Miene. Allein die Tränensäcke unter seinen Augen kündeten davon, dass der neue Kommandant nicht so jung war, wie er auf den ersten Blick wirkte.

Decius' Begleiter hatten ihm auf dem Weg hierhin erzählt, dass Curio, ein Ritter aus altrömischem Geschlecht, sich bereits aus dem Militär zurückgezogen hatte. Nach seiner Heirat habe er mit seiner jungen Frau eine Villa Rustica unweit des Limes bewirtschaftet. Dann sei die Partherseuche gekommen und habe ihm die Frau genommen. In seiner Trauer habe Curio beschlossen, das Landleben aufzugeben und seinen Dienst beim Militär wieder anzutreten. Vom Statthalter sei dem gestandenen Krieger nach Aulus' Tod schließlich das Kommando über diese Reitergarnison angetragen worden. Kaiser Marcus Aurelius höchstselbst habe Publius Servatius Curio noch in seinem Amt bestätigt, bevor er mit seinem Gefolge weiter nach Pannonien gezogen sei, um sich dort mit Lucius Verus zu treffen.

»Decius Curmillus, wie? Was für eine Überraschung!« Curios Stimme war erstaunlich sanft. »Zwar bin ich noch nicht lange Befehlshaber dieser Garnison, aber dein Fall war das Erste, was mir hier zu Ohren kam. Ich nehme an, es gibt einen Grund dafür, dass du freiwillig die Höhle des Löwen aufsuchst.«

»Mehrere Gründe, Präfekt.« Er unterdrückte den brennenden Impuls, die Sprache schon jetzt auf seine Mutter zu bringen. Bevor er als Bittsteller auftrat, musste er Curio von der drohenden Gefahr überzeugen. »Die Naristen planen einen Kriegszug diesseits des Limes.«

»Ach wirklich? Du wirst zugeben, dass diese Nachricht keine große Überraschung ist. Es war nur eine Frage der Zeit, wann die Burschen uns wieder besuchen würden.«

»Dieses Mal wird es mehr sein als nur ein Überfall. Sigo will auch andere Stammesverbände zu einem groß angelegten Angriff versammeln. Selbst diejenigen, die sich bislang zurückhielten, haben sich überzeugen lassen, ihm zu folgen. Auch Kastell und Vicus werden sie nicht verschonen. Des Kaisers

Anwesenheit hat die Naristen angespornt in ihrem Kampfeswillen.«

»So? Und weshalb bist du so gut unterrichtet?«

»Ich war in ihrem Lager.«

»Das glaube ich dir sogar aufs Wort.«

»Als ihr Gefangener! Aber ich konnte fliehen. Ihre Pläne konnte ich zuvor in Erfahrung bringen.«

»Ihr Gefangener?«

»Ich bin ebenso wenig ein Verräter wie du, Präfekt. Meine Mutter und ich, wir wurden das Opfer einer Intrige.«

»Gewiss doch.«

»Bei allem, was mir heilig ist: Ich spreche die Wahrheit! Niemals würde ich Rom verraten. Und wenn man den Naristen nicht rechtzeitig entgegentritt, werden sie mehr Schaden anrichten, als je eine plündernde Barbarenhorde zuvor es getan hat.«

Curio blinzelte skeptisch, doch Decius' leidenschaftliche Rede ließ ihn nicht unbeeindruckt. »Und wer sagt mir, dass dies keine Finte ist? Vielleicht liegt es ja in deiner Absicht, dass ich meine Truppen an einem bestimmten Ort konzentriere, damit deine Freunde anderswo unbehelligt zuschlagen können.«

»Die Naristen sind nicht meine Freunde. Es ist deine Entscheidung, Präfekt. Ich weiß, der Kaiser will Frieden, aber in diesem Fall ist ein Kampf wohl unausweichlich. Du kannst mir vertrauen oder auch nicht. Und falls du mir nicht vertraust, kannst du dich beim Statthalter in der Augusta über mich erkundigen. Er kennt mich, ich habe ihm schon manches wilde Tier geliefert. Auch habe ich ihm Empfehlungen im Umgang mit der Partherseuche gegeben. Nur fürchte ich, dir bleibt nicht viel Zeit.«

Er hoffte, ihn damit abermals zu beeindrucken, aber Curio lehnte sich nur in seinem Sessel zurück und presste die Fingerspitzen gegeneinander. »Ja, ja, die verdammte Partherseuche«, murmelte er nachdenklich. Er schüttelte den Kopf, als wolle er trübe Gedanken vertreiben. »Bactus, sei so gut und bring mir einen Becher Wein. Und meinethalben auch unserem Kameraden hier. Jedenfalls sieht er recht durstig aus.«

Ein junger Sklave, der bislang unauffällig im Hintergrund gestanden hatte, kam dem Befehl seines Herrn ohne sonderliche Eile nach. Mit einem Tablett, ein Krug und zwei Gläser darauf, erschien er bald neben dem Pult des Kommandanten.

Decius nahm den jungen Sklaven eingehend in Augenschein. »Bactus? Bei allen Göttern, dich kenne ich doch.«

»Herr!« Auch der Sklave erkannte jetzt den Tierfänger und blies überrascht die Wangen auf.

»Du hier?«

»Ja, Herr.«

»Und deine Schwester Valeria?«

Bactus grinste. »Arbeitet in der Küche, Herr.«

»Ohne Zweifel seid ihr euch schon einmal begegnet«, bemerkte der Kommandant nicht ohne Verwunderung.

»Bactus und Valeria waren Sklaven von Freunden meiner Familie, des Weinhändlers Flavius Tullius und seiner Frau Priscilla. Darf ich fragen, wie sie hierhergekommen sind?«

»Eigentlich bist du nicht in der Position, mir Fragen zu stellen, Decius Curmillus.« Nachdenklich stützte Curio sein Kinn. »Wenn du jedoch behauptest, dass Flavius und Priscilla Freunde deiner Familie sind, hast du möglicherweise doch ein Recht, es zu erfahren.«

Curio schien eine Weile mit sich zu ringen; dann begann er zu erzählen: »Meine Frau Helvia war eine Nichte der beiden. Nun sind sie alle tot, Helvia, Flavius und Priscilla. Sie alle sind gestorben an dieser verdammten Seuche. Nur ich alter Esel habe überlebt. Bis jetzt zumindest.«

Decius schwieg erschüttert. Er erinnerte sich an seinen letzten Besuch bei Flavius und Priscilla. Ihm kam es vor, als sei dies bereits eine Ewigkeit her. Und alle Vorsichtsmaßnahmen schienen nichts bewirkt zu haben.

»Bactus und Valeria – nun, ich habe die beiden Schlafmützen in mein Haus genommen«, fuhr Curio in seinem sanften Tonfall fort. »Manchmal sind sie so lahm, dass man ihnen nur zu gern Beine machen würde, aber im Grunde kann man ihnen niemals lange böse sein. Nicht wahr, Bactus?«

»Wie du meinst, Herr.«

Curio griff nach den Bechern und ließ sie von Bactus füllen.

»Löst ihm den Strick!«

Der Befehl galt Decius' Begleitern. Kurz darauf rieb Decius sich erleichtert die Handgelenke und nahm dankend den Becher entgegen, den Curio ihm reichte. In der Tat war er durstig wie ein Ochse nach getaner Feldarbeit.

»Bactus, glaubst du, dass man Decius Curmillus trauen kann?«, fragte Curio, nachdem er getrunken hatte.

»Gewiss, Herr.«

»Du behauptest also, Sklave, der Kaiser habe sich geirrt?«

»Herr, warum bringst du mich derart in Bedrängnis? Aber wenn du meine Meinung hören willst: Ja, ich glaube, er irrte sich.«

»Gut. Du kannst wieder verschwinden. Centurio! Deine Meinung?«

»Wenn du mich fragst: Ich habe von Anfang an nicht geglaubt, dass Decius ein Verräter ist.« Hastig fügte er hinzu: »Bei allem gebührenden Respekt für den Imperator, versteht sich.«

»Aber gewiss doch.« Der Kommandant grübelte immer noch. »Ich erinnere mich nun«, sagte er nach einer Weile versonnen, »dass der Onkel meiner Frau manches Mal von dir und deiner Familie gesprochen hat, Decius. Er und Priscilla hielten große Stücke auf euch, deshalb werde ich es ihnen wohl gleichtun müssen.«

»Du glaubst mir also?« Decius hätte laut jubeln können.

Endlich schien Fortuna wieder auf seiner Seite zu stehen. Flavius Tullius und Priscilla, zwei der gütigsten Menschen, die er je gekannt hatte, waren zwar tot, aber hier und jetzt erwiesen sie ihm einen letzten Liebesdienst.

»Wenigstens will ich versuchen, dir zu glauben, auch wenn der Kaiser, dessen Weisheit unbestritten ist, anderer Meinung war. Wie auch immer, du bleibst unter Beobachtung. Ich werde meine Offiziere zu einer Lagebesprechung rufen. Du wirst uns haargenau erklären, was die Naristen im Schilde führen.«

»Gewiss, Präfekt. Aber vorher möchte ich dich bitten, dass meine Mutter endlich freikommt. Ich schwöre dir bei allen Göttern, auch sie ist keine Verräterin.« Lange genug hatten diese Worte ihm nun auf der Zunge gebrannt.

»Centurio!«

Der Angesprochene ruckte zusammen. »Präfekt?«

»Sorg dafür, dass die Mutter unseres Freundes unverzüglich freigelassen wird.«

»Sie ist sehr krank, wie ich hörte«, meinte der Centurio.

»Ein Grund mehr, sie aus dem Kerker zu holen!«, rief Decius erregt. »Präfekt, du gestattest doch, dass ich mich zuerst um sie kümmere? Ich würde sie gern selbst in ihr Haus tragen.«

Curio nickte. »Geh! Inzwischen lasse ich meine Männer in Alarmbereitschaft setzen.«

Kapitel 20

Kerker im Kastell der Ala II Flavia

Decius' Hochgefühl währte nicht lange. Als man ihn ins Verlies führte, übertraf der Anblick der kranken Mutter seine schlimmsten Befürchtungen. Julia, ausgezehrt und kaum wiederzuerkennen, war vom Tod gezeichnet. Sie war nicht bei Bewusstsein, rasselnd ging ihr Atem, Fieber wütete in ihrem Körper. Wenigstens war sie nicht allein. Wie Greda bereits angedeutet hatte, saß Livia neben ihrem Lager und hielt die Hand der Sterbenden. Die Tochter des Baumeisters war sichtlich überrascht, Decius zu erblicken, doch der Kerker war kein Ort für Fragen und Erklärungen. Decius grüßte sie mit einem Nicken; dann beugte er sich hinab zu seiner Mutter, nahm sie vorsichtig auf und trug sie mit sich fort. Livia folgte ihm, und er war froh darüber.

Zu Hause angelangt, brachte er Julia in ihr Schlafzimmer und legte sie sanft ins Bett. Beim Anblick ihrer Herrin begann Greda lauter denn je zu schluchzen. Streng fuhr Decius sie an, endlich das Haus aufzuräumen, das mancherorts völlig verwahrlost war, weil Greda in ihrer Lethargie keinen Finger mehr gerührt hatte. Livia ging der Sklavin eifrig zur Hand, und Brodinius, aus seinem Rausch endlich erwacht, packte ebenfalls mit an. Wie ein Feldherr beaufsichtigte Decius die nötigen Arbeiten, jeglicher Unrat hatte im Haus einer Kranken nichts verloren.

Die Worte des Vaters, seine Belehrungen – plötzlich war alles wieder gegenwärtig. Decius bat Livia, ihm zu helfen, die Mutter vom Schmutz des Kerkers zu befreien. Gemeinsam wuschen sie Julia mit wohlriechender Seife, behandelten ihre Wunden mit Salben und Tinkturen, schnitten ihr die verfilzten Haare, zogen ihr schließlich ein frisches Gewand an. Brodinius wurde angewiesen, die alten Kleider zu verbrennen. Sämtliche Kohlenbecken im Haus wurden entzündet, nachdem Greda auf Decius' Anweisung hin Räucheressenzen beigemengt hatte.

Nach verrichtetem Werk wusch auch Decius sich gründlich Arme, Hände und Gesicht, wechselte dann seine Kleidung und bat Livia, es ihm gleichzutun. Greda reichte ihr Pallia und Tunika aus dem Besitz ihrer Herrin, und während Livia sich umzog, ertappte sich Decius, wie er sie anstarrte. Erst als sie ihm über ihre Schulter hinweg einen Blick zuwarf, schaute er hastig weg.

Greda hatte einen Kräutertrank bereitet, den Decius der Mutter einzuflößen gedachte; nun galt es zu hoffen, dass sie bald zu sich kam. Stumm wachten Decius und Livia an ihrer Seite, manchmal trafen sich ihre Blicke, doch keiner ergriff das Wort.

Plötzlich – fast hatte Decius die Hoffnung schon aufgegeben – begann Julia unruhig zu stöhnen und schlug die Augen auf. Er griff nach ihrer Hand.

»Mutter!«

»Decius?« Ihre Stimme war kaum zu verstehen, und ihr fiebriger Blick schweifte umher, bis sie den Sohn an ihrer Seite endlich wahrnahm.

»Ich wusste, dass du kommen würdest …«

»Sprich nicht, Mutter, es strengt dich nur an.«

Julia überhörte seinen Ratschlag. »Mein Sohn …«

»Es geht mir gut, Mutter.«

»Kein … Verräter.« Sie lächelte. »Und Manius …«

»Auch er ist gesund und wohlauf. Mach dir keine Sorgen.«

Julia schloss die Augen. Decius' Nachrichten hatten sie deutlich ruhiger gemacht. Sie sammelte Kräfte für ein paar letzte

Worte. Decius beugte sich weit zu ihr herab, um sie verstehen zu können.

Wenig später tat Julia ihren letzten Atemzug. Wie betäubt blieb Decius neben ihr sitzen. Erinnerungen an die lebende Julia stürzten wie eine Flut über ihn herein. In den vergangenen Nächten hatte er kaum geschlafen, aber erst jetzt merkte er, wie erschöpft er war. Nicht einmal zum Weinen besaß er Kraft, obwohl sein Bedürfnis danach noch nie so groß gewesen war. Bleich starrte er in das leblose, knochige Gesicht der Mutter.

Greda, die das Zimmer betrat und erkannte, dass die Herrin tot war, rannte wehklagend wieder hinaus. Auch Livia liefen Tränen über die Wangen. Nach einer Weile richtete Decius das Wort an sie.

»Ich bin dir sehr dankbar, Livia. Für alles, was du für meine Mutter getan hast.«

»Sie war eine wunderbare, starke Frau«, sagte sie.

Decius nickte. »Livia, ich …« Er nagte an seiner Unterlippe. »Ich glaube, ich war in der Vergangenheit ungerecht zu dir. Das tut mir leid.«

»Es gibt nichts, Decius, wofür du dich bei mir entschuldigen müsstest.«

»Doch, ich …«

Mit einer Geste gebot sie ihm zu schweigen. Sie streckte eine Hand aus. Er ergriff sie und hielt sie länger, als es ziemlich gewesen wäre. Erstaunt nahm er zur Kenntnis, dass es nichts, wahrlich nichts Dämonisches an Livia Partella gab. Welcher böse Geist hatte ihm das früher bloß eingeredet? War es Salgards Bann gewesen, in dem er gestanden hatte, der ihn dies hatte glauben lassen?

Salgard!

Mutters Tod, Livia, und jetzt auch noch die Erinnerung an Salgard – Decius glaubte an seinen aufwühlenden Gefühlen ersticken zu müssen. Die Welt, die ihn umgab, war nicht mehr dieselbe wie noch vor wenigen Wochen. Er machte einen tiefen Atemzug und erhob sich.

»Ich werde meine Mutter mit allen Ehren bestatten«, verkündete er müde. »Doch vorher muss ich Rom zu Diensten sein, der neue Kommandant wartet bereits auf mich. Darf ich dich um etwas bitten, Livia?«

»Sicher.«

»Wirst du dich in der Zwischenzeit um Greda und Brodinius kümmern? Ach ja, da wäre auch noch mein Hund.«

Sie wischte sich die Tränen aus den Augen. »Ja, das will ich für dich tun, Decius – wenn du mir eines versprichst!«

Er nickte und sah sie fragend an.

»Bitte, kehr heil wieder zurück!«, sagte sie.

Julia war eines der letzten Opfer der Partherseuche im Vicus; längst hatte die unheilvolle Krankheit ihren Zenit überschritten. Von den tausend Männern des Kastells waren ihr beinahe hundertfünfzig erlegen, für Rom gewiss ein schmerzlicher Verlust, aber nicht so viele, dass man einer Bedrohung nicht mehr hätte entgegentreten können. Und der bevorstehende Kriegszug der Naristen war eine Bedrohung, möglicherweise die größte seit Jahrzehnten, der sich die Menschen in dieser Provinz stellen mussten.

Bei der Planung der Abwehrmaßnahmen bewies Curio, dass er ein kluger Stratege war, der zu Recht den Posten des Kommandanten erhalten hatte. Aufmerksam lauschte er Decius' Bericht, stellte knappe Fragen und wägte dann ab. Eilboten wurden ausgesandt, um sowohl den erst kürzlich abgereisten Kaiser, als auch den Statthalter in Augusta Vindelicum über die bevorstehende Schlacht zu unterrichten.

Curio hielt es für wahrscheinlich, dass die Naristen nach Decius' Flucht anders vorgehen könnten als ursprünglich vorgesehen, aus diesem Grund richtete er sich auf alle möglichen Varianten eines Angriffs ein. Am Ende hatte er ein strategisches Netz geknüpft, das den Naristen kaum noch Raum für taktische Bewegungen bot.

Der Morgen nach Julias Tod war wolkenverhangen und kühl. Die Wachen auf den Wehrgängen des Kastells erblickten in aller Frühe drei Rauchwolken, eine im Westen, zwei weitere östlich. Unverzüglich wurde der Kommandant informiert, denn der Rauch war das vereinbarte Zeichen der Posten auf den Wachttürmen des Limes. Deren Mannschaften waren zuvor verstärkt worden, aber Curio hatte sie angewiesen, den Feind nach kurzem Abwehrgefecht, das lediglich ein Scheinmanöver sein sollte, passieren zu lassen. An drei Stellen hatten die Naristen die Grenze also überschritten.

Im Kastell ertönten Hörner, und schon bald glich das Lager einem wimmelnden Ameisenhaufen. Tags zuvor hatte Curio mehrere Reiterkohorten losgeschickt, die sich an verschiedenen Orten der weiteren Umgebung bereithielten. Kurierreiter verließen nun das Kastell, auf Rössern, die schneller waren als Mercurius. Kaum, dass die Naristen römischen Boden betreten hatten, begann sich das Netz um sie auf tödliche Weise zusammenzuziehen.

Decius blieb, wie auch jedem anderen Bewohner des Lagerdorfes, das hektische Treiben im Kastell nicht verborgen. Die Nacht hatte er am Totenbett der Mutter verbracht, wo er die völlig erschöpfte Livia abgelöst und nach Hause geschickt hatte. Gnädigerweise hatte der Gott Somnus ihm ein paar Stunden traumlosen Schlaf geschenkt. Decius war davon überzeugt, dass der Schatten seiner Mutter ihm dies nicht als Respektlosigkeit auslegte, denn er war so erschöpft gewesen wie noch nie in seinem Leben.

Die lamentierende Greda schrie etwas von herannahenden

Barbaren. Decius sprach ein paar beruhigende Worte zu ihr, bevor er sich eilig auf den Weg ins Lager machte. Irgendwie konnte er nur mit Mühe davon abbringen, ihm zu folgen.

Die ersten Regentropfen fielen, als er durch die Porta Principalis trat. Männer, Pferde, Waffenklirren, Hörnerklänge – was auf den ersten Blick wie ein heilloses Durcheinander wirkte, hatte System. Jeder im Lager wusste, was zu tun war. Decius schoss der Gedanke durch den Kopf, wie töricht es von Sigo gewesen war, die gewaltige Militärmacht Rom herauszufordern.

Niemand nahm Notiz von dem Tierfänger. Decius hielt Ausschau nach Curio, erkannte ihn schließlich an seinem hohen roten Federbusch. Der Kommandant stand vor den Ställen und erteilte Anweisungen, während Bactus ihm die Schnallen seines Brustpanzers festzog.

»Spätestens jetzt ist der Zeitpunkt gekommen, um dir Abbitte zu leisten«, begrüßte Curio ihn.

»Lass mich dich begleiten«, bat Decius ihn.

»Ich verlange es nicht von dir. Die Germanen werden dich erkennen, und es könnte gefährlich für dich werden.«

»Aber ich will es so.«

»Na schön! Bactus, hol meinen Schimmel für unseren Freund! Außerdem ein Schwert und einen Schild. Beeilung!« Der junge Sklave verschwand; ausnahmsweise wirkte er einmal sehr beflissen.

»Es tut mir sehr leid, was mit deiner Mutter, deiner Familie geschehen ist, Decius. Ich wünschte, ich hätte mich eher um diese Angelegenheit kümmern können. Rom schuldet dir etwas.«

Decius hob abwehrend eine Hand. »Rom schuldet vor allem meinem Bruder etwas, Präfekt. Man hat ihn, gelinde gesagt, einfach sich selbst überlassen.«

»Wir werden noch darüber sprechen. Später.« Curio lockerte

den Lederriemen des Helmes unter seinem Kinn. »Die Naristen überquerten an drei Stellen den Grenzwall. Was glaubst du, welche der drei Horden wird der Naristenfürst selbst anführen?«

Decius überlegte. »Vermutlich jene, die sich dem Kastell nähert.«

»Genau das denke ich auch. Möglicherweise hofft er sogar, den Kaiser selbst noch dort anzutreffen. Wir werden ihn in jeder Hinsicht enttäuschen müssen. Bist du sicher, dass du mich begleiten willst?«

»Ja, Präfekt.«

Decius wurde das beklemmende Gefühl nicht los, dass sein Bruder sich unter den anrückenden Naristen befand, und es war nicht zuletzt diese Sorge, die ihn bewogen hatte, sich Curio anzuschließen.

Zwei Meilen vor dem Kastell musste Sigo feststellen, dass römische Reiter, die wie Geister auf den Hügelkuppen erschienen, ihn und seine Männer an beiden Flanken unversehens einkesselten. Manius, der an Sigos Seite ritt, beobachtete ihn heimlich. Der finsteren Miene des Naristenfürsten nach zu urteilen, begann dieser angesichts der immer größer werdenden Schar von bewaffneten Reitern und Legionären einzusehen, sich in seinem Eifer und in seiner Wut auf Rom überschätzt zu haben. Das kurze Gefecht am Limes war zu einfach zu entscheiden gewesen, er hätte es wissen müssen. Auch seine Späher hatten sich wie dumme Knaben hinters Licht führen lassen. Roms Adler hatte die Naristen erspäht, die Götter meinten es nicht gut mit ihnen. Der Regen wurde indessen immer heftiger.

»Sieht fast so aus, als wärest du bald gerettet, Schmied«, raunte Sigo Manius zu. Roms Reiterei war nicht nur zahlenmäßig, sondern auch strategisch im Vorteil. Von zwei Seiten strömten sie nun die Hügel herab. Sigo besaß nur wenige Reiter, die hinter ihm harrten und mit verbissenen Mienen auf seine Befehle warteten, während die Krieger seiner Fußtruppe ein lautes Geschrei anstimmten und mit Speeren und Äxten gegen ihre Schilde schlugen. Der Lärm sollte den Gegner beeindrucken, doch beinahe schien es Manius, als wollten sie auf diese Weise ihre eigene Furcht vertreiben.

Sigos Gesicht war wie aus Stein gemeißelt, er schien zu wissen, dass sie verloren waren, noch bevor der Kampf richtig begonnen hatte. Er zog sein Schwert aus der Scheide und reckte es in die Höhe. Noch einmal wandte er sich an Manius. »Das dritte Schwert! Ich hatte gehofft, es würde mir mehr Glück bringen.« Seltsamerweise klang seine Stimme eher belustigt denn verbittert. »Vorwärts!«, rief er seinen Männern zu, die in beide Richtungen ausstoben, um sich den Feinden entgegenzuwerfen.

Bald verschmolzen Römer und Naristen zu riesigen Leibern, in denen der Tod wütete. Manius blieb zurück und starrte reglos in das Schlachtgetümmel. Zunächst spielte er mit dem Gedanken, Sigo und seinen Reitern zu folgen, dann aber begann er sich erneut zu fragen, auf wessen Seite er eigentlich stand.

Gewiss, Manius hatte beschlossen, bei den Naristen zu bleiben, nicht zuletzt um Ingas willen, aber auch, weil er sein germanisches Blut nicht länger verleugnen wollte. Doch gegen Römer kämpfen, gegen ein Reich, in dem er wohlbehütet aufgewachsen war und dessen Segnungen er hatte genießen dürfen? Nein, das konnte niemand von ihm verlangen, weder Sigo, noch Inga, noch irgendwer. Seine Eltern hatten sich stets als Römer gefühlt, es wäre wie ein Verrat an ihnen gewesen. Andererseits lag es ihm fern, wie ein Feigling abseits des Kampfes seinen Ausgang abzuwarten. Seine Hand krallte sich um den Griff des Schwertes, das Sigo ihm zu tragen gestattet hatte.

Von allerlei quälenden Überlegungen erfüllt, erblickte Manius eine Gruppe von zehn oder zwölf Reitern auf dem Hügel jenseits des Schlachtfeldes: In vorderer Linie ein Offizier mit Helmbusch und Mantel, den Manius aber noch nie gesehen zu haben glaubte. Ein weiterer Mann, gleich neben ihm auf einem Schimmel sitzend, war wie ein Zivilist gekleidet, wenngleich auch er Spatha und Schild bei sich trug.

Manius stutzte und rieb sich die Regentropfen aus den Augen.

»Decius«, flüsterte er, als sein letzter Zweifel schwand.

Augenblicklich trieb er sein Pferd an, um dem Bruder entgegenzureiten.

Ernst ließ Curio seinen Blick über das Schlachtfeld schweifen. Ein Wink von ihm an seine Signalbläser, ein Hornklang, und ein nahes Wäldchen spuckte weitere Berittene aus. Selbst Decius, der von militärischen Dingen nicht allzu viel verstand, erkannte, dass die Schlacht schon bald entschieden sein musste. Seine Aufmerksamkeit fiel auf einen der germanischen Reiter, der sich, obgleich bewehrt mit Schwert und Schild, an den Kämpfen nicht beteiligte und stattdessen im gestreckten Galopp geradewegs ihren Hügel ansteuerte. Auch Curio bemerkte den Herannahenden, schien aber nicht sonderlich beunruhigt zu sein und gab einem der Männer seiner Garde ein Zeichen. Dieser hob sein Pilum.

»Nein!«, rief Decius plötzlich. »Es ist mein Bruder!« Ohne eine weitere Erklärung drückte er die Fersen in die Flanken seines Schimmels und ritt den Hügel hinab.

Mit atemberaubender Geschwindigkeit preschten sie aufeinander zu. Um sie herum tobte der Kampf, Speere schwirrten durch die Luft. Hufgetrappel, Waffenlärm und immer wieder Schreie. Nichts von alldem nahmen die Brüder wahr. Schon drohten ihre Pferde aufeinanderzuprallen, doch beiden

Reitern gelang es gerade noch rechtzeitig, sie zum Stehen zu bringen.

»Was ist mit Mutter?«, fragte Manius mit atemloser Erregung.

Decius zögerte. »Unsere Mutter ist tot!«, erklärte er schließlich mit gesenktem Kopf.

Die Augen des Jüngeren weiteten sich entsetzt. Decius ließ ihm einen Moment der Trauer und berichtete ihm dann mit knappen Worten, was während ihrer Abwesenheit geschehen war. »Ich war bei ihr, als sie starb, sie war nicht allein«, schloss er in der Hoffnung, den Bruder ein wenig trösten zu können.

»Und ich? Ich war weit weg«, grämte sich Manius.

»Was kannst du schon dafür? Manius, mach dir keine Vorwürfe, es ist nicht deine …« Der heranfliegende Holzschild des Bruders ließ ihn abrupt verstummen; schmerzhaft traf er ihn am Oberarm und riss ihn beinahe vom Pferd. »Was soll das?«, fragte er fassungslos.

»Ich bin es leid, vom Schicksal immer geprügelt zu werden.«

»Manius …«

»Ich bin es so leid, aber wie könntest du das verstehen. Was habe ich den Göttern getan, dass sie immer nur dich bevorzugen? Was gäbe ich darum, wenn auch ich Mutter noch einmal gesehen hätte.«

»Hör auf damit. Du redest Unsinn.«

»Du, der Liebling aller Menschen, ich, der bemitleidenswerte Manius Claudus, das Hinkebein. Es war doch immer so. Und wem, wem verdanke ich mein Leid?«

»Das höre ich mir nicht länger an!«

»Ach nein? Und was gedenkst du zu tun?«

Wütend ließ Decius seinen Schild fallen und stieg vom Pferd. »Los!«, forderte er den Bruder auf, es ihm gleichzutun. Der zögerte keine Sekunde. Schon standen sie sich gegenüber, lösten ihre Schwertgurte, um beweglicher zu sein. Die Pferde, ihrer Reiter entledigt, suchten sofort das Weite, doch den kampflustigen Brüdern war es einerlei. Ihre Blicke waren ineinander verbohrt, ihre Mienen von wilder Entschlossenheit geprägt. Wie zwei Faustkämpfer umkreisten sie einander.

Manius war der erste, der seine Deckung aufgab. Hart landete seine Faust auf Decius' Nasenbein. Decius taumelte und fand sich im nächsten Augenblick auf dem Erdboden wieder, den der Regen in einen zähen Morast verwandelt hatte. Fluchend rappelte er sich auf und ging zum Gegenangriff über. Auch Manius musste einen schmerzhaften Treffer hinnehmen. Die Fäuste flogen hin und her, schließlich stürzte sich Manius auf den Älteren und riss ihn zu Boden. Wie zwei tollwütige Hunde wälzten sie sich im Dreck, mal war der eine obenauf, dann wieder der andere.

»Hättest du doch bloß so viel Kampfeseifer an den Tag gelegt, als der verfluchte Bär dir damals gegenüberstand«, schnaufte Manius zwischen zwei Faustschlägen, die Decius am Kinn trafen. Decius antwortete mit einem plötzlichen Kopfstoß, ihre Schädel prallten dumpf aneinander, und ächzend versuchten beide sich wieder zu sammeln. Decius überwand seine Benommenheit als Erster, rasch kniete er über dem Bruder und verpasste ihm eine Backpfeife nach der anderen.

»Du und deine alten Geschichten, die wie Kadaver stinken.« Decius geriet in Rage. »Ich will sie nicht mehr hören, nie wieder. Diese trüben Säfte, dieses eklige Gebräu, das durch unsere Leben fließt – warum lassen wir es nicht raus, raus!« Nach einer Weile hielt er inne und ließ sich erschöpft niedersinken. »Und wenn du mir nicht verzeihen möchtest, Manius, dann verzeihe ich mir eben selbst.«

Eine Weile blieben sie reglos so liegen, dreckverschmiert, schwarz wie nubische Wilde. Sie schwiegen, gaben sich dem Regen hin, der aus dem grauen Himmel unentwegt auf sie herabpraßelte. Unweit von ihnen tobte nach wie vor der Kampf zwischen Römern und Naristen.

Manius fuhr tastend über sein geschundenes, verdrecktes Gesicht und untersuchte hiernach seine Fingerspitzen nach Blutspuren. »Das, was du eben gesagt hast, Decius, die stinkenden Kadaver, die trüben Säfte und all diese Dinge – das waren doch nie und nimmer deine eigenen Worte! Welchem Dichter hast du sie abgerungen?«

Decius musste lachen, auch wenn ihm alle Glieder dabei schmerzten. »Du hast recht, Bruder, es sind nicht meine Worte. Aber auch nicht die eines Dichters. Es sind die Worte einer Greisin namens Eysa, der ich auf meiner Suche nach dir begegnete. Ich wünschte, du würdest sie kennenlernen. Eysa gab mir den Rat, mich mit dir zu prügeln. Und verdammt, sie hatte recht, ich fühle mich gut wie schon lange nicht mehr, auch wenn mein Nasenbein gebrochen zu sein scheint. Und du?«

»Du hast ordentlich zugelangt, alles tut mir weh. Aber dennoch fühle auch ich mich jetzt besser.«

Plötzlich bohrte sich ein verirrter Speer nur eine Handbreit von ihren Köpfen entfernt in den Morast. Ihr Schrecken währte nur kurz.

»Auch dir sind die Götter gewogen«, lachte Decius, »sonst hätten sie diese Gelegenheit, dich zu töten, wohl kaum verstreichen lassen.«

»Ja, vielleicht. Aber der Tag ist ja auch noch nicht zu Ende.«

»Bevor Mutter starb«, fuhr Decius mit neuerlichem Ernst fort, »hat sie mir noch etwas sagen können.«

Manius schluckte. »Spann mich nicht auf die Folter, Bruder.«

»Sie wollte, dass wir ... dass du und ich ... dass wir jeglichen Zwist begraben. Es war ihr letzter Wille.«

»Dann lass uns hoffen, dass sie uns bei unserer Prügelei nicht beobachtet hat, wo immer ihr Schatten jetzt auch sein mag.«

»Ja, hoffen wir es.«

Manius dachte nach, machte dann einen tiefen Atemzug. »Lassen wir also die trüben Säfte abfließen, Decius. Du hast dir selbst verziehen? Auch ich verzeihe dir. Falls es überhaupt etwas zu verzeihen gibt. In den vergangenen Wochen bin ich ohnehin zu der Überzeugung gelangt, dass die Götter mit unseren Geschicken spielen. Oder wie sonst ist es zu erklären, dass du im Herzen ein Römer, in deinen Taten aber ein germanischer Jäger bist, während ich, im Herzen ein Germane, mich als römischer Schmied verdinge?«

»Manius, Brüderchen! Du machst mich froh! Ja, die Götter sind an allem schuld.«

»Nur eines musst du mir noch verraten, Tierfänger.«

»Und das wäre?«

»Wie weit ist es bis zum Hades? Oder wo, bei Pluto, hast du dich versteckt gehalten, als das ganze Naristendorf nach dir suchte?«

Decius grinste. »Manchmal reichen ein wenig Laub und ein kleines Erdloch. Wusstest du nicht, das es hinter deiner Schmiede ein solches gibt?«

»Verdammter Fuchs!«

»Was wunderst du dich? Ein Schmied kann eben Schwerter schmieden, ein Tierfänger sich unsichtbar machen.«

»Da du schon einmal davon sprichst.« Manius zögerte, als fürchte er, die Gefühle des Bruders erneut in grimmige Wallung zu bringen. »Was ... was ist eigentlich mit deinem Bären?«

Ein Seufzen war die Antwort. Grauohr? Decius kam es vor, als habe er seit einer Ewigkeit nicht mehr an ihn gedacht.

In diesem Augenblick kündeten Hörnerklänge vom nahenden Ende des Kampfgeschehens, das sie während ihrer Unterhaltung kaum noch wahrgenommen hatten. Wie soeben aus einem Traum erwacht, erhoben sie sich und widmeten ihre Aufmerksamkeit dem Schlachtfeld, wo der Pulk der Kämpfenden sich aufzulösen begann. Die überlebenden Naristen suchten ihr Heil in der Flucht, und die römische Reiterei verzichte offensichtlich darauf, ihnen nachzusetzen. Der besonnene Curio schien es nicht auf ihre vollständige Vernichtung anzulegen, zumindest nicht an diesem Tag. Decius dankte ihm im Stillen dafür.

Ein Reiter näherte sich den Brüdern im Galopp. Sigo! Obwohl der Naristenfürst damit rechnen musste, dass die Römer zumindest seiner habhaft werden wollten, zügelte er sein Pferd, als er Manius erkannte. Sein gehetzter Blick wanderte zwischen den Brüdern hin und her.

»Familientreffen, wie?«

Decius schielte nach seinem Schwertgurt, doch der lag schier unerreichbar einige Schritte entfernt.

»Und jetzt rechnen wir ab, Römer!« Sigos Stimme bebte vor Zorn und Hass. »So, wie ich auch mit Salgard noch abrechnen werde!« Er zog sein Schwert, doch Manius baute sich schützend vor seinem Bruder auf.

»Wenn du willst, dass ich weiter für dich arbeite, Sigo, wirst du ihm kein Haar krümmen! Ich habe dir dieses Schwert nicht geschmiedet, um damit meinen Bruder töten zu lassen.«

Es war dem Naristenfürsten anzusehen, wie sehr er mit sich rang. Endlich schien er einzusehen, dass ihm an diesem Ort keine Zeit für Rache blieb. Mit einem Ruck verschwand das Schwert wieder in der Scheide.

»Und was ist mit dir, Manius?«, fragte er. »Wohin gehörst du? Bist du Römer oder Germane?«

»Ich komme mit dir.«

»Worauf wartest du dann noch? Rasch, wir müssen fort von hier!« Er beugte sich herab und reichte ihm eine Hand, um ihn auf sein Pferd zu hieven. Bevor Manius sie ergriff, umarmte er seinen Bruder ein letztes Mal und flüsterte ihm eindringlich zu: »Gib auf dich acht, Decius. Sigo kann weder vergessen noch vergeben. Nicht immer werde ich dich vor ihm schützen können. Und nicht überall gibt es Erdlöcher, in denen du dich verstecken kannst.«

Sie lösten sich voneinander, und Decius hob lächelnd eine Hand zum Gruß. Er sah ihnen lange hinterher, bis sie seinem Blickfeld entschwunden waren. Die letzten Worte des Bruders hallten in ihm nach, und plötzlich verspürte er kalte Angst. Sigo! Was hatte er gerade über Salgard gesagt? Der Naristenfürst würde keine Ruhe geben, bevor er alle Menschen, die in seinen Augen Verräter waren, getötet hatte. Die Schlacht mochte er verloren haben, doch das machte ihn umso rachsüchtiger. Der Alptraum war noch nicht vorüber.

Schwärme von Krähen, angelockt vom Blutgeruch und dem schauerlichen Schreien verendender Pferde, erschienen am Himmel. Das Tal zwischen den Hügeln war übersät von Toten. Blut und Regen vermengten sich in großen Rinnsalen.

Decius, dem das Flehen der Verwundeten in den Ohren klang, versuchte die finsteren Gedanken abzuschütteln. Sich auf seine Fähigkeiten als Medicus besinnend, eilte er zum Schlachtfeld.

Am Abend des folgenden Tages, als die ersten der geschlagenen Naristen heimkehrten, herrschte in Sigos Dorf großes Wehklagen, denn viele der Ausgerückten waren im Kampf gefallen. Der Naristenfürst hüllte sich in eisiges Schweigen. Nur einmal hörte Manius, der hinter ihm auf dem Pferd saß, ihn etwas flüstern, es klang wie ein dahingezischter Fluch: Sigo musste seine Schwester erblickt haben, ihre blonde Mähne war in der Menge der weinenden Frauen nicht zu übersehen. Manius fragte sich, wie sie es noch wagen konnte, dem Bruder unter die Augen zu treten. Gleichzeitig flößte ihm ihre Unerschrockenheit Respekt ein, auch wenn er selbst allen Grund hatte, sie zu hassen. Er nahm sich vor, sie in den nächsten Tagen zur Rede zu stellen.

Endlich erblickte er Inga. Auf der Stelle sprang er von Sigos Pferd und rannte ihr entgegen. Sie fielen sich in die Arme, Inga schluchzte, dankte den Göttern für seine unversehrte Rückkehr. Manius küsste ihren Scheitel, versenkte seine Nase in ihren Haaren, sog gierig ihren Duft auf.

Später, nachdem sie sich leidenschaftlich geliebt hatten, bettete Inga erschöpft ihren Kopf auf seine Brust, und während seine Finger sanft durch ihre Haare glitten, erzählte er ihr, was jenseits des Limes geschehen war, schilderte schließlich auch seine Begegnung mit Decius. Inga war froh über die Versöhnung der Brüder. »So hatte der Feldzug doch etwas Gutes«, meinte sie nachdenklich.

Der nächste Morgen war mild und warm, Blütenduft erfüllte die Luft, vergnügter Vogelgesang ringsumher. Doch bei den Naristen herrschte unendliche Schwermut.

Manius, von Ruhelosigkeit in das Dorf getrieben, sah Sigo schon von weitem; aufgebracht ging er vor seinem Haus auf und ab. Einer seiner Männer stand bei ihm, die Arme ratlos ausgebreitet.

»Salgard! Das verfluchte Weib hat sich einfach davongestohlen!«, antwortete Sigo auf Manius' Frage. »Dieses Biest! Aber ich werde sie finden, ich bin noch nicht mit ihr fertig. Noch lange nicht!«

Einer der Dorfjungen, dem Sigos Wutausbruch nicht entgangen war, eilte eifrig herbei. »Ich habe deine Schwester gesehen, Herr!«, behauptete er.

»Dann sprich, Bengel. Wo ist sie?«

»Sie ging in den Wald, Richtung Moorsee. Ist noch gar nicht lange her.«

Manius glaubte zu begreifen. »Sie will sich umbringen«, flüsterte er schaudernd.

Sigo sah ihn an und schüttelte den Kopf. »Nein, ich werde sie selbst töten!«, verkündete er mit kalter Entschlossenheit.

Kapitel 21

Am Limes

Decius hielt sich mit beiden Händen den Kopf, um die verwirrenden Gedanken loszuwerden, die darin rumorten. Er versuchte sich auf das Chaos ringsum zu konzentrieren, das nicht geringer war. Die römischen Truppen zogen in kleinen Gruppen über das Schlachtfeld und suchten nach überlebenden Naristen, um sie gefangenzunehmen oder, falls sie sich wehrten, endgültig niederzumachen. Einzelne Männer rangen noch miteinander. Und noch immer war jenes furchtbare Geräusch zu hören, mit dem Eisen in den menschlichen Körper eindrang, und das Röcheln der Sterbenden. Andere riefen nach einem Arzt, hoben die blutverschmierten Arme, richteten sich auf, unterstützt von neben ihnen knienden Kameraden, die mit verbissenen Mienen um sich blickten. Decius schüttelte sich wie ein nasses Tier. Er durfte nicht grübeln, er wurde hier gebraucht. Und doch, und doch …

»Hilfe, he, hierher!«

Decius riss sich zusammen und folgte dem Ruf. Ein Legionär lag auf dem Boden, die vom Blut rotverfärbten Zähne zusammengebissen vor Schmerz, und presste alle zehn Finger fest gegen seinen Leib, aus dem die Eingeweide quollen. Sein Gefährte hockte starr vor Entsetzen daneben, unfähig sich zu rühren. Decius stieß ihn an, damit er zu sich käme, und zeigte ihm, wie er die Blutung des Verletzten zu stoppen hatte. »Drück hier«, kommandierte er. »Fest. Und kümmere dich nicht um das Blut.« Er selbst tauchte seine Hände in den roten See und drängte die Gedärme zurück, nachdem er sich vergewissert hatte, dass kein inneres Organ verletzt schien. So hatte der Mann zumindest eine Chance. »Besorge einen Karren und schaffe ihn ins Lazarett«, wies er seinen unfreiwilligen Helfer an und wischte die scharlachroten Hände an einem Stück Tuch ab. »Fahrt zügig. Ich komme nach, sobald ich kann.«

Während er im Geiste die Kräuter durchging, die helfen würden, Wunden zu reinigen und das Fieber zu bekämpfen, blickte er sich nach dem Nächsten um, der seiner Hilfe bedurfte. Hier lag einer, dessen Oberschenkel von einem Axthieb gespalten war, jener dort hatte nurmehr ein halbes Gesicht, daneben saß einer und betrachtete mit erstaunten Augen seinen Armstumpf, als müsse die fehlende Hand sich doch noch entdecken lassen. Decius wischte sich über die Stirn. Es gab viel zu tun. Nur ganz am Rande hörte er seinen Namen.

»Abbinden«, wies er einen Mann an, der unschlüssig herumstand, und wies auf die Axtwunde, »oberhalb des Schnittes, so!« Er zeigte es mit den Händen. »Und du da, wasch das ab und leg etwas über das Auge. Er soll es nicht bewegen, ehe ich es mir angesehen habe.« Mit ein paar raschen Bewegungen wickelte er währenddessen eine Lederschnur um den Armstumpf, aus dem das Blut immer noch pulsierend sprühte. Er klopfte dem Soldaten auf die Schulter und richtete sich auf.

»Decius!« Er hatte sich nicht verhört. Es war eine Frauenstimme gewesen, die nach ihm rief. Gefolgt von ihrem Sklaven Felix, galoppierte Livia auf ihrem Rappen heran. Verwundert blickte Decius ihr entgegen. Eine römische Jungfrau auf einem schwarzen Pferd, das war ein seltsamer Anblick an solch einem Ort. Und fast noch seltsamer erschien es ihm, Livia in keiner würdigen, sittsamen Pose zu sehen. Mit offenem Mund, fliegenden Kleidern und wirrem Haar kam sie auf ihn zu, einer Amazone gleich. Er ertappte sich bei dem Gedanken, dass er nicht gewusst hatte, wie gut sie reiten konnte.

Ohne innezuhalten, glitt Livia vom Pferd und lief auf ihn zu.

Ihre sonst so blassen Wangen waren gerötet vor Aufregung. Ihr Schleier hatte sich gelöst und war davongeflogen, so dass ihr rußschwarzes Haar hinter ihr herwehte wie ein Feldzeichen. Es floss über Decius' Hände, die er unwillkürlich nach ihr ausstreckte, weich, schwer und duftend. Mit blitzenden Augen schaute sie zu ihm auf. »Ach, Decius.«

Ehe er wusste, wie ihm geschah, hatte sie sich gegen seine Brust gedrückt. Einen Moment lang fühlte er sein Herz hart gegen ihre Wange schlagen. Plötzlich, als würde ihr selbst bewusst, wie unerhört das Ganze war, stemmte sie sich von ihm fort. Doch sie ließ ihre Hände auf seiner Brust. »Decius«, begann sie noch einmal und holte tief Luft. Dann brach aus ihr heraus, was dort schon lange geschlummert haben musste. »Was musst du von mir denken, ich meine, immer habe ich getan, was man mir gesagt hat, mein Vater, die Erzieher, ich war ein Musterbild, stets sittsam, gefasst, zurückhaltend, vornehm – ach, verdammt.« Sie wischte sich mit einer heftigen Handbewegung die Tränen von den Wangen. Verschämt wich sie seinem Blick aus. »Die alten Damen haben mich geliebt. Aber du hast mich für kalt gehalten, nicht wahr? Alle haben das, ich dachte selbst manchmal, ich wäre es, aber ich … Die ganze Zeit fühlte ich mich wie eine Gefangene, ich konnte nicht anders, und dabei … Decius!« Es war beinahe ein Aufschrei. »Als du dann fort warst und ich wieder in diesem verdammten Atrium auf und ab lief und wusste, du kämpftest um dein Leben, du würdest vielleicht verletzt, rittest vielleicht in den Tod, während ich spinnen oder die Speisefolge für das Abendessen zusammenstellen und keine Miene verziehen sollte, da dachte ich mit einem Mal: Was tue ich dir an? Ich verrate dich! Was tue ich mir an! Und ich wollte das nicht mehr.« Sie packte mit beiden Händen seinen Mantel an den Schultern und knüllte ihn. »Ich bin nicht kalt, Decius. Und ich will nicht länger wohlerzogen sein. Ich will …« Sie konnte nicht fortfahren, stattdessen warf sie sich mit einem Aufschluchzen erneut an seine Brust.

Er umschlang sie, spürte, wie sie vor Erregung in seinen Armen zitterte und strich ihr beruhigend über den Rücken. Sie war zart, aber nicht zerbrechlich. Und ihr Haar lag wie Seide auf seiner Haut. Endlich hob sie den Kopf und blickte ihn an, mit offenem Mund und tränennassen Augen. Ihr gequältes Gesicht war ein offenes Buch. Und es war schön. Wie hatte er sie je für tückisch, je für kalt halten können?

Decius strich ihr über die Wange. »Liebe Livia«, murmelte er. Hatte er sich eigentlich, fuhr es ihm durch den Sinn, jemals bei ihr bedankt dafür, dass sie seiner Mutter in ihren letzten Stunden beigestanden hatte in jenem Kerker, ohne Angst vor der Seuche, ohne Rücksicht auf ihr eigenes Leben? »Liebe, liebe Livia«, wiederholte er hilflos.

Sie lächelte unter Tränen und schmiegte sich in seine Umarmung.

Decius legte das Kinn auf ihren Scheitel und blickte über sie hinweg in die Ferne, dorthin, wo Sigo und Manius verschwunden waren. Wo nun Flucht und Verzweiflung regierten. Wo Salgard ihrem Tod als Verräterin entgegenging. Wo er nicht hingehörte. Und wohin seine Gedanken doch unwiderstehlich gezogen wurden.

Noch einmal stieß er mit rauer Stimme Livias Namen hervor. Glücklich wandte sie ihm ihr Gesicht zu. Und obwohl er unbeholfen über ihre Wangen strich, um die Tränen fortzuwischen, flossen sie nur noch reichlicher, doch nun aus hoffnungsstrahlenden Augen. Sie versuchte, seine blutbefleckten Finger festzuhalten und sie zu küssen. »Decius.«

»Livia, ich …« Beschämt bemühte er sich, sie ihr zu entziehen. Er vermochte nur zu flüstern, selbst als er sich räusperte, drohte seine Stimme fast zu versagen. »Ich habe dir Unrecht getan«, begann er.

»Nein, Liebster, nein.« Sie schüttelte heftig den Kopf und versuchte, ihm die Lippen zu verschließen.

»Doch, ich hielt dich für …« Er hielt inne. »Dabei bist du tapfer, Livia, und aufrichtig. Du bist selbstlos.«

Noch immer schüttelte sie den Kopf. Ihr Gesicht spiegelte Ungeduld und Sehnsucht. Sie wollte nicht tapfer sein oder selbstlos, sie wollte nur geliebt werden.

Decius wich dem Blick aus, in dem er all dies las. »Ich habe dir Unrecht getan«, wiederholte er hartnäckig und holte tief Luft. Denn ich kann dich nicht lieben, vollendete die Stimme in seinem Kopf den Satz. Obwohl ich es sollte. Aber er sprach es nicht aus. Er spürte, wie Livia unter seinen Händen zitterte. Und doch wusste er in diesem Moment, dass nicht sie es war, nach der es ihn verlangte. Nicht mit ihr wollte er in diesem Moment sprechen, die entscheidenden Worte wechseln. Arme Livia, dachte er, sie hat es mir nur deutlicher vor Augen geführt. »Livia, ich …«

»Decius.« Sie hob die Hände an seine Wangen, um ihn zu zwingen, sie anzusehen. Eilig machte er sich los. Hilfesuchend blickte er um sich. Vor ihm stand die erwartungsvolle Frau; hinter ihm rief es vielstimmig nach einem Arzt, nach Hilfe. Decius biss sich auf die Lippen. Er sollte hier sein, wo er gebraucht wurde; dennoch war sein Entschluss gefasst. Manius, Salgard, sie alle waren ihm entrissen worden. Er war noch nicht bereit, einfach so in ein neues Leben zu gehen. »Ich bin bald zurück«, stieß er hervor. Und ehe Livia auch nur einen Laut hervorbrachte, hatte er nach den Zügeln ihres Pferdes gegriffen, das inzwischen herangetrabt war, und schwang sich auf seinen Rücken. Er zog so heftig daran, dass das Tier stieg. »Bald!«, rief Decius ihr, rief er allen zu. Dann wandte er sich ab und preschte in höchster Eile über das Feld dem Wald zu.

»Sigo, besinn dich!« Manius stellte sich dem Stammesführer in den Weg.

Der stieß ihn beiseite. »Du meinst, weil sie meine Schwester ist?« Er hob sein Schwert und brüllte vor Zorn. »Eben darum, sage ich dir, eben darum soll sie es mir büßen. Doppelt und dreifach!« Mit hasserfüllten Augen starrte er Manius an, dann hob er den Kopf und wandte sich an die Stammesmitglieder, die sie umstanden. »Sie hat mich verraten, Blut von meinem Blut. Sie hat uns alle verraten. Sie ist schuld an den Toten, die das Feld dort bedecken.« Er wies mit der Spitze der Waffe hinter sich. »Und ich werde ihr nicht erlauben, sich nach eigenem Gutdünken aus diesem Leben zu schleichen.«

Ein paar aufmunternde Rufe antworteten ihm; die Mehrheit der Menschen jedoch blieb still und bedrückt. Zu tief war der Schock über den Verlust ihrer Lieben. Und nicht jeder fand, wie Sigo, Trost im Hass.

»Sigo.« Manius versuchte es erneut. »Es geht mir nicht um Salgard, es geht um dich, um Inga, um uns alle. Schau dich doch um.«

Er wies auf die Frauen, die sie umstanden, mit verweinten Gesichtern, die Kinder auf den Armen an sich gedrückt, auf die blutenden, verwundeten Männer, auf die Alten, die auf Stöcken gestützt herbeigehumpelt kamen und zu begreifen suchten, was mit ihrer aller Leben geschehen war. Manche hatten einander an den Händen gefasst, andere die Finger ineinander gekrampft, für die es niemanden mehr gab, den sie halten oder streicheln konnten. Ein Säugling weinte und wurde hastig von der Mutter beruhigt. Niemand sprach.

»Es ist nicht vorbei, Sigo«, fuhr Manius fort. »Rom hat eine Schlacht gewonnen, aber es wird sich damit nicht zufrieden geben. Kohorten werden kommen, Manius, Legionen, die gesamte Reitertruppe, tausend Mann stark.« Nun war es an ihm, in die Richtung des Limes zu deuten. »Sie werden uns suchen und finden. Und sie werden jede Hütte verbrennen, jedes Feld verwüsten und jeden Einzelnen aus diesem Stamm in die Sklaverei führen, Sigo. Du weißt das, du kennst sie ebenso gut wie ich.«

»Nicht so gut wie du«, gab der Naristenführer gehässig zurück. In seinen Augen loderte es.

»Ein Grund mehr, auf mich zu hören.« Manius ging nicht auf die Provokation ein. »Wir müssen aufbrechen, Sigo, ohne Zeit zu verlieren. Diese Menschen haben ein Recht darauf, in Sicherheit gebracht zu werden.« Er umarmte Inga und versuchte, sie mit einem Lächeln zu beruhigen.

»Wo sollen wir hin?«

Die Frage bewegte viele in der Menge. Es war nicht klar, ob sie Sigo oder Manius gestellt wurde. Aber es war Letzterer, der antwortete. »Zu den Markomannen. Schon einmal wart ihr Bündnispartner, bis du, Sigo, so tollkühn warst, es allein mit Rom aufzunehmen. Rom sieht Feinde in ihnen, also werden sie den Bund vielleicht erneuern, wieder Freunde in uns sehen. Wir werden mit ihnen verhandeln. Und wer weiß«, er wandte sich Sigo zu und streckte ihm die Hand entgegen. »Womöglich werden sie einen unerschrockenen Feldherrn und einen Schmied zu schätzen wissen.«

Sigo biss noch immer die Zähne zusammen. Er starrte auf die dargereichte Hand. Langsam streckte er die seine aus. Dann hielt er inne. »Na gut«, zischte er. Er hob die Stimme: »Brecht auf, macht euch fertig. Lasst alles zurück, was nicht auf die Wagen passt. Belastet euch mit nichts als den Kindern und Kranken.« Sein Blick bohrte sich in Manius'. »Du wirst sie führen«, befahl er. »Da du so weise bist. Ich aber …«, und er hob sein Schwert, »werde diese Klinge mit dem Blut der Verräterin tränken, ehe ich es den Markomannen als Geschenk anbiete, um unser Bündnis zu besiegeln.«

»Sigo, warte!« Manius streckte die Hand nach ihm aus. Aber

der junge Stammesfürst entglitt seinem Griff. Mit langen Schritten lief er zu der Koppel mit den Pferden, schwang sich auf das erstbeste Tier und galoppierte dann dem Moor zu. Manius starrte ihm nach, bis er Ingas Hand auf seinem Arm fühlte. Er seufzte. »Ihr habt gehört, was er gesagt hat.« Mit lauter Stimme wandte er sich an die Naristen. »Spannt die Wagen an, nehmt Waffen mit, die Tiere und Korn. Lasst den Hausrat zurück. Wir müssen im Wald sein, ehe die römischen Reiter kommen. Inga«, fuhr er leiser fort, »du führst sie an. Wir treffen uns an der großen Eiche im Norden.«

Sie wollte etwas sagen, aber er schüttelte den Kopf. »Freiheit, Inga, beginnt hier drinnen.« Er nahm ihre Hand und legte sie auf sein Herz.

Sie packte den Stoff seines Hemdes und krallte sich hinein. Ihre Lippen formten ein Wort, lautlos, aber er verstand es auch so: Komm.

»Ich verspreche es«, flüsterte er. Dann wandte er sich ab, um Sigo zu folgen.

Decius näherte sich dem Dorf über den Weg, den Eysa ihm gezeigt hatte. Noch ehe er die Hecke erkennen konnte, erreichte er den Opferhain und das Moor, und wie beim ersten Mal ritt er leise schaudernd daran vorbei. Das Pferd scheute vor den Ausdünstungen, und er ließ es ohne Reue zurück. Was ihn vorwärts trieb, duldete keine Pause. Und obwohl in seinem Kopf kein anderer Gedanke Platz hatte, prallte er doch zurück, als er sie mit einem Mal leibhaftig vor sich sah: »Salgard!« Er hatte ihren Namen gerufen, ehe er sich besann.

Wahrhaftig, dort stand sie, am Ufer eines harmlos aussehenden Tümpels, von dem er doch wusste, dass der Moorgrund unter seiner schwarzen Oberfläche tückisch war. Sie schien allein zu sein, ein hastiger Blick in die Umgebung zeigte ihm keinen weiteren Menschen. Erleichterung machte sich in

Decius breit; aber auch Verwunderung: Was tat sie hier, und warum stand sie so reglos und starrte auf das Wasser, als studierte sie das Astmuster jenes abgestorbenen Baumes, der sich in der stillen Oberfläche spiegelte? Die Frage hielt ihn nicht lange auf; alles drängte ihn zu ihr, die niemals wiederzusehen er gleichermaßen gehofft wie gefürchtet hatte.

Im Rennen schrie er noch einmal: »Salgard!« Ein Schwarm wilder Enten flog auf und zog unter Protestgeschrei über sie hinweg. Ihre Flügel klatschten schwer. Decius spürte, dass er außer Atem war. Sein Herz klopfte wie rasend, und seine Beine zitterten. Er hielt inne. Noch ein Schritt, noch einer. Als er sie fast berühren konnte, blieb er stehen. »Salgard«, flüsterte er. Er streckte bittend die Hände aus. Sie wandte sich nicht zu ihm um.

»Salgard.« Er musste schlucken. Bitter zog es seinen Mund zusammen. »Du hast meine Mutter getötet und meine Leute verraten, und ich habe dich gehasst dafür, ehrlich gehasst. Aber du hast mich auch gerettet, Salgard. Und …« Noch immer wagte er es nicht, sie zu berühren, wollte es nicht. Ein letzter Widerstand in ihm verhinderte, dass er diesem Gefühl nachgab, ein letzter Rest seiner Seele vielleicht, der ihr noch nicht verziehen hatte. Wusste sie das, spürte sie es? Warum nur wandte sie sich nicht zu ihm um? Warum ließ sie ihn ihr Gesicht nicht sehen, dieses vertraute, ersehnte, über alles geliebte Gesicht. Denn so war es doch. Er schluckte erneut. »Und selbst, wenn du mich nicht gerettet hättest, Salgard, selbst, wenn ich dich noch mehr verachten würde, als ich es tat, so würde ich dich doch zur selben Zeit lieben.« Das Wort schnürte ihm beinahe die Kehle zu. Und doch, es war wahr. Er fühlte es mit jeder Faser. Sie war die Frau, die er liebte. Sie und nicht jene andere, die ihm treu und hilfreich gewesen war, die seine Mutter beschützt hatte und ihm das Leben bereiten wollte, das ihm entsprach. Nein, es war diese hier, die ihn und die Seinen verraten, die ihn belogen hatte und an deren Seite er für immer ein

Ausgestoßener sein würde. Seine Brust zog sich schmerzhaft zusammen, als er atmete. Dennoch spürte er es heiß in sich aufsteigen, es war die Wahrheit. »Salgard!« Er sah, dass ihre Schultern zitterten. Weinte sie etwa?

Die Zuneigung überwältigte ihn. Mit neuem Entschluss streckte er die Hände nach ihr aus. Schon fühlte er die Wärme ihrer Schultern. Da wandte sie sich zu ihm um. Für einen Moment blickte er in ihre Augen. Er trank diesen Blick, gierig wie ein Verdurstender, suchte darin die Antwort auf all seine Fragen. Mit einem Mal riss sie die Arme hoch, als wollte sie ihn, ja die ganze Welt umarmen. Auch er breitete seine Arme aus. Ihr Mund öffnete sich für einen letzten Laut, der jedoch nie kam. Sie erstarrte und schwankte leise. Da sah er die Pfeilspitze, die aus ihrer Brust herausstieß. In diesem Moment erst begriff er die Bedeutung des Surrens, das er einen Augenblick zuvor gehört, aber nicht beachtet hatte.

Und ehe er reagieren, ehe er einen Hilferuf ausstoßen oder zupacken konnte, neigte Salgard sich langsam von ihm fort. Fassungslos sah er zu, wie sie in den schwarzen Tümpel kippte. Ihr langes blondes Haar war das Erste, was die Oberfläche berührte, fast schien es, als zöge es sie hinab. Sie verschwand für einen Moment, tauchte wieder auf, und dann lag sie treibend da, die Arme weit von sich gestreckt. Die Pfeilspitze ragte aus ihrer Brust wie ein Wegweiser in den Himmel.

Decius' Knie gaben nach, er ging zu Boden. Er sah kaum Blut, aber er wusste, dass die Wunde tödlich war. Und in ihren Augen, in denen sich der graue Himmel spiegelte und das Muster der toten Äste, war kein Leben mehr und keine Antwort für ihn. »Salgard.« Er barg sein Gesicht in den Händen und schluchzte lautlos.

»Und du bist der Nächste, Verräter!«

»Sigo!« Decius sprach wie einer, der aus dem Schlaf erwachte. Er hob den Kopf und erblickte den Naristenfürsten am gegenüberliegenden Ufer im Weidengestrüpp. Da stand er und hob den Bogen erneut, um ihn zum zweiten Mal zu spannen. Mühsam stemmte Decius sich hoch auf die Knie. Noch immer wollte er den Blick nicht von Salgard lösen. So viele Fragen, die er ihr noch hatte stellen wollen. So viele Dinge, die noch zu sagen gewesen wären. So viel Zorn, so viel Liebe. Er dachte an ein anderes Ufer, an dem sie nebeneinander gelegen hatten, an ein anderes Leben, in dem es nichts gegeben hatte, das zwischen ihnen stand. Vorbei.

Dann richtete er sich auf. Er unternahm nichts zu seiner Verteidigung.

Sigo stutzte, jedoch nur für einen Moment. Dann brüllte er, ob vor Wut oder Triumph, war nicht auszumachen, und hob den Bogen, dass das Geschoss in den Himmel zeigte, um ihn gleich darauf wieder langsam zu senken. Wie hypnotisiert blickte Decius der Spitze entgegen. Salgard war in den Rücken getroffen worden. Er würde sich nicht abwenden, o nein, er würde dem Tod ins Auge sehen.

»Nein!«, schrie Livia. Sie lenkte Felix' Pferd, auf dem sie Decius nachgejagt war, ohne Rücksicht durch das Moor und achtete nicht auf die peitschenden Zweige. Nicht noch einmal hatte sie zurückbleiben wollen. So weit schon gegangen, hatte sie auch diesen Schritt gewagt. Nun, da sie ihn bedroht sah, zögerte sie nicht und lenkte ihr Pferd zwischen Decius und seinen Gegner.

Nur um ein weniges kam sie Manius zuvor, der Sigo in Eile gefolgt war und ihn jetzt endlich einholte. Keuchend brach er durchs Unterholz. Doch statt seinem Stammesführer in den Arm zu fallen, stand er nun da und starrte auf das Schauspiel vor seinen Augen.

Livia zog harsch die Zügel an und stürzte sich aus dem Sattel in Decius' Arme.

Das Pferd, zu spät in seinem Lauf gebremst, rutschte mit

den Vorderbeinen ins Wasser bis hinunter in den tückischen Moorboden und begann rasch zu versinken, hinabgezogen von seinem Gewicht und den panischen Bewegungen, die seinen Untergang nur noch beschleunigten. In seinem Todeskampf stieß es Salgards Leichnam herum, der nun unerreichbar in der Mitte des Teiches trieb. Schlamm hatte ihr Gesicht so dunkel gefärbt wie das Wasser. Nur ihre Hände und Haare leuchteten noch, doch sanken sie langsam tiefer. Streifen dünnen Nebels begannen sich aus dem Wasser zu erheben und legten sich wie ein Schleier über die Szenerie, der Vorhang zu einer anderen, jenseitigen Welt.

Decius schrie auf und übertönte damit das leise Seufzen, mit dem Livia nach ihrem Leib fasste. Dort, in der Mitte, steckte der Pfeil, der ihm gegolten hatte. Erstaunt blickte sie ihn an, während er sich mühte, sie auf ein trockenes Stück Gras zu tragen und sie dort behutsam zu betten. All seine Aufmerksamkeit konzentrierte er auf diesen letzten Akt der Barmherzigkeit, beachtete weder das Pferd, das, nun still geworden, bis zu die weiß verdrehten Augen eingesunken war, noch die beiden Männer, die ihn reglos, nebeneinander stehend, vom anderen Ufer her beobachteten.

»Livia?« Decius strich ihr über die Stirn, die kalt war von Schweiß. Er sah, wie ihre Lider zu beben begannen und ihr Blick unstet wurde. Erschrocken hielt er sie fester. Und wusste doch, dass er sie nicht halten konnte. Dies alles kam ihm unwirklich vor, ihr Hiersein, ihr Sterben. All das hätte doch niemals passieren dürfen. »Was, was tust du hier?«, stammelte er. Bei allen Göttern, wie war das nur geschehen?

Sie lächelte. Mehr als alles andere schmerzte ihn dieser Anblick, und er musste sich auf die Lippen beißen, um nicht laut aufzuschreien. Mit letzter Kraft versuchte sie, ihre Hand zu heben, um seine Wange zu streicheln. Aber es gelang ihr nicht. »Ich konnte dich doch nicht so gehen lassen«, stieß sie mühsam hervor. Er griff nach ihrer Hand, umfasste sie und drückte sie sich an die Brust. Wieder lächelte sie. »Das Wichtigste war doch noch nicht gesagt.« Ihr Kopf sank gegen ihn.

Decius vergrub das Gesicht in ihren Haaren. Wie recht sie hatte, dachte er, und auf welch grausame Weise. Das Wichtigste war nicht gesagt worden. Hätte es je gesagt werden können? Das Mitleid mit dem Mädchen überwältigte ihn schier. Dann schalt er sich: Narr, verdammter. Weil du geschwiegen hast, ist sie hier. Weil du zu feige warst, kam sie dir nach und lief in ihren Tod. Sie gab ihr kostbares Leben für das deine, das wertlos ist, falsch und unehrlich. Bring wenigstens jetzt den Mund auf, für eine letzte, eine gnädige Lüge. Eine Lüge, die zumindest eine Wahrheit enthielt: Er hätte sie lieben sollen, an ihrer Seite das für ihn vorgesehene Leben leben. Sie wäre die Richtige gewesen. In einer anderen Welt.

»Livia«, flüsterte er über ihrem Scheitel, und er glaubte, der Schmerz würde ihn zerreißen. Dennoch holte er tief Luft und hob sie an, um sie so in seinen Arm zu betten, dass er sie ansehen konnte. »Livia.« Er rief sie zärtlich wie ein Kind, das man wecken will und strich über ihre Stirn. »Ich …«, begann er und hielt dann inne. Sie atmete nicht mehr.

Manius maß Sigo mit einem sorgenvollen Seitenblick. War sein Rachedurst nun gestillt? Oder würde er ein weiteres Mal versuchen, seinen Bruder zu töten? Musste er sich seinem eigenen Fürsten im Kampf entgegenstellen? Um Decius' Leben willen war er dazu bereit, die Hand bereits an den Griff seines Dolches gewandert. Aber die Trauer presste ihm fast die Luft ab. Mühsam unterdrückte er die Erregung in seiner Brust. Inga, dachte er, ich musste so handeln; er ist trotz allem mein Bruder. Verzeih mir.

Sigo schien nichts davon bemerkt zu haben. Er starrte noch

immer auf den Teich, wo die Umrisse seiner Schwester langsam auf ihn zu trieben.

Lange sprach niemand ein Wort.

Schließlich ging eine Bewegung durch den Leib des Naristenführers. Manius spannte sich und packte seine Waffe. Da hörte er Sigos Stimme: »Er ist genug gestraft.«

Ungläubig starrte Manius ihn an. Noch traute er diesen Worten nicht.

Sigo ließ den Kopf hängen. »Ich bin genug gestraft«, fügte er hinzu. Sein Blick glitt über den Teich. Schritt für Schritt tastete er sich vor in das morastige Wasser und zog sein Schwert. Vorsichtig angelte er damit nach Salgard, bis er ihre Kleider zu fassen bekam. Er zog sie näher, betrachtete sie eine Weile und drückte sie dann, nach einem Segenszeichen, endgültig mit dem Griff seiner Waffe unter Wasser. Ihre Umrisse vergingen in Nebel und Tiefe.

Manius brachte kein Wort heraus: Verblüffung, Trauer, Erleichterung, all das wirbelte in seinem Kopf durcheinander. Für einen Moment war ihm beinahe schwindelig vor Glück bei der Erkenntnis, dass er sein Weib wiedersehen würde. Dass nicht alles hier endete, an diesem Unglücksort. Und doch war seine Kehle wie zugeschnürt. Er nickte nur. Als Sigo wieder zum Ufer zurückgekehrt war und Manius die Hand ausstreckte, um sie auf seine Schulter zu legen, wehrte der sie mit einer Geste ab. Wie ein Mahnzeichen hob er die Finger. Manius hielt in seiner Bewegung inne. Da packte Sigo sein Schwert. Nachdenklich betrachtete er es. »Bring es den Markomannen«, sagte er. »Du hast es geschmiedet, schmiede du nun auch das Bündnis.«

Manius zögerte, ehe er die Waffe ergriff. Aber dann tat er es mit Entschlossenheit. »Wir werden leben«, bestätigte er. »In Freiheit. Und Würde.«

»Oder kämpfend untergehen.« Sigos Stimme war noch immer dumpf und schwer. Er wandte sich ab.

»Wohin gehst du?«, fragte Manius besorgt und blickte zwischen dem Schwert und Sigos Rücken hin und her. »Und womit willst du kämpfen? Du weißt doch, keine Klinge kommt an diese heran.«

»Mach dir keine Sorgen.« Der Naristenfürst drehte sich noch einmal um. Sein Lächeln war verzerrt, doch er zwinkerte ihm zu. »Ich werde ein neues, ein besseres Schwert bekommen. Ich habe einen guten Schmied.«

Manius hob grüßend die Klinge. Lange blickte er Sigo nach, ehe er sich auf den Weg zu seinem Bruder machte.

Decius hatte Livia auf den Boden gleiten lassen und starrte sie müde und ratlos an. Er presste die Finger gegen die Augen, wie um die Tränen zurückzudrängen. Kaum, dass er den Kopf hob, als er Manius' Schritte hörte. »Ich sollte sie nach Hause bringen«, murmelte er unsicher.

»Ja«, bestätigte Manius warm. Er legte seinem Bruder die Hand auf die Schulter und drückte sie. »Du solltest selbst nach Hause gehen«, fügte er hinzu. Er suchte nach Worten, doch trotz seines übervollen Herzens fand er keine. Stattdessen neigte er sich vor und berührte die Stirn des Bruders mit seinen Lippen. Es war eine Geste, mit der ihre Mutter sich manchmal von ihnen verabschiedet hatte. Einander hatten sie noch nie auf diese Weise gegrüßt. »Lebe glücklich, Bruder«, sagte er leise.

Decius schloss die Augen. Er gab keinen Laut von sich. Doch unter seinen Lidern quollen die Tränen nun ungehindert hervor.

Kapitel 22

Herbst 186 n. Chr.

Es war Herbst, als Decius, der Arzt, zum ersten Mal wieder die Wälder jenseits des Limes betrat. Lange hatte er sich von dort ferngehalten, war in den Mauern des Kastells geblieben oder auf den Straßen des Vicus. Es hatte dort genug zu tun gegeben. Die letzten Opfer der Seuche waren eben erst wieder vollständig genesen. Und einige Verwundete der Schlacht gegen Sigo würden ihr Leben lang an den Wunden tragen, die er Woche um Woche gepflegt hatte. Es war bei diesem einen Kampf geblieben. Ein Reitertrupp, der wenige Tage später zu einer Strafexpedition aufgebrochen war, hatte das Dorf der Naristen verlassen gefunden und sich damit begnügen müssen, die Hütten zu zerstören und das verbliebene Korn auf den Feldern zu verbrennen.

Danach hatte Decius nicht mehr als ein paar Brandwunden zu versorgen gehabt, und seine Seele war ein wenig leichter geworden, wenn er an seinen Bruder dachte, der dort draußen irgendwo hauste, fremd geworden, barbarisiert, aber am Leben. Obwohl er, wenn er an sich selbst dachte, nicht so sicher war, wie erstrebenswert dieser Zustand war: am Leben zu sein. Decius erledigte seinen Dienst gewissenhaft, ja mit Hingabe. Man rühmte und verehrte ihn, weit über die Grenzen des Kastells und des Vicus' hinaus. Die bessere Gesellschaft hatte es sich ebenso zur Gewohnheit gemacht, ihn zu konsultieren, wie die armen Leute, die ihre Bittsteller vor seine Tür schickten, weil sie wussten, der neue Medicus würde sie nicht verjagen. Bisweilen kurierte er für ein Lächeln und einen aufrichtigen Dank und ignorierte die gutmütige Schelte seiner Sklaven, die sich nichtsdestotrotz in seinem Ruhm sonnten.

»Es sind Herumtreiber«, klagte sein Sklave Brodinius, als Decius wieder einmal einem Jungen half, der nur ein wenig Salbe auf seine vielen Geschwüre und ein paar regelmäßige Mahlzeiten brauchte. »Und Germanen dazu!«

Decius runzelte nicht einmal die Stirn. Er strich dem Jungen, der ihn schüchtern mit seinen lückenhaften Zähnen anlächelte, über das struppige Haar. Sauber wäre es so blond gewesen wie das Salgards. Dann drückte er ihm, von Brodinius mit einem scharfen Einziehen der Luft kommentiert, ein paar Münzen in die Hand. »Geh zum Bäcker«, sagte er freundlich. Er sah dem Knaben nach und wandte sich dann seinem Diener zu. Der schluckte seine Bemerkung hinunter und senkte den Blick. »Ich weiß, ich weiß«, murmelte er. »Wir sind beschenkt worden, um unsererseits zu beschenken.«

»So ist es«, erwiderte Decius. Dies war die Voraussetzung, unter der er es sich erlaubt hatte, Silberlings Schatz zu behalten.

»Ja, ja.« Brodinius war noch nicht zufrieden. »Aber ich könnte es nicht hinnehmen, Herr, wenn nicht dein Fleiß und deine Einkünfte die Lücken, die diese seltsame Schwäche in unseren Haushalt reißt, bei weitem füllen würde.« Er nickte voller Stolz. »Du bist noch immer die beste Partie weit und breit.«

Decius zuckte mit den Achseln. Wahrhaftig, er konnte es nicht ändern. Und es war seinen Mitbürgern nicht verborgen geblieben.

Der Präfekt Curio bat ihn regelmäßig zum Essen, und seine neue, nicht mehr ganz junge Frau war, wohl eingedenk ihres eigenen späten Glücks, eifrig bemüht, Decius bei diesen Gelegenheiten die heiratswilligen Damen der Gesellschaft ans Herz zu legen. Keine durchreisende Familie, der Decius nicht vorgestellt wurde. Und er hatte den Verdacht, dass er auch der Gegenstand so mancher Briefwechsel war.

Decius der Arzt war nach Maßgabe seiner Mitbürger einer, der am Ziel angekommen war. Und dennoch: Er war nicht recht bei sich. Manchmal dachte er darüber nach, wie kurios doch das Leben war, das ihn, den Waldläufer, zu einem sesshaften Bürger gemacht hatte und seinen Bruder, der nichts gewollt hatte, als sein Leben neben seiner Esse zu verbringen, in die Wildnis trieb. Das ihn, den Frauenheld, zu einem Einsamen gemacht hatte und Manius, der nie auch nur gehofft hatte, den Blick einer Frau auf sich zu ziehen, zu einem, der geliebt wurde, über alles Trennende hinweg. Dasselbe Schicksal, das seine Mutter dem Orcus überlassen hatte, sie, die sich stets nur um das Leben und Überleben gekümmert hatte. Er dagegen hatte mit der Gefahr getändelt und war unbeschadet durch die Gassen gewandelt. Aber diese Gedanken teilte er mit niemandem.

Ernst und verschlossen, wortkarg und einsam ging er durch seinen Alltag. Weder die Blicke der Frauen noch die freundlichen Gesprächseinladungen seiner Mitbürger in den Thermen konnten ihn locken. Auch die Bemühungen von Curios Weib blieben erfolglos. So nahm man ihn also als Eigenbrötler hin, den neuen Medicus, den Einzelgänger.

»Da fällt mir ein, der Präfekt Curio hat dich eingeladen, heute Abend an seiner Tafel zu speisen. Er hat Gäste von außerhalb.«

Decius seufzte, als diese Bemerkung Brodinius' in sein Bewusstsein drang. So hatte die Umwelt sich also nicht so gut wie er selbst mit seinem neuen Leben abgefunden. »Sag ihm, ich komme, sobald ich nach dem Schmied gesehen habe. Seine Brandwunden müssen noch immer täglich verbunden werden.«

Wenig später teilte er die Freude seines Patienten über die gut vernarbte Verletzung, die seiner Pflege tatsächlich kaum noch bedurfte. Der Besuch war rasch beendet, obwohl er den

Becher Wein, den man ihm anbot, nicht ausschlug, und so war es noch ein wenig früh, als er bei Curios Villa eintraf. Er beschloss, einen Gang durch den Garten zu machen, ehe er sich der freundlichen Redseligkeit seiner Gastgeber aussetzte. Die Dienstboten erkannten und grüßten ihn; einer der Gärtner sprach ihn an und zeigte das ehemals gebrochene Bein, das Decius erfolgreich gerichtet hatte. Eifrig demonstrierte er, wie gut er wieder laufen konnte. Decius gab zerstreut seiner Zufriedenheit Ausdruck. Dann wurde seine Aufmerksamkeit von streitenden Stimmen abgelenkt.

»Du hörst jetzt sofort damit auf und kommst mit«, herrschte eine ihm unbekannte Frauenstimme ihr Gegenüber an.

»Nein, Mama«, kam die helle Erwiderung. »Ich will nicht.«

»Du tust, was ich dir sage.«

»Das werde ich nicht. Ich lasse mich nicht einfach mit einem Mann verkuppeln, den ich gar nicht kenne.«

Decius verzog das Gesicht. Es bestand wohl kaum ein Zweifel, dass es sich um den angekündigten Besuch handelte. Sein erster Impuls war, zu flüchten. Doch dann war seine Neugier geweckt. Die Stimme hatte lebendig geklungen, frisch und dabei so willensstark, wie es für römische Jungfrauen selten war. Er drückte sich in den Schatten einer Weinlaube und versuchte, einen Blick auf das Paar zu erhaschen, das darin stand und stritt. Er entdeckte eine typische römische Matrone, tadellos gekleidet, schmuckbehängt und mit beeindruckendem Profil. Ihre Stimme duldete keinen Widerspruch. Die Tochter jedoch schien das wenig zu beeindrucken.

»Ich habe nein gesagt, Mama.«

»Unfug!« Die Mutter ignorierte die missmutige Stimmung der Tochter und machte sich daran, ihre Kleider unsanft zurechtzuziehen. Damit zufrieden, zupfte sie an den rotbraunen Haarflechten herum, die am Hinterkopf aufgesteckt waren. Decius konnte von seinem Platz aus sehen, wie voll und schwer sie auf den Nacken des Mädchens drückten. Und ihm schien auch, als läge ein Schleier von Sommersprossen über ihrer hellen Haut. Ihr Gesicht jedoch konnte er nicht erkennen; es blieb abgewandt.

»Lass das doch, Mutter.« Ihre Stimme blieb abwehrend.

»So, und jetzt gehen wir hinein.«

»Das tun wir nicht.« Mit einer plötzlichen Bewegung riss das Mädchen sich los. Und noch ehe Decius reagieren und sich zurückziehen konnte, war sie aus der Laube gerannt und prallte mit voller Wucht gegen ihn. Es dauerte einen Moment, bis beide sich von diesem Schreck erholten. Sie hatte tatsächlich Sommersprossen, stellte Decius fest, wie ein Sternenschwarm bedeckten sie ihr ganzes Gesicht. Ihre braunen Augen waren nicht groß, aber leuchtend. Und ihre Stupsnase so selbstbewusst wie ihre Stimme.

»Ich«, brachte er als Erster hervor. »Ich wollte dir nur sagen, dass ich ganz genauso will, was du nicht willst. Ich meine«, besann er sich, als er diese erste Äußerung überdachte. »Ich bin ebenso entschieden gegen das, was du gesagt hast. Nein.« Er schüttelte den Kopf. Sie duftete nach weißen Lilien, stellte er beiläufig fest, und ein wenig nach Zitronen. Ihre Augen funkelten boshaft und machten ihm das Nachdenken schwer. »Ich meine, ich möchte auch nicht, wie du schon sagtest, dich, das heißt …« Er gab es auf.

Sie verschränkte die Arme und musterte ihn. »Großartig«, verkündete sie das Ergebnis. Dann wandte sie sich nach der Matrone um. »Mutter«, rief sie, »du wolltest mich mit einem Idioten verkuppeln.«

»Siehst du«, bestätigte Decius, »das meinte ich: Wir beide sind uns einig.«

Als er ihren ungläubigen Blick sah, wagte er ein Lächeln. »Du suchst keinen Mann«, erklärte er, auf sie weisend, »und ich …« Er zeigte auf sich selbst.

Sie nickte. »Ich verstehe. Du auch nicht.« Als sie sein verblüfftes Gesicht sah, lachte sie so herzlich, dass er nach einem Moment nicht anders konnte, als einzustimmen. Am Ende willigte sie ein, auf dem Weg in das Haus seinen Arm zu nehmen.

»Im Übrigen suche ich auch keine Frau«, flüsterte sie ihm zu, als sie den Gastgebern entgegengingen.

Er drückte leicht ihre Finger. »Die Zahl unserer Gemeinsamkeiten reißt nicht ab.«

Es wurde ein vergnüglicher Abend.

Und als er sich an diesem Morgen erhob, hatte Decius tatsächlich erwogen, zu Curios Haus zu gehen, um Aelia einen Besuch abzustatten, denn so hieß sie, Aelia. Ein Name wie weiße Lilien. Er war selber ein wenig erstaunt, als er bemerkte, dass er stattdessen mit seinem Pferd den Weg zum Nordtor einschlug. Und doch kam es ihm ganz natürlich vor. Als stünde das eine mit dem anderen in einem verborgenen Zusammenhang, an den er nicht zu rühren wagte. Decius zögerte nicht lange. Seine Stimmung war gut, ja, wurde immer besser, und er trieb sein Tier munter an. Wenig später schon befanden sie sich auf freiem Feld und trabten den Wäldern entgegen. Keiner konnte ermessen, was es für ihn bedeutete. So lange war der Wald sein Lebensraum gewesen, der Ort, an dem er sich frei und ungebunden fühlte. Nein, eigentlich nicht frei und ungebunden, ermahnte Decius sich. Versteckt hatte er sich dort vor Manius und sich selbst. Es war sein Fluchtort gewesen. Nun also würde er ihn wieder betreten. Er redete sich ein, dass dies ein ganz normaler Vorgang wäre, sogar ein notwendiger, den er schon längst hätte unternehmen sollen. Ein wahrer Medicus suchte sich seine Heilpflanzen selbst und verließ sich nicht auf das magere Angebot des Marktes und die Unkenntnis der Kräuterweiber. Sein Vater hatte es so gehalten, er sollte es ebenso tun. Andernfalls wäre er kein echter Heilkundiger. Und was war eigentlich sein ganzes neues Leben wert, wenn er es nicht wagte, dem alten in die Augen zu sehen?

Irgendwie, die ihn wie stets begleitete, war nicht so von Ängsten und Überlegungen beschwert wie ihr Herr. Fröhlich wedelnd, die Nase immer auf dem Boden, spurte sie zwischen den Bäumen herum, verbellte die Eichhörnchen, beschnupperte die Duftmarken der Füchse und verschmähte es auch nicht, nach einer letzten, unter ihrer Pollenlast taumelnden Biene zu schnappen.

Decius atmete auf. Das war die Luft, die er vermisst hatte, dieses Aroma von Erde, Pilzen und Laub, dieser vielfältige, prickelnde, lebensvolle Geruch. Der Herbst hatte die Landschaft bereits überhaucht und das flirrende Laub der Birken vergoldet. Der Ahorn flammte und unter dem Kupferschimmer der Buchen leuchtete hier und da das verschämte, sehnsuchtsvolle Rot eines wilden Weines. Decius griff nach oben, pflückte eines der Blätter und drehte es zwischen den Fingern, nur der schönen Färbung wegen. Was er heute suchte, waren seltene Pilze, Misteln, deren immergrüne Zweige sich auf den kahler werdenden Ästen besser abzeichneten als im Sommer und die Rinde der Weide am nahen Bachlauf. Auch auf Stechäpfel hoffte er und ein wenig Fingerhut für den Präfekten, dessen Herz nicht mehr das jüngste war. Und als er Fliegenpilze sah, saß er ab und pfiff so fröhlich, dass Irgendwie erstaunt angelaufen kam. Lachend hielt Decius ihre aufdringliche Schnauze von dem Giftpilz fern, als er hineinschnitt. »Dummkopf, das ist nichts für dich, du kennst die rechte Dosis nicht.« Er kraulte sie, als sie jaulte.

Im Weiterreiten kostete er einige der letzten Holunderbeeren, nicht zu viele, ungekocht waren sie sonst unverträglich, aber ihr Aroma erfrischte dem Wanderer den Mund. Decius achtete nicht sonderlich auf seinen Weg, er ließ sich treiben, von einer Entdeckung zur nächsten führen. Unwillkürlich aber musste er einen vertrauten Weg eingeschlagen haben. Denn als er sich nach der Inspektion einer verheißungsvollen Wurzel aufrichtete, um sich mit knackenden Knochen zu räkeln, hielt er inne. Seine ausgestreckten Arme sanken herab. Vor ihm zeichneten sich zwischen den Stämmen die Umrisse einer Hütte ab, die er nur zu gut kannte.

»Eysa«, rief er, als er näher kam. Mit klopfendem Herzen band er das Pferd an eine Birke. Zu seinem eigenen Erstaunen merkte Decius, das er sich auf das Treffen mit der seltsamen Alten freute. Wie hatte er sie nur all die Wochen vergessen können. »Wir gehen dein altes Frauchen besuchen«, verkündete er Irgendwie, die aufgeregt den Schwanz aufstellte. Im Näherkommen tadelte er die Hündin, die sich dicht an seinem Bein hielt und vom Eingang der Hütte fort drängte. »Du bist hier geboren worden, du undankbares Tier, erinnerst du dich denn nicht, hm? Benimmst dich wie eine Fremde, so was. Eysa?«, setzte er mit erhobener Stimme hinzu. Dass er keine Antwort bekam, entmutigte ihn nicht. Eysa war nicht wie andere Menschen. Sie mochte gut und gerne drinnen sitzen, über irgendeine Beschäftigung geneigt und ihn nahtlos in ein Gespräch verwickeln, wenn er eintrat.

Decius stieß die Tür der Hütte auf und rief noch einmal nach der Bewohnerin. Dämmerlicht empfing ihn. Im ersten Moment schien es ihm, als wäre sie nicht da. Dann, als er den Fensterladen aufgestoßen und die vorwitzig wuchernden Efeuranken herabgerissen hatte, entdeckte er ihr lumpenbedecktes Lager in einer Ecke. Darauf waren die Umrisse eines Körpers zu erkennen.

Mit einem Ausruf stürzte er zu ihr. Doch im nächsten Moment hielt er inne und ging in die Knie. Nun verstand er Irgendwies Zurückhaltung. Auch er nahm jetzt den Geruch wahr, den die Hündin wohl schon draußen gerochen hatte und der sie veranlasst hatte, ihm nicht in die Hütte zu folgen. Eysa war tot, und das schon seit langer Zeit. Der Zustand ihres Körpers ließ Decius sich fragen, ob sie ihre letzte Begegnung wohl lange überlebt hatte. Ihr Schädel wirkte wie bloß, so eng hatte sich die trockene Haut an den Knochen geschmiegt; was einmal ihr Haar gewesen war, war zusammengesunken, strohig und entfärbt wie ein alter Lumpen. Ihre Schlüsselbeine ragten aus der schwärzlichen, bröselnden Masse heraus, die ihren Rumpf ausmachte, auch die Beinknochen waren freigelegt, benagt, wie Decius vermutete, die Füße verschwunden. Er nahm an, dass sich die kleinen Knöchelchen in den Rattenlöchern unter der Hütte finden würden. Oder in einem der nahe gelegenen Fuchsbauten.

»Gute Eysa.« Decius hob die Hand für eine Geste der Zärtlichkeit, die er nur in der Luft ausführte. Eine Weile noch musterte er ihre Überreste, aber er fand keine Anzeichen dafür, dass der Alten Gewalt angetan worden war. Es war wohl das Alter, das sie überwältigt hatte, ob im Schlaf oder nach langer Krankheit, oder ob sie den Tod hatte kommen fühlen und sich deshalb hier zurechtgelegt hatte, das würde er wohl nie erfahren. Decius stand auf. Er erwog, ein Grab für seine alte Freundin auszuheben, damit ihre Knochen nicht weiter geschändet würden, entschloss sich aber dann dafür, sie zu lassen, wo sie war. Lieber wollte er die Hütte zu ihrem Scheiterhaufen machen. Er ging nach draußen, um nach Feuerholz zu suchen.

Der Herbstwald war feucht, und sein Vorhaben führte ihn in immer weiteren Kreisen von der Hütte fort. In seinen Gedanken tauchten noch einmal seine Begegnungen mit der Alten auf, ihre gemeinsamen Gespräche und die seltsamen Bemerkungen, in denen sie sich erging. Allein schon, wie sie den Hund getauft hatte. »Irgendwie!«

Decius fiel auf, dass er das Tier schon länger nicht mehr gesehen hatte, und er pfiff nach ihm. Aber im Unterholz blieb es still. Decius stand da und lauschte. Kein Rascheln, kein

Knacken, nur eine schimpfende Amsel am Himmel, die bald verstummte. Für einen Moment stand er da wie betäubt. Er sah seinen Vater vor sich, seinen Bruder, ein Knabe von vierzehn Jahren, dessen blondes Haar vor dem Laub leuchtete. Ihre klaren Stimmen hallten zwischen den Bäumen hoch über ihm. Die Welt begann, sich zu drehen.

Decius ließ den Arm voll Holz fallen, den er gesammelt hatte, und begann zu laufen. Seine Knie waren so weich, dass er kaum begriff, wie er vorwärts kam. Ihm selbst schien, als bewege er sich im Schneckentempo, während der Farn um seine Waden peitschte und morsche Wurzeln unter seinen eiligen Schritten krachten. Endlich sah er die Lichtung, dort war das Bienenhaus Eysas, und daneben – mit einem erleichterten Aufatmen bemerkte er es – hockte Irgendwie. Decius wurde langsamer und sammelte Spucke in seinem vor Angst trocken gewordenen Mund, um nach dem Tier zu pfeifen, das geduckt dahockte und auf etwas zu lauern schien. Als er näher kam, blieb ihm der Pfiff im Halse stecken.

Dem Hund gegenüber, beschäftigt damit, nach dem Anflugbrett vor dem Bienenstock zu tätzeln, hockte ein junger Bär. Er konnte nicht älter als wenige Monate sein, seiner Größe nach, und sein Benehmen war noch recht täppisch. Verdrießlich brummend schlug er nach den Bienen, die seine neugierige Schnauze umflogen und plumpste dabei auf den Hintern. Er gab einen ärgerlichen Laut von sich.

Irgendwie duckte sich, sträubte das Nackenfell und knurrte angriffslustig. Mit drei langen Schritten war Decius bei ihr und hielt sie fest. Das Herz des Tieres klopfte nicht minder rasch als sein eigenes. »Schsch«, zischte er dem Hund ins Ohr und zog ihn, der sich heftig sträubte, in eine eiserne Umarmung. »Dem Kleinen hier bist du vielleicht gewachsen, aber seiner Mutter nicht.«

Im selben Moment war es ihm, als hörte er Eysas Stimme.

Gunda kommt oft hierher. Ich lasse ihr den Honig, und sie lässt mir mein Leben.

Grauohr! Die Erregung fuhr ihm durch alle Glieder.

Sie schützt nur ihre Jungen. Eben hat sie wieder welche. Und du solltest dich besser in Acht nehmen.

Irgendwie knurrte erneut. »Scht!« Decius hielt ihr die Schnauze zu. Auch er hatte das Krachen und Rascheln gehört. Grauohr war nicht eben leise auf dem Weg zu ihrem Nachwuchs. Sie hatte die Gefahr wohl noch nicht gewittert. Dafür stach Decius nun der Bärengeruch in die Nase. Bei Diana und all ihren Nymphen, dachte er. Der Moment war günstig für einen letzten Kampf. Er klemmte sich den Hund unter den linken Arm und tastete mit der Rechten nach seinen Waffen. Doch er fand seinen Gürtel leer. Da waren nur zwei Messer, von denen er nun eines zog, um es ungläubig anzustarren. Er war kein Jäger mehr – er war ein Medicus. Und er hatte nichts bei sich als die Klinge seines Vaters, die nur für Pflanzenstengel und Wurzeln bestimmt war und schon ein Menschenleben nicht hatte beschützen können: das von Curmillus selbst.

Wut und Verzweiflung ließen Decius die Röte in die Wangen schießen. Einen Moment lang war er versucht, vorzustürzen, sich des jungen Bären zu bemächtigen, ihn abzustechen und den Kadaver Grauohr vor die Schnauze zu werfen, um dann zu sterben. Noch kämpfte er mit sich, da gelang es Irgendwie, sich aus seinem Griff zu winden. Mit bösem Kläffen stürzte der Hund vor.

»Nein!«, entfuhr es Decius. Er warf sich nach vorn. Im letzten Moment gelang es ihm, die Hündin zu packen. Gnadenlos packte er Rute und Hinterläufe und warf sich auf den zuckenden Körper, der mit aller Kraft darum kämpfte, dem Kampf entgegenrennen zu dürfen.

»Es wäre dein sicherer Tod«, flüsterte er und schaute auf.

Bäuchlings lag er da, dem angreifenden Bären schutzlos ausgeliefert. Decius biss die Zähne zusammen und regte sich nicht.

Die Bärin ihrerseits schien seltsam unaufgeregt, sie hob den Kopf und witterte, war aber unschlüssig. Eben noch auf die Hinterbeine aufgerichtet, ließ sie sich wieder auf alle viere nieder und kam mit schaukelndem Gang und pendelndem Kopf heran. Sie schnupperte an Decius' Schulter; er spürte ihren heißen, stechend riechenden Atem in seinem Haar und senkte den Kopf noch tiefer über die zitternde Irgendwie, die er mit seinem ganzen Gewicht an den Boden drückte. Er wagte kaum zu atmen. Dies also war es, das Ende. Eines, dachte Decius in jenem Moment, muss man dem Schicksal lassen, es ist wahrhaftig konsequent. Und vielleicht lag ja eine verspätete Gerechtigkeit darin, dass nun endlich auch er, der an allem schuld war, durch diesen Bären starb.

So lag er da, dem Raubtier seinen ungeschützten Nacken darbietend, und wartete darauf, die Zähne zu spüren, die sich in sein Fleisch bohren würden und das Knacken seiner eigenen Wirbel als letzten Laut auf dieser Erde zu vernehmen. Zu sagen gab es nichts mehr.

Es dauerte eine Weile, bis er begriff, dass er noch immer dort im Gras lag, den warmen Körper Irgendwies unter sich. Dass keine Tatze auf ihn herniedergefahren war, keine Knochen gebrochen waren und kein Blut im Gras dampfte. Es roch nur nach Moos und Laub und Herbstzeitlosen, die, als er die Augen zu öffnen wagte, dicht vor seinem Gesicht unschuldig ihre blaßlila Blüten reckten. Decius blinzelte.

Weiter hinten sah er Grauohr, vielmehr Gunda, wie nun auch er sie bei sich nannte, die ihr Junges beschnupperte und endlich anstupste, damit es vor ihr herlief, was dieses nach einigen tapsigen Liebkosungsversuchen auch tat. Kurz darauf verschwanden Mutter und Kind zwischen den Bäumen.

Decius richtete sich auf. Sein Griff um Irgendwie war immer noch fest, und sein Atem ging rasch. Das Zittern des Hundes griff auf ihn über, und er musste sich erst einmal eine Weile mit gekreuzten Beinen hinsetzen und versuchen, seinen Atem zu beruhigen. Lange betrachtete er den Punkt, an dem die Bären verschwunden waren. Endlich, als er den Eindruck hatte, dass er die Hündin loslassen konnte, rappelte er sich auf. Verlegen klopfte er sich den Staub von den Kleidern.

Dann, als wäre er aus einem Traum erwacht, blickte er sich um. Was hatte er noch gewollt? Ach ja, es galt, Eysa zu bestatten. Er ging zurück zu dem Holz, das er fallengelassen hatte, und schichtete sich die ausgedörrten Äste erneut auf den Arm. Hätte er eben nicht reagiert, wie er es getan hatte, überlegte er, während er wieder auf die Hütte zustapfte, so hätten sie nun alle drei hier gelegen: Irgendwie, er selbst und Eysa, deren Knochen von den wilden Tieren in alle Winde verstreut worden wären. Und niemand hätte sich mehr Manius' erinnert, der in den Wäldern verloren war oder auch nicht. Und niemand hätte des Mutes von Julia und der Künste des Curmillus gedacht. Je länger er arbeitete, desto besser ging es Decius. Zum ersten Mal seit langem fühlte die Welt sich nicht unwirklich für ihn an. Die alte Beklommenheit fiel von ihm ab. Seine Muskeln wurden wärmer, sein Schweiß begann zu fließen, doch er fühlte sich gelöst wie schon lange nicht mehr.

Irgendwie, die sich bei allen Gängen nun dicht an seiner Seite hielt, spürte den Stimmungswechsel und wedelte freudig.

»Bären rächen sich nämlich nicht«, erklärte Decius ihr in schulmeisterlichem Ton. »Das tun nur Menschen. Manche Menschen«, fügte er hinzu. Er warf das letzte Reisigbündel am Fundament der Hütte ab, trat zurück und betrachtete mit schräg geneigtem Kopf sein Werk. Dies würde ein guter Scheiterhaufen werden. Er empfahl Eysa den Göttern der Unterwelt und erflehte den Schutz Jupiters für alle, die er liebte, und sandte auch noch einen Wunsch an Venus hinterher, ehe er ein

Scheit aus dem Feuer zog, das er entfacht hatte, und es an das aufgeschichtete Holz hielt. Es sirrte und knackte, doch es brannte. Bald stiegen nicht nur Rauchfäden, sondern auch orangefarbene Flammen in den Himmel, und die Luft begann zu flirren. Ascheflocken umtanzten Decius und Irgendwie, die danach schnappte.

»Manche Menschen«, fügte Decius hinzu, »vergeben auch. So wie ich mir.«

Lange blieb er stehen, schaute zu, wie der Dachbalken krachend einbrach und Funkenwolken in den sich türkis verfärbenden Abendhimmel schickte und genoss die Wand aus Hitze, die seine Haut wärmte. Der Abendstern stand schon am noch hellen Firmament, als er endlich nach seinem Hund pfiff und das Pferd losband. Deutlich sah er den Weg vor sich liegen, und wo immer er enden würde, ihm schien, er hatte nirgendwo anders vorbeiführen können als gerade hier.

»Komm«, sagte er. »Es geht nach Hause. Wir werden leben, Irgendwie.«

Nachwort

Fünf Jahre nach der Gründung von Quo Vadis, dem Autorenkreis Historischer Roman, ist dieser auf knapp hundert Mitglieder angewachsen.

Neben zahlreichen Aktivitäten initiierte Quo Vadis auch das Experiment des Gemeinschaftsromans. Es geriet zum Erfolg, so dass wir mit »Das dritte Schwert« nunmehr den dritten Roman dieser Art vorstellen können. Immer waren es zwölf Autoren, die sich zusammenfanden, um gemeinsam eine Reise in die Vergangenheit zu unternehmen.

Handlung, Schauplatz und Perspektiven für »Das dritte Schwert« erarbeiteten wir im Vorfeld gemeinsam mit den Autoren, und auch während der Arbeit lief die Diskussion über Siedlungsgebiete von Stämmen, Aufenthaltsorte des Kaisers, den Kaufpreis für Sklaven und dergleichen weiter. Die spannende Zeit des Kaisers Marcus Aurelius und seine rund dreißig Jahre währenden Kämpfe gegen die Germanen – die Abwehr germanischer Einfälle in römisches Gebiet, das Abwägen zwischen militärischem Eingreifen oder Diplomatie – boten dafür mehr als genug Stoff. Dabei galt es, wie bei allen historischen Romanen, zu beurteilen: Welcher Quelle schenkt man Glauben, welche Sekundärliteratur, welche Forschungsrichtung wird präferiert? Es war höchst anregend!

Zweifelsfrei belegt ist der Konflikt zwischen römischer Zivilisation und »wildem« Germanien, ein Konflikt, der sich in unserem Roman im Verhalten des so unterschiedlichen Bruderpaares widerspiegelt. Beide mit germanischen Wurzeln ausgestattet, ließen wir sie von Schicksal und Neigung auf jeweils unterschiedliche Seiten des Limes treiben.

In der Realität begann um 168 n. Chr. der allmähliche Niedergang des Römischen Reiches, auch durch die kritische Lage am Limes. Das Heer war durch die andauernden Kämpfe dezimiert und zusätzlich ausgeblutet durch die schreckliche Seuche, die, aus dem Osten kommend, ganze Landstriche entvölkerte. Rom zeigte Schwäche, die die Barbaren aus dem Norden nutzten.

Wie bei den vorangegangenen Gemeinschaftsromanen wandten wir auch diesmal das Prinzip des Staffelstabes an: Jede Autorin und jeder Autor hatte zum Schreiben der beiden Kapitel zwei Wochen Zeit, zwei weitere dienten der Überarbeitung gemeinsam mit den Herausgebern. Sodann wurden die Kapitel an den nächsten weitergereicht. Immer wieder nahm die Handlung unerwartete Wendungen, tauchten neue Figuren auf, die überraschten und allen ans Herz wuchsen, wie die Greisin Eysa; andere Charaktere gewannen oder verloren an Bedeutung, ohne dass dies vorherbestimmt gewesen war – denn gerade das Eigenleben von Handlung und Protagonisten ist bei einem solchen Vorhaben das Salz in der Suppe.

Unsere Aufgabe als Herausgeber bestand auch darin, einerseits einen einheitlichen stilistischen Eindruck zu schaffen, andererseits die Charakteristika eines jeden Autors zu bewahren. Wahrlich eine Gratwanderung, auf die wir uns aber mit Freuden einließen.

Zur Einstimmung in das 2009 bevorstehende Varus- beziehungsweise Limesjahr möchten wir Ihnen diesen Geistestrank anbieten und würden uns freuen, wenn Sie ihn genießend spannende Stunden verbringen konnten!

Die Herausgeber
Ilka Stitz, Karola Hagemann und Kurt Uhlen

Glossar

Aesculapius – Gott der Heilkunst

Ala – Reitereinheit

Ala II flavia miliaria pia fidelis – Zweites flavisches, tausend Mann starkes Kavallerieregiment mit dem ehrenden Beinamen »loyal und treu«; Auxiliareinheit, die im Kastell Aalen lag. Möglicherweise geht der Name Aalen auf die Ala zurück.

Apsis – Halbrunde überwölbte Nische in Gebäuden, meist zur Präsentation von Statuen oder Altären

As – Kleine Bronze-, später Kupfermünze

Atrium – Mit einer rechteckigen Öffnung im Dach versehener Repräsentations- und Empfangsraum des römischen Hausherrn

Augusta Vindelicum – Heutiges Augsburg, Hauptstadt der Provinz Raetien

Aureus – Römische Goldmünze im Wert von fünfundzwanzig Denaren

Auxiliare – Hilfseinheiten römischer Truppen, zum Beispiel Reiter, Bogenschützen

Beneficarier – Militärischer Dienstgrad; Beneficarier wurden für besondere Aufgaben abgeordnet und waren deshalb von wenig beliebten, schweren Aufgaben freigestellt. Das wurde als ein beneficium, als eine Vergünstigung angesehen, woher der Name kam. Beneficarier übernahmen zum Beispiel die Leitung einer Straßenpolizeistation.

Brunjagari – Zusammengesetzt aus der Umschreibung für Bär »Brun« und Jäger »Jagari« im Althochdeutschen

Caldarium – Warmwasserbad in den Thermen

Centurie – Untereinheit der Cohorte, bestehend aus ca. achtzig Legionären, kommandiert von einem Centurio

Centurio – Unterbefehlshaber, Kommandierender einer Centurie

Cohorte – Einheit von vier- bis achthundert Legionären, taktische Grundeinheit des stehenden Heeres aus Berufssoldaten, bestehend aus sechs Centurien

Contubernium – Zelt- oder Stubengemeinschaft, Gruppe von acht bis zehn Mann, kleinste Einheit der römischen Armee

Cucullus – Etwa bis zum Gesäß reichender Überwurf mit Kapuze

Decurio – Unterbefehlshaber einer Reitereinheit

Denar – Römische Silbermünze, entspricht vier Sesterzen

Dignitas – Hohe römische Tugend, etwa Würde

Explorator – Erkunder, Entdecker, Kundschafter

Falerner – Besonders guter römischer Wein

Fibula – Gewandnadel

Flaminische Priester – Von flamines (lat.), römischen Priestern im Dienst einzelner Gottheiten

Frigidarium – Kaltbad in römischen Thermen

Germania superior – Um 90 n. Chr. als südlicher Teil der ab jenem Zeitpunkt zweigeteilten vormaligen Provinz Germania gegründet, der nördliche Teil war die Germania inferior.

Gladius – Römisches Kurzschwert, vornehmlich von Legionären getragen

Hadrumetum – Sousse (Tunesien)

Hypocaustum – Heizung, Warmluftfußbodenheizung

Janitor – Türsklave
Jupiter – Höchste römische Gottheit

Kline – Römisches Liegemöbel

Laren – Schutzgötter oder Schutzgeister bestimmter Orte und Familien
Legion – Größter Truppenverband des römischen Heeres, bestehend aus vier- bis sechstausend Fußsoldaten, dreihundert Reitern und Tross, mit Adler als Feldzeichen
Legionär – Soldat einer Legion
Limes – (lat.) Grenzweg, Schneise. Hier ist mit Limes der Obergermanisch-Raetische Limes gemeint, eine räumlich klar definierte und visuell im Gelände für Freund und Feind eindeutig erkennbare Außengrenze des römischen Herrschaftsbereiches.
Luna – Römische Gottheit, der Mond
Lupanar – Bordell

Markomannen – Suebischer Volksstamm der Germanen, der während der Herrschaftszeit von Marcus Aurelius mehrmals römisches Gebiet angriff

Naristen – Germanischer Stamm, der in die Markomannenkriege verwickelt war
Neptun – Römischer Gott der fließenden Gewässer und des Meeres

Orcus – Römischer Gott der Unterwelt, des Schattenreichs

Paenula – Wollener, ponchoartiger Umhang mit Kapuze, vornehmlich von Militär, aber auch von der Zivilbevölkerung getragen

Pallium/Pallia – Rechteckiges, von Männern (pallium) und Frauen (pallia) getragenes Kleidungsstück aus Wolle, Leinen oder Seide, in verschiedenen Farben

Pannonien – Römische Provinz, die die westliche Hälfte des heutigen Ungarn, das Burgenland, Teile der Oststeiermark, Teile des Wiener Beckens, Syrmien in Serbien sowie das zwischen Drau und Save gelegene Gebiet des heutigen Slowenien und Kroatien umfasste

Parther – Iranisches Volk. Das parthische Großreich südöstlich des Kaspischen Meeres war ein mächtiger Gegner u.a. der Römer.

Peristyl – Von Säulen umstandener Innenhof

Phalanx – Schlachtordnung der Fußtruppen (in der Kaiserzeit nicht mehr angewendet)

Pilum – Schwerer Wurfspeer der römischen Legionäre mit langer dünner Eisenspitze

Pontifex maximus – Titel des höchsten römischen Staatspriesters

Porta Principalis – Tor des römischen Kastells oder Militärlagers an der Via Principalis

Portikus – An ein Gebäude angefügte oder freistehende Säulenhalle (Kolonnade)

Präfekt – Stabsoffiziersstelle für Angehörige des Ritteradels, in Ausnahmefällen des senatorischen Adels, häufig mit selbständigem Kommando

Praetorium – Wohnsitz des Legionskommandanten

Principia – Verwaltungsgebäudekomplex innerhalb eines römischen Militärlagers/Kastells

Pro Salute – »Zum Wohle«, Inschriftenformel bei Bauten, z.B. »Zum Wohle des römischen Volkes«, auch als Trinkspruch verwendet

Proconsul – Statthalter, der zuvor ein Konsulat bekleidet hatte

Proserpina – Römische Gottheit der Unterwelt

Provinz Raetia – Römische Provinz, die die Gebiete des heutigen Graubündens, Vorarlbergs, Südbayerns und Oberschwabens zwischen Donau und Inn sowie des nördlichen Tirols umfasste

Sesterze – Römische Bronzemünze im Wert von vier As
Somnus – Römischer Gott des Schlafes
Spatha – Längeres Schwert der Reiterei

Tabernae Rhenanae – Rheinzabern (Pfalz), Produktionszentrum römischer Keramik
Tepidarium – »Laubad« oder Warmbad in den Thermen
Tribun – Militärbefehlshaber im Offiziersrang

Valetudinarium – Krankenhaus, besonders der römischen Armee
Via Principalis – Eine der Hauptstraßen in römischen Militärlagern
Vicus – Siedlung, auch Orte, die sich vor Militärlagern/Kastellen bildeten
Villa Rustica – Landhaus beziehungsweise Landgut mit landwirtschaftlicher Produktion, bestand meist aus einem Hauptgebäude und mehreren Nebengebäuden, diente in grenznahen Gebieten der Versorgung von Siedlungen und Kastellen

Die Autoren

JÖRG KASTNER, geboren 1962 in Minden an der Weser, machte nach erfolgreichem Jurastudium aus der Liebe zum Schreiben einen Beruf. Genaue Recherche und die Kunst, unwiderstehlich spannend zu erzählen, zeichnen seine Romane aus. Zu seinen größten Erfolgen zählen die fünfbändige Germanensaga, der Rembrandt-Roman »Die Farbe Blau«, die historischen Romane »Im Schatten von Notre-Dame« und »Das Wahre Kreuz« sowie seine Reihe von Vatikanthrillern. Jörg Kastner lebt mit seiner Frau, der Schriftstellerin Corinna Kastner, in Hannover.

Mehr über ihn und seine Bücher unter: www.kastners-welten.de.

Prolog

GUIDO DIECKMANN, 1969 in Heidelberg geboren, studierte Geschichtswissenschaft und Anglistik. Seit 2001 ist er freiberuflich als Autor tätig. Von ihm stammen u. a. die historischen Romane »Die Poetin«, »Die Gewölbe des Doktor Hahnemann«, »Die Magistra« und »Die Jungfrau mit dem Bogen«. Sein Roman zum Kinofilm »Luther« (bei AtV erschienen) wurde ein großer Erfolg und stand wochenlang auf den Bestsellerlisten.

Guido Dieckmann lebt mit seiner Frau in der Nähe der Deutschen Weinstraße.

Kapitel 1 und 2

MALACHY HYDE ist das Pseudonym von Karola Hagemann und Ilka Stitz. Erstere ist Jahrgang 1961, lebt in Hannover und ist nach einem Geschichts- und Anglistikstudium als Diplompädagogin im Bereich Fortbildung des Landeskriminalamts Niedersachsen tätig. Letztere wurde 1960 geboren, studierte Kunstgeschichte, Germanistik, klassische Archäologie, lebt und arbeitet in Köln als freie Journalistin.

Unter dem gemeinsamen Pseudonym Malachy Hyde erschienen bis jetzt vier historische Romane, als letztes »Gewinne der Götter Gunst« (2007) und »Wisse, dass du sterblich bist« (2006). Schauplatz dieser Reihe mit dem Ermittler Silvanus Rhodius ist die römische Provinz Asia, die heutige Türkei. Zuletzt veröffentlichten die Autorinnen unter ihren Namen Hagemann & Stitz den Roman »Das Geheimnis des Mithras-Tempels«. Dieses erste Buch einer neuen Reihe um den jungen römischen Aristokraten Gaius Claudius Quintilianus spielt in der Provinz Niedergermanien.

Weitere Informationen unter www.malachy-hyde.de

Kapitel 3 und 4

WALTER LAUFENBERG, Dr. phil., Rheinländer. War Fernsehreporter beim WDR und ZDF, freier Filmemacher, Verlagslektor und Werbeleiter. Langjähriger Autor der Kult-Zeitschrift »TransAtlantik«. Seit dem Jahreswechsel 1995/96 Herausgeber des Online-Magazins »Laufenberg NETzine« (www.netzine.de). Lebt zur Zeit in Mannheim. Veröffentlichte neben Zeitromanen und Thrillern die historischen Romane »Der Zwerg von Heidelberg«, »Ritter, Tod und Teufel«, »Goethe und die Bajadere«, »Stolz und Sturm«, »Hotel Pfälzer Hof« sowie zuletzt »Die Frauen des Malers«. Von Walter Laufenberg stammt die Idee zu diesem Roman über die Römer am Limes.

Weitere Informationen unter www.walterlaufenberg.de.

Kapitel 5 und 6

SABINE WASSERMANN, 1965 in Simmern im Hunsrück geboren, studierte Malerei an der Städelschule in Frankfurt, lebt als

Malerin und Autorin in Bad Kreuznach, wo sie 2001 mit dem Förderpreis für Kunst und Kultur der Stadt ausgezeichnet wurde. Bisher erschienen unter anderem die historischen Romane »Goldhorus«, »Der Zorn des Seth«, »Herrin Zweier Länder«, »Die Teufelsmalerin«, »Das Zeichen des Ketzers« und der Fantasyroman »Das gläserne Tor«.

Kapitel 7 und 8

MICAELA JARY, geboren 1956 in Hamburg, studierte in München Sprachen (Englisch/Italienisch), Ausbildung zur Redakteurin, arbeitete viele Jahre für große deutsche Zeitungen und Illustrierte. Sie lebt in München und Lugano. Schreibt neben historischen Romanen auch Hörbücher über Themen der Kunstgeschichte und Geschichte. Bei AtV erschien 2007 »Die geheime Königin«.

Kapitel 9 und 10

ERIC WALZ, geboren 1966 in Königstein im Taunus. Im Jahr 2003 erfüllte er sich den Kindheitswunsch, Bücher zu schreiben. Sein Debütroman »Die Herrin der Päpste« wurde auf Anhieb ein großer Erfolg. Zuletzt erschien von ihm im Oktober 2007 »Die Glasmalerin«, ein historischer Kriminalroman, der vor dem Hintergrund des Konzils von Trient spielt. Eric Walz lebt heute als Schriftsteller im Umland von Stuttgart.

Kapitel 11 und 12

FRANK STEFAN BECKER wurde 1952 in Marburg geboren. Nach dem Studium der Physik in Karlsruhe und Promotion in München arbeitete er seit 1981 in einer Reihe von Funktionen in der Industrie. Heute ist der in München lebende Autor in einem großen Unternehmen für Hochschulkontakte und bildungspolitische Fragen zuständig. Als Gründer einer Studentenzeitung entdeckte er früh die Lust am Schreiben, verfasste später zahlreiche

Fachveröffentlichungen und lieferte Text- und Fotobeiträge für Reiseführer. Die Römerzeit faszinierte ihn seit der Jugend; seit drei Jahrzehnten reist er individuell auf den Spuren der Römer durch Europa und den Mittelmeerraum. Heute umfasst sein Interessenspektrum auch den islamischen Raum. Die Ergebnisse seiner Reisen bilden die Grundlage für seine sorgfältig recherchierten Romane, die in der Zeit um 300 n. Chr. im Römerreich spielen.

2004 erschien »Der Abend des Adlers«, 2007 »Der Preis des Purpurs«. Seit Oktober 2006 ist der Autor einer der beiden Sprecher von Quo Vadis.

Kapitel 13 und 14

KURT UHLEN, im Raum Kiel geboren, verbrachte seine ersten Lebensjahre auf dem Lande, bevor er in die benachbarte Großstadt zog. Er studierte vergleichende Sozialwissenschaften und Expansionsgeschichte. Nach dem Studium absolvierte er eine Zusatzausbildung in Mediation und zog sich dann zurück aufs Land nach Schleswig-Holstein. Neben dem Schreiben züchtet und trainiert er Kaninchenkäuze und hält regelmäßig Lesungen in den Stallungen seines alten Vierkanthofes in Hobru. Mit seinem Beitrag zum »Dritten Schwert« begab er sich zum ersten Mal und mit großem Gefallen auf literarisches Terrain in die Antike, inspiriert auch durch die BBC-Verfilmung von Graves' »I Claudius«.

Kapitel 15 und 16

PETRA BALZER, nach dem Studium der Romanistik war sie als Redakteurin und Autorin tätig, zuletzt als Redaktionsleiterin bei Weltbild. Seit 1999 schreibt sie als freie Autorin für verschiedene Verlage. Ihr nächster historischer Roman »Die Hoffnung von Tabarca« erscheint im Herbst 2008.

Weitere Informationen unter www.petra-balzer.de.

Kapitel 17 und 18

GÜNTER KRIEGER, Jahrgang 1965, ist Autor zahlreicher historischer Romane und Krimis, deren Handlungen oftmals die mittelalterliche Geschichte des Rheinlandes und der Eifel beleuchten, zuletzt »Löwentod« und »Wolfsjäger«. Diverse Herausgebertätigkeiten. Krieger lebt bei Düren im Rheinland.

Kapitel 19 und 20

TESSA KORBER, 1966 in Grünstadt/Pfalz geboren, studierte Geschichte, Literatur- und Medienwissenschaft. 1997 promovierte sie und arbeitete zunächst als freie Werbetexterin, bis 1998 ihr erster Roman »Die Karawanenkönigin« erschien, der gleich ein Erfolg wurde. Es folgten zahlreiche historische Romane, zuletzt »Die Magd und die Königin« sowie eine Krimi-Reihe um die Nürnberger Kommissarin Jeannette Dürer (bei AtV erschienen). Mit »Die Hüterin« wird sie sich dieses Jahr auch auf das Feld des Fantasy-Romanes wagen. Tessa Korber lebt mit Mann, Kindern und Katzen in Franken auf dem Land.

Weitere Informationen unter www.tessa-korber.de.

Kapitel 21 und 22

Titus Müller & Co:
Die Meister ihres Fachs

Ihre Bücher haben sich millionenfach verkauft – jetzt schreiben sie auch gemeinsam farbenprächtige, packende historische Romane: Tanja Kinkel, Titus Müller, Guido Dieckmann, Rebecca Gablé, Walter Laufenberg, Helga Glaesener, Horst Bosetzky, Tessa Korber, Mani Beckmann, Malachy Hyde, Sabine Wassermann, Eric Walz, Kathrin Lange, Richard Dübell, Ruben Wickenhäuser - Erfolgsautoren, die dem von Titus Müller gegründeten »Quo Vadis. Arbeitskreis historischer Roman« angehören.

Die sieben Häupter
In dem ersten Roman des Autorenkreises »Quo Vadis« dreht sich alles um eine winzige, aber tödliche Fracht aus dem fernen Cathay – und um zwei junge Menschen, die ihr Leben dafür riskieren. Der Minnesänger Ludger kann seinen Kopf nur retten, wenn er das Säckchen mit dem »Drachensamen« an seinen grausamen Erpresser übergibt. Doch noch weiß er nicht, dass eine bildschöne Witwe sein Wohl und sein Herz attackieren wird. Macht und Gier, Minne und Leid, Gesetz und Tyrannei, Gott und Teufel treiben die Menschen im Jahre 1223 um, und würde das Geheimnis aus Cathay diese alte Welt nicht bis ins Fundament erschüttern, hätte die Liebe von Ludger und Roswitha eine Zukunft.
»Ein gelungenes literarisches Experiment.« Die Welt
Roman. 399 Seiten. AtV 2077

Der zwölfte Tag
Walter Tirel of Poix begleitet seinen Jugendfreund König Rufus auf die Jagd in den New Forest. Ein Hirsch bricht durch das Unterholz und Tirel schießt. Der König geht getroffen zu Boden. Tirel glaubt, der Mörder des Königs zu sein, und flieht. Mit Hilfe einer jungen Frau, die vogelfrei im Wald lebt, findet er einen Mann, der ihn außer Landes schmuggelt. – In zwölf Tagen ändert sich Walter Tirels Leben von Grund auf; in zwölf Tagen wird aus einem Edelmann ein Bettler, der auf Wahrheiten stößt, die ungeahnte Folgen haben. Ein prächtiger Roman aus dem englischen Mittelalter, der eine Geschichte voll Machthunger, Liebe und göttlicher Vorsehung erzählt und dem eine wahre Begebenheit zugrunde liegt.
Roman. 394 Seiten. AtV 2213

Mehr Informationen unter
www.aufbauverlagsgruppe.de
oder bei Ihrem Buchhändler

aufbau taschenbuch
AUFBAU VERLAGSGRUPPE

Titus Müller
Das Mysterium
Roman
469 Seiten. Gebunden
ISBN 978-3-352-00748-4

Das Vermächtnis der Katharer

München, 1336. Nemo ist ein Meister der Täuschung. Und er hat allen Grund, seine wahre Identität zu verbergen. Denn er hütet ein düsteres Geheimnis: das Vermächtnis der Katharer. Doch als eines Tages der charismatische Sektenführer Amiel von Ax auftaucht, holt Nemo seine Vergangenheit ein. Nicht nur die Inquisition, sondern auch William von Ockham, Intimus des Kaisers, wollen Amiel von Ax vernichten. Nemo steht plötzlich zwischen den großen Magiern, und der Kampf um das heilige Vermächtnis entbrennt. Ein historischer Roman höchsten Ranges. Schon Umberto Eco setzte dem Franziskaner William von Ockham, einem der größten Gelehrten des Mittelalters, im »Namen der Rose« ein Denkmal.

»Ein erstaunlicher Autor.« HESSISCHER RUNDFUNK

Mehr von Titus Müller im Taschenbuch (Auswahl):
Der Kalligraph des Bischofs. Roman. AtV 1856
Die Priestertochter. Roman. AtV 1990
Die Todgeweihte. Roman. AtV 2180
Die Brillenmacherin. Roman. AtV 2288

Mehr Informationen erhalten Sie unter
www.aufbauverlagsgruppe.de oder in Ihrer Buchhandlung

rütten & loening
AUFBAU VERLAGSGRUPPE

Frederik Berger: Farbenprächtige Geschichten aus der Geschichte

Die Geliebte des Papstes
Italien im ausgehenden 15. Jahrhundert. Der römische Adlige Alessandro Farnese befreit die junge Silvia Ruffini aus der Hand von Wegelagerern. Doch die Liebe, die zwischen beiden aufkeimt, wird jäh unterbrochen. Alessandro wird vom Papst in den Kerker geworfen. Erst drei Jahre später trifft er Silvia wieder. Sie liebt ihn noch immer, muß aber zusehen, wie Alessandro sich auf ein Ränkespiel einläßt, um Kardinal zu werden, das nicht nur sein, sondern auch ihr Leben in Gefahr bringt.
»Beste Spannungslektüre voller Abenteuer, Leidenschaft und Sinnlichkeit und – das alles beruht dennoch auf Tatsachen!«
WILHELMSHAVENER ZEITUNG
Roman. 568 Seiten. AtV 1690

Canossa
Aus den geheimen Annalen des Lampert von Hersfeld
Deutschland im 11. Jahrhundert. Nach dem Tod des Kaisers droht das Reich zu zerfallen. Heinrich, sein minderjähriger Sohn, gerät unter den unheilvollen Einfluß des Erzbischofs von Köln. Nur die Liebe zu Mathilde, seiner Cousine, läßt ihn Jahre der Bedrohung und des Verrats überstehen. Bis sich ihm ein noch größerer Widersacher entgegenstellt: Papst Gregor VII. strebt die Weltherrschaft der Kirche an. Ein schicksalhafter Kampf um die Macht beginnt.
»Ein sorgfältig recherchierter, packend geschriebener Roman, der uns auf angenehme Weise die Lebensumstände des Mittelalters näher bringt.« HAMBURGER ABENDBLATT
Roman. 607 Seiten. Gebunden.
Rütten & Loening
ISBN 3-352-00713-6

La Tigressa
Italien gegen Ende des 15. Jahrhunderts. Als Caterina Sforza, die Tochter des mächtigen Herzogs von Mailand, sich in einen verarmten Adligen verliebt, löst sie ungewollt eine Reihe blutiger Ereignisse aus, die sie bis an ihr Lebensende wie ein Fluch verfolgen. In Rom wird sie mit dem skrupellosen Neffen des Papstes verheiratet – und sprengt schon bald ihren goldenen Käfig, indem sie sich tatkräftig in die Politik des Vatikans einmischt.
Roman. 569 Seiten. AtV 2030

Mehr unter
www.aufbau-verlagsgruppe.de
oder bei Ihrem Buchhändler

Achtung!
Klassik Radio
löst Träume aus.
▸ Klassik Hits 06:00 bis 18:00 Uhr
▸ Filmmusik 18:00 bis 20:00 Uhr
▸ New Classics 20:00 bis 22:00 Uhr
▸ Klassik Lounge ab 22:00 Uhr
Alle Frequenzen unter www.klassikradio.de
klassik radio
Bleiben Sie entspannt.